Böllerschüsse und Blaskapelle am Friedhof des idyllisch gelegenen Kurorts: Eine schöne Beerdigung, sagen alle, die danach ins Wirtshaus gehen. Nur schade, dass Kommissar Jennerwein gleich wieder weg musste, aber wegen dieses G7-Gipfels im Kurort sind alle Ordnungskräfte im Sondereinsatz. Dabei verliert gerade ein Mörder zwischen Polizeiabsperrungen und Anti-Gipfel-Demonstranten sein Opfer aus den Augen, ein schicksalhafter Schuss fällt, und das Bestatterehepaar a.D. Grasegger findet Verdächtiges auf dem Friedhof. Bei seinen Ermittlungen entdeckt Kommissar Jennerwein, dass nichts von Dauer ist – nicht einmal die Totenruhe ...

Weitere Titel des Autors:
›Föhnlage‹, ›Hochsaison‹, ›Niedertracht‹, ›Oberwasser‹, ›Unterholz‹, ›Felsenfest‹, ›Der Tod greift nicht daneben‹, ›Schwindelfrei ist nur der Tod‹ und ›Am Abgrund lässt man gern den Vortritt‹

Die Website des Autors: *www.joergmaurer.de*

Bestseller-Autor *Jörg Maurer* stammt aus Garmisch-Partenkirchen. Er studierte Germanistik, Anglistik, Theaterwissenschaften und Philosophie und wurde als Autor und Kabarettist mehrfach ausgezeichnet, u.a. mit dem Kabarettpreis der Stadt München, dem Agatha-Christie-Krimi-Preis, dem Ernst-Hoferichter-Preis, dem Publikumskrimipreis MIMI und dem Radio-Bremen-Krimipreis.

Weitere Informationen finden Sie auf www.fischerverlage.de

Jörg Maurer

Im Grab schaust du nach oben

ALPENKRIMI

FISCHER Taschenbuch

Erschienen bei FISCHER Taschenbuch
Frankfurt am Main, August 2018

© 2017 S. Fischer Verlag GmbH, Hedderichstr. 114,
D-60596 Frankfurt am Main

Abbildung Auerhahn: Foto Neropha / Shutterstock
Satz: Dörlemann Satz, Lemförde
Druck und Bindung: CPI books GmbH, Leck
Printed in Germany
ISBN 978-3-596-03636-3

Die harten Fakten

Jäger, Soldaten, Mörder, Metzger und Auftragskiller reden vom waidgerechten, finalen oder terminalen Schuss, der die Eigenschaften der Schnelligkeit, Endgültigkeit und Schmerzlosigkeit in sich vereinigen soll. Schon Diana, die altrömische Göttin der Jagd, hatte den Wahlspruch *Rapidus – Subitus – Mellitus* auf ihren Bogen geschnitzt: schnell, unerwartet und honigsüß soll das Wild niedersinken. Eine alte Streitfrage ist allerdings, ob dabei der Kopf- oder der Blattschuss anzuwenden ist, um alle drei Effekte auch sicher zu gewährleisten. Die romantischeren unter den Schützen, die Soldaten und Jäger, zielen aufs Herz, die anderen auf die Schläfe, genau zwischen Schläfenbein und Ohr. Hierbei wird die Oberkieferarterie zerfetzt, die sich unter dem Schläfenbein verbirgt. Das führt zur augenblicklichen Bewusstlosigkeit, der Tod tritt Sekundenbruchteile später ein. Wenn nicht, dann unterbricht das Geschoss auf jeden Fall die dahinterliegenden, blutversorgenden Arterienverzweigungen. Und wenn auch das aus irgendeinem Grund missglücken sollte (Aber wie sollte es? Die Kugel müsste plötzlich eine Kurve fliegen!), dann ist die Läsion des angrenzenden Großhirnbereichs mit an Sicherheit grenzender Wahrscheinlichkeit tödlich. Wer daran interessiert ist, dass sein Opfer rasch, lautlos und gestisch unauffällig zu Boden sinkt, weiß das.

Das Spurensichererteam, das beim G7-Gipfel um die Leiche des Opfers versammelt war, hatte deshalb überhaupt keine

Zweifel, dass die Tat nicht von einem spontanen Aktionisten aus dem Schwarzen Block, sondern von einem zielsicheren, gutausgebildeten Heckenschützen begangen worden war. Er hatte die optimale Position der Zielperson abgewartet, ehe er abdrückte. Gerade bei einer solchen politischen Großveranstaltung und den damit verbundenen Sicherheitsvorkehrungen war das der größte anzunehmende Unfall. Wie hatte das nur geschehen können? Beim jährlich stattfindenden G7-Gipfel treffen sich bekanntlich die mächtigsten Staatenlenker der Welt. An einem sonnigen, aber gewitterträchtigen Juniwochenende war es wieder einmal so weit gewesen, auf Schloss Elmau, einem abgehobenen Luxury Spa & Cultural Hideaway Hotel nicht weit oberhalb des Werdenfelser Landes. Abgesehen von einigen regierungsnahen Organen hatte auch diese Veranstaltung keine gute Presse und einen noch schlechteren Ruf in der Öffentlichkeit. Das Treffen sei ein nicht mehr zeitgemäßes Ritual ohne konkrete Ergebnisse, blinder Hoch-Aktionismus, eine überteuerte Machtdemonstration von Polizei und Politik, eine schändliche Präsentation westlicher Dekadenz, eine gewaltige Verschwendung von Steuergeldern. Derartige Pauschalurteile sind schon deshalb zu kurz gegriffen, weil es durchaus Personenkreise gibt, die aus solchen Veranstaltungen großen Nutzen ziehen können. Viele Menschen hatten gerade wegen der massiven Zusammenballung von Ordnungskräften Gelegenheit, alte Rechnungen zu begleichen und neue Konzepte außerhalb der Legalität auszuprobieren. In diesem Buch wird ein besonders perfider Plan geschildert, der im Schatten des großen Gipfels gereift und im Auge des polizeilichen Orkans gediehen ist.

Die kleine, umgebaute Pistole hob sich Millimeter für Millimeter. Ein Blick auf den Entfernungsmesser: Die Zielperson war knapp achtzig Meter entfernt, sie stand seitlich, also ideal. Das Fadenkreuz fixierte deren Schläfenbein, die Stelle knapp neben dem Ohr. Der Abzugshebel gab kein Geräusch von sich. Der Schalldämpfer aus Titan mit dem speziellen Gehäuse aus Luftfahrt-Aluminium verwandelte das Explosionsgeräusch des Geschosses in ein kaum hörbares Rrrrfffffftsch! Es hätte auch ein mäßig aufgeregt schnatternder Eichelhäher sein können. Das Opfer sackte augenblicklich und ohne einen Laut von sich zu geben zusammen.

Doch der Reihe nach.

Erster Teil

Die Wut

Montag, 8. Juni

1 Der Weg

> Bei meiner Beerdigung wünsche ich mir auf dem Weg zum
> Grab den altbewährten Trauermarsch, auf dem Rückweg aber
> das Lied ›Purple Rain‹ von Prince. Das örtliche Blasorchester
> soll beide Stücke schön langsam und gschmackig spielen, nicht
> zu krachert.

Immer trifft es die Besten. Gerade mal Anfang vierzig war er geworden, der Hansi. Sein Sarg glitt durch die verwinkelten Kieswege des Friedhofs, und die zwölfköpfige Gruftcombo blies den Trauermarsch im gewünschten Tempo: schön langsam und gschmackig, nicht zu krachert. Gerade schwang sich die erste Klarinette zu einem Triller auf, der nach Vogelgezwitscher und süßem Sommerlärm, fast nach Freibad und Erdbeereis klang. Viele der Besucher hoben unwillkürlich den Kopf, suchten den Sinn des Lebens im blassblauen Luftgewölbe dort oben und vergaßen kurz den beklagenswerten Anlass. Das Messing der blankgewienerten Posaunenzüge blinkte verwegen fröhlich im Sonnenschein, die Musiker schnitten das angestrengt-grimmige Gesicht, das Bläser immer zeigen, wenn sie versuchen, besonders seelenvoll zu spielen. Dirk hatte heute Dienst als zweiter Trompeter. Er setzte sein Instrument kurz ab und wischte sich mit dem Handrücken den Schweiß von der Stirn.

Dabei bewegte er die Lippen zu einem unhörbaren Fluch. Vermaledeiter Job, verdammte Plackerei. Bis sechs Uhr früh hatte er in einem Salsaclub die Backgroundtrompete geblasen, die halbe Karibik hing ihm noch in den Ohren. Hätte einer von den Beerdigungsgästen genauer hingehört, wäre ihm das Schräge und Übernächtige, das Karibische und Rumbakubanische in der zweiten Trompetenstimme sehr wohl aufgefallen. Doch niemand bemerkte etwas.

Dirk hatte den Verstorbenen nicht persönlich gekannt, doch er wusste, dass der Hansi ein ehrenwerter Bürger gewesen war, fest verwurzelt im Kurort, den Traditionen verpflichtet, ein Vorbild für alle. Dazu war der Hansi Mitglied in unüberschaubar vielen Vereinen gewesen. Deshalb auch der Massenandrang auf dem Viersternefriedhof. Gut zweihundert Leute waren zur Beerdigung gekommen, den Vereinsfahnen und Zunftflaggen nach zu urteilen, musste mindestens ein Bürgermeister, Landrat oder Minister gestorben sein. Viele der Trauergäste hätten diese Alternativen ohnehin bevorzugt. Eines war jedenfalls sicher: Der Hansi war einer von den Guten gewesen. Einer von denen, die etwas geleistet hatten für die Gemeinde.

Dirk konzentrierte sich wieder auf die Musik. Gleich kam eine Stelle im Trauermarsch, die superpianissimo gespielt werden musste. Dirk zwang das alte Kasernenhof- und Toten-Aufweck-Instrument, gefühlvoll zu winseln und leise zu klagen. Die Trompete schnurrte wie ein Kätzchen. Wegen der ruhigen Stelle waren viele Schluchzer und Schnäuzer aus dem Trauerzug zu vernehmen.
»So ein guter Mensch!«, hörte man die Weibrechtsberger Gundi sagen. »Und so ein überraschender Tod.«

»Wie ist es denn eigentlich passiert?«, fragte die Hofer Uschi neugierig.

»Ja, weißt du denn das nicht? Der Schlag hat ihn troffen. Seinen Onkel, seine Mutter, seine Großmutter und etliche andere von den Ropfmartls hats auch schon so erwischt.«

»Seine Mutter und seine Großmutter auch. Schau, schau.«

Das Schlagerl, die Apoplexie war ein böses Familienerbstück der Ropfmartls. Immer wieder riss es einen von ihnen dadurch aus dem Leben. Ropfmartl war der Hausname der Sippe. Schon den ersten, namensgebenden Martl hatte der Schlag getroffen, genau am Montag, den 23. August 1802, wie es in der Familienchronik hieß.

Zehn Meter vor Dirk schwebte der Sarg. Vier stämmige Burschen von der Schuhmacherinnung hatten ihn geschultert, auf ihren schräg geschnittenen Lederschürzen prangte das Zunftwappen, an ihren Gürteln hingen Schusterhammer und Schusterbeil. Schon der erste Ropfmartl war Pantinenmacher gewesen, und die Familie hatte im Lauf der Zeit ein florierendes Geschäft aufgebaut. Die Burschen bogen jetzt ab, Dirk hatte dadurch einen guten Blick auf die engsten Verwandten, die direkt hinter dem Sarg her schritten. Er kannte die meisten von ihnen vom Sehen, von Hochzeiten und vom Fasching. Eine Frau in Schwarz fiel ihm besonders auf. Sie war klein und schmächtig, mit gespannten, leicht hochgezogenen Schultern, den Blick zum Boden gesenkt, eher trotzig als traurig. Sie hielt Distanz zu den anderen, dirigierte dabei zwei schlaksige Jugendliche vor sich her. In einigem Abstand neben ihr schritt eine große, muskulöse Frau mit kantigem Gesichtsausdruck. Ab und zu wandte sie sich prüfend und besorgt um, es schien, als ob sie dafür verantwortlich war, dass alles mit rechten Dingen zuging. Sie war eine entfernte Cousine des

Verstorbenen, hatte die Beerdigung organisiert und mit den Musikern das Finanzielle geregelt. Bei ihrem vollen Namen nannte sie eigentlich niemand, sie hieß bei allen nur *die Bas'*, und man musste das -a- lang, dunkel und bedeutungsvoll aussprechen, nur dann war sie zufrieden. Sie hatte jedem der Musiker zusätzlich zur Gage noch einen Extrazwanziger in die Hand gedrückt – lumpen ließen sich die Ropfmartls wirklich nicht. Den beiden so unterschiedlichen Frauen folgten weitere Verwandte, allesamt schwarzgekleidet, die Männer mit dem Hut in der Hand, die Frauen mit einem Blumenbouquet. Die letzten Töne des Trauermarschs versickerten, die Musiker setzten ihre Instrumente ab.

»Ich seh nichts!«, schrie die Hofer Uschi aus einer der hinteren Reihen.

»Beim Tod musst du auch nichts sehen«, erwiderte die Weibrechtsberger Gundi.

Es bildete sich ein kleiner Rückstau, denn der Zirbelholzsarg und die nachströmenden Verwandten waren am Grab angekommen. Jeder versuchte, einen Platz zu ergattern, von dem er gut und bequem aufs Grab sehen konnte. Die Schusterburschen stellten den Sarg auf das Grabgerüst, herbeieilende Friedhofshelfer bedeckten ihn mit den bereitliegenden Kränzen, routiniert, aber doch mit der gebotenen nachdenklichen Pietät. Unter dem Sarg klaffte bereits das geräumige Erdloch, das Vorzimmer zur Unterwelt – vielleicht antichambrierte der Hansi gerade bei Hades, dem Herrscher des Totenreichs. Die kleine, zierliche Frau und die größere, muskulöse schienen um den ersten Platz vor dem Sarg zu rangeln, es konnte aber auch eine Täuschung sein, denn das Erdreich um die ausgehobene Stelle war locker und feucht, vielleicht waren die beiden nur ins Straucheln gekommen. Direkt vor dem Grab hatte sich eine kleine Pfütze gebildet, manche gingen vorsichtig außen herum, andere sprangen darüber, hineingetreten war noch niemand. Der spiegelglatte Wasserfleck lag so zentral da, als hätte er eine wichtige Funktion bei dieser Beerdigung. Endlich hatten alle ihren Platz gefunden, es kehrte langsam Ruhe ein. Dirk nahm den Hut ab. Ein Kommandoruf ertönte in der Ferne, dem ein mächtiger Böllerschuss folgte, das feierliche Echo rollte langsam und majestätisch aus. Jeder erwartete nun den zweiten Schuss, stattdessen durchschnitt ein helles, durchdringendes Motorengeräusch die andächtige Stille. Das Geräusch kam von oben. Es kam immer näher. Einige hoben erst beunruhigt, dann erschrocken den Kopf, blinzelten in die Sonne und duckten sich instinktiv.

2 Der Schuss

Am Grab selbst wünsche ich mir einen Salut von Böllerschüssen. Es muss siebenmal anständig krachen, wenn der Sarg mit mir hinunterfährt. Bis hinauf auf die Kramerspitze soll man es hören. Und jeder der Gebirgsschützen soll einen Extrazwanziger dafür kriegen.

Was zum Teufel war das gewesen? Der Pilot des Air-Force-Hubschraubers V-22 Osprey fluchte laut in seine Sauerstoffmaske hinein. Dabei ließ er den Motor aufjaulen und flog eine enge Kurve nach unten. Er zog das digitale Sichtgerät zu sich her, scrollte und versuchte herauszufinden, woher die Explosion gekommen war. Am Rande eines Friedhofs machte er ein Objekt aus, von dem dünner Rauch aufstieg. Was war das? Wurde da unten geschossen? Doch nicht etwa auf ihn? Der Pilot zog die Maschine wieder hoch über die Wolken. Es gab klare Vorschriften für solch einen Fall. Leitstelle kontaktieren, Koordinaten durchgeben, nach der weiteren Vorgehensweise fragen. Die Antwort kam prompt.

»Auf dem Friedhof? Das sind sieben genehmigte Salutschüsse. Aus historischen Waffen.«

»Und warum weiß ich nichts davon?«

Mussten die verdammten Seppels ausgerechnet jetzt …

Für die Bas' war es gar nicht so leicht gewesen, beim Ordnungsamt eine Genehmigung für das Böllerschießen zu bekommen. Klar war der Hansi fast so etwas wie ein Ehrenbürger gewesen, ein notabler Spross einer alteingesessenen Familie, außerdem Mitglied des Gebirgsschützenvereins, und in den wurden sicherlich nur die Rührigsten und Unbeflecktesten aufgenommen. Der Schützenverein hatte eine eigene Salutschützen-Abteilung, die Ehrenformation, die für derlei Gelegenheiten routiniert und zuverlässig zur Verfügung stand, an Fronleichnam, bei Hochzeiten, an Heiligabend, zur Sonnwendfeier, bei der Beerdigung von Veteranen, und bei vielen weiteren Anlässen. Gegen eine amtliche Erlaubnis sprach allerdings, dass der Kurort in diesen Tagen das lange vorbereitete Gipfel- und Elefantentreffen ausrichtete, G9, G8, G7 – kein Mensch wusste das so genau. Aber es herrschte ein gigantischer Auftrieb an Security, Polizei und Militär.

»Einen Ehrensalut für den Ropfmartl Hansi? Was soll denn das!«, hatte der zuständige Leiter des Ordnungsamtes die Bas' angebellt. »Ausgerechnet jetzt? Weißt du nicht, was im Ort los ist?«

»Er hat es sich nicht aussuchen können, wann er stirbt«, hatte die Bas' zurückgebellt. An ihr war es hängengeblieben, die vielen Wünsche des Hansi, die Beerdigung betreffend, zu erfüllen. Sie zeigte dem Leiter des Ordnungsamtes die entsprechende Stelle in seiner mehrseitigen Verfügung, dem *Kodizill*. So wurde das Begleitschreiben zum Testament genannt, das die Bestattung und die außererbschaftlichen Dinge des Verblichenen regelte. Solch ein Schreiben zu erstellen ging auf eine alte Familientradition der Ropfmartls zurück.

»Geht es nicht lautlos?«

»Lautlose Böllerschüsse – spinnst du? Ich habe nachgeschlagen. Gekrönten Häuptern stehen hundertdrei Schüsse zu. Hohen Militärs zweiundzwanzig. Einem Bischof immerhin noch achtzehn. Stell dir vor, wenn so ein Kaliber gestorben wäre! Aber sieben mickrige Böllerschüsse für den Hansi, das müsste doch ein Klacks für dich sein.«

Der Leiter des Ordnungsamtes seufzte. Seit einem Jahr tobten die Vorbereitungen zum Gipfel. Er hatte genug Ärger am Hals. Ein Ehrensalut hatte ihm gerade noch gefehlt. Er zögerte mit der Antwort, wollte auch schon zu einem gewissen amtlich-ablehnenden Kopfschütteln ansetzen, da murmelte die Bas' wie nebenbei:

»Ich kann es natürlich auch an die Presse geben.«

»Was an die Presse geben?«

»Dass das Treffen jetzt zu allem Überfluss auch noch uralte Bräuche behindert. Dass man den letzten Willen von ehrbaren Bürgern nicht mehr respektiert. Dass so ein Gipfel wirklich alle echten, gewachsenen Traditionen niederbügelt. Das wird die Stimmung im Ort noch mehr aufheizen.«

»Du drohst mir?«

Die Bas' nickte fröhlich.

Alle mehr oder weniger am Gipfel beteiligten Seiten hatten etwas daran auszusetzen. Das Lamento darüber war fast zur lieben Gewohnheit im Kurort geworden. Die einheimische Bevölkerung sah keinen rechten Vorteil eines Zusammentreffens von Politikern an einem solch schlecht zu sichernden Ort. Die Kurgäste fühlten sich gestört. Oder blieben gleich ganz weg. Die Taxifahrer jammerten über ausbleibende Kundschaft: Kein Demonstrant fuhr mit dem Taxi zur Demo, und die Bonzen hatten ihre eigenen Chauffeure. Die Globalisierungsgegner protestierten ohnehin gegen das Spektakel, im Kurort oder wo auch immer. Die Polizei wiederum hielt es für ausgesprochen riskant, ein Riesenaufgebot von Beamten von anderen Orten abzuziehen, die dann dort fehlten. Die Politiker klagten über die enormen Kosten, schoben die Schuld auf die Gipfelgegner, die die Sicherheitsanstrengungen immer weiter in die Höhe trieben. Die Security wies auf das absurd hohe Gefährdungspotential hin, das mit dem Auftauchen von sieben oder acht oder neun Staatschefs und ihrem Tross einherging. Überall wurde geklagt, ernsthafter Widerstand aus dem bürgerlichen Lager hatte sich jedoch nirgends geregt. Es war wie bei den Etiketten, die auf den Äpfeln klebten. Man ärgerte sich, aber die freche Selbstverständlichkeit, mit der das Obst verunstaltet wurde, führte zur protestlosen Resignation. Im Fall der Böllerschüsse hatte es schließlich dann doch eine Sondergenehmigung gegeben, ausgestellt nicht nur vom Ordnungsamt, sondern unterschrieben und gesichtet von mehreren in- und ausländischen Kontrollstellen, darunter dem Sicherheitschef der Amerikaner, dem kanadischen Militärattaché und dem japanischen Koordinator für Sicherheitsfragen. Die einheimischen Bräuche wollte schließlich niemand behindern. Und ein Seppel mit Lederhose, Schnauzbart und Rebhuhnfeder auf dem Hut würde sich schon nicht als Randalierer entpuppen.

Als der erste Böllerschuss verklungen war, schaute die Trauergemeinde weiterhin hinauf zu dem Hubschrauber mit den zwei Rotoren, der jetzt erstaunlich rasch an Höhe gewann und schließlich ganz vom satten Blau verschluckt wurde.

»Solche Maschinen wenn wir hätten!«, sagte ein Bergwachtler zum anderen.

»Einen V-22er Osprey?«

»Der braucht vom Boden aus nicht mehr als sieben Sekunden, bis man ihn mit dem bloßen Auge nicht mehr erkennt.«

»Ja, das wärs! Von null auf unsichtbar in einem Blinzeln.«
»Am Ende ist sogar Mr President an Bord.«
»Und was täte der da bei uns?«
»Vielleicht hat er sich eine Zweitwohnung im Kurort ausgesucht.«
»Ja, und für später einen Grabplatz auf unserem Viersternefriedhof.«

Der Kaplan gab nun den Schustergesellen ein Zeichen, den Sarg hochzuheben. Zweihundert Meter vom Grab entfernt, außer Sichtweite, stand das kleine Häuflein der Gebirgsschützen in prächtiger, bunter Montur, jawohl: Montur, denn den unbändigen Zorn eines Gebirgsschützen lenkt der auf sich, der bei seinem Aufzug von Uniform, Tracht, Kluft oder gar nur Bekleidung redet. In der Hauptmanns-*Montur* stand also der Gebirgsschützenhauptmann Hackl, und die sieben Schützen knieten vor ihren historischen Böllerkanonen. Der Hansi hatte das so gewollt. Keine schlichten Hinterlader, sondern richtige gusseiserne Kanonen auf Holzrädern, mit zusätzlich aufgepflanzten Schalltrichtern. Sechs der Schützen warteten, bis sie an die Reihe zum Abfeuern kamen. Hauptmann Hackl hielt den Kommandodegen gesenkt. Verstohlen blickte er auf die Uhr. Kurz nach vier, alles wie abgesprochen. Der erste Salutschuss war schon einmal gut über die Bühne gegangen. Wenn nur nicht der blöde Hubschrauber dazwischengekommen wäre. Geplant war ein sogenanntes Lauffeuer, dabei zündete jeder der Schützen erst dann, wenn das Echo des Vorgängerschusses verklungen war. Jetzt die zweite Detonation. Die wuchtige Felsenwand der Kramerspitze nahm sie majestätisch auf und warf sie mit huldvoller Behäbigkeit zurück. Dann der dritte Schuss. Die Menge der Trauernden, die sich um das Grab gesammelt hatte, ergriff ein warmer, wohliger Schauer, selbst eingefleischte Antimilitaristen standen innerlich stramm, blickten mit durchgedrücktem Hohlkreuz auf den Sarg mit den Kränzen, von denen bunte Schleifen hingen: Ein letzter Gruß vom Trachtenverein. Vom Tennisclub. Von der Blaskapelle. Von deinen Kegelbrüdern. Von den Saunafreunden.

»So, so, von den Saunafreunden!«, raunte die Hofer Uschi anzüglich. »Da schau her.«

Der vierte Schuss. Scheinbar noch wuchtiger und bedeutender als die vorigen. Nur Memmen hielten sich die Ohren zu, diesem Zapfenstreich wollte man sich schon genussvoll aussetzen. Fünfter Schuss. Die Bas' kontrollierte bei der Gelegenheit noch einmal, ob die Kränze vollständig auf das Sarggerüst geladen worden waren. Alles perfekt.

Der Schützenhauptmann hob sich natürlich mit einer prächtigeren Aufmachung von den gemeinen Kanonieren ab, er trug die Haupt- und Staatsmontur mit spitzzulaufender Mütze, die mit einer blutroten Kordel geschmückt war. Die Weste schillerte in allen Regenbogenfarben, und um die Hüften schlenkerte ein Charivari, das bei den Schützen natürlich auch nicht so hieß, sondern *G'häng*. Die bunte Pracht stand im Gegensatz zu der schlichten Uniform von Master Sergeant Rob Sneider, einem hohen Verbindungsoffizier der US Army, der momentan nicht verbergen konnte, dass er reichlich unterfordert war von dem langweiligen Job, tumbe Trachtler und ihre historischen Waffen zu beaufsichtigen. Gerade bekam Sneider über Funk die Anfrage eines Hubschrauberpiloten rein, was denn das für ein Geböller sei.

»War so ausgemacht«, gab Sneider lässig zurück, »Sieben Schüsse Punkt 4:00 p.m. Eine Beerdigung. Steht das nicht auf Ihrem Tagesplan?«

»Habe nichts davon mitbekommen.«

»Na, toll.«

Sneider legte auf. Die Koordination zwischen Sicherheitskräften und Militär war traditionell schlecht. Sneider hatte mittags die historischen Böllerkanonen begutachtet und für harmlos befunden. Keine atomaren Lenkraketen drin, die auf den Präsidenten zielen konnten, dafür viel Schwarzpulver, das einen Höllenlärm machte, wenn man es abbrannte. Lediglich die Amerikaner hatten inspiziert, die französische Delegation hatte verzichtet, Japan als Nicht-Atomwaffen-Land war gar nicht eingeladen worden. Die Kanadier hatten sich auf die Amis verlassen, die Briten hatten nur gelacht und die Angelegenheit mit den sieben Feuerwerkskrachern ohne Inspektion gegengezeichnet. Sneider fragte sich, was er hier tat. Historische Böllerkanonen. Kinderspielzeug. Kostümierte Seppeldeppen.

Der sechste Schuss klang in den Ohren der Trauergemeinde noch einen Zacken würdevoller, erhabener und historischer. Das Echo von den Kramerwänden waberte stark nach, der Friedhofsboden schien zu beben, die Pfütze vor dem Grab zitterte und warf die Sonnenstrahlen scharf blitzend zurück. Hauptmann Hackl strich zufrieden seinen Schnurrbart glatt. Die versammelte Trauergemeinde stand ruhig und ergriffen da. Kaum jemandem fiel die kleine Unregelmäßigkeit auf. Selbst die Bas' hätte gar nichts mitbekommen, wenn nicht die Heinlinger Resel ihr ins Ohr geflüstert hätte:

»Sechs Schüsse.«

»Was?«

»Es waren bloß sechs Schüsse. Hat er sich nicht sieben gewünscht, der Hansi?«

Die Bas' zuckte die Schultern. Dann eben bloß sechs Schüsse. Auch die Trauergemeinde, die hauptsächlich aus Zivilisten bestand und deshalb ungeübt im Heraushören von fehlenden Schüssen war, bekam von der ganzen Aufregung nichts mit. Sechs Knaller, sieben Knaller, einerlei.

Umso mehr schwitzte Hauptmann Hackl. Sein Gesicht war rot vor Scham und Wut, der gezwirbelte Bart vibrierte gefährlich. Warum zündete die siebte Kanone nicht? Ausgerechnet jetzt, unter den Augen einer Supermacht? Sneider grinste transkontinental überheblich und tippte etwas in sein Smartphone. Der namenlose arme Schütze Nummer sieben wiederum konnte nicht mehr tun als die vermutlich schadhafte Zündplatte zu verfluchen. Oder das nasse Pulver. Noch nie in der Geschichte des Vereins war so etwas passiert. Zwar war es beim Salutschießen immer wieder mal zu Unfällen gekommen. Dem Kanonier Gschnaider hatte es vor Jahren in Bad Tölz die Hand weggerissen, dem Degglinger Max in Mühldorf ein Auge, die vielen Schützenfinger gar nicht mitgezählt, die bei diversen Ehrensalven auf der Strecke geblieben waren. Die historischen Paradewaffen waren eben nicht mit den aktuellen Sicherheitsstandards ausgerüstet, das war ja schließlich das Historische daran. Aber was jetzt gerade geschah, nämlich nichts, das hatte es noch nie gegeben.

»Wir brauchen sieben Schuss«, sagte Sneider in die ungemütliche Stille hinein. »Nur dann ist die Security zufrieden. Los, machen Sie! Die Jungs zählen mit, die haken das ab. Sie könnten ja meinen, dass mit dem siebten Schuss später irgendein Unfug getrieben wird.«

Alle starrten auf die Kanone. Keiner trat näher. Ganz im Gegenteil. Die Ehrenmusketiere wichen zurück. Es war wie mit der Schlusspointe bei einer Hochzeitsrede: Wenn sie nicht zündete, gab es keinen Plan B.

»Was sollen wir jetzt tun?«, fragte Hackl gehetzt und atemlos.

»Die Kanone muss kontrolliert gesprengt werden«, stellte Rob Sneider fest.

Hackl fiel in sich zusammen. Der Master Sergeant ließ sich mit dem Minenräumkommando verbinden. Dann mit den internationalen Verbindungsoffizieren und dem Geheimdienstkoordinator der Militärpolizei. Schließlich hatte er es geschafft, die Meldung über den fehlenden Schuss an alle protokollarisch vorgeschriebenen Sicherheitsstellen abzusetzen. Trotz der zur Schau getragenen Coolness war Sneider hochnervös. Er hoffte inständig, dass er niemanden vergessen hatte. Denn wenn doch ...

... dann saß jetzt irgendwo ein unerfahrener Abhörspezialist in einem verbeulten Umzugswagen, der zwar den fehlenden Knaller mitbekommen hatte, nicht aber die Entwarnung; der daraufhin eine Lawine lostrat, die mit der Verlegung aller Atom-U-Boote ins Mittelmeer, dem Erstschlag, dem Zweitschlag und der vollständigen Vernichtung der menschlichen Zivilisation endet. Master Sergeant Sneider sah diesen Verursacher der Apokalypse förmlich vor sich sitzen: er war klein, verschwitzt und hatte sich am Morgen beim Rasieren geschnitten. Sneider lief puterrot an und schnappte nach Luft ...

Sein Mobiltelefon klingelte. Ein Beamter aus dem Pentagon war dran. Alarmstufe wieder auf null. Alles im grünen Bereich.

3 Das Camp

Am nördlichen Ende des Kurorts, auf der grünen Wiese, hatten die Gipfelgegner ihr Camp aufgeschlagen. Buntfleckig lagen die vielen kleinen Zelte da, wie ein Haufen achtlos hingeworfener Bauklötzchen. Nach alldem, was Medien so gedruckt und gesendet hatten über die Globalisierungskritiker und ihre Schwarzen Blöcke, hätte man hier mehr Gefahr, Bedrohung und Vermummung erwartet, ein allgegenwärtiges fanatisches Glimmen in unbelehrbaren Revoluzzeraugen. Man hätte mit feige behelmten, schwarzledernen Bikern gerechnet, die mit aufheulenden Motoren einfuhren, grölende Radaubrüder, wie man sie von Fußballstadien kannte, oder vor Wut auf das Schweinesystem kochende Irre, die gefährlich blitzende, undefinierbare Gegenstände in der Hand hielten. Doch nichts von alledem war hier zu sehen. Zumindest momentan nicht. Ganz im Gegenteil: Es fehlte nicht viel zu einem ländlichen Open-Air-Festival, zu einem alplerischen Outdoor-Event, gesponsert von BMW oder Spatenbräu. Barfüßige junge Leute schleppten Wasserkanister durch die Gegend, diskutierende Grüppchen standen lachend und rauchend zusammen. Am Imbisszelt war am meisten los, es trug ein Schild mit der Aufschrift *Ohne Mampf kein Kampf*, und es gab hauptsächlich Handfestes wie Leberkäsesemmeln, gestiftet von der örtlichen Metzgerei Kallinger. Allerdings mit der Bitte um Diskretion:

»Ja, machts nur was gegen die Großkopferten da droben, aber sagts net, dass der Leberkas von uns is.«

Androgyne Gestalten tanzten einsame, sonnenzugewandte Tänze, im Hintergrund war die passende Musik dazu zu hören. Sie quoll aus einem nicht sehr leistungsstarken Ghettoblaster, der auf einem wackligen Klappstuhl stand. Ein Mann in Shorts und Badelatschen hatte sein Fernglas auf die Spitzen des Karwendelgebirges gerichtet. Ein anderer stieß ihn an.

»Toller Ausblick, gell?«

»Wie? Nein, ich such die Drohnen!«

Vor ihrem quietschvioletten, einschläfrigen Zelt saß die Bloggerin Nina2 im Schneidersitz, konzentriert über ihr Notebook gebeugt. Ihre langen schwarzen Haare quollen aus der Kapuze. Sie tippte wild und leidenschaftlich, ihre Gedanken waren schneller als ihre Finger.

NINA2 | GLOBOBLOG MO, 8. JUNI 15:30

Im Camp. Vor dem Eingang ein Plakat: *Kein Gott, kein Staat, kein Kalifat.* < grins > Daneben der handgeschriebene Zettel: *Presse, Bullen, Weißwurstscheiben – müssen leider draußenbleiben.* < verwundertamKopfkratz > Aber das mit dem Draußenbleiben scheint zu funktionieren. Keine Kameras, keine Fotoapparate, jedenfalls nicht auf den ersten Blick ...

»Kennen wir uns nicht vom Gipfel in Deauville? Deauville nullelf? Oder von Brüssel nullvierzehn?«

Nina2 schüttelte den Kopf ohne aufzublicken. Sie tippte weiter. Wenn man einen Blog schrieb wie sie, dann war es ganz wichtig, alle Eindrücke aus diesem verschlafenen Kurort sofort zu posten. Das wirkte einfach am authentischsten.

»Oder von Heiligendamm nullsieben? Nein, für Heiligendamm bist du noch zu jung.«

»Ja, ja«, murmelte Nina2. »Von irgendwoher werden wir uns schon kennen.«

Der junge Mann hielt ihr eine offene Weinflasche entgegen und schüttelte sie. Es sollte einladend wirken. Nina2 warf einen kurzen Blick auf das Etikett. Supermarktplörre, allerunterste Schublade. Aber was konnte man hier anderes erwarten.

»Willste nen Schluck?«

Die Jesusgestalt mit Vollbart und weißwollener Tunika ließ nicht locker. Nina2 versuchte einzuschätzen, aus welcher politischen Fraktion er kam. Wahrscheinlich aus einer harmlosen. Trotzdem nahm sie ihr Smartphone und schoss unauffällig ein Foto. Der neutestamentarische Rotweinfreak zuckte die Schultern und trollte sich wieder.

NINA2	GLOBOBLOG	MO, 8. JUNI 15:35

Nach vier Tagen hier im Alpenland verdichtet sich der Eindruck: tiefste Provinz, politisches Entwicklungsgebiet. < Seufz > Die Locals stehen bei der Demo am Straßenrand und glotzen auf die Transparente. Sie halten Julian Assange wahrscheinlich für einen englischen Modedesigner. Auffällig: Die Fenster der Geschäfte sind kaum verbarrikadiert. Die scheinen sich nicht so recht zu fürchten. Witzig: Ausgerechnet der allerabgewrackteste und miefigste Laden, ein Matratzengeschäft, in das sowieso keiner je einen Stein schmeißen würde, war voll mit Bauholz verschalt. < eineDoseMitleidaufmach:Pfsch! > Das Camp füllt sich langsam wieder. Keine wirklich gewaltbereiten Aktivisten hier. Kann ja noch werden. < Augenbrauenbesorgthochzieh > Die meisten der Camper kommen aus elitären Verhältnissen, haben noch nie in ihrem Leben was gearbeitet, suchen einfach nur den Kick. Ja, Leute: So bewegt man nichts.

In einiger Entfernung von Nina2 erhob sich ein zaundürrer Jüngling, um das Wort zu ergreifen. Er hielt eine kleine Spontanrede, ohne Mikro, ohne Termin, einfach so. Einige der Herumlaufenden blieben stehen, manche setzten sich, es bildete sich ein Kreis um ihn. Er stellte sich als Bobo vor. Bobo trug ein Piratentuch, er hatte dadurch etwas von einem abgemagerten Seeräuber. Sein Adamsapfel sprang beim Reden deutlich auf und ab, er sprach von der Utopie der herrschaftsfreien Zukunft. Ohne Punkt und Komma. Nina2 schoss auch von ihm ein Foto.

| NINA2 | GLOBOBLOG | MO, 8. JUNI 15:40 |

Dieser Bobo ist wohl neu in der Antigloboszene, inhaltlich kaum einer Richtung zuzuordnen, am ehesten noch den Links-Identitären, die ganz Europa zerschlagen wollen in winzige Regionen, alle nicht größer als das Werdenfelser Land. < grins, hüstel > Send in the clowns?/??// Nö, die sind doch schon längst da, die Clowns! Bobo ist jedenfalls rhetorisch begabt, bei seinem mitreißenden Redeschwall fliegen einem die Ohren weg, und das kann man nicht von jedem hier behaupten. Wer mir unter den Zuhörern noch aufgefallen ist: Bindu, ein streitsüchtiger Chaot von der Vegan-Truppe, dann Alexa, ehemalige Attac-Mitarbeiterin, diese Sportsfreunde waren ihr aber zu wischiwaschi. Ferner Mungo, der zündet gerne mal was an, Aschentonnen zum Beispiel, er weiß auch, wie man Mollis und Nebelkerzen baut. Gibt dazu sogar Kurse hier im Camp. Dann noch der Empört-Euch!-Wotan: Ein Radikalintellektueller mit Muttersprache Fachchinesisch, macht einen auf Stéphane Hessel und Jean Ziegler gleichzeitig. Sieht das Ganze hier eher als Hauptseminar Soziologie. Schließlich die historische Abteilung: Ein paar stramme DKPler – ja, es gibt sie noch,

auch ohne Artenschutz. //sarkasmus off / Wo ist eigentlich
Ronny, der Totalverweigerer und Solokämpfer?

Nina2 blickte vom Notebook auf. Ein gleißender Sonnenstrahl brach durch die Wolken und schüttete sein Junifeuer über dem Karwendelgebirge aus. Mit Ronny hatte sie noch ein Hühnchen zu rupfen. Der bullige, gedrungene Typ, der etwas Wikingerhaftes an sich hatte, war eigentlich ein liebenswerter Einzelgänger ohne großen theoretischen Hintergrund. Ein Totalverweigerer. Im französischen Deauville null1f waren sie das erste Mal aufeinandergetroffen, dann auf jedem Gipfel. Am Freitag waren sie fast gleichzeitig im Camp angekommen und hatten ihre Zelte aufgebaut. Am Samstag hatte sie vor der Mittagsdemo kurz mit ihm gesprochen, seitdem hatte sie ihn nicht mehr gesehen. Vielleicht war er im Ort nicht durch die Kontrollen gekommen und saß irgendwo fest.

| NINA2 | GLOBOBLOG | MO, 8. JUNI 15:45 |

Es wimmelt hier von Anarchisten. Habe vorhin einen blöden Slogan gehört: Machtlosigkeit an die Macht. < grübel, kopfschüttel > Demzufolge steht die Queen von England dem Anarchismus gar nicht so fern. Niemand bestimmt über sie, und sie hat eigentlich auch keinen Einfluss auf irgendjemanden oder irgendetwas ...

Hinter einem der Zelte, unbeachtet von den übrigen Campbewohnern, luden zwei unauffällige Typen mit schwarzen Wollkappen mattglitzernde Pflastersteine aus einem verbeulten Kleintransporter, um sie in ihre Rucksäcke zu füllen. Die schwarzglänzenden, unregelmäßig geformten Würfel klickten hart gegeneinander. Einer schob die Mütze etwas hoch, um sich den Schweiß abzuwischen.

»Das müsste fürs Erste genügen«, zischte er. Ein fettes Grinsen erschien auf seinem Gesicht.

»Beeil dich«, trieb ihn der andere an. »Die Demo beginnt in einer Stunde.«

4 Das Grab

> Ferner will ich, dass keiner an meinem Grab mehr als drei
> Minuten redet. Und vor allem keinen Schmarrn. Das ist
> überhaupt mein größter Wunsch: kein Schmarrn am Grab.

Auf ein dezentes Handzeichen von Kaplan Müller-Zygmunt eilten die beiden Ministranten herbei und schwenkten ihre versilberten Weihrauchfässchen. In kleinen, locker zusammenhängenden Schwaden schien sich die Seele Hansis zum Himmel zu erheben, willenlos gab sie den leichten, spielerischen Windstößen nach und löste sich schließlich in nichts und niemand auf. Der Kaplan war in ein stummes Gebet versunken, er bewegte nicht einmal die Lippen. Er hatte sich entschieden, die drei Minuten für eine Art Schweigezeremoniell zu nutzen. Das passte gut. Schweigen war schon immer eine mächtige Waffe in der Hand der katholischen Kirche gewesen.

»Was sagt er?«, rief die Weibrechtsberger Gundi in die Stille hinein.

»Eben nix!«, gab die Hofer Uschi ebenso lautstark zurück. Die Kanonenschläge hatten die Ohren der beiden Ratschkathln fast vollständig ertauben lassen.

»Wie bitte? Das ist ja ein sauberer Pfarrer, der nix sagt! Für was zahlen wir eigentlich Kirchensteuer?«

Alle lächelten über die kleine Ruhestörung.

Aber im Prinzip waren sie dem Kaplan dankbar. Nach der wuchtigen Kanonendonnerei war die bewusst zelebrierte Stille eine Erholung. Hut ab vor der Bas'. Das Einzige, was man jetzt hören konnte, war das Klimpern der Weihrauchfässchenketten. Die Ministranten strahlten. Sie warfen sich verstohlene Blicke zu. Das war zwar etwas unpassend für eine Beerdigung, aber sie freuten sich halt tierisch auf die versprochenen Extrazwanziger.

Die drei Oberreiter-Kinder wurden von ihrer Mutter nach vorne geführt, dann nacheinander auf den leeren Friedhofswagen gehoben. Die Hälse der Trauergäste reckten sich. Auf ein Zeichen der Mutter krähten die Mädchen mit ihren messerscharfen Kinderstimmen los, das Ergebnis war niederschmetternd schön.

> ♫ *Staad, staad, dass di net draht.*
> *Hats uns erst gestern draht, drahts uns heit aa ...*

In Dirk regte sich ein Gefühl der Eifersucht. Als Profimusiker übst du dir einen Wolf und feilst stundenlang und tagelang am richtigen Ton, und dann kommen drei Kindergartenknirpse und stehlen dir die Schau mit links. Alte Künstlerweisheit: Neben Kindern und Tieren kannst du nur verlieren. Vor allem gegen Kinder hast du keine Chance. Dirk wandte sich kopfschüttelnd ab. Die Oberreiter-Dirndln stellten sich in Position. Sie verstanden zwar den Ernst einer Beerdigung nicht, sangen aber dafür mit Inbrunst, immer und immer wieder dieselbe Strophe:

> ♫ *Staad, staad, dass di net draht.*
> *Hats uns erst gestern draht, drahts uns heit aa ...*

Zwanzig Meter vom Grab entfernt, in der letzten Reihe, stand Kriminalhauptkommissar Hubertus Jennerwein. Seine Gedanken waren ganz beim Verstorbenen. Erinnerungen an längst vergangene Tage mit ihm tauchten auf. Doch als ihn der Gesang der drei Minisirenen erreicht hatte, brachte ihn das scharfe, zirpende Quietschen wieder auf den Boden der Tatsachen zurück. Er massierte die Schläfen mit Daumen und Mittelfinger. Ansonsten eine unauffällige Erscheinung, war diese Geste das einzig Extravagante an ihm. Schließlich verstummte der Gesang. Jennerwein hatte den Ropfmartl Hansi gut gekannt. Er war ein angenehmer Mensch gewesen, etwas eigensinnig, manchmal sicherlich auch ein wenig schwer von Begriff – Jennerwein verbot sich diesen Gedanken. Über die Toten nichts außer Gutes. Ein fleißiger Mensch war der Hansi gewesen, beruflich durchaus erfolgreich, mit großen Plänen für die Zukunft. Aber er hatte auch überraschende Seiten gezeigt. Jennerwein fiel ein, wie er ihn einmal mit einem Päckchen Marihuana erwischt hatte, das für mehrere Abiturfahrten gereicht hätte. Eigentlich wäre Jennerwein als Polizeibeamter verpflichtet gewesen, die Sache weiterzuverfolgen. Aber beim Hansi? Er hatte lange im Zwiespalt mit sich gelegen. Doch schließlich hatte sich doch alles aufgeklärt und zum Guten gewendet. Der Hansi konnte mit einem gestempelten amtlichen Schreiben von der Bundesopiumstelle aufwarten, darin hieß es, dass er den Stoff ganz legal besitzen und konsumieren durfte. Aus medizinischen Gründen, es gab ein ärztliches Attest. Doch was in diesem ärztlichen Attest gestanden hatte, war eigentlich noch viel schlimmer als die paar Deka Gras, die Jennerwein bei ihm gefunden hatte.

Jennerwein wandte den Kopf zu Maria Schmalfuß, die wenige Schritte von ihm entfernt stand und sich gerade verstohlen eine Träne abtupfte. Ihre Blicke trafen sich, beide schämten sich ihrer Bewegtheit jedoch nicht, sondern lächelten sich zu. Auch die Polizeipsychologin hatte den Verstorbenen gut gekannt. Sie fand es beschämend, dass nur solch eine spärliche Abordnung von Polizisten zu seiner Beerdigung gekommen war. Auch daran war der verfluchte Gipfel schuld. Alle verfügbaren Polizeibeamten aus der näheren Umgebung waren, ob sie wollten oder nicht, für alles Mögliche eingeteilt worden: Durchführung von Festnahmen, Personalkontrollen, Beobachtung des Zeltlagers der Demonstranten und vieles andere mehr. Maria sollte Eskalationsstufen prognostizieren, Gewaltprävention leisten, psychologische Beratung anbieten. Viel war bisher allerdings nicht zu beobachten, zu leisten und anzubieten gewesen. Die Fronten waren klar und starr. Oben auf dem Berg tagten die guten, staatstragenden Elefantenmenschen, unten im Demonstrantenlager debattierten die edlen Revolutionswütigen. Auf einen Gipfelgegner kamen fünf Polizisten, auf einen Politiker fünfzehnhundert Sicherheitsleute. Maria sah sich um und ließ den Blick über die Trauergemeinde schweifen. Dann hielt sie inne. Irgendetwas stimmte hier nicht.

Nach Beendigung ihrer Gesangseinlage vollführten die drei Oberreiter-Schwestern einen guteinstudierten Knicks. Die Sonne huschte kurz hinter einen Wolkenschleier, die blassen Reststrahlen tauchten den Friedhof in ein unwirkliches, schauderhaft jenseitiges Licht. Sofort waren alle Gedanken wieder beim Ropfmartl Hansi. *Viel zu früh bist du gegangen* stand auf einer Kranzschleife. Die kleine, schmächtige Frau mit den hochgezogenen Schultern stierte auf die Schrift. Dann lachte sie bitter auf. Von wegen, murmelte sie halblaut. Ihre schwarzen Gedanken konnte sie einfach nicht loswerden.

Sie stand etwas abseits, zwischen ihr und dem Rest der Verwandtschaft tat sich eine Kluft auf, nicht nur im übertragenen Sinn.

»Wer ist denn das?«, fragte die Weibrechtsberger Gundi und deutete mit dem Kopf in Richtung der einsamen Frau.

»Das ist die Sabine«, antwortete die Hofer Uschi.

»Die Sabine?« Die Weibrechtsberger Gundi sprach den Namen aus, als wäre es ein glitschiger, toter Fisch. »Die hätte ich jetzt gar nicht erkannt, so ganz in Schwarz. Von der hört man ja so einiges!«

»Was will man machen«, erwiderte die Hofer Uschi. »Sie ist – oder vielmehr sie war nun mal die Frau vom Hansi.«

Ein paar Meter von der Witwe entfernt standen ihre zwei Buben. Beide hielten die Hände locker nach unten gefaltet, etwa in Höhe des Gürtels. Sie schienen den Blick andächtig auf die Daumenspitzen gesenkt zu haben. Manchmal bewegten sie den Kopf, als ob sie ihre Finger noch genauer betrachten wollten als sie das ohnehin schon taten. Sie bewegten die Lippen leicht, es schien, als würden sie ein leises Gebet sprechen. Dann fiel der Blick der Witwe auf die schlampig gefalteten Hände. Zornesröte erschien auf ihrem blassen Gesicht, mit schnellen Schritten war sie bei den Buben.

»Ihr spielt doch nicht etwa ein Videospiel?«, zischte sie. »Hier am Grab! Das darf doch nicht wahr sein.«

Die Jungen blickten sie erschrocken an. Der Größere und Ältere der beiden schüttelte trotzig den Kopf, der Jüngere gab ein verächtliches Geräusch von sich, schaute jedoch gleich drauf verängstigt drein. Die Mutter öffnete einem der Halbwüchsigen die Hand. Und jetzt konnten es alle sehen. Sie entwand dem Kleineren ein Smartphone.

»Hier auf dem Friedhof! Dass ihr euch nicht schämt!«

»Wir haben kein Videospiel gespielt«, maulte der Jüngere.
»Das ist doch ganz gleich, *was* ihr gespielt habt.«
»Wir haben *gar* nicht gespielt.«
Der Ältere schaltete sich ein.
»Wir machen Fotos vom Grab, nichts weiter.«
»Und die Reden wollen wir auch aufnehmen.«
Der Ältere hob sein Smartphone, so dass die Umstehenden auf das Display sehen konnten. Manche der Trauergäste lugten hin, sie konnten erkennen, dass der Junge gerade das Blumen- und Kranzgepränge fotografiert hatte.
»So ein Unsinn«, fauchte die Witwe wütend. »Bilder vom Grab! Reden aufnehmen!«
»Zur Erinnerung«, sagte der Jüngere leise.

»Wer ist denn das da hinten mit dem Fernglas?«, flüsterte die Hofer Uschi der Weibrechtsberger Gundi zu.
»Wer? Wen meinst du?«
»Na, der in dem dunkelgrünen Anorak.«
»Ach, jetzt seh ich ihn auch. Ich muss schon sagen: ein recht unpassender Aufzug für eine Beerdigung.«
»Kennen wir den?«
»Nein, nicht dass ich wüsste. Erst hab ich gedacht, dass es der Seyfried Günther ist, weißt schon, der Oberförster. Weil er gar so jägerisch angezogen ist.«
»Ist das überhaupt ein Mannsbild?«
»Sicher bin ich mir nicht. Es könnte auch eine Frau sein.«
»Aber wo schaut denn der hin mit dem Fernglas? Am Ende zu uns her!«
»Ich kanns nicht genau erkennen. Ich glaub, der schaut eher zum Grab hin.«
»Ein recht ein kurzsichtiger Trauergast.«
»Jedenfalls hab ich ihn noch nie gesehen«, flüsterte die

Weibrechtsberger Gundi und drehte sich wieder um. »Das ist bestimmt kein Einheimischer.«

»Vielleicht ist er auf der falschen Beerdigung.«

»Oder auf dem falschen Friedhof.«

Die beiden Ratschkathln kicherten hinter vorgehaltener Hand.

5 Der Schreck

*Mit der Durchführung der Begräbnisfeierlichkeiten beauftrage
ich meine Cousine, die Bas', die schon so manche Leich
hervorragend und stimmungsvoll organisiert hat. Traditionell
bekommt sie als Ausrichterin der Leich keine Münz,
ein herzliches Vergelts Gott muss also genügen.*

Über zwanzig Redner waren angemeldet. Die Kürzung auf drei Minuten hatte sich herumgesprochen, jeder der Trauergäste war gespannt auf die auf den Punkt gebrachten Nachrufe. Ein kleiner, beleibter Mann löste sich aus der Menge. Er trat ans Mikrophon und versuchte, den Galgen zu verstellen. Er drehte an einer Schraube. Sein Gesichtsausdruck war bekümmert, seine Bewegungen fahrig. Hinten hing ihm ein weißer, schmutziger Hemdzipfel aus der Hose. Die Trauergäste warfen sich fragende Blicke zu. In einiger Entfernung, auf einer kleinen Anhöhe, stand das ehemalige Bestattungsunternehmerehepaar Ursel und Ignaz Grasegger und versuchte, durch die dazwischenstehenden Trauerweiden herauszufinden, was am Grab vor sich ging. Ursel stieß Ignaz an.

»Wer ist denn das jetzt? Ich habe meine Brille nicht dabei.«

»Keine Ahnung.«

Ignaz kannte wirklich jeden hier auf dem Friedhof, sei es über, sei es unter der Erde, aber diesen Mann hatte er noch nie gesehen. Momentan schien er jedenfalls große Schwierigkeiten mit dem Mikrophongalgen zu haben, der ihm immer wieder nach unten kippte.

»Komm, gehen wir näher hin.«

Die beiden Graseggers nahmen nicht aus beruflichen Gründen an dieser Beerdigung teil. Ihre Bewährungszeit war immer noch nicht abgelaufen, und eine der richterlichen Auflagen untersagte es ihnen, den Beruf des Bestatters auszuüben. Keine Verfügung hatte ihnen jedoch verboten, einem Verstorbenen die letzte Ehre zu erweisen. Darüber hinaus interessierte es die beiden brennend, wie ihr Nachfolger, der Bestattungsunternehmer Gustav Ludolfi, der erst seit einem Monat im Geschäft war, das Begräbnis realisierte. Sie hatten seit ihrer Zwangspensionierung schon viele kommen und gehen sehen. Eines war sicher: Auch er arbeitete nicht zur Zufriedenheit des Ehepaars. Sie hatten an allen Ecken und Enden etwas auszusetzen. Die Bas' hatte sicherlich ihr Möglichstes getan, aber dieser Ludolfi war ein Pfuscher. Ursel blieb stehen, kniff die Augen zusammen und fixierte den Mann am Mikrophon genauer. Er hatte den schwenkbaren Arm des Mikroständers endlich fixiert. Jetzt klopfte er ans Mikro, worauf ein schriller, beißender Pfeifton über den Friedhof fetzte. Die Hälfte der Friedhofsbesucher hielt sich die Ohren zu.

»Ts! Ts! Sprechprobe. Eins, zwei!«

Wieder eine Rückkopplung, noch stärker als die erste. Die erhaben-nachdenkliche Stimmung, sorgsam aufgebaut durch Böllerschüsse, Weihrauch und Kindergesang, war dahin. Sie war sozusagen beim Teufel.

»Jetzt fang einmal mit deiner Rede an!«, schrie eine Frau von ganz hinten. »Das ist ja nicht zum Aushalten!«

»Das ist gar kein Redner«, sagte Ignaz. »Das ist der Ludolfi selbst. Nicht einmal das Mikro kann er anständig einrichten.«

Bestattungsfachwirt Gustav Ludolfi kratzte sich fahrig am Kopf. Dann nickte er der Bas' entschuldigend zu und wandte sich zum Gehen. Dabei trat er auf das lose hängende Kabel, worauf das Mikrophon schmatzend aus der Halterung sprang und auf den schmutzigen, vom Blumenwasser feuchten Erdboden fiel. Es rutschte über die Grabkante und kullerte, das Kabel hinter sich herziehend, ins offene Erdloch. Mit einem weithin vernehmbaren KA-WUMM! knallte das bis zum Anschlag aufgedrehte Mikro auf den Sargdeckel, blieb schließlich darauf liegen. Alle hielten den Atem an. Manche schlugen die Hände entsetzt vor den offenen Mund, die in den vordersten Reihen beugten sich vor, um einen ängstlichen Blick in die Grube zu werfen.

»Das ist kein gutes Zeichen!«, raunte die Hofer Uschi der Weibrechtsberger Gundi zu.

»Der Tote hat seine Ruhe scheinbar noch nicht gefunden«, flüsterte diese mit zitternder Stimme zurück.

»Wer weiß? Vielleicht will uns der Hansi noch etwas sagen?«

Gustav Ludolfi sah sich hilflos und schulterzuckend um. Dann packte er das Kabel mit beiden Händen, um das Mikro wieder aus dem Grab zu ziehen. Zunächst gelang das auch, wobei sich die Schleifgeräusche schauderhaft anhörten. Wenn Tote reden könnten, würde es genau so klingen. Dann musste die erschrockene Trauergemeinde mit ansehen, wie sich das Kabel plötzlich spannte. Der dicke Mann riss daran. Diejenigen, die etwas näher dran oder höher standen, bemerkten es: Das Mikro hatte sich in einer Halterung des Sargdeckels verfangen und drohte ihn zu lösen. Überall mischten sich leise, entsetzte Schreie in das GROAAR des am Holz kratzenden Mikros.

Unwillkürlich trat die Bas' einen Schritt näher zum Grab. Dort war es nass und matschig. Die Bas' schloss die Augen. Waren alle Mühen umsonst gewesen? Sollte sie hinunterspringen, das verklemmte Mikro lösen und schnell wieder hochklettern? Unmöglich. Ausgeschlossen. Das wäre skandalös. Das durfte nicht geschehen. Nicht das! Ein plötzliches Schwindelgefühl erfasste sie. Doch dann die Erleichterung: Das Kabel hatte sich gelöst und wurde nach oben gezogen. Sie wischte sich den Schweiß von der Stirn. Das war gerade noch einmal gutgegangen.

Nachdem das aufgeregte Gemurmel der Menge verstummt war und sich alle wieder beruhigt hatten, trat der erste wirkliche Redner ans Mikrophon. Es war der Vorsitzende des Skiclubs, er hielt sich auch strikt an die drei Minuten. Er schilderte den Verstorbenen als fairen Sportsmann (0:50), geselligen Vereinskameraden (1:45) und schließlich als guten Verlierer (2:55). Auch den nächsten Rednern gelang die zeitliche Beschränkung. Ein vorbildlicher Bürger, wohltätiger Geist, ruheloser Kämpfer für die gerechte Sache. Ein treusorgender Sohn, umsichtiger Gerätewart, pflichtbewusster Kamerad.
»Hätten wir nicht auch was sagen sollen?«, fragte Maria Schmalfuß, die inzwischen zu Jennerwein getreten war. Der Kommissar schüttelte den Kopf.
»Ich bin kein großer Redner. Und ich hätte viel zu viel zu sagen.«
Maria nickte.
»Nein, wir machen es anders«, fuhr Jennerwein fort. »Wir setzen eine Anzeige in die Zeitung. Ganzseitig. Das wird ihm eher gerecht.«
»Ich hätte es trotzdem schön gefunden, wenn Sie geredet hätten, Hubertus.«

Der Verstorbene wurde noch immer in den höchsten Tönen gepriesen. Von den Schlaraffen, von der Freiwilligen Feuerwehr, vom Tennisclub –

»Das hab ich gar nicht gewusst, dass der Hansi Tennis gespielt hat«, raunte die Weibrechtsberger Gundi der Hofer Uschi zu.

»Ich schätze, es gibt da noch viel mehr Dinge, von denen wir nicht die geringste Ahnung haben.«

Die Bas' atmete auf. Alles verlief wieder nach Plan. In der Roten Katz wartete schon ein Riesenkessel voller Weißwürste, dem traditionellen Essen bei einem Leichenschmaus. Auf den Wastl, den Wirt der Roten Katz, war Verlass. Auch er war ein entfernter Ropfmartl, und bei ihm würde es keine geplatzten Weißwürste geben. Es war jetzt eh schon genug schiefgegangen. Ein Mikro, das ins Grab fiel! Noch so ein Fehler durfte nicht passieren. Die Bas' richtete ihren Blick auf die Kränze. Stand da auf einer Schleife etwa *Sauhund*?

6 Der Kranz

Auf meinem Grabstein soll etwas Beziehungsreiches stehen,
etwas, was mit dem Schusterhandwerk zu tun hat. Wie wäre es
zum Beispiel mit: Der letzte Schuh hat keine Sohle.

»Grüß Gott, ich brauche noch einen Kranz für den Hansi.«
»Der Hansi! So früh, gell.«
»Und eine Schleife dazu, mit einer schönen Aufschrift.«
»Was darf es denn für eine Aufschrift sein?«
»Ja, ich weiß nicht – Was für Sprüche haben denn die anderen schon genommen?«
»Moment, ich seh mal nach. *Aber die Liebe bleibt* … ist weg. *Alles hat seine Zeit* … auch weg. *As time goes by* …
»Wer schreibt denn *As time goes by* auf den Kranz?«
»Der Krepflinger Alois. Er wollte zuerst *Wo du jetzt bist, gibt es keinen Schmerz*, aber das hat der Nussdorf Blasi schon gehabt, dann wollte er es nicht mehr. Die zwei sind schwer über Kreuz, wissen Sie. Seit Jahren schon …«
»Und nur *Danke*?«
»Nur *Danke*, das haben schon, warten Sie, fünf Leute genommen. *Danke* ohne alles, das geht immer als Erstes weg. Weil es auch am billigsten ist. Wir haben einmal eine Beerdigung gehabt, da war das Grab voll mit *Danke*-Schleifen.«
»Wahrscheinlich lauter Geizhälse.«

»Lauter enge Verwandte, ja. Ah, da habe ich was für Sie: *Deine Spur wird ewig bleiben.*«

»*Deine Spur wird ewig bleiben?* Ich weiß nicht so recht.«

»Das ist doch schön!«

»Nein, wenn ich mir das so vorstelle, mit der Spur. Dass da ewig eine Spur bleibt vom Hansi. Komisches Bild.«

»Das finde ich persönlich am besten: *Ein Stern trägt jetzt deinen Namen.*«

»*Ein Stern trägt jetzt deinen Namen*, da stellt sich doch jeder vor, dass es bald einen Stern gibt, der Ropfmartl heißt.«

»Ja, komische Sachen passieren schon manchmal. Einmal haben wir einen Lehrling gehabt, der hat gleich an seinem ersten Ausbildungstag eine Kranzschleifenaufschrift machen müssen. Und wissen Sie, was dann am Grab für ein Kranz gelegen hat?«

»Keine Ahnung.«

»Ein wunderbarer Lorbeerkranz, und auf der Schleife: *Name, wir vergessen dich nicht!* Verstehen Sie, der Lehrling hat den Namen nicht eingesetzt.«

»Ich versteh schon.«

»Oder soll es was Nachdenkliches sein: *Du bist nicht gestorben, nur vorausgegangen – Wir kommen bald nach – Das Gröbste hast du hinter dir – Warum du? –* Vor allem *Warum du?* wird gerne genommen.«

»Das ist mir ein bisschen zu kurz.«

»Wir haben natürlich auch ausführlichere Sachen. Literatur. Da, was von Rilke:

> *Dass wir erschraken, da du starbst, nein, dass*
> *dein starker Tod uns dunkel unterbrach,*
> *das Bisdahin abreißend vom Seither: –*«

»Entschuldigens, mir eilt es ein bisschen.«

> » – *das geht uns an; das einzuordnen wird*
> *die Arbeit sein, die wir mit allem tun.*

Schön, gell?«
 »Das versteht doch kein Mensch.«
 »Das nicht, aber angeben kann man damit. Eine extrabreite Schleife, und dann nicht einfach *Danke*, sondern Rilke. Ist natürlich nicht ganz billig, aber das sieht dann auch jeder, dass es nicht ganz billig war –«
 »Wissen Sie was, machen Sie mir eine Schleife mit *Pfiadi Hansi*.«
 »*Pfiadi Hansi.* Wie Sie wollen.«
 »*Pfiadi Hansi*, genau. Wie lange brauchen Sie denn dafür?«
 »Bis übermorgen.«
 »Aber die Beerdigung ist doch jetzt.«
 »Das ist blöd. Warten Sie. Vor ein paar Monaten ist der Haslmeier gstorben, der Haslmeier *Hansi*. Ein Kegelbruder von ihm hat eine Schleife in Auftrag geben, dann ist der Kegelbruder auch gestorben und hat die Schleife nicht abgeholt. Die habe ich immer noch da.«
 »Gut, dann nehm ich die vom Haslmeier. Geben Sie her. Aber da steht ja: *Pfiadi Hansi, alter Sauhund.*«
 »Das schneiden wir dann schon weg.«
 »Gut, aber machens schnell, sonst komm ich nicht mehr rechtzeitig zur Beerdigung.«

7 Der Hit

Jedes Kirchenchormitglied soll ebenfalls einen Zwanziger bekommen. Es tut mir leid, dass ich bei so vielen Proben gefehlt habe, aber die Arbeit ist natürlich immer vorgegangen. Trotzdem: Ein letztes Hal-le-lu-ja! an all die durstigen und zwitschernden Kehlen!

»Was ist denn das für ein Schmarrn?«, schrie die Hofer Uschi der Weibrechtsberger Gundi ins Ohr, als die Blasmusik wieder einsetzte.

»Kennst du das Stückerl nicht?«, gab diese verschmitzt zurück. »1984 war das *der* Hit. Ich hab mir den Schmäh jeden Tag zwanzigmal anhören müssen. Diesem Fetzen bist du damals gar nicht ausgekommen!«

Die Musik, die beim Rückweg vom Grab erklang, zeigte die verborgene, anarchistische Seite des Verstorbenen. Der altehrwürdige Trauermarsch auf dem Herweg hatte den konservativen Hansi symbolisiert, auf dem Rückweg aber  hatte er sich in seinem Kodizill Purple Rain von Prince gewünscht, und die Blaskapelle (Motto: »A scheene Musi und a Herz für d' Hoamat«) ließ dem Partykellerkracher von 1984 freien Lauf. Die Basstuba wummerte, die Klarinetten quietschten, und Dirk schmetterte mit seiner Trompete die Melodie. Er selbst hatte das Stück arrangiert, das machte er immer bei musikalischen Sonderwünschen. Meistens lief es auf My Way von Frank Sinatra hinaus oder auf Tears in Heaven von Eric Clapton, manchmal auch auf Fix You von Coldplay. Doch dieser Rockbrüller hier war neu. Purple Rain war wohl noch nie auf einem bayrischen Friedhof erklungen. Einige sangen den Refrain mit. Schließlich schwiegen die Bläser, und die Menge schritt wieder ernst und schweigend durch den Kies.

Die Bas' drängte sich winkend durch die Menge. Sie hatte Jennerwein schon von weitem erblickt und lief mit ausgestreckten Armen auf ihn zu.

»Schön, dass Sie Zeit gefunden haben, Herr Kommissar. Sie gehen doch noch mit zum Leichenschmaus?« Sie wandte sich Maria zu. »Und Frau Doktor Schmalfuß natürlich auch?«

»Nein, leider nicht«, entgegnete Jennerwein. »Wir müssen beide wieder zurück zum Dienst. Dem Gipfel kommt niemand aus, Sie verstehen.«

Die Bas' seufzte.

»Ja, ich verstehe. Es ist ja ein Wunder, dass wir den Hansi überhaupt beerdigen dürfen inmitten von dem ganzen Schmarrn – Oh, entschuldigen Sie, Herr Kommissar.«

»Nein, ist schon in Ordnung. Sie haben ja mit dem ›Schmarrn‹ nicht ganz unrecht.«

»Mein Angebot gilt: Sie können gerne später noch nachkommen.«

Jennerwein reichte der Bas' die Hand und schaute sie dabei an. Sie hielt seinem Blick stand. Aber dann kam so ein Flackern in ihre Augen, das er von vielen Befragungen kannte. Oder täuschte er sich? Wahrscheinlich hatte sie in seinem Blick nur den des Kommissars gesehen. Und das machte viele nervös. Maria und Jennerwein verabschiedeten sich und gingen Richtung Ausgang. Viele der Trauergäste grüßten sie. Jennerwein und Maria waren bekannt im Kurort. Sie hatten hier schon viele verzwickte Kriminalfälle gelöst.

»Er hat seine Beerdigung jedenfalls gut vorbereitet«, sagte Maria. »Fast schon pedantisch.« Sie blieb plötzlich stehen und fasste ihren Chef am Arm. »Jetzt weiß ich, was mich vorher gestört hat, Hubertus. Mein Hirn ist auf Symboliken aller Art getrimmt. Und durch die Zusammenarbeit mit Ihnen bin ich zusätzlich darauf trainiert, Auffälligkeiten zu erfassen.«

Jennerwein war ganz froh, von seinen traurigen Gedanken abgelenkt zu werden.

»Zu einer ritualisierten Veranstaltung wie einer Beerdigung gehören symbolische Zeichen und Zahlen«, fuhr Maria fort. »Die Zahlen drei, sieben, dreizehn – quellen über an Bedeutungen. Sechs hingegen ist keine symbolische Zahl. Jedenfalls nicht dass ich wüsste.«

»Ich verstehe nicht ganz –«

»Es waren vorher sechs Böllerschüsse zu hören gewesen. Ist Ihnen das nicht aufgefallen?«

»Nein«, gab Jennerwein achselzuckend zu. »Ist das wichtig?«

»Es muss etwas bedeuten.«

»Vielleicht ist er sechs Jahre beim Schützenverein gewesen.«

»So prosaisch wird bei kultischen Gebräuchen nicht verfahren. Wir sollten diesen Böllerschützen in ihrer sonderbaren Kluft einen Besuch abstatten. Es ist ja nicht weit von hier, gehen wir hinüber.«

Jennerwein funkte ins Revier und gab sein neues Ziel bekannt.

Die Bas' drängte sich weiter grüßend und tröstend durch die Menge, sie lud Leute zum Essen ein, erklärte den Weg zur Roten Katz und lobte die Grabredner für die treffenden Worte. Und dann stand da vorn die Witwe. Ein unbeherrschbares Gefühl der Abneigung stieg in ihr auf. Doch sie fasste sich ein Herz und ging auf sie zu. Das gehörte sich so.

»Grüß dich, Sabine.«

Die Angesprochene nickte kurz, machte dann eine abwehrende Geste und drehte sich halb weg.

»Ja? Was gibts?«

»Jetzt, wo der Hansi gestorben ist, könnten wir doch –«

Die Bas' streckte ihr die Hand entgegen, die Witwe rührte keinen Finger. Ihre Miene war versteinert, sie schien irgendetwas in weiter Ferne zu fixieren.

»Willst du nicht zum Leichenschmaus mitkommen, Sabine?«

Erst jetzt blickte die Witwe der Bas' verächtlich ins Gesicht.

»Was täte ich da? Soll ich mich von allen Seiten blöd anreden lassen? Nein, meine Liebe, ohne mich. Ihr seid ja sowieso lieber unter euch.«

Die beiden Jungen warteten in einiger Entfernung. Ab und zu lugten sie zur Bas' her. Doch sie wagten wohl nicht, auf sie zuzukommen. Die Hofer Uschi und die Weibrechtsberger Gundi tauchten aus der Menge auf. Sie verlangsamten ihre Schritte, blieben stehen und tuschelten.

»Da, schau sie dir an, die beiden Buben. Der Hansi hat sich aufopfernd um sie gekümmert, hat ihnen ja auch seinen Namen gegeben.«

»Seinen Namen gegeben? Was meinst du damit?«

»Weißt du das nicht? Sie hat die Buben mit in die Ehe gebracht. Und trotzdem. Die verehren ihn geradezu.«

»Das wird der Sabine aber nicht geschmeckt haben.«

»Die war sich ja schon immer zu fein für die Ropfmartls. Da hat einem der Hansi schon leidtun müssen. Eine Schusterwerkstatt hat die noch nie von innen gesehen. Und dann auch noch die Geschichte mit der Sekte!«

»Eine Sekte? Was für eine Sekte? Erzähl!«

»Was Genaues weiß ich natürlich nicht. Aber neben dem neuen Supermarkt gibt es doch seit kurzem so einen Treffpunkt. Da hat man sie einmal rauskommen sehen. Und was die da drinnen machen, das will unsereins gar nicht wissen.«

»Was! Neben dem Supermarkt!«

Damit entfernten sich die Ratschkathln. Einer der Redner, Korbinian Ertl, der Vorsitzende des Vereins zur Pflege der bayrischen Sprache e.V., blieb stehen und gab der Bas' die Hand:

»Ein herzliches Dankschön für die großzügige Spende. Das Geld können wir gut brauchen.«

»Gern geschehen!«, erwiderte die Bas' freundlich.

Die Witwe blickte auf und musterte sie scharf.

»Gern geschehen?! Was mich dieser Affentanz gekostet hat, werden wir ja danach sehen. Einen Zwanziger da, einen Zwanziger dort. So kann man das Erbe auch verschleudern. Aber es ist ja nicht dein Geld!«

Der Vorsitzende trat mit einer vermittelnden Geste zwischen die beiden Frauen.

»Jetzt tut einmal ein bisserl langsam. Auf dem Friedhof streitet man sich nicht um die Münz.«

Doch die Witwe schlug seine Hand weg und zischte ihn an:

»Es ist ja auch nicht dein Mann gewesen, der einfach abgehauen ist! Und mich mit den Kindern sitzengelassen hat.«

Sie war nahe an den Vorsitzenden herangetreten, es hätte nicht viel gefehlt, da hätte sie den Ertl Korbinian, der einen Kopf größer war als sie, am Krawattl gepackt. Ihre Augen sprühten Blitze, ihr Atem roch nach Verbitterung. Der Vorsitzende trat befremdet einen Schritt zurück. Sie drehte sich um und eilte rasch davon. Sie winkte den beiden Buben, die daraufhin seufzend hinter ihr hertrotteten. Der ältere, Tim, blickte sich im Gehen um, und die Bas' bemerkte, dass er schon gerne in die Rote Katz mitgekommen wäre. Er hob sein Smartphone und schoss ein Bild von ihr. Arme Teufel, dachte sie.

Auch Hauptmann Hackl von den Gebirgsschützen hatte eigentlich keine große Lust mehr, zum Leichenschmaus mitzukommen. Wenn ihn die Bas' nicht ausdrücklich eingeladen hätte, wäre er jetzt nach Hause gegangen. Nasses Pulver. Ein Zündversager. Eine Katastrophe. Und das bei so einer besonderen Gelegenheit. Hauptmann Hackl stapfte einen Seitenweg entlang. Das Schlimmste war jedoch: Dieses Bürscherl vom amerikanischen Militär hatte ihn einfach weggeschickt. Als ob er ein Zivilist wäre. Langsam verstand er diese jungen Leute, die gegen Staat und Obrigkeit demonstrierten.

»Aber ihr gehts wenigstens mit, oder?«, sagte die Bas' zu Ursel und Ignaz Grasegger.
»Was heißt hier *wenigstens*?«, antwortete Ignaz gespielt empört.
»Wer kommt denn sonst noch?«, fragte Ursel neugierig.
»Wir setzen uns jedenfalls nicht zum Ludolfi, dem Anfänger.«
Schließlich versprachen die Graseggers, kurz vorbeizuschauen.

Als Maria Schmalfuß und Jennerwein am Schießplatz ankamen, erblickten sie einen Minenräumpanzer des Typs »Keiler«, der sich mit seinem Schaufelbagger der historischen Kanone des Gebirgsschützenvereins annahm. Bei dem Höllenlärm, den er machte, war von Friedhofsruhe keine Rede mehr.

»Wann sind Sie denn so weit?«, schrie Jennerwein dem verantwortlichen Sprengmeister ins Ohr.

»Die Vorbereitungen für eine kontrollierte Explosion können stundenlang dauern!«, schrie der zurück.

»Warum der Aufwand?«

»Sie haben Nerven! Wollen Sie eine geladene Kanone hier herumstehen haben, wo heute Abend schon wieder die nächste Großdemo ansteht?«

Jennerwein hob beschwichtigend die Hände.

»Sie haben vermutlich recht.«

Der Schaufelbaggerführer stellte den Motor ab.

»Kommissar, wir können es nicht riskieren, ein paar Pfund hochexplosives Schwarzpulver im Ort zu haben. Außerdem: Wer weiß, ob das überhaupt Schwarzpulver ist.«

Die meisten waren unterwegs zur Roten Katz, der Friedhof leerte sich langsam, lediglich zwei einsame und nachdenkliche Figuren standen am frischen Grab.

»Der Ropfi«, sagte Ignaz tief seufzend. »Er war schon ein guter Kerl. Trotz allem.«

Ursel schüttelte missbilligend den Kopf.

»Aber schau einmal, wie das Grab ausschaut. Zum Fürchten! Das Gerüst aus billigen Bauholzlatten. Die Abstützungen für den Sarg schnell und windschief hingenagelt und nicht sauber zusammengeschraubt.«

Ignaz nickte.

»Da hilft die ganze Beerdigung nichts, wenn der Bestatter keinerlei Gespür hat.«

»Der Hansi hätte freilich was Besseres verdient.«

»Da sagst du was Richtiges.«

»Er ist halt einfach zu früh gestorben.«

8   Das Zelt

»Woher ist denn das gekommen?«
  »Ich habe sechs Schüsse gezählt!«
  »Es ist jedenfalls eine unglaubliche Provokation!«
  »Die Sprache der weißen Patriarchen!«
  »Übler first-world-Jargon!«
  »Man will uns vertreiben.«
  »Die scheuen vor gar nichts zurück!«
  »Das können sie: schießen und Steuern eintreiben.«

| NINA2 | GLOBOBLOG | MO, 8. JUNI 16:30 |

Eben war vielleicht was los, mein lieber Mann! Viele haben sich > schlotterzitter < immer noch nicht beruhigt. Es waren richtig laute, ohrenbetäubende Kracher, als ob in der Nähe etwas explodiert wäre. Einige haben sich aufgeführt, als ob der dritte Weltkrieg ausgebrochen wäre. Haben den inneren Bushido rausgelassen.//Ironie off/ Zac hat schließlich für Ruhe gesorgt. Er war beim Bund und weiß angeblich, wie die verschiedenen Explosionen und Schusswaffen klingen. Er konnte die Knaller keiner militärischen Waffe zuordnen. Hat gemeint, das hört sich eher nach Böllerschüssen an, wie bei einem Trachtenumzug. Richtig beruhigend war das aber nicht. Vielleicht sollte man diesem Zac mit seiner Bundvergangenheit auch nicht allzu sehr vertrauen. < nachdenklichdreinschau > Ich habe vorsichtshalber ein Bild von ihm gemacht.

Nina2 klappte ihr Notebook zu und erhob sich. Viele kamen mit aufgerollten Fahnen und geschulterten Megaphonen von der Mittagsdemo zurück. Sie musterte jeden Einzelnen der erschöpften Aktionisten. Seltsam, dass Ronny nicht unter ihnen war. Sie beschloss, zu seinem Zelt zu gehen. Es passte zu dem eigenbrötlerischen Kerl, dass er sein Zelt am äußersten Wiesenrand aufgeschlagen hatte, mit der Rückwand zum Camp, so, als ob Ronny die ganze bunte und widersprüchliche Gesellschaft nicht dauernd vor Augen haben wollte. Es war ein billiges Einmannzelt, abgeschabt und schmutzig, wie wenn es schon viele Urlaube in der Camargue erlebt hätte. Oder eben viele Demos. Nina2 ging um das Zelt herum und sprang über eine umgestoßene Weinflasche, die im Gras lag, fast wäre sie in die Weinlache getappt. Sie blieb stehen und betrachtete die Pfütze, in der sich die Silhouette der Berge spiegelte. Rot und leidenschaftlich ragte die Alpspitze auf, der Jubiläumsgrat zitterte in Karmesin, leichter Wind peitschte durch die Flüssigkeit. Der Flasche nach zu urteilen, die daneben lag, war es schon wieder Supermarktplörre. Aber wie sagt der Volksmund: Auch in einer Pfütze schlechten Rotweins spiegelt sich der Himmel.

Nina2 trommelte mit den Fingern auf die Zeltplane und rief Ronnys Namen. Keine Antwort. Langsam und vorsichtig zog sie den Reißverschluss auf. Sie sah sich um. Eigentlich bestand kaum Gefahr, dass sie jemand beobachtete, denn hinter ihr lag nur die grüne Wiese und in einiger Entfernung die Loisach. Sie lugte ins Innere und war ein wenig überrascht, dass Ronnys Domizil fast leer war. Keine Liege, keine Luftmatratze, keine Tasche, keine persönlichen Sachen. So spartanisch, lieber Ronny? Trotzdem konnte sie der Versuchung nicht widerstehen und kroch hinein. Sie hob einen Stapel Decken hoch, fand aber nichts darunter und dazwischen. Plötzlich erzitterte die Zeltplane. Jemand rüttelte daran. Eine Männerstimme mit südosteuropäischem Akzent rief:

»Ronny! Bist du da? Ich hab dich schon überall gesucht.«

Nina2 hielt den Atem an. Sie war bei einem Genossen eingebrochen. Was jetzt? Sie senkte ihre ohnehin schon tiefe Stimme zu einem gutturalen, verschlafenen Grunzen.

»Hmm ... Graoar? ... Nffz ...«

Die laut rauschende Loisach half ihr bei der Posse. Der Mann draußen fiel darauf herein.

»Hey, du faule Pfeife«, sagte er gutgelaunt und erleichtert. »Du ratzt dir hier einen weg. Und wir haben uns schon Sorgen gemacht.«

»Nffz ...«

»Schon gut, pfeif weiter. Die Besprechung für die Abenddemo ist erst um sechs.«

Nina2 wartete, bis sich die Schritte des Mannes entfernt hatten, dann kroch sie aus dem Zelt und verschloss es wieder. Im nassen Gras lag ihr Notebook. Mist! Wenigstens war es dem anderen nicht aufgefallen. Sie klappte es auf.

NINA2 | GLOBOBLOG MO, 8. JUNI 16:50

Ronny: Das rote Haar zu Zöpfchen geflochten, immer mit demselben grobgestrickten, löchrigen Pulli. < kopfschüttel > Er ist der Spross von irgendeinem Industrieadel, ich glaube, er ist sogar ein ›Ritter von‹ irgendwas. Will aber nicht im Wohlstand leben, schlägt einen Haufen Kohle aus von seiner reichen Verwandtschaft. Politisch: spontaner Aktionist, lässt sich schwer in Projekte einbinden. Regeln und Absprachen sind ihm völlig schnurz. Das Positive an ihm ist allerdings, dass er nicht konfliktscheu ist. Ganz im Gegenteil. Er sucht Diskussionen. Je kontroverser, desto besser. Kann gut

provozieren. Erkennt auf den ersten Blick Schwachstellen und Empfindlichkeiten bei anderen. Liebt es, darin herumzubohren. Auch meine hat er sofort erkannt. Leider.
>Seufz<

Nina2 schloss das Notebook. Das leere Zelt kam ihr seltsam vor. Es war, als ob er das Zelt aufgestellt hätte, ohne es zu beziehen. Sie sah sich um. Sie befand sich in einem toten Winkel, niemand konnte sie beobachten. Vorsichtig öffnete sie die untere Abdeckung der Notebook-Lüftung. Sie hatte im Gras gestanden und war vielleicht feucht geworden. Sie zog ihre kleine, auseinandergeschraubte Hämmerli heraus. Dann überprüfte sie die Waffe und steckte sie wieder sorgsam in den doppelten Boden. Alles trocken. Alles gut. Alles so, wie es sein sollte. Sie sah sich unauffällig um und ging wieder zurück zu ihrem eigenen Zelt.

9 Die Leich'

*Beim Leichenschmaus muss es unbedingt Brennsuppn geben,
die gute alte Brennsuppn, die schon meine Uroma gekocht hat.
Andernfalls sterbe ich nicht.*

Bereits die alten Römer kannten Leichenschmäuse. Man fragt sich manchmal ernsthaft, ob es denn überhaupt einen Fortschritt gegeben hat in den letzten zweitausend Jahren, wo doch die alten Römer eigentlich schon alles gekannt haben. Bei denen hieß der Brauch jedenfalls *epulum funebre*, man fraß und soff sich die Trauer komplett weg, nebenbei waren noch einige Speiseopfer für den Gott der Unterwelt fällig. Anderen Quellen zufolge ist der Leichenschmaus im Alpenraum entstanden. Wo denn auch sonst. Dort in den einsamen Bergtälern war der Weg zu den Verstorbenen oft lang und beschwerlich. Der Volksglaube, dass es Unglück bringe, im Hause eines Toten zu übernachten, führte dazu, dass die Verwandten noch am selben Tag den Heimweg antraten, sei es mit dem Pferd, mit der Kutsche oder gar zu Fuß. Die lange nächtliche Reise sollten sie wenigstens durch reichlich Speis und Trank gestärkt antreten. Und schon war der Leichenschmaus erfunden.

»Wastl, wann gibts denn endlich die Brennsuppn!?«

An die hundert Leute waren der Einladung in die Rote Katz gefolgt. Dichtgedrängt und allesamt dunkelgekleidet saßen sie an den eingedeckten Tischen. Viele taten so ausgehungert, als ob sie schon tagelang gefastet hätten. Einen Bissen oder einen Schluck beim Leichenschmaus abzulehnen galt seit jeher als unhöflich und unehrerbietig gegenüber den Toten. Wastl, der Wirt, bat um Ruhe, begrüßte die Gesellschaft und kündigte die Vorspeise an. Viele Ahs und Ohs durchzogen den Raum.

»Eine richtig traditionelle Brennsuppn ist schon etwas Herrliches!«, rief die Hofer Uschi voller Inbrunst.

Der Wastl dirigierte die Teller zu den Tischen. Wichtig war die Reihenfolge. Zuerst wurde den nächsten Angehörigen serviert, dann kam die nicht ganz so enge Verwandtschaft dran, die Vertreter von Kirche-Politik-Wirtschaft, die besten Freunde, die guten Freunde und so weiter. Den letzten Teller Brennsuppe bekam schließlich Schützenhauptmann Hackl. Heute war einfach nicht sein Tag.

Der Wirt nahm die Lobeshymnen lächelnd entgegen. Er war früher hier Kellner gewesen. Dann hatte man die Rote Katz pleitehalber geschlossen, zur Überraschung vieler war der Wastl neuer Pächter und Wirt geworden. Der eine oder andere fragte sich schon, woher er, der aus sehr einfachen Verhältnissen stammte, das Geld für die umfangreiche Renovierung und die üppige Ausstattung genommen hatte. Aber der Laden lief, er hatte wohl ein Händchen dafür. Oder war doch etwas dran an den Gerüchten, dass er erfolgreich spekuliert hatte?

»Eines würde mich interessieren«, sagte Kaplan Müller-Zygmunt zur Bas', die ihm am Tisch gegenübersaß. »Dieser Hausname von Ihnen: Ropfmartl. Woher kommt denn der?«

»Man sagt«, erwiderte die Bas', »dass ein Urahn der Sippe ein rechter Tunichtgut und Raufbold war.«

»Ach so. *Martln* heißt schlägern? Quälen? Vielleicht von Martyrium? Oder von Marter?«

»Nein, der Urahn hieß mit Vornamen Martin, abgekürzt Martl. Aber *ropfen* heißt raufen oder rangeln. Die Hausnamen werden oft von der Charaktereigenschaft eines Vorfahren abgeleitet.«

»Sehr interessant«, sagte der Kaplan und löffelte seine Suppe weiter.

An einem anderen Tisch wurde ebenfalls über die Ropfmartls gesprochen. Was heißt gesprochen. Dort wurde eher gelästert.

»Der Hansi war sich ja viel zu gut, um Schuster zu werden«, flüsterte die Hofer Uschi ihrer Nachbarin zu. »Das Geschäft von seinem Vater hat dann niemand mehr weitergeführt. Da ist jetzt ein Biomarkt drin.«

»Ein Biomarkt!«, schnaubte die Weibrechtsberger Gundi. »So kann man einen Ort auf die Dauer auch kaputtmachen.«

Das waren jedoch die einzigen beiden, die etwas Negatives über den Verstorbenen äußerten. Alle anderen lobten ihn in höchsten Tönen. Hoben sogar hervor, dass er die schlechten Eigenschaften der Ropfmartls eben nicht geerbt hatte.

»Manche von denen hat immer wieder der Jähzorn packt. Die gallige Hitz.«

»Ich hab gehört, dass einer sogar einmal ins Gefängnis müssen hat deswegen.«

»Ein anderer ist ausgewandert. Man hat nie mehr etwas gehört von ihm.«

Die Bas' ließ den Blick durch den Raum schweifen. Eine schöne Leich war das Beste, was man für das Andenken eines Verstorbenen tun konnte. Der Kaplan beugte sich zu ihr.

»Liebe Frau Bas', nehmen Sie es mir nicht übel, aber so angestrengt und geschlaucht habe ich Sie noch nie gesehen. Das alles hat Sie arg mitgenommen, wie?«
Die Bas' ließ sich seufzend in ihren Stuhl zurücksinken.
»Sie haben ja keine Ahnung, was ich hinter mir habe.«
Nein, das hatte der Kaplan wirklich nicht.

Wie gut, dass die Witwe nicht dabei ist, dachte die Bas'. Sabine wäre womöglich von Tisch zu Tisch gegangen und hätte nicht nur Unfrieden gestiftet, sondern ihre schrecklichen Sektensprüche abgelassen. Dass alle verdammt seien, die nicht umkehrten. Dass über diejenigen die Kübel mit flüssigem Blei ausschüttet würden, die dem Anblick des Leibhaftigen nicht widerstünden. Eine furchtbare Frau. Ihr taten nur Tim und Wolfi leid. Von wegen: Ihr Mann wäre einfach abgehauen und hätte sie mit den Kindern sitzengelassen! Genau umgekehrt war es gewesen. Sie hatte das Haus verlassen und ihm die Buben, die er als die seinen ins Herz geschlossen hatte, vollständig entzogen.

Stolz, geschäftig und zufrieden eilte der Wastl von Tisch zu Tisch, sprach da tröstende Worte, bot dort einen Nachschlag an. Alles lief prächtig. Draußen hatte sich die Dunkelheit schon vollständig über den Kurort gelegt, der Wind strich leise durch die Straßen, in den Duft der blütenvollen Kastanienbäume mischte sich die beißend scharfe Zumutung frisch bestückter Misthaufen. Doch jetzt bewegte sich eine große, kräftige Männergestalt lautlos und geduckt durch den Vorgarten der Wirtschaft. Er blickte sich immer wieder um, verschwand im Schatten einer Kastanie, nahm dort mit zitternden Fingern eine Zigarette aus der Tasche. Doch er hielt inne, zündete sie nicht an, steckte sie wieder zurück in die

Tasche. Intensiv blickte er zu den Fenstern der Wirtschaft hinauf, die unerreichbar fern schienen. Dann wandte er den Kopf in Richtung der Straße. Dort waren Schritte zu hören, die immer näher kamen. Diese Gestalt trug einen dunkelgrünen Anorak mit einer tief ins Gesicht gezogenen Kapuze. Kam der vom Camp? War es einer der Demonstranten? Wollte der hier Randale machen? Die Gestalt verlangsamte die Schritte, blieb stehen, blickte ebenfalls hinauf zum Fenster, ging aber dann wieder weiter. Gott sei Dank. Der große, kräftige Mann starrte weiter zum Saal. Dort erklang Gelächter, Gläser wurden gehoben und geleert, die Klänge der Musik waren bis nach draußen zu hören. Jetzt wurde sogar das Fenster aufgestoßen und zwei der Feiernden lehnten sich weit hinaus. Deuteten sie in seine Richtung? Hatten sie ihn entdeckt? Nein, unmöglich, dafür stand er zu tief im Schatten des Kastanienbaumes. Plötzlich spürte er eine Hand auf seiner Schulter.

»Na, da oben wird wohl kräftig gefeiert!«

Erschrocken drehte er sich um. Die Gestalt von vorhin stand direkt vor ihm. Er stieß einen gepressten Schrei aus. Nichts wie weg hier. Er riss sich los und rannte mit großen Sätzen durch den Vorgarten der Wirtschaft. Dann überquerte er die Straße und bog in eine Seitengasse ein. Er hörte, dass der andere hinter ihm herrannte und ihm etwas nachrief. Und er kam immer näher.

»Gehören Sie auch zur Verwandtschaft?«, fragte der Kaplan eine ältere, elegant gekleidete Dame. Auffällig an ihr waren die große, schiefe Nase und das blauschimmernde Haar. Sie nickte.

»Ja, ich bin eine Ropfmartl, allerdings eine aus einer entfernteren Linie, Sie verstehen. Rummelsberger ist mein Name, Dr. Dora Rummelsberger. Ich war die Hausärztin vom Hansi.

Ich hatte die traurige Aufgabe, den Totenschein auszustellen.«

Der Kaplan rutschte mit sichtbarem Unwohlsein auf dem Stuhl hin und her.

»Wenn Sie das zu sehr mitnimmt, brauchen Sie nicht darüber zu sprechen, Frau Doktor.«

»Nein, ist schon gut, im Gegenteil, es erleichtert mich ungemein, Herr Kaplan. Als ich ins Haus gekommen bin, war er schon tot. Er hat mich kurz davor angerufen und über Schwindelgefühle geklagt. Auch über Gleichgewichtsverlust. Er hätte sich nicht einmal mehr richtig auf den Stuhl setzen können. Ich habe ihn kaum verstanden, er hatte große Sprachschwierigkeiten, er hat nur noch gelallt. Das alles sind typische Zeichen für einen Schlaganfall, wissen Sie. Ich habe mich sofort ins Auto gesetzt und bin zu ihm nach Hause gerast. Da war es aber schon zu spät.«

Unter großem Hallo trug nun der Wastl ein riesiges Tablett mit gefüllten Schnapsgläsern herein. Die Runde aufs Haus kam gut an, nur Dr. Dora Rummelsberger lehnte ab, dafür nahm der Kaplan gleich zwei. Der Wastl freute sich, dass die Trauergäste so viel Sitzfleisch hatten und darüber hinaus fröhlich Zeche machten. Da erhob sich der Knirschl Toni und klopfte an sein Glas.

»Auweh! Das wird eine lange Red'!«, rief Elektromeister Pauli Grimminger. »Hoffentlich ist der bis Mitternacht fertig.«

Der Knirschl Toni war längst ausgedienter Altbürgermeister eines Nachbarorts. Schwankend zog er einen Stoß Zettel aus der Jackentasche. Das verhieß nichts Gutes. Doch urplötzlich und ohne Vorwarnung krachte es draußen. Es war eine gewaltige Explosion, ein militärisch anmutender Kanonenschlag. Die Scheiben klirrten, spitze Schreie erklangen, einige warfen sich sofort auf den Boden, andere erstarrten vor Angst und Schreck.

»Die Demonstranten! Jetzt kommen sie! Jetzt sind sie da!«
»Mitten in der Nacht ist doch keine Demonstration mehr!«
»Ja, woher willst du das wissen? Die demonstrieren doch, wann sie wollen!«
»Jetzt haben wir sie jedenfalls im Haus!«

Alle schrien wild durcheinander, manche liefen auf die Straße, einige in den Keller. (Der alte Seiffert wurde erst am nächsten Tag bibbernd und halb erfroren in der Fleischkühlkammer gefunden.)

»Das war auf dem Friedhof!«
»Jetzt demonstrieren die schon auf dem Gottesacker!«

Nur Gebirgsschützenhauptmann Hackl saß traurig in der Ecke. Er hatte als Einziger nicht auf die Detonation reagiert. Er wusste, was sie bedeutete.

»Das war der siebte Schuss«, murmelte er unablässig. »Das war der siebte Schuss!«

Schließlich sprang er auf und schrie es in den Saal.

»Der verdammte siebte Schuss war das!«

Nachdem der Hackl die peinliche Geschichte mindestens zweimal hatte erzählen müssen, wurde es wieder ruhig beim Leichenschmaus. Seine Rede konnte der Knirschl Toni jedenfalls nicht mehr halten. Viele gingen zufrieden heim, auch Ursel und Ignaz Grasegger schlossen sich an.

»Hast du den Ludolfi gesehen?«, sagte Ursel. »Ein Diätcola hat er sich bestellt.«

»Da brauchst du dich ja über nichts mehr wundern.«

Ein paar von den engen Verwandten blieben übrig, sie setzten sich an einem Tisch zusammen und erzählten sich Familiengeschichten und Schnurren. Der Ropfmartl Hansi und seine erstaunlichen Fähigkeiten. Seine bergsteigerischen Erfolge. Seine Charakterstärke, auch bei schwierigen Anfechtungen. Seine Eselsgeduld mit dieser schwierigen Frau. Als der Kreis schließlich nur noch aus den allernächsten Angehörigen bestand, legte der Wirt die Schürze ab und setzte sich mit an den Tisch. Stille kehrte ein. Keiner sagte etwas, nur die Bas' nippte nachdenklich an ihrem Bier. Frau Dr. Dora Rummelsberger starrte ins Leere. Kurz vor Mitternacht gingen auch die letzten Verwandten. Übrig blieben der Wirt, die Bas' und die Ärztin. Der Wastl hatte die Bedienungen und Köche nach Hause geschickt und die Vordertür abgeschlossen. Das Haus war dunkel, nur in dem Raum, in dem sie saßen, brannte noch Licht. Die Bas' lehnte sich zurück und atmete tief durch. Sie lockerte ihre Schultern. Endlich! Wie war sie die ganze Zeit über angespannt gewesen. Jetzt aber hatte sie das Gröbste hinter sich.

Die knarzenden Treppenstufen hörte niemand. Auch die leise ächzende Tür nicht, die sich nun langsam öffnete. Erst als sie wieder geschlossen wurde und die Kerzen am Tisch durch den Luftzug ins Flackern geraten waren, drehten sich alle am Tisch um. Dort im Halbdunkel stand er.

Der Ropfmartl Hansi. Er lächelte und hob die Hand zu einem matten Gruß. Dann kam er wortlos und mit vorsichtigen Schritten zu ihnen an den Tisch.

Zweiter Teil

Der Zorn

Zwei Tage zuvor
Samstag, 6. Juni

10 Der Chef

»Wir sollten dringend eine Rauchpause einlegen, um den Kopf freizubekommen.«

Mit diesen Worten öffnete Maria Schmalfuß die Tür zur Terrasse, die hinter dem Polizeirevier lag und schritt als Erste hinaus. Der Tag vor dem großen Gipfel war ein schwüler Junisamstag. Die Vormittagssonne schien, warmer Sommerwind rollte von den fernen Ausläufern des Karwendelgebirges herüber, Marias weiter bunter Glockenrock plusterte sich auf, alle folgten ihr hinaus ins Freie wie die Entlein der Glucke. Die Rauchpausen im Team Jennerwein wurden immer noch so genannt, obwohl niemand dabei rauchte. Maria hatte schon seit längerem aufgehört, Jennerwein erst gar nicht damit angefangen, Polizeiobermeister Hölleisen schnupfte Schmalzler, lediglich Polizeihauptmeister Ostler pafftte manchmal heimlich hastig auf der Toilette, und alle wussten davon. Die rauchlose Rauchpause auf der Terrasse war eher ein Synonym dafür, frische Gedanken zu fassen und einen festgefahrenen Fall von einer ganz neuen Seite zu beleuchten.

Allerdings gab es momentan gar keinen Fall. Wenigstens keinen Mordfall, den es aufzuklären galt. Die meisten Teammitglieder waren dringend aus dem Urlaub gerufen worden. Es galt ein Fortbildungs-Stopp. Andere Fälle und Arbeiten mussten sofort auf Eis gelegt werden, denn es gab nichts anderes

mehr als den Sondereinsatz beim G7-Gipfel. Der Spurensicherer Hansjochen Becker war schon einige Wochen im Kurort, um in Pensionen und Hotels, in denen Polizisten und andere Beamte nächtigten, DNA-Proben zu sammeln und mit denen von bekannten Aktionisten abzugleichen. Alle Dienstpläne der bayrischen Polizei drehten sich ausschließlich um die große Gipfelei, und die Aufgaben häuften sich geradezu. Gefangene unter den Demonstranten mussten gemacht, bewacht und betreut, Streifendienste und Patrouillen im Umland organisiert werden.

»Wenn das mein Vater selig noch miterlebt hätte«, sagte Hölleisen, als sie alle draußen auf der Terrasse standen und die Sonnenstrahlen genossen. Er deutete auf die Einschusslöcher in der Wand, die nicht überspachtelt worden waren, weil sie an den heldenhaften Einsatz von Hölleisen senior im Jahre 1963 erinnerten, der damals ganz allein eine Bande von Schmugglern in Schach gehalten hatte, die vom Karwendelgebirge herübergekommen war. So wurde es erzählt, und Hölleisen schmückte die Geschichte jedes Mal noch ein kleines Stück weiter aus. Damals war das Polizeirevier des Kurorts jedenfalls noch eine gemütliche kleine Gendarmerie gewesen. Momentan aber war hier die Hölle los – viele Kollegen aus dem ganzen Bundesgebiet sowie massenweise ausländische Spezialisten, Berater und Techniker eilten geschäftig durch die Gänge, machten eine Menge Lärm, schickten Meldungen ab und tippten Lageeinschätzungen in ihre Notebooks. Maria Schmalfuß hatte ein kleines psychologisches Beratungsbüro im Gartenhäuschen eingerichtet. Sie hatte sich auf hochkomplexe Bedrohungsszenarien vorbereitet, auf Traumata, Stresssymptome, Übersprungshandlungen und Aggressionsstaus. Doch keiner klopfte an ihre Tür.

Am meisten hatte Polizeihauptmeister Ostler über den Gipfel geflucht. Er hatte schon zwei Semesterabschnitte des Studiums hinter sich, das ihn in den gehobenen Polizeidienst hieven würde. Er strebte den Dienstgrad des Kriminalkommissars an. Sein ehrgeiziges Ziel war es gewesen, die nächsten Klausuren mit besten Noten abzuschließen, doch er hatte die Fortbildung abrupt unterbrechen müssen.

»Ich dachte«, sagte Ostler zu Jennerwein, »dass ich, wenn wir uns das nächste Mal sehen, schon Kriminalkommissar bin.«

»Ich habe gehört, es geht gut voran bei Ihnen«, erwiderte Jennerwein lächelnd. »Wo ich auch hinkomme, man lobt Sie in den höchsten Tönen.«

»Das freut mich, Chef. Und jetzt muss ich hier sinnlose Deppenarbeit machen. Streife schieben. Müsliriegel für die Gefangenen abzählen. Dabei gibt es bisher noch gar keine.«

»Müsliriegel?«

»Nein, Gefangene.«

Er ließ ein paar Verwünschungen von der Leine, gegen die Bundespolitik im Allgemeinen, gegen die Sicherheitspolitik des Freistaats im Besonderen.

»Ihre exzellenten Ortskenntnisse sind Ihnen zum Verhängnis geworden, Ostler«, sagte Maria. »Deswegen sind Sie hier unentbehrlich.«

»Da haben Sie recht, Frau Doktor«, stimmte Hölleisen zu. »Der Ostler ist schon unser Bester. Jeden Zentimeter kennt der im Werdenfelser Land. Noch viel genauer als ich. Und das will was heißen.«

»Wo die mich wieder hinschicken!«, schimpfte Ostler. »Nachher muss ich zur Schroffenschneide. Das ist der reinste Urwald. Aber mit mir kann man das ja machen. Ich kann froh sein, wenn ich zur Abendjause wieder zurück bin.«

»Schroffenschneide?«, fragte Maria. »Noch nie gehört. Wo ist denn die?«

»Wenn man Richtung Grainau geht, bei Hammersbach vorbei und dann scharf links Richtung Eibsee, dann kommt man schnell in ziemlich unzugängliches, steiles Gelände. Ich glaube nicht, dass sich da ein Demonstrant hinverirrt. Bei Jägern ist das Gebiet hingegen sehr beliebt. Eben *weil* da niemand hinkommt. Außer ein paar Hirsche und Rehe, die es im Sommer herunter zum Bach unter dem Kalkfelsen treibt.«

»Waren Sie schon mal da?«

»Ich sage Ihnen eins: Es gibt kaum ein Fleckerl im Umkreis von zwanzig Kilometern, wo ich noch nicht war. Früher bin ich ab und zu hingegangen, weil es da ein riesiges Feld Walderdbeeren gegeben hat, und weil –«

Ostler sprach nicht weiter. Allen fiel der Knick im Redefluss auf. Jennerwein wunderte sich. So kannte er Ostler gar nicht. Maria wiederum horchte auf das Ungesagte und vermutete etwas Privates.

Schließlich machten sie sich wieder an die Arbeit. Kommissar Jennerwein hatte von seinem Chef einen Spezialauftrag bekommen. Wegen seiner legendären Unauffälligkeit war er von Polizeioberrat Dr. Rosenberger schon öfter bei diskreten Sonderkommandos eingesetzt worden.

»Wenn es darum geht, nicht gleich die Staatsmacht raushängen zu lassen, sind Sie genau der richtige Mann, Jennerwein.«

Im Kurort war Jennerwein selbstverständlich bekannt wie ein bunter Hund. Aber er war zur Beobachtung der Demonstranten im Zeltlager eingeteilt worden, man nahm an, dass ihn in diesem Umfeld niemand kannte. Da war er die farblose Katze. Er sah sich nochmals Fotos von den Protestlern an, die bei bisherigen Gipfeln und Kundgebungen gewalttätig geworden waren. Er prägte sich ihre Gesichter ein. Jennerwein sperrte Dienstwaffe, Marke und Ausweis in seinem Spind ein und machte sich auf den Weg. Die einzige Sorge, die er hatte, war die, im Camp durch sein gereiftes Alter herauszustechen. Als er jedoch die ersten Demonstranten sah, bemerkte er, dass auch viele Ältere dabei waren. Über dreißig. Über vierzig. Über fünfzig.

Auch über sechzig. Gleich am Eingang beugte sich ein älteres Ehepaar über einen Tisch mit Prospekten und Flugblättern. Er war vollkommen ergraut, sie hatte ein einziges graues Haar. Vielleicht auch zwei. Sie stießen sich an und flüsterten miteinander. So jovial und umtriebig sie sich gaben, sie strahlten trotzdem etwas Unruhiges und Suspektes aus. Jennerwein trat unauffällig in Hörweite.

»Darf man hier rein?«, fragte der ältere Herr gerade die junge Frau am improvisierten Empfangsbüro. »Oder passiert mir dann was?«

Er verzog sein Gesicht zu einer Grimasse, die ein lockeres, pfiffiges Grinsen darstellen sollte.

»Hier darf jeder rein«, antwortete die junge Frau ohne aufzusehen.

Jennerwein versuchte einen Blick auf die Gesichter der beiden zu erhaschen. Er war ein unergründlicher Biedermann, sie eine neugierige, spöttisch umherblickende Frau. Sie machten den Eindruck, als wollten sie mal sehen, wies denn bei Anarchos so zugeht. Auf jeden Fall schienen es Einheimische zu sein. Brave Bürger des Kurorts, die sich den Anstrich von weltläufigem, nach allen Seiten hin offenem Interesse gaben. Viele der Ansässigen sympathisierten mit den Gipfelgegnern, das war nichts Ungewöhnliches. Einige hatten Kuchen gebacken und gebutterte Wurstbrote gebracht. Andere hatten ein paar Kästen Bier springen lassen. Diese zwei waren also entweder harmlos, oder sie hatten, allein durch das Alter, eine richtig gute Tarnung. Nur wofür, fragte sich Jennerwein.

»Na, so was!«, rief die Dame mit dem einen grauen Haar spitzbübisch. »Hier darf also jeder rein!«

Die junge Frau blickte auf.

»Ja, Mutter, wir sind prinzipiell gegen jede Auslese, Einschränkung, Kontrolle, Regelung und Klassifizierung.«

»Gut gegeben«, sagte der Mann. »Na, dann wollen wir mal.«

Das Paar setzte sich in Bewegung. Sie schlenderten durch das Camp wie durch einen Tierpark.

»Ach, kuck mal da: ein regelrechtes Sit-in!«

»Dass es so was noch gibt! So sind wir auch mal dagesessen.«

Die beiden verschwanden aus Jennerweins Blickfeld. Er konnte zu diesem Zeitpunkt noch nicht ahnen, dass er das amüsierwillige Gespann schon bald unter ganz anderen Umständen wiedersehen sollte. Langsam und systematisch durchschritt er das Camp, um sich einen groben Eindruck zu verschaffen. Er nahm seinen Auftrag ernst. Aus den neunundneunzig Prozent friedlicher Demonstranten (seine Einschätzung) wollte er diejenigen herausfiltern, die potentiell Schwierigkeiten machen konnten. Außerdem interessierte es ihn persönlich, ob hier weitere Polizisten und Sicherheitskräfte geparkt waren. Ob er sie wohl erkennen würde? Jennerwein war überzeugt, dass zumindest die Amerikaner und Engländer einiges Personal hier untergebracht hatten. Ein junger Mann blieb vor Jennerwein stehen.

»Haste mal Feuer?«

»Ich rauche nicht.«

»Das ist gut, Mann. Das erste Mal bei so was dabei?«

»Ja«, erwiderte Jennerwein wahrheitsgemäß.

»Ist okay, Mann. Es ist nie zu spät, damit anzufangen.«

Der Zaundürre hatte eine heisere, krächzende Stimme, als ob er einen Vortrag gehalten und sich in Rage geredet hätte.

»Und wie gefällts dir hier so?«

»Gut«, antwortete Jennerwein, wieder wahrheitsgemäß. »Hoffentlich bleibt alles friedlich«, fügte er hinzu.

»Das wirds schon, Mann, glaub mir. Was machst du denn beruflich?«

Richtig gelogen hatte Jennerwein eigentlich noch nie im Leben. Warum sollte er jetzt damit anfangen?

»Ich bin Polizist.«

»Nee, im Ernst jetzt! Sag, was bist du?«

»Wie gesagt: Ich bin Polizist. Von der nichtuniformierten Truppe.«

Der junge Mann zog eine respektvolle Schnute und grinste.

»Warum auch nicht. Dann mach mal!«

»Was soll ich machen?«

»Was ein Polizist halt so macht. Aber lass dich nicht dabei erwischen.«

Jennerwein nickte ihm zu und ging weiter.

»Das ist der cranceste Shice, den ich je gehört habe«, murmelte der junge Mann nachdenklich.

11 Der Wurf

»Grüß Gott, ich möchte eine Torte. Und zwar – wartens –«

»Lassen Sie sich Zeit. Unsere Auswahl an Torten ist riesig.«

»Ich seh schon. Ähm – vielleicht die kleine da?«

»Das ist unser preiswertestes Angebot. Sie liegt gut in der Hand, ist trotzdem sehr, sehr klebrig.«

»Sehr klebrig, aha. Und vom Geschmack her?«

»Wenn Sie eine Torte mit Geschmack wollen, dann nehmen Sie die da hinten. Die ist ein bisschen teurer, aber ich verspreche es Ihnen: Das dauert Stunden, bis der bittere Geschmack wieder weggeht.«

»Dann nehme ich eben eine ohne bitteren Geschmack.«

»Wie Sie wollen. Dann tun wir die Füllung mit dem bitteren Geschmack eben wieder raus. Das ist alles eine Frage des Preises.«

»Und ich möchte auch was draufgeschrieben haben: *Dem lieben Heinzi!* Geht das?«

»Dem lieben Heinzi? Da wird er aber schaun, der liebe Heinzi. Ehrlich gesagt hat sich das noch niemand draufschreiben lassen.«

»Heinzi ist ja auch ein seltener Name.«

»Gut, also dann: *Dem lieben Heinzi!*, wie Sie wollen.«

»Das da hinten ist doch eine Schwarzwälder Kirschtorte, oder?«

»Genau.«

»Die gefällt mir. Auf die möchte ich *Dem*

lieben Heinzi! draufhaben. Der Heinzi kommt nämlich aus dem Schwarzwald.«

»Und dann die Schwarzwälder Kirsch! Eine gute Wahl! Superklatsch! Die bringt der Heinzi aus dem Anzug – oder aus der Uniformjacke – nicht mehr raus, das sage ich Ihnen. Die Klamotten kann er wegschmeißen. Riecht absolut übel. Dringt durch bis zur Haut. Auch mehrmals duschen nützt nichts.«

»Das ist schön, aber der Heinzi ist doch mein bester Freund.«

»Wir können auch eine Aufschrift *In alter Freundschaft!* machen und dann klatsch –«

»Was haben Sie denn immer mit Ihrem Klatsch! Ich brauche eine ganz normale Geburtstagstorte, für einen ganz normalen Freund. Ohne bitteren Geschmack. Ohne Flecken, ohne duschen, ohne alles.«

»Jetzt bin ich aber platt! Das gibts doch nicht! Sie wollen eine Torte – einfach zum Essen?«

»Für den Heinzi, ja.«

»Und mit so was kommen Sie mitten im G7-Gipfel daher?«

»Der Heinzi kann doch nichts dafür, dass er heute Geburtstag –«

»Hören Sie: Wir sind die einzige Konditorei in der Nähe des Camps, und da haben wir uns in diesen Tagen auf eine spezielle Kundschaft eingestellt. Angebot und Nachfrage, verstehns. Und dann kommen Sie daher mit Ihrem Heinzi.«

»Spezielle Kundschaft, aha. Und was ist das für eine spezielle Kundschaft?«

»Na, Demonstranten natürlich. Nach einem neuen BGH-Urteil ist ja ein Tortenwurf keine Körperverletzung, sondern nur eine Beleidigung. Und oft nicht einmal das. Sondern nur grober Unfug.«

»Und da werfen die auf Polizisten?«

»Die zerstrittenen Splittergruppen bewerfen sich auch untereinander.«

»Wissens was, dann geben Sie mir eine superklebrige, mit extraschlechtem Geschmack. Und dann schreiben Sie drauf: *Der lieben Petra! Zum Hochzeitstag.*«

»Sehen Sie: Es geht doch.«

12 Der Typ

Ronny wusch das Gesicht im kalten Wasser der Loisach. Er war seit Jahren in der Antigloboszene, reiste von Gipfel zu Gipfel und fühlte sich inmitten all der Spontis sauwohl. Er war bei den Guten. Und bei seiner Herkunft war ihm das auch enorm wichtig. Er trug keineswegs ein »von« im Namen, auch wenn die Gerüchte darüber nicht auszurotten waren. Er hieß schlicht und bürgerlich Glöckl, Ronny Glöckl, und nicht etwa Ronald Ritter von und zu Glöckl, wie er manchmal in der Schule geneckt worden war. Allerdings hätte zu dem »Ritter von und zu« nicht viel gefehlt, denn sein Urgroßvater, der Unternehmensgründer, war im 19. Jahrhundert vom deutschen Kaiser *fast* zu einem solchen geadelt worden, wegen irgendwelcher Verdienste um das Vaterland im 70/71er Krieg. Seinerzeit konnte man dergleichen natürlich nicht einfach ablehnen. Den Ritterschlag von Kaiser Wilhelm I. zu verweigern wäre so gewesen, als wenn man heutzutage die Berufung in die Fußballnationalmannschaft ausschlagen würde. Der Urgroßvater kniete also schon halb vor dem Thron, da wurde der Ernennungstermin verschoben, weil der Kaiser kränklich darniederlag, schließlich kam es überhaupt nicht mehr dazu, weil Wilhelm I. im Jahre 1888 starb. Alle folgenden Glöckls waren froh drum. Ein »Ritter von und zu« hätte nie und nimmer zu dem straßenkötergelben Produkt gepasst, das die Familie nun schon seit über hundert Jahren herstellte: Senf. Der Familienname wurde schließlich zum Synonym für Senf schlechthin.

»Gib mir mal den Glöckl rüber«, diesen Satz hörte man vor den Imbissbuden, in den Bierzelten und auf den Baugerüsten. An solchen Orten ist ein Adelstitel nun einmal keine Referenz. Aber festverankert im kapitalistischen Lager war seine Familie natürlich immer gewesen.

Ronny, der rothaarige Wikinger, kroch in sein durchgescheuertes Zelt. Er robbte unter die abgewetzte Plane und begann, seine Siebensachen aufzuräumen. Doch dann verlor er die Lust dazu. Das konnte er später noch tun. Er hatte ohnehin vor, noch eine ganze Woche zu bleiben. Aber das ging nur, wenn er sich mit seinem kleinen, zusätzlichen Shuttle-Zelt bald wieder in den Wald verzog. Viele der Anwesenden hier im Camp nervten ihn jetzt schon. Zu laut, zu schrill, zu blöd. Radaubrüder, Krampfhennen, Wichtigtuer. Ronny kroch aus dem Zelt und reckte sich in der heißen Sommerluft. Er war ein bulliger Typ, hellhäutig und sommersprossig wie alle in der Familie. Er flocht an seinen Zöpfen herum, dann verlor er auch daran die Lust. Ronny schlenderte wieder hinunter zur Loisach. Dort saß ein Mädchen mit Kapuze, tief über ihr Notebook gebeugt.

»Das sieht nach Bloggen aus«, sagte er zu ihr.

»Hi, Ronny«, erwiderte sie, ohne aufzublicken.

»Hast du hier überhaupt Netz? So nah an den Bergen? In diesem abgelegenen Kaff?«

NINA2	GLOBOBLOG	SA, 6. JUNI 11:15

Wikinger-Ronny steht gerade vor mir. Ist echt ein süßer Typ. Heftpflaster an der Wange. Schlägerei? Hat er wieder jemanden provoziert? < kicher >

»Das kommt drauf an«, sagte Nina2. »Bei Gewitter habe ich kein Signal mehr.«

Ronny blickte hinüber zum Karwendelgebirge.

»Heute Nachmittag soll ja schon wieder eins kommen.«

»Möglich.«

»Hoffentlich ist es dann bei der Abenddemo wieder trocken. Im Regen marschiert sichs einfach schlecht. Und Zuschauer sind auch keine da.«

NINA2	GLOBOBLOG	SA, 6. JUNI 11:20

Ronny ist ganz der Alte. Vielleicht hat er sich ja auch nur beim Rasieren geschnitten. Cooler Typ, aber Ablenkung ist jetzt nicht so gut. >leiderzuwenigZeithab<

»Schon komisch«, sagte Ronny.

»Was: komisch?«

»Ich habe noch nie so viele Leute übers Wetter reden hören wie hier in der Szene.«

»Ja, und?«

»Das ist doch eigentlich bürgerliche Spießersache, bourgeoiser Smalltalkscheiß.«

»Das ist mir noch gar nicht aufgefallen.«

»Aber für Revolutionäre ist das Wetter wichtig: Eine Demo im Regen, und niemand sieht zu. Ein aufgeweichtes Camp, und die meisten reisen ab. Gewitter am Wahltag – deutlicher Rechtsruck.«

»Echt jetzt?«

»Schließlich heißt es auch: Brüder, zur *Sonne*, zur Freiheit, und nicht …«

| NINA2 | GLOBOBLOG | SA, 6. JUNI 11:30 |

Ronny ist heute in Plauderlaune. Nicht so verschlossen, wie ich ihn sonst oft erlebt habe. < verwirrtsei >

»Aber hey, nett, dich hier wiederzusehen. Du hast ja ein paar Kilo zugenommen seit Brüssel«, sagte Ronny. »Ich hab dich schlanker in Erinnerung.«
Nina2 blickte zu ihm hoch, so locker und beherrscht wie möglich. Nur mühsam konnte sie ihren Ärger verbergen.
»Zugenommen?«, fragte sie gespielt zerstreut.
»Und wie!«
»Das ist mir eigentlich ziemlich egal.«
Natürlich war es ihr überhaupt nicht egal. Dieser Ronny konnte es nicht lassen.

| NINA2 | GLOBOBLOG | SA, 6. JUNI 11:40 |

< grrr! > Er besitzt die Gabe. Nur negativ. Wie andere den grünen Daumen haben oder das Händchen fürs Medizinische oder Geldige, so erkennt er zielgenau menschliche Schwachstellen. Er macht sich dadurch nicht viele Freunde.

»Sieht fast so aus, als ob du was über mich schreibst«, sagte Ronny grinsend.
Er versuchte, einen Blick auf den Bildschirm zu werfen. Nina2 klappte ihr Notebook zu. Sie ärgerte sich darüber, dass sie sich ärgerte.

Ein paar hundert Meter weiter schritt Kriminalhauptkommissar Hubertus Jennerwein durch die Menge und betrachtete das aufgeregte Treiben aufmerksam. Er versuchte, jeden der Anwesenden einzeln und möglichst unauffällig ins Auge zu fassen. Viele Punks und Goths mit schwarzen Irokesen-

Spikes, einige Dreads, aber auch Glatzköpfe mit Kriegsbemalung auf der Stirn. Bei einem Mädchen zählte Jennerwein über dreißig Gesichtspiercings. Ein anderer trug ein schachbrettähnliches Queequeg-Tattoo. Doch viele der Campbewohner waren auch betont nichtgestylt und ungeschminkt. Absichtlich *unlabeled*. Sogar die gute alte Latzhose hatte auch im 21. Jahrhundert noch nicht ganz ausgedient. Außer dem dürren Gestell vorhin hatte ihn niemand weiter angesprochen. Er hatte sich ein paar Reden und Diskussionen angehört, dabei war er über einige Sprüche und Ausdrücke gestolpert, die er nicht gleich auf Anhieb verstand. *Ich mach mich aggro.* Sehr seltsam. Auch den Slogan *Acht Cola, acht Bier* hatte er öfter gelesen und gehört. Im Eingangsbereich fiel ihm ein Zettel mit der Überschrift **SPRACHREGELUNG!!** ins Auge. Er trat näher:

> Genossen! Genossinnen! Wirkliche Umwälzungen beginnen mit der Sprache. Vergesst Schriften von toten, weißen, männlichen, eurozentrierten Heteroautoren. Um diese alten Texte endgültig als ausgedient und perdu zu brandmarken, gebrauchen wir zukünftig keine schwachen Verben mehr. Wir handeln stark, also sollen auch unsere Tätigkeitswörter stark sein. Und wie kraftvoll das klingt: knicken – knack – geknockt; testen – tiest – getostet; bellen – boll – geballen …

Ob das wohl ernst gemeint war? Jennerwein mischte sich unter die Teilnehmer einer Diskussionsrunde. Wieder musterte er jeden Einzelnen genau. Doch auch hier konnte er nichts erkennen, was auf Gewaltbereitschaft oder dunkle Gedanken hindeutete. Keine verstohlenen Blicke, harten Gesichtszüge und mühsam verhohlene Feindseligkeit. Er hatte keinen Fall, keine klaren Ermittlungsrichtlinien, gar nichts. Einfach so ins Blaue hinein zu arbeiten, war er nicht gewohnt. Dieser vage Auftrag irritierte ihn mehr, als er erwartet hatte. Er betrat ein offenes, mannshohes Zelt, das als Ruheraum deklariert war. Es war leer. In der Mitte stand ein Tisch mit Prospekten. Er beugte sich darüber, nahm einen in die Hand und blätterte darin herum.

Es kam aus dem Nichts. Jennerwein spürte einen harten Schlag, dann schloss sich vor ihm ein dunkler, undurchdringlicher Vorhang. Es schnürte ihn ein, nahm ihm den Atem. Der Schmerz war wie ein grelles, giftgelbes Leuchten. Und noch ein weiterer Schlag. Er konnte sich nicht mehr auf den Beinen halten. Wehrlos sank er zu Boden. Er schnopp nach Luft. Dann spohr er keinen Schmerz mehr. Und alles um ihn herum hull sich in tiefe Donkelheit.

13 *Der Schock*

Die Teilhaber des Familienbetriebs Glöckl rutschten unruhig auf ihren Stühlen herum. Sie hatten sich im Büro ihres Notars versammelt, der das kleine Imperium seit Jahrzehnten bei Hauskäufen, Erbsachen und Liegenschaftsturbulenzen begleitete. Würdig-ernst und prächtig herausgeputzt sahen sie alle aus in ihrem Honoratiorenloden. Die Farbe Dunkelgrün überwog, da und dort klackerten Hirschhornknöpfe, Tante Roswitha trug sogar ein modisch stilisiertes Jägerhütchen mit Kordel und Gamsbart. Sie alle waren in ihrer vertrauten Ausgehkluft erschienen, und ihre Lieblingsfreizeitbeschäftigung war nicht schwer zu erraten: Sie waren leidenschaftliche Jäger. Die Jagd einte die Familie Glöckl ebenso wie das Geschäftsinteresse.

Heute aber wurde das Testament von Uncle Jeff eröffnet, der schon vor langer Zeit nach Seattle ausgewandert war. Jeff W. (eigentlich Joseph Wilhelm) Gloeckl, hatte die meisten Anteile an der Firma innegehabt, nannte zudem ein beträchtliches Privatvermögen samt vielen Ländereien und Jagdpachten im Nordwesten der USA sein Eigen. Auch er war natürlich Jäger. In die operativen Geschäfte der Firma hatte er sich allerdings schon lange nicht mehr eingemischt. Er hatte sich auch sonst vom Rest der Glöckls ferngehalten, und dieser operative Rest, der momentan im Büro des

Notars saß, war ihm von Herzen dankbar dafür. Jeff W. war ein Sonderling und Quertreiber gewesen. Und vor allem alles andere als ein Geschäftsmann. Er hatte sich für das ordinäre Produkt, durch das sie alle zu Wohlstand und Ansehen gekommen waren, zeitlebens geschämt. Der Notar hüstelte. Die nervöse Spannung stieg noch einmal um ein paar Pulsschläge pro Minute. Jeder der Anwesenden hoffte, dass sich die Testamentseröffnung nicht lange hinziehen würde, das Einzige, was die Gesellschafter hier zusammenführte, waren Uncle Jeffs stattliche Firmenanteile, die er wohl, so hoffte man, mit kalter Hand zurückgeben würde, um das Glöckl'sche Senfimperium nicht zu ruinieren. Ja, die Glöckls stellten Senf her. Und das schon seit hundertfünfzig Jahren.

Der Notar öffnete den Umschlag provozierend langsam. Jeffs Schwiegerneffe Siegfried, der derzeitige Firmenchef, auch er in gedecktem Grün und mit Hubertusspange, hatte gar nicht gewusst, wie viel Zeit vergehen konnte, wie viele Vögel draußen im Garten zwitschern und wie viele Sonnenstrahlen durchs offene Fenster hereinstrahlen konnten, bis jemand ein schlichtes DIN-A4-Blatt aus dem Kuvert holen, auseinanderfalten, glattstreichen und interessiert anstarren konnte. Eines fiel jedoch allen Anwesenden sofort auf: Der handgeschriebene Brief bestand nur aus einigen wenigen Zeilen. Gott sei Dank. Keine Aufsplitterung der Erbmasse unter x andere Familienmitglieder, keine komplizierten Sonderregelungen und Extrawürste, keine lästigen Sperrklauseln. Der alte Uncle Jeff eben. Kauzig, eigensinnig, aber im Grunde eine gute Haut. Der Notar hüstelte nochmals bedeutungsvoll und begann die Eröffnungsfloskeln zu lesen, die natürlich wenig Überraschendes boten. Michaela, Jeffs Nichte und Siegfrieds Frau, atmete tief ein und aus. Ihre dick gepuderte Nasenspitze zitterte. Endlich begann der Notar mit den eigentlichen Verfügungen des Verstorbenen:

> »Ich fasse mich kurz. Ich vermache mein Vermögen, meine sämtlichen Liegenschaften und meine Anteile an der Firma Glöckl Senf & Mostrich meinem Enkel, Ronald ›Ronny‹ Glöckl. Ich hoffe, dass er die Firma umsichtig, zielstrebig und (woran ich keinen Zweifel hege) sozial verträglich leitet.«

Der Notar beugte sich vor und reichte das Blatt herum. Allen stand ratloses Entsetzen ins Gesicht geschrieben. Fünf handgeschriebene Zeilen – fünf Faustschläge ins Gesicht. Sie hatten alles Mögliche erwartet, aber nicht das. Siegfried ergriff als Erster das Wort. Seine Jägerkorpsnadel in Silber zitterte mit ihm.

»Wie kommt er denn auf ... Ist kein Irrtum möglich?«
»Ich fürchte, nicht«, erwiderte der Notar.
»War denn der alte Uncle Jeff persönlich bei Ihnen?«
»Nein, er hat mich gebeten, zu ihm nach Seattle zu fliegen. Das habe ich dann auch getan. Er war übrigens bei guter Gesundheit, sowohl körperlich wie auch geistig. Seine Laune hätte nicht besser sein können. Er erzählte begeistert von einem Jagdausflug mit guter Strecke. Und einer prächtigen Rotte von schusshitzigen Sichthetzern.«

Alle nickten und grunzten. Niemandem musste das übersetzt werden. Alle wussten, dass hier von speziellen, besonders blutdurstigen Jagdhunden die Rede war. Ja, das war typisch Uncle Jeff. Diese Leidenschaft teilte er mit der ganzen Familie. Ausnahme auch hier: Ronny. Er war radikaler Jagdgegner, Niederwildschützer und Hochsitzansäger. Er hatte sich immer geweigert, die Jägersprache zu gebrauchen. Er war der Meinung, dass die vielen Euphemismen nur dazu waren, das schmuddelige und unfaire Handwerk zu überdecken. Tante Roswitha, die Personalchefin in der Firma, eine herrische Erscheinung mit harten Zügen, hatte das kantige Gesicht in die Hände vergraben. Der Bruder von Siegfried, Arnold, der Vertriebsleiter, saß mit offenem Mund da und starrte ins Leere. Die Ehrentroddel in Grün, sonst an Kissenecken und Sofadecken zu finden, hing schlaff von Arnolds Jägerbrust herab. Arnolds Frau starrte dem Notar ins Gesicht. Der lächelte sie an, zwinkerte ihr sogar zu und hob entschuldigend die Hände.

»Dieser alte Gauner!«, stieß Cousin Herbert, der das Marketing organisierte, mehrmals hervor. »Dieser verdammte Gauner.«

»Was sollen wir denn nur tun?«, platzte Roswitha heraus.

»Wir müssen mit Ronny reden.«

»Nun, das habe ich bereits versucht«, sagte der Notar ruhig. »Ich habe ihn mehrmals angeschrieben, er hat allerdings nicht geantwortet.«

Nun klang der Notar nicht mehr ganz so ruhig.

»Wo ist er denn zurzeit? Im Gefängnis?«, bohrte Roswitha nach.

»Von einer Haftstrafe ist mir nichts bekannt.«

»Aber dann ist er doch bestimmt auf Drogen, auf Entzug oder in der Klapse. Wir wissen doch alle, dass Ronny eine Katastrophe ist. Und für die Firmenleitung völlig ungeeignet.«

Michaela mischte sich ein.

»Sagen Sie, Herr Notar, nur mal so theoretisch: Können wir ihn nicht entmündigen?«

»Das geht nicht so leicht«, antwortete der Notar geduldig. Wie oft hatte er genau diese Frage bei Testamentseröffnungen schon gehört. Und wie oft hatte er schon wie jetzt geantwortet:

»Er hat sich nichts zuschulden kommen lassen, was solch einen dramatischen Akt rechtfertigen würde.«

Der Halbbruder von Ronny, Patrick, griff das erste Mal ins Gespräch ein. Er war der mit Abstand Jüngste im Raum und hatte bisher lässig und gelangweilt aus dem Fenster gesehen. Jetzt drehte er sich um, kam an den Tisch und setzte sich. An seinen klobigen Wanderschuhen klebte noch ein Rest Waldschmutz. Der Notar, auch er leidenschaftlicher Jäger, bemerkte es. Er tippte auf feuchten Eichenwaldboden. Patrick hatte den Blick des Notars bemerkt und streckte seine Füße schnell unter den Tisch. Er war ein gutaussehender junger Mann mit strahlend blauen Augen und einem umwerfenden Lächeln. Ihn schien das Testament als Einzigen nicht weiter schockiert zu haben.

»Jetzt beruhigt euch mal alle«, sagte er. »Was ist denn dabei? Wenn wir den guten Ronny mit den Tatsachen konfrontieren, wird er Verantwortung übernehmen. Wenn wir ihm schildern, wie viele Leute arbeitslos werden, wenn die Firma auseinanderfällt, dann bin ich überzeugt davon, dass er mit sich reden lässt.«

Siegfried schüttelte den Kopf.

»Du machst dir Illusionen über diesen Rumtreiber, Patrick.« Er wandte sich wieder an den Notar. »Was geschieht eigentlich, wenn wir ihn nicht finden?«

»Oder gar nicht erst suchen?«, fügte Roswitha verschlagen hinzu.

Sie strich ihre grüngraue Lodenhose glatt. Der Notar lächelte.

»Dann wird ein gerichtlicher Abwesenheitspfleger eingesetzt, der die Firma verwaltet. Das kann mehrere Jahre dauern.«

»Wir müssen ihn also unbedingt finden und ihn überreden,

auf die Erbschaft zu verzichten«, zischte Herbert wie eine Schlange auf Mäuseentzug.

»Von einem vollständigen Verzicht rate ich ab. Das ist auf die Dauer nicht wasserdicht. Es kann später angefochten werden. Ich schlage daher vor, ihn abzufinden.«

»Der Schweinehund nimmt ja eben kein Geld an!«, rief Roswitha erregt. »Bei dem ist mit Geld gar nichts zu machen.«

»Ich setze auf seine Vernunft«, sagte Patrick. »Er ist im Grunde ein Gerechtigkeitsfanatiker – «

»Einen Scheiß ist er!«, widersprach Roswitha.

»Wie wäre es denn«, fuhr Siegfried beruhigend fort, »wenn wir ihm ein paar Grundstücke überlassen, auf denen er seine nutzlosen Projekte durchziehen könnte. Eine Heimstatt für irgendwelche Spinner und Phantasten, was weiß ich.«

»Der nimmt doch nichts an!«, rief Roswitha. »Der träumt vom gewaltfreien, besitzlosen Leben, von sonst nichts. Der will herumziehen wie ein Zigeuner.« Sie hieb mit der flachen Hand mehrmals auf den Tisch. »Was meint ihr, wie viele Diskussionen ich schon mit ihm hatte, als sein Vater noch lebte?«

Patrick mischte sich wieder ein.

»Vielleicht denkt er ja inzwischen anders. Was schlagen Sie persönlich denn vor, Herr Notar?«

»Nun, auch ich hatte schon einige unangenehme Auseinandersetzungen mit Ronny. Aber ich sehe gar keine andere Möglichkeit, als das Gespräch mit ihm zu suchen, wenn die Firma in dieser Form weiterbestehen soll.«

Die Glöckl Senf & Mostrich GmbH hatte über zweitausend Mitarbeiter. Ein internationaler Senf- und Ketchup-Riese streckte schon gierig seine Fühler für eine Übernahme aus. Die Firma stand nicht ganz ungefährdet da.

»Und wie sollen wir das machen? Wir wissen ja gar nicht, wo er steckt.«

»Der wird schon wieder bei irgendeiner Randale dabei sein«, sagte Arnold. »Der fühlt sich doch nur dort wohl, wo Molotow-Cocktails durch die Luft fliegen.«

Schweigen trat ein. Mit jedem der Anwesenden im Raum war Ronny schon einmal aneinandergeraten, und er hatte zielsicher und mit großem Vergnügen in dessen Schwachstelle herumgebohrt.

»Wir lassen ihn durch einen Detektiv suchen«, sagte Siegfried.

»Dann engagieren wir doch einfach den vom letzten Mal«, schlug Patrick vor.

Ja, dieser Schnüffler hatte ganz gute Arbeit geleistet. Er war in der Sache Glöckl Senf & Mostrich vs. Brauerei Glöcklberger engagiert worden. Die Familie hatte ihren guteingeführten Slogan »Glöckl Senf – der glöckt!« natürlich urheberrechtlich schützen lassen. Die Brauerei Glöcklberger aus Murmannskreuth hatte ihr Bier jedoch beworben mit dem Slogan: »Glöcklberger Bier – des glöckt!« Es gab eine Klage, eine Verhandlung, schließlich einen Sieg für den Senf. Die Murmannskreuther durften so nicht mehr werben. Weil der Privatdetektiv gut recherchiert hatte.

Siegfried Glöckl stand als Erster auf.

»Herr Notar, wir melden uns bei Ihnen, wenn wir Ergebnisse haben.«

»So ein Trara wegen dem Idioten«, murmelte Roswitha. Dabei machte sie eine unwirsche Handbewegung und stieß die Kaffeetasse um. Eine tiefschwarze Pfütze breitete sich auf dem edlen Mahagonitisch des Notars aus.

In der Pfütze spiegelte sich kurz ein Gesicht. In dem Gesicht stand ein gefährlicher Plan.

Ein Mordplan.

14 Die Trance

Ein paar hundert Kilometer weiter südlich dufteten die Zitronenbäume, sie neigten sich dabei unmerklich im würzigen Wind. Der Vormittag war hell und klar in Toreggio. Die Sonne jagte wie ein roter Kater hinter ein paar weißen Mäusewolken her und man saß draußen, am Swimmingpool. Giacinta Spalanzani, die Tochter des Mafiabosses, sprang mit einer gelenkigen gebückten Viertelschraube vom Dreimeterbrett in den Pool, fast spritzerlos, erst als sie mit ihrem hellblauen, gepunkteten Einteiler aus dem Wasser stieg, bildete sich eine klitzekleine Pfütze auf den Terracottafliesen.

Die Mitglieder der ehrenwerten Familie hatten sich im Garten der Villa Nobile versammelt, sie betrachteten amüsiert den hölzernen Unternehmensberater in Anzug und Krawatte, der mit seiner PowerPoint-Präsentation kämpfte. Ab und zu luden die Granden der Familie Spalanzani so einen zu sich ein, und tatsächlich war manche neue steuerfreie Geschäftsidee auf diese Weise entstanden. Dieser Berater hier redete jedoch nun schon eine Stunde über langfristige Strategien und Kernkompetenzen. Man hatte ihn mit verbundenen Augen hierhergebracht, vor und nach der Fahrt mehrmals um sich selbst gedreht. Toreggio sollte schließlich ein geheimer Ort bleiben. Nicht einmal das legendäre CamorraWiki (nur mit Passwort zu besuchen) konnte hier weiterhelfen.

»Dein Vortrag ist stinklangweilig«, sagte Padrone Spalanzani, das Oberhaupt der Familie. Er wäre bei einem Marlon-Brando-Imitationswettbewerb unter die ersten zehn gekommen, noch weit vor dem Ur-Paten selbst. Nuschelige Aussprache, schmales Oberlippenbärtchen, im Hintergrund italienische Opern, auf dem Tisch Pappardelle mit Käse aus Parma.

»Mein lieber Freund«, sagte der Padrone bedrohlich leise, »das, was du uns erzählt hast, wussten wir schon. Worthülsen, weiter nichts.«

Der Referent erschauderte.

»Soll ich ihn erschießen?«, fragte Luigi, der Auftragskiller. »Dann sparen wir uns die Rückfahrt.«

»Ich kann auch trampen«, wimmerte der Referent und rückte seine Krawatte zurecht.

Padrone Spalanzani lachte.

»Du willst von einem geheimen Ort wegtrampen? Warum dann der ganze Aufwand mit chemischer Reinigung bis hierher? Fahr ihn zurück, Ettore.«

Ettore setzte seine Chauffeurmütze auf und führte den nervös zuckenden Unternehmensberater ins Haus. Der Padrone stach in den dampfenden Nudelhaufen. Ohne probiert zu haben, sagte er:

»Die Pappardelle sind zu weich. Wer hat sie gekocht?«

Eine Mauer des Schweigens. Ein Kartell der verschlossenen Lippen.

»Ich«, sagte Giacinta in die Stille hinein.

»Wirklich, mein Täubchen?«

»Nein, das habe ich nicht, aber ich will mich nicht alle paar Wochen um einen neuen Pastakoch kümmern.«

Spalanzani knurrte.

»Sechseinhalb Minuten in brodelndem Salzwasser. Ist das so schwer?«

Ein drahtiger Mann mit ziellos von Punkt zu Punkt springenden Augen mischte sich in das Gespräch.

»Sie sind vielleicht deshalb zu labbrig, weil sie beim Servieren immer noch nachziehen.«

Der drahtige Mann konnte sich Frechheiten leisten, denn erstens war er der Freund von Giacinta, zweitens war er geschäftlich viel zu wichtig für Spalanzani.

»Dann koch halt in Zukunft *du* die Nudeln, Swoboda«, sagte Spalanzani.

»Oder du isst sie gleich in der Küche, Papa«, fügte Giacinta spitz hinzu. »Dann kannst du mit der Stoppuhr danebenstehen, und wenn sie fertig sind, haust du rein.«

Alle zwanzig Mafiosi, die am Pool saßen oder standen, versuchten, ihren Gesichtsausdruck auf null zu schalten. Jeder, der jetzt griente, konnte sich einen neuen Job suchen. In einem neuen Land. In einem neuen Leben. Wenn sich nicht sogar Luigi vorher um ihn kümmerte.

Spalanzani schob den Teller mit den Sieben-Minuten-Plus-Nudeln weit von sich.

»Aber nun zum Geschäft. Wie ihr vielleicht wisst, haben wir nördlich der Alpen seit einiger Zeit ziemliche Probleme mit einer neuartigen Konkurrenz bekommen. Die *Ringvereine* sind wieder auferstanden. Eine äußerst lästige Angelegenheit.«

Alle wussten Bescheid. Die Mitglieder der seit Jahrzehnten totgeglaubten Ringvereine bestanden aus ehemaligen Gefängnisinsassen. Mitglied der Bruderschaft konnte nur werden, wer mindestens zwei Jahre eingesessen hatte. Wie schon vor hundert Jahren beim *Reichsverein ehemaliger Strafgefangener e. V.* veranstalteten sie offiziell Resozialisierungsprogramme – in Wirklichkeit taten sie alles andere als das.

»Sie haben sich wie die Zecken in den Fremdenverkehrsorten des Voralpenlands festgesaugt«, fuhr Spalanzani fort. »Auch in unserem idyllischen Kurort haben sie schon ein Restaurant übernommen. Sie verderben die Schutzgeldtarife. Sie ruinieren unseren Ruf. Sie halten sich nicht an Regeln. Wir sollten ihnen einen Schlag verpassen. Wer hat eine Idee dazu?«

Karl Swoboda hob lässig die Hand. Der Österreicher war nach vorn getreten.

»Padrone, wir sollten ausnützen, dass im Kurort momentan eine große Konzentration von Polizeikräften herrscht, innerhalb derer man sich – natürlich mit einem gutgemachten Pass – ziemlich frei bewegen kann. Die Schmier* kümmert sich derzeit nur ums Politische, alles andere ist uninteressant für sie: Auge des Orkans, und so weiter. Darf ich fragen, wo genau diese unbequemen Ringbrüder im Kurort sitzen?«

»Das Restaurant, das sie unter Kontrolle gebracht haben, heißt *Alt-Werdenfelser Schmankerlstuben*. Früher war das eine wunderbare italienische Trattoria mit herrlichen apulischen Orecchiette, jetzt werden dort Schweinshaxen mit Knödeln serviert und im Hinterzimmer CDs mit Steuergeheimnissen verscherbelt.«

Swoboda pfiff durch die Zähne.

»Das ist vermutlich ein lohnendes Geschäft. Schade, dass es nicht unseres ist.«

Luigi meldete sich.

»Ich könnte mit ein paar Jungs dort hinfahren und mal richtig aufräumen.«

Er straffte das Kreuz und nickte schon zweien seiner Mitarbeiter zu.

---

* Süddeutscher Ausdruck für Ordnungshüter, hat nichts mit *schmieren* zu tun, kommt vom hebräischen *shmíra*, die Wache.

»Das wäre eine naheliegende Möglichkeit«, fuhr Swoboda mit einem abschätzigen Seitenblick auf Luigi fort, »aber ich habe eine bessere Idee, die ich schon lange einmal ausprobieren wollte. Und jetzt wäre eine gute Gelegenheit dazu.«

»Ich bin gespannt, Swoboda«, sagte der Padrone.

Der Österreicher winkte, worauf zwei der Leibwächter einen bleichen Mann mit schwarzem Vollbart hereinführten. Auch sein Haar und seine stechenden Augen waren von tintenähnlicher, teuflischer Schwärze. Erst auf den zweiten Blick fiel der gutsitzende, höchstwahrscheinlich maßgeschneiderte Anzug auf, den er jetzt langsam und mit sichtlichem Vergnügen am Stoff glattstrich. Swoboda wies auf den Mann.

»Giacinta und ich haben ihn in einem Varieté kennengelernt, in einer kleinen heruntergekommenen Vorstadtbühne. Und wir finden beide, dass er ein interessantes Kunsthandwerk beherrscht.«

»Und das wäre?«

»Tataa!«, rief Giacinta in einer Zirkusdirektor-Pose. »Er ist Hypnotiseur.«

Der bärtige Teufel im Maßanzug verneigte sich vor Spalanzani. Es war nicht genau auszumachen, ob es eine ernstgemeinte Ehrenbezeugung oder eine diskrete Parodie einer solchen war.

»Ja, mein lieber, verehrter Signore«, sagte er mit leiser, schnarrender Stimme, die etwas Säuselndes und Einschmeichelndes hatte, »ich führe Ihnen am besten eine Probe meiner Kunst vor. Wenn Sie vielleicht die Güte hätten, jemanden auszuwählen –«

»Beim Leben meiner Mutter!«, polterte Spalanzani. »Hypnose, wie? Das ist ja die Höhe, mir so einen Hokuspokus aufzutischen. Ich bin enttäuscht von dir, Swoboda!«

»Du glaubst nicht an Hypnose, Papa?«, fragte Giacinta.

»Natürlich nicht. Das ist billige Trickbetrügerei! Geht auf den Jahrmarkt damit.«

»Da kommen wir ja her«, sagte Giacinta fröhlich. »Schau es dir doch wenigstens einmal an. Hast du etwas dagegen, wenn wir das an – sagen wir – Luigi ausprobieren?«

Luigi erstarrte. Er machte eine kleine, abwehrende Handbewegung. Doch seiner Tochter konnte der Padrone keinen Wunsch abschlagen. Schließlich ging er widerwillig auf das Ansinnen seines Täubchens ein.

»Ah, ich sehe schon, das wird eine Herausforderung«, sagte der bärtige Hypnotiseur ernst, als ihm Luigi vorgestellt wurde. Er schritt langsam auf den Mafioso zu, der einen guten Kopf größer und viele Muckibudenstunden breiter war als er. Schritt für Schritt verwandelte er sich in einen geheimnisvollen Magier. Niemand lachte mehr. Der Hypnotiseur bat Luigi, auf einem Stuhl Platz zu nehmen. Alle konnten erkennen, dass er ihn dabei mehrmals leicht am Oberarm berührte. Einige Leibwächter griffen zum Holster. Luigi verdrehte genervt die Augen, musste aber wohl oder übel mitspielen. Der Bärtige flüsterte ihm etwas zu. Berührte ihn an der Schulter. Flüsterte ihm noch etwas zu. Berührte ihn am Oberarm. Wiederholte das mehrmals. Einige, die in der Nähe saßen, hörten sogar, was er sagte:

»Spüren Sie den Druck meines Fingers? Konzentrieren Sie sich darauf. Spüren Sie den Druck meines Fingers? Konzentrieren Sie sich darauf. Spüren Sie ...«

Nach weniger als einer Minute blickte Luigi starr und willenlos geradeaus. Er glotzte ins Leere. Er war nicht mehr bei Sinnen. Keiner der Anwesenden hatte ihn je so gesehen. Der Hypnotiseur klatschte leicht in die Hände. Und dann geschah etwas Unerwartetes. Der gnadenloseste Auftragskiller

Süditaliens erhob sich unsicher vom Stuhl und blieb in leicht gebückter, eilfertiger Haltung stehen. Sein Gesichtsausdruck veränderte sich ins Servile. Dann schlurfte er, eine Hand hinter dem Rücken, zu den Anwesenden, die am nächsten saßen.

»Hat jemand von den Herrschaften noch einen Wunsch?«, fragte er mit ungewohnt leiser und höflicher Stimme. »Einen Kaffee vielleicht? Oder ein Glas Wein? Für die Damen einen Amaretto? Ein Stück Cassata alla siciliana?«

Der Hypnotiseur trat einen Schritt vor.

»Ich habe mir erlaubt, Signore Luigi in der Rolle eines Kellners auftreten zu lassen.«

Die Mitglieder der Familie rissen erschrocken die Augen auf. Worauf lief das hinaus? Einige schlugen die Hände vor den Mund, andere wandten sich entsetzt ab. Nur Giacinta hatte seelenruhig ihr iPhone gezückt und filmte die Szene. Luigi watschelte jetzt geflissentlich zu Padrone Spalanzani.

»Der Herr sieht abgespannt und müde aus. Haben Signore vielleicht noch einen Wunsch? Einen Eistee? Mit ein paar süßen Baci dazu?«

Es war unfassbar. Der eiskalte Luigi, Sieger vieler blutiger Auseinandersetzungen italienischer Familien, gefürchteter Richter über Leben und Tod mancher Verräter, unbarmherziger Rächer von Regelverstößen, dieser fintenreiche und unangreifbare Mafioso ging nun von Gast zu Gast, fragte diesen nach dem Wohlbefinden, lobte bei jenem das gute Aussehen.

»Komm mal her«, sagte der Padrone. »Siehst du die Pfütze da, Cameriere?« Er deutete grinsend auf den Wasserfleck, den Giacinta vorher hinterlassen hatte.

»Ja, natürlich. Was ist damit?«

»Putz die Pfütze auf. Oder noch besser: Trink sie aus.«

»Sehr, sehr gerne, der Herr.«

Luigi watschelte zu der Stelle, kniete sich auf den Boden und neigte den Kopf auf die Terracottafliesen der Swimmingpoolterrasse –

Auf einen Wink von Swoboda lief der bärtige Teufel im Maßanzug zu dem Knienden und berührte ihn leicht an der Schulter. Sofort hielt Luigi inne. Er schien wieder aus der Trance erwacht zu sein und sah sich verwirrt um. Dann erhob er sich und klopfte sich den Staub von der Hose. Atemlose Stille. Giacinta zeigte ihm die Bilder, die sie aufgenommen hatte. Alle fürchteten einen schrecklichen Wutausbruch, doch nichts dergleichen geschah. Innerlich kochte er wahrscheinlich wie ein sizilianischer Vulkan, sann auf Rache, dachte sich tausend grausame Todesarten für den aus, der ihn so bloßgestellt hatte, doch äußerlich hatte Luigi seine Fassung wiedergewonnen. Spalanzani fasste den Hypnotiseur kurz ins Auge, dann sagte er zu Swoboda und Giacinta:

»Wessen Idee war das?«

»Unser beider Idee.«

»Gut. Wer sich das bei einem wie Luigi traut, der traut sich das auch bei den Ringbrüdern. Fahrt in den Kurort. Irgendwo in den Räumlichkeiten dieser Alt-Werdenfelser Schmankerlstuben sind Informationen versteckt. Datenträger, Disketten, Sticks, was weiß ich. Am besten wäre es, wenn ihr einen der Brüder so hypnotisieren könntet, dass er mit einer CD zur Polizei geht und den ganzen Laden auffliegen lässt.« Der Padrone erhob sich. »Ich verlasse mich auf euch.«

Er winkte zwei Leibwächtern, die ihn ins Haus zurückbegleiteten.

»Die Pappardelle isst wohl niemand?«, fragte Giacinta unschuldig dreinguckend in die Runde. Alle schüttelten den Kopf. So etwas wie gerade eben hatten sie noch nie erlebt.

Hypnose! Luigi als Kellner! War man vor diesem Varietékünstler überhaupt sicher?

Giacinta nahm den Teller mit den Nudeln und ging hinüber zu den Stallungen. Der Deckeber Roberto sprang auf die Beine und grunzte erwartungsvoll. Wenn Giacinta kam, gab es Fressen. Giacinta schüttete den Teller in den Koben. Roberto schnupperte. Dann lief er in die andere Ecke. Zerkochte Nudeln! Die Ehrenwerte Familie ist auch nicht mehr das, was sie einmal war, dachte Roberto und schnaubte unwillig.

15 Der Bruch

Polizeihauptmeister Ostler hockte an seinem Schreibtisch und sah durch die Glastür auf die Veranda hinaus. Die Hortensien blühten prächtig, die Tomatenstauden trugen schon die ersten kleinen Früchte. Aber zogen dort hinten über der Karwendelspitze nicht schon schwarze Wolken auf? Er wandte den Blick ab und beugte sich wieder über den Papierkram, den er zu erledigen hatte. Um diese Zeit hatte sonst eines seiner Lieblingsseminare stattgefunden: Techniken und Grenzen der Überwachung von kriminellen Organisationen. Er hatte gelernt, dass das personalintensiv und auch sonst mit großem Aufwand verbunden war. Und wenn man schon einmal eine Telefonüberwachung genehmigt bekam, dann redeten die Täter meistens nur harmlosen Schmarrn und verabredeten sich zu Gesprächen bei Skype und WhatsApp. Diese Medien wiederum konnte die Polizei leider, leider! nicht abhören. Und jetzt, dachte Ostler, wo wegen des Gipfels Staatsschutz vor Bürgerschutz ging, wäre das sowieso unmöglich. Leise fluchend sehnte er den Zeitpunkt herbei, an dem diese ganze

Gaudi hier zu Ende war. Dann war es Sache der japanischen Kollegen, das nächste Gipfeltreffen vorzubereiten. Seine Laune besserte sich etwas, als er sich sein japanisches Pendant vorstellte, vielleicht einen Herrn Han Takahashi, der jetzt irgendwo saß und noch nicht wusste, was ihm blühte. Ganbatte kudasai! Ostler hatte heute zu allem Überfluss auch noch eine Doppelschicht aufgebrummt bekommen. Das widersprach eigentlich den Vorschriften, aber angesichts der Ereignisse ging es halt nicht anders. Eben kam der junge Kollege herein, mit dem er in einer halben Stunde auf Streife zur Schroffenschneide gehen sollte. Seine Augen und seine Nase waren gerötet, er wirkte verschnupft.

»Auweh, zwick«, sagte Ostler. »Hoffentlich steckst du mich nicht an.«

Auch Polizeiobermeister Franz Hölleisen war über Papiere und Akten gebeugt. Ohne aufzublicken, fragte er:

»Wie wird das dann werden, wenn du einmal ein richtiger Kommissar bist?«

»Wie meinst du das? Dann bin ich halt der Kommissar Ostler. Daran gewöhnt man sich schnell.«

»Muss ich dich dann siezen?«

Ostler lachte.

»Meinst du das ernst?«

»Willst du überhaupt hier im Ort bleiben?«

»Ja freilich, deswegen mach ich das ja. Das war eigentlich schon immer mein Traum. Ich wollte nicht dauernd in ganz Bayern herumversetzt werden, sondern bis zu meiner Pensionierung im Werdenfelser Land stationiert sein.«

»Willst du dem Jennerwein Konkurrenz machen?«

»Zwei leitende Ermittler verträgt so ein Ort schon. Es sind ja auch zwei Ortsteile.«

»Eine Konkurrenz von meiner Seite brauchst du jedenfalls nicht zu fürchten«, sagte Hölleisen lachend. »Ich bin mit meinem mittleren Dienst vollauf zufrieden. So eine Fortbildung wäre mir auch viel zu stressig.«

»Mir ist so ein Stress tausendmal lieber als der Leerlauf, den wir momentan haben.«

»Was sagt eigentlich deine Frau dazu, Joey?«
Stille.
Hölleisen blickte erstaunt auf. Ein bitterer Zug lag um den Mund des Kollegen.
»Wen geht das was an?«, raunzte Ostler schroff.
Dann verließ er das Zimmer.

Zwei Bereitschaftspolizisten in voller Kampfmontur trampelten herein und bremsten vor Hölleisens Schreibtisch ab. Sie kamen wohl gerade vom Training, das draußen auf dem Hof stattfand. Sie schienen einem Sci-Fi-Movie mit zehn Action-Punkten entsprungen: Volle Bewaffnung, Helme mit Visier, riesige schnitthemmende Abseilhandschuhe, Schienbeinschützer mit extra verstärkten Knieplatten, stahlbewährte Schutzkappen über den Schuhen. Alles in Schwarz, alles in Bedrohlich, aber das war ja schließlich auch der Sinn des Ganzen. Der eine klappte das Visier hoch, sein schweißnasses Gesicht war jungenhaft aufgeregt. Ob denn hier die Ausgabestelle für Schutzschilder wäre. Er sagte Schildää, er kam hörbar aus Aschaffenburg. Nein, die Materialausgabe wäre in einem ganz anderen Gebäude. Wie man da hinkäme. Den Gang raus, dann rechts. Ein dritter Kämpfer rauschte herein, stieß an die beiden anderen, die sich schon in Bewegung gesetzt hatten, die wiederum strauchelten, konnten sich wegen der riesigen Handschuhe nirgends abstützen, stolperten, schlingerten, fuchtelten mit den Armen, schließlich stürzte der eine ins Glas der Verandatür, das scheppernd zerbrach. Die drei Men in Black rappelten sich wieder auf. Niemand war verletzt. Der Dritte war allerdings eine Woman in Black, ihr schweißnasses Gesicht war mädchenhaft aufgeregt. Sie entschuldigten sich wortreich und zogen schließlich ab.

»Was ist denn da los?«

Ostler war wieder ins Zimmer getreten und besah sich die Bescherung.

»Die Kollegen von der Bereitschaftspolizei«, antwortete Hölleisen schulterzuckend.

»Das hat uns gerade noch gefehlt. Wo sollen wir jetzt so schnell einen Glaser herbekommen? Am Samstag Mittag!«

»Am besten ist es, wir kleben erst mal Pappe drüber. Besser als nix.«

Während sie arbeiteten, sagte Ostler:

»Entschuldige, Hölli, du weißt schon, wegen vorher, aber ich habe einfach mal alleine eine Rauchpause machen müssen.«

Ostler bemühte sich um einen freundlichen Ton.

»Ist schon recht«, erwiderte Hölleisen gutmütig. »Wir sind alle ein bisschen genervt.«

»Das wirds sein. Und was ist bei dir so los, Hölli?«

Bevor Hölleisen antworten konnte, sprang die Tür auf, und ohne einen Gruß polterte eine ihnen fremde Polizeikollegin herein, nicht im Kampfanzug, aber genauso drauf.

»Gibt es hier einen Rumänisch-Übersetzer? Wir brauchen ganz dringend einen.«

Sie war völlig außer Atem, für einen herablassenden Tonfall hatte sie aber immer noch genug Puste übrig. Hölleisen blieb ruhig.

»Einen offiziellen, vereidigten Dolmetscher haben wir nicht da.«

»Ich brauche keinen offiziellen. Irgendeiner genügt.«

»Ich kenne eine Flickschneiderin, die ist Rumänin, die könnten wir anrufen.«

»Dann machen Sie mal.« In der Tür drehte sie sich nochmals um. »Meine Herren! Hier ziehts aber ordentlich.«

Normaler Polizeialltag während der großen Gipfelei.

16 Der Schmerz

Unaufhaltsam kam der nietenbewehrte Schlagring aus Stahl auf ihn zu. Die Hand, die ihn hielt, war kräftig, mit breiten Fingernägeln. Der Schlagring stand jetzt direkt vor seinen Augen. Nah. Ganz nah. Warum spürte er keinen Schmerz? Warum sah er immer noch den Schlagring vor sich?

Jennerwein stöhnte. Dann riss er die Augen auf. Die beiden grauhaarigen Bürger, die er vorher am Eingang gesehen hatte und die das Camp wie einen Zoo oder eine Geisterbahn betreten hatten, beugten sich über ihn. Er fühlte sich benommen.

»Hallo, hören Sie mich?«, sagte der Mann. »Sie sind hier im Sanitätszelt.« Er sprach sehr langsam und artikulierte jede Silbe sorgfältig. »Wir ha-ben Sie hier-her-ge-bracht.«

»Was ist mit mir los?«, ächzte Jennerwein.

»Wissen Sie das nicht?«, sagte die Frau aufgeregt. »Wir haben Sie gefunden! Sie lagen am Boden! Wir sind keine Ärzte, aber: Ohnmächtig, haben wir gedacht.«

Der Mann fiel ihr ins Wort.

»Ja, genau: Ohnmächtig. Und dabei wollten wir uns im Camp nur mal umsehen. Und dann gleich das. Gehts Ihnen jetzt besser?«

Jennerwein schwieg. Er kämpfte gegen den Schwindel an. War er in Gefahr? Ging von diesen beiden eine Bedrohung aus? Taten die nur so harmlos? Er musste unbedingt Kontrolle über die Situation bekommen. Er versuchte sich aufzurichten, doch es gelang ihm nicht.

»Wir lassen Sie am besten hier liegen«, fuhr die Frau hastig fort. »Wir gehen einen Sanitäter suchen.«

Und schon waren sie verschwunden.

Jennerwein versuchte sich zu orientieren. Er lag auf einer Pritsche, in einem mittelgroßen Zelt, um ihn herum waren medizinische Utensilien und Geräte aufgebaut. Er befand sich wohl tatsächlich in einer Art Sanitätsstation. Immer noch wusste er nicht, wie er in diese Lage geraten war. War er gestürzt? Oder überfallen worden? Das Bild der Faust mit dem Schlagring stand halb durchsichtig vor seinen Augen. Oder hatte er am Ende einen seiner Akinetopsie-Anfälle gehabt? Er versuchte sich zu konzentrieren. Ohne Ergebnis. Aber was hatte Maria zum Thema »retrograde Amnesie« immer geraten?

»Auf keinen Fall versuchen, sich angestrengt zu erinnern. Locker bleiben. Lieber an etwas Belangloses denken. Die fehlenden Ereignisse kommen von alleine wieder.«

Er schloss die Augen und versuchte sich zu de-konzentrieren. Einundzwanzig, zweiundzwanzig. Langsam kristallisierte sich eines heraus: Er war niedergeschlagen worden. Aber warum? Und von wem? So wehrlos hatte sich Jennerwein schon lange nicht mehr gefühlt. Von draußen näherten sich Stimmen.

»Ja, da drin liegt er«, sagte einer.

War das die Stimme des grauhaarigen Mannes, der eben an seiner Pritsche gestanden hatte?

»Ist jemand bei ihm?«, fragte eine fremde Stimme forsch und hart.

»Nein, er ist ganz allein.«

Ein kleiner Mann mit strubbeligem Haar trat ins Zelt. Er verzog sein Gesicht zu einem breiten Grinsen, als er Jennerwein dort liegen sah. Die große, langgezogene Nase in dem kleinen, faltigen Gesicht gab ihm etwas Verschlagenes. Etwas von einem Frettchen, einem Wiesel. Die kleinen, engbeieinanderliegenden Augen verstärkten diesen Eindruck. An welchen Schauspieler erinnerte Jennerwein dieser Mann bloß? Jedenfalls an einen, der meist fiese Rollen spielte.

»Fühlen Sie sich besser?«, fragte das Frettchen jetzt jovial.

Jennerwein bemerkte, dass die Augen des Mannes dabei blitzschnell und unauffällig diejenigen Stellen an seinem Körper fixierten, an denen man eine Waffe tragen konnte.

»Sie scheinen mir noch etwas benommen«, fuhr der Mann fort.

Jennerwein fühlte sich tatsächlich schwach, aber er spannte alle Kräfte an, um den anderen zu taxieren. Der kam jetzt näher.

»Ich habe gesehen, wie Sie hierhergebracht wurden. Kann ich helfen?«

Jennerwein hörte einen klitzekleinen Akzent heraus, der allerdings auf keine bestimmte Sprache schließen ließ. Die Art, wie er stand und ging, immer auf dem Sprung, immer den ganzen Raum im Blick, all das deutete auf eine polizeiliche, wenn nicht militärische Ausbildung hin. Ein ausländischer Kollege? Er war nicht mehr ganz jung, hatte wahrscheinlich seinen aktiven Dienst schon hinter sich, wurde hier im Camp aus demselben Grund eingesetzt wie er selbst. Als Frühwarnsystem für gewalttätige Aktivitäten. Jennerwein wollte sich aufrichten.

»Wer sind Sie, wenn ich fragen darf?«

»Ich habe dich beobachtet«, sagte der Mann plötzlich, und der Ton war nun nicht mehr so freundlich und jovial. »Du hast dich herumgetrieben. Ich glaube, dass du hier im Camp kein Zelt hast. Und dass du keiner Gruppierung angehörst. Was willst du hier?«

Jennerwein verbarg sein Erschrecken. Er entschloss sich dazu, weiterhin zu schweigen. Das Frettchen wartete auf eine Antwort, trat noch einen Schritt näher. Jennerwein scannte den Körper des Mannes, so unauffällig das im Liegen möglich war. Er trug keine Jacke, unter der man eine Waffe verbergen hätte können. Er stand jetzt ganz nahe bei Jennerwein und wandte sich kurz ab, um zu lauschen, ob jemand kam oder in der Nähe war. Jennerwein versuchte sich zu wappnen, doch der Mann drehte sich blitzartig um, griff ihm mit einer Hand an die Kehle, umfasste seinen Hals und riss ihn einen halben Meter hoch. Jennerweins erster Impuls war, sich der schmerzhaften Klammer mit einer Drehung zu entledigen. Aber würde er es in seinem benommenen Zustand schaffen, den Fremden mit einem Schulterwurf zu Boden zu reißen? Die Faust mit dem Schlagring stand immer noch als unscharfes Bild vor Jennerweins Augen. Und jetzt sah er die Faust wieder. Die mit den breiten Fingernägeln. Drohend, direkt vor seiner Nase. Es war dieselbe Faust.

»Hör mal, Freundchen«, zischte das Frettchen jetzt. »Ich habe dich im Visier. Sag mir, für wen du arbeitest.« Jennerwein schwieg. »Los, spuck es aus! Ansonsten ... Mein Lieber, wir haben noch ganz andere Methoden ...«

Von draußen waren Schritte zu hören. Der Fremde ließ abrupt von Jennerwein ab. Eine Frau in Sanitätskluft betrat das Zelt. Bevor sie etwas sagen konnte, drängte er an ihr vorbei aus dem Zelt. Jennerwein wusste, dass seine Kräfte noch nicht ausreichten, um seinen Angreifer zu verfolgen. Und die kleine, zierliche Sanitäterin um Hilfe zu bitten, würde sie nur gefährden. Er brauchte Verstärkung. Dringend.

Er schloss die Augen und versuchte, sich die Gesichtszüge des Angreifers so genau wie möglich einzuprägen.

»Na, so was!«, sagte die Sanitäterin zu Jennerwein. »Haben Sie den gesehen? Der hat ja ausgesehen wie der Schauspieler Sean Penn. Sie wissen schon, der, der mal mit Madonna verheiratet war. Und der immer so fiese Rollen gespielt hat. Ein Freund von Ihnen?«

»Nein«, krächzte Jennerwein.

»Was fehlt Ihnen eigentlich?«

Die Sanitäterin bot ihm ein Schmerzmittel an. Er lehnte ab und bat um ihr Handy. Zehn Minuten später war Maria da.

»Was ist passiert, Hubertus?«

»Kümmern Sie sich nicht um mich«, erwiderte Jennerwein. »Wir müssen nach einem Mann suchen.«

Jennerwein beschrieb ihn genau, Maria notierte mit.

»Was ist denn eigentlich geschehen?«, fragte sie drängend.

»Ich weiß es nicht genau«, sagte Jennerwein. »Ich war in einem anderen Zelt. Ich war mir eigentlich sicher, dass sich niemand von hinten anschleichen konnte. Trotzdem bin ich niedergeschlagen worden.«

Maria sah ihn an.

»Hubertus, wir müssen Ihren Angreifer finden!«

Jennerwein lachte bitter auf.

»Da haben Sie schon recht, Maria. Aber wir sind auf uns alleine gestellt. Alle verfügbaren Kräfte sind im Gipfel-Einsatz.«

»Was für eine absurde Situation! Lassen Sie mich mal sehen.« Sie betastete seinen Hinterkopf. »Ja, hier ist eine Wunde. Aber nicht viel Blut. Und eine Abschürfung an der Augenbraue. Schildern Sie mal die Eindrücke, an die Sie sich erinnern können.«

»Ich habe mich über einen Flugzettel mit politischen Parolen gebeugt. Der Schlag kam völlig überraschend, aus dem Nichts. Mein Sichtfeld engte sich ein, farbige Punkte tanzten vor meinen Augen, es wurde dunkler. Dann versagten mir die Beine, ich knickte mit einer Drehung ein und sah im äußersten Gesichtsfeld eine Faust mit einem dieser üblen Schlagringe. Die Hand sehe ich jetzt noch vor mir. Gebräunte Haut. Breite Fingernägel.«

Maria sah Jennerwein prüfend an.

»Sie sehen die Hand jetzt noch vor sich? Wie meinen Sie das? Im übertragenen oder im wirklichen Sinn?«

Jennerwein schwieg. War es möglich, dass Maria von seiner Krankheit wusste? Aber das war jetzt auch schon egal. Draußen hörte man Fetzen von Sprechchören: *Poli-zei-staat Euro-pa! ... Acht Cola, acht Bier! ...*

»Was heißt das eigentlich?«, fragte Jennerwein. »Acht Cola, acht Bier. Das stand auch auf ein paar T-Shirts.«

»ACAB? All cops are bastards.«

»Vielleicht gibt es ja Spuren«, sagte Jennerwein. Er richtete sich auf und griff vorsichtig in seine Jackentasche. »Ich habe ganz bewusst nichts mitgenommen, keinen Ausweis, keine sonstigen Papiere. Aber ich habe ein Päckchen Papiertaschentücher hier in die linke Jackentasche gesteckt, und zwar mit der Schrift nach außen. Sehen Sie: Jetzt steckt es umgekehrt in der Tasche.«

»Sie sind also durchsucht worden.«

Jennerwein nickte. Aber von wem? Von diesem Sean-Penn-Verschnitt, von dem eifrigen Ehepaar, oder gar von der zierlichen Sanitäterin? Erst jetzt fiel ihm auf, dass ihn die Sanitäterin gar nicht gefragt hatte, was mit ihm geschehen war. Und dass sie es sehr eilig gehabt hatte, zu verschwinden.

17   Die Rast

Währenddessen saßen Giacinta Spalanzani, Karl Swoboda und der maßgeschneiderte Hypnotiseur mit dem schwarzen Vollbart im Auto und bretterten von Toreggio aus Richtung Brenner. Ab und zu sahen sie nach oben. Der Himmel über Südtirol war so rosa wie ein konvexer Riesenschinken, der über ihnen hing.

»Wie funktioniert das jetzt mit der Hypnose?«, fragte Giacinta in der Höhe von Bozen.

»Das, verehrte Freundin und Gönnerin«, antwortete der Angesprochene aalglatt, »ist ein streng gehütetes Berufsgeheimnis. Üben Sie Nachsicht, Gnädigste, denn ich werde Ihnen nicht alles verraten. Das ist ja sozusagen meine Lebensversicherung.«

»Und wenn wir dich foltern lassen?«, fragte Swoboda.

»Dann bleibt mir kein anderer Ausweg, als den Folterknecht zu hypnotisieren.«

Karl Swoboda warf einen Blick in den Rückspiegel und sandte dem Hypnotiseur einen scharfen Blick zu. Das wirkte.

»Also?«, sagte der Österreicher.

»Bei der Hypnose im Varieté – und nicht nur dort – ist das Wichtigste das Überraschungselement. Ich bitte Sie als Akteur auf die Bühne und bringe Sie dadurch unvorbereitet in eine Situation, die sich genau zwischen

Welch-große-Ehre! und *Was-für-ein-Irrsinns-Stress!* befindet. Der Mensch sehnt sich gleichzeitig nach der Aufmerksamkeit und fürchtet sich vor ihr. Bei diesem Widerspruch setze ich an.«

»Und wenn ich mich gegen Ihre Manipulationen sperre?«

»Wenn ich Sie dazu bringe, mitzuspielen, habe ich Sie schon so gut wie. Vor Publikum will sich niemand blamieren. Es ist wie beim Kindergeburtstag. Auch die trotzigsten und renitentesten Kinder freuen sich auf das Spiel – und schon sind sie in Trance.«

»Was verstehst du unter Trance?«

»Vollständige Ich-Aufgabe. Die findet im Alltag häufiger statt als man denkt. Wir befinden uns ein Viertel unseres Lebens in Trance. Wenn wir in den Fernseher starren. Oder aufs Meer hinaus. Oder in ein Smartphone. Wenn wir auf den Bildschirmschoner eines Computers glotzen und nicht so recht loskommen davon. Wenn wir uns in eine Musik hineintanzen. Wenn wir in einem Roman lesen, von Ereignis zu Ereignis hasten und immer wieder wissen wollen, wie es weitergeht. Wenn wir dann –«

Er stockte, seine Augen weiteten sich. Plötzlich

»Plötzlich was?«

»Haben Sies bemerkt? Sie haben sich schon in der Nähe eines kleinen Trancezustands befunden. Da kann ich einhaken und dem Opfer eine Aufgabe geben, kleine Befehle, die es befolgt, um sich nicht zu blamieren.«

Sie waren kurz vor der österreichischen Grenze.

»Wenn das wirklich so gut funktioniert«, fragte Giacinta bei der Ausfahrt Gossensaß, »warum hast du dann eigentlich eingewilligt, mit uns zu arbeiten?«

»Sie zahlen am meisten«, erwiderte der Hypnotiseur trocken.

»Aber eins sage ich Ihnen gleich, geschätzte Mitglieder der Ehrenwerten Familie. Wenn Sie einen Banküberfall mit einem willenlos gemachten Kassierer oder so etwas Ähnliches im Sinn haben, dann vergessen Sies. Das funktioniert in den allerwenigsten Fällen.«

»Wie wäre es damit, Kieberer zu hypnotisieren?«, fragte Swoboda.

»Polizisten, ja, das ist prima. Die sind es gewohnt, Autoritäten anzuerkennen, Befehlen zu gehorchen. Die sind leicht in Trance zu versetzen. Sie haben Angst davor, sich zu blamieren. Vor dem Vorgesetzten. Oder vor dem Untergebenen.«

»Oder vor dem Kunden. Vor den Bürgern, die sie um etwas bitten«, sagte Giacinta.

»Bravo! Sie denken ja schon richtig wie ein Profi-Hypnotiseur.«

»Kann man so einem Polizisten nun etwas einpflanzen?«, fragte Giacinta. »Einen Befehl, den er dann Wochen später befolgen muss, wenn er das und das Wort wieder hört?«

»Das ist nicht sehr realistisch. Das Opfer kann eine Order nicht so lange speichern. Vielleicht ein paar Stunden. Und bedenken Sie, dass die Handlung, die er ausführen soll, nicht allzu kompliziert sein darf.«

Sie hatten den Brenner schon eine Weile hinter sich gelassen. Vor ihnen tauchten die Schilder der Raststätte Matrei auf.

»Es muss etwas Kurzfristiges, Überschaubares sein. Darf ich Ihnen das vorführen? Fahren Sie mal da raus.«

Schon von weitem war das Fahrzeug der österreichischen Polizei zu sehen, das auf dem Parkplatz stand. Swoboda und Giacinta hatten eher den Impuls, es großräumig und unauffällig zu umfahren, aber der Hypnotiseur im Maßanzug bat Swoboda, genau hinter dem Auto zu parken.

»Wir treffen uns dann auf dem kleinen Parkplatz zwischen Innsbruck und Zirl.«

Mit diesen Worten stieg er aus dem Wagen und ging zu den beiden Polizisten, die im Auto saßen und offenbar eine Jause machten. Der Beifahrer wuchtete sich gerade heraus, wischte sich die Hände mit einem Taschentuch ab und entfernte sich Richtung Tankstelle.

»Ist das eine Falle?«, fragte Giacinta, nachdem der Hypnotiseur draußen war.

»Man weiß nie«, sagte Karl Swoboda, griff unter den Sitz und holte seine Beretta heraus. Er lud sie und steckte sie in die Innenseite seines Jacketts. Dann verschränkte er die Arme hinter dem Nacken und beobachtete das Auto vor ihnen aufmerksam. Der Polizist auf dem Fahrersitz ließ eben die Scheibe herunter. Der Hypnotiseur bückte sich und redete auf ihn ein. Sein maßgeschneiderter Anzug saß tadellos. Sein tiefschwarzer Bart zitterte leicht im Wind.

»Sicher ist sicher«, sagte Giacinta leise und öffnete ihre Handtasche aus Nappaleder. Sie kramte. Ganz unten öffnete Giacinta den doppelten Boden, fingerte einen messerscharfen

Wurfdolch heraus und wog ihn in der Hand. Sie blickte nach vorn. Der Hypnotiseur war ins Gespräch mit dem Fahrer vertieft, er deutete in diese und in jene Richtung.

»Wie schauts eigentlich mit Heiraten aus?«, fragte Swoboda leise. »Willst?«

Giacinta strich mit dem Finger leicht über die Stahlklinge des Wurfdolchs.

18 Der Hengst

Der Schnüffler, den die Glöckls beauftragt hatten, war bisher Schreibtischhengst gewesen, jetzt arbeitete er das erste Mal draußen auf der Piste. Er hatte ziemlich schnell eine Vermutung, wo Ronny sein könnte, nämlich in diesem kleinen Bindestrichkurort, in dem momentan das Aufbegehren und das Muskelzeigen zu Hause waren. Er hasste es, von jetzt auf gleich losfahren zu müssen. Es würde allerdings nicht allzu schwer werden, ihn ausfindig zu machen und ihm das Testament des alten Jeff W. Gloeckl zu übergeben, und er war sich sicher, dass es ein leichter, gutbezahlter Job werden würde. Wie aber sollte er sich verkleiden? Langhaarperücke und Retro-Flower-Power-Hemd? Glatze und aufklebbare Tattoos? Hornbrille und Hipsterhut? Er recherchierte im Internet. Darin war er gut. Aha: In diesem Kurort war es wohl am sinnvollsten, den erholungsbedürftigen Touristen mit Wanderklamotten und Sonnenbrille zu geben. Er verstaute Ronnys Foto und die Kopie von Jeffs Testament in einem Folklore-Rucksack. Schon am Bahnhof sah er die vielen Demonstranten. Warum nicht hier gleich mit der Recherche anfangen! Er ging zu einem Infostand.

»Kennen Sie den?«

»Warum sollte ich den kennen?«

»Er ist ein Wanderkumpel von mir.«

»Nie gesehen.«

»Wir wollten uns hier treffen.«

»Schön für Sie.«

Nächster Versuch.

»Ein Wanderkumpel? Wandern? Da haben Sie sich ja einen idealen Zeitpunkt ausgesucht. Sehen Sie nicht, was hier los ist?«

Der Schnüffler machte noch einige Versuche, ohne Ergebnis. Er musterte die Demonstranten in der Fußgängerzone, lief durch Nebenstraßen und wollte gerade den Weg zum Camp einschlagen, da zogen dichte Wolken auf. Er flüchtete sich in eine Kneipe.

»Warum suchen Sie den?«, fragte ein Typ an der Bar, als er das Foto herumzeigte. Er war klein, hatte strubbelige Haare und engbeieinanderliegende Augen. Und wieder erzählte der Schnüffler seine kleine Story. Er fühlte sich gut. Seine Tarnung war perfekt. An der Theke lud man ihn zu einem Drink ein. Als er sich auf den Weg machte, um sich ein Hotel zu suchen, hatten sich noch mehr dunkle Wolken zusammengezogen und tauchten den Ort in graues Dämmerlicht. Die Straßen waren menschenleer. Plötzlich spürte er einen brennenden Schmerz. Er bekam keine Luft mehr. Sterne tanzten vor seinen Augen. Jemand hatte ihn an der Gurgel gepackt und zog ihn in einen Hauseingang.

»So, so, du suchst also einen Wanderkumpel«, stieß der Mann hervor. »Schlechte Verkleidung! Miese Tarnung!«

Der Schnüffler sah das Gesicht des Mannes nicht, aber er erkannte an der Stimme, dass es der mit den engbeieinanderliegenden Augen und der großen, langgezogenen Nase sein musste. Der Griff wurde stärker, und der Schreibtischhengst im Außendiensteinsatz begann zu husten wie ein mit Benzin betankter Dieselmotor.

Dem sich verdunkelnden Himmel zum Trotz hielt Mungo im Camp einen seiner berühmten Vorträge über Molotow-Cocktails. Im Freien. Er fing im Jahre 677 n. Chr. an, beim Griechischen Feuer, das bei der Belagerung von Konstantinopel eingesetzt wurde, und kam dann zum namensgebenden sowjetischen Regierungschef Wjatscheslaw Molotow (1890–1986).

»Der Molli ist aber nicht etwa eine Erfindung *von* Molotow«, dozierte Mungo, »sondern eine Erfindung zur Bekämpfung Molotows. Dieser üble Bursche war Stalins Volkskommissar für Auswärtige Angelegenheiten, und er behauptete im sowjetisch-finnischen Winterkrieg 1939/40 frech, die russischen Bomber würden Brot für die Zivilbevölkerung bringen. Finnische Soldaten nannten diese Bomben daraufhin *Molotows Brotkörbe* und erfanden ein *Getränk passend zum Essen*. Daher der Name Molotow-Cocktail.«

NINA2 | GLOBOBLOG   SA, 6. JUNI 13:15

Mungo trägt wieder seinen dicken, schwarzen Trainingsanzug.
Im bürgerlichen Leben ist er, soviel ich weiß, Gymnasiallehrer
für Geschichte und Sozialkunde. Sein eigentliches Element
aber ist das Feuer. Er würzt seinen Vortrag mit Lichtblitzen.
< grins > Der blitzeschleudernde Zeus! In Wirklichkeit hat er
entzündliche Zauberwatte in der Tasche.

»Ich weise euch darauf hin, dass es in Deutschland ausdrücklich verboten ist, eine Anleitung zur Herstellung von Molotow-Cocktails in der Öffentlichkeit zu geben, sei es schriftlich, sei es mündlich.«

Mungo hielt eine Glasflasche hoch und schüttelte die Flüssigkeit darin. In der anderen Hand ein Feuerzeug: Pfump!

»Deshalb erfährt man in dem entsprechenden Wikipedia-Artikel alles über Molotow-Cocktails, nur nicht, wie sie funktionieren. Leider. Der Brockhaus schreibt wenigstens von einer *mit einem Öl-Benzin-Gemisch gefüllten Flasche*, *die nach Anzünden des aus dem Flaschenhals herausragenden Dochtes geworfen wird.* Immerhin! Aber eine genaue Beschreibung –«

Nina2 schlug den Wiki-Artikel auf. Aber da gab es doch eine genaue Bauanleitung! Detailliert mit dem genauen Mischungsverhältnis der selbstentzündlichen Flüssigkeiten.

»Ich stelle die Bauanleitung jeden Tag wieder rein«, fuhr Mungo lächelnd fort. »Aber sie nehmen meine Beschreibung natürlich gleich wieder raus. So geht das schon seit zwei Jahren.«

Nina2 schoss ein paar Fotos. Mungo griff zur Klampfe und stimmte ein altes bayrisches Volkslied an.

> ♪ *Drunt z' Mittawald,*
> *wo da Schnee obafallt,*
> *wohnt a Muaterl mit oam*
> *Mo, zwoa Entn und drei Buam.*
>
> *»Du, Muaterl«, fragt der Sohn,*
> *»wie macht man denn a Revolution?«*
> *Da sagt das Muaterl zum Bua:*
> *»Da brauchst an Molotow-Cocktail dazu.«*
>
> *»Da brauchst a Flaschn«, sagt sie,*
> *»mit Benzin«, sagt sie,*
> *»und a Tröpferl Nitro-*
> *glyzerin«, sagt sie,*
> *»steckst an Lumpen nei«, sagt sie,*
> *»mit Bedacht«, sagt sie,*
> *»so hab i an Molli vierzig Jahr lang gmacht.«*

Die Menge sang nun unisono:

»Verdünnte Salpetersäure ein Drittel«, sagt sie,
»und ein Tröpferl Frostschutzmittel«, sagt sie ...

Ein paar hundert Meter weiter, in einer engen Seitengasse, wurde der Griff um den Hals des Schreibtischschnüfflers immer enger und schmerzhafter.

»Hör mal, Freundchen«, zischte der Fremde jetzt. »Ich habe dich im Visier. Sag mir, für wen du arbeitest. Los, spuck es aus! Ansonsten ... Mein Lieber, wir haben noch ganz andere Methoden ...«

Der Griff lockerte sich wieder. Der Schnüffler schnappte nach Luft. Wer war *wir*? Und was war das für ein Typ?

»Ich bin ... Privatdetektiv«, hustete er. »Ich kann Ihnen ... meine Visitenkarte zeigen ...«

»So, Privatdetektiv«, äffte ihn der Frettchengesichtige nach. »Visitenkarte, prima. Und was ist dein Auftrag?«

»Das darf ich nicht ...«

Der Druck wurde stärker.

»Warte ... ich kann alles erklären ...«

Nach und nach wurde die ganze Geschichte aus ihm herausgedrückt – wie aus einer Senftube. Als er alle Familiengeheimnisse der Glöckls verraten hatte, drehte sich der kleine Fremde abrupt um und schritt mit elastischen, cowboyartigen Schritten davon. Als er außer Sichtweite war, überprüfte der Schnüffler seinen Rucksack. Alles war noch vollzählig da. Dieser Typ hatte auch nicht wie ein Dieb ausgesehen. War das jemand, der von Ronny geschickt worden war und der ihn auf Distanz halten sollte? Unwahrscheinlich, aber möglich. In dem schäbigen Zimmer, das er in der heruntergekommenen Pension gemietet hatte, besah der Schnüffler seinen Hals im Spiegel. So viel war sicher: Der Außendienst zog ziemliche Griffspuren nach sich.

19 Der Gang

»Ich glaube, es ist besser, du legst dich ins Bett. Ich finde schon einen Ersatz für dich. Nein, du brauchst dir keinen Kopf zu machen. Kurier deine Grippe aus. Servus! Gute Besserung.«

Polizeihauptmeister Ostler schloss die Tür hinter dem Kollegen, der ihn eigentlich bei der Routinepatrouille zur Schroffenschneide hätte begleiten sollen.

Auch das noch, dachte Ostler. Eigentlich müsste er sich jetzt um einen Ersatz kümmern. Eine Streife zu zweit war Vorschrift. Aber in diesem Fall? In einer unzugänglichen Gegend, in die sich niemand verirrte? Verärgert startete er noch einige telefonische Versuche, eine Begleitung zu finden, aber alle hatten zu tun. Jennerwein war nicht erreichbar. So entschloss sich Ostler, die geschätzten drei Stunden alleine zu gehen. Das war sein erster Fehler.

Draußen tauchte die Sonne bereits in dunkle Wolken, hinten in Österreich braute sich ein Gewitter zusammen. Ostler

meldete sich in der Zentrale, gab sein Ziel an, fuhr mit dem Auto nach Hammersbach, parkte es dort und marschierte dann Richtung Schroffenschneide. Schon nach zehn Minuten kam er zu dem unzugänglichen, steil aufsteigenden Waldstück, das in einer Senke endete, die wiederum von unregelmäßig aufragenden Felsstücken begrenzt war.

Diese Mulde bildete die eigentliche Schroffenschneide, sie lag jetzt friedlich und still vor ihm. Ein einsamer Ort. Unter Jägern galt er als guter Platz zur Wildbeobachtung. Und fürs Erdbeerpflücken. Hier war er zusammen mit seiner Frau oft hingegangen, denn hier gab es die größten und wohlschmeckendsten. Wie lange war das her? Schon sehr lange.

Ostler ließ sich von den Erinnerungen gefangennehmen und schweifte mit den Gedanken ab. Das war sein zweiter Fehler an diesem Tag. Ein polizeilicher Streifzug im Wald war kein Spaziergang. Da war die Aufmerksamkeit eines Fußballtorwarts gefragt, der den größten Teil der Spielzeit unbeschäftigt war, aber trotzdem jederzeit mit einer Offensive rechnen musste. Doch Ostlers Gedanken drifteten hin zu jenen Tagen, an denen er an dieser Stelle mit seiner Frau Erdbeeren gesammelt und Pläne für die Zukunft geschmiedet hatte. Ein Häuschen am Sonnenhang. Selbstgezüchtete Schafe. Eine Familie. Sie hatten Fotos geschossen, die Kamera hatten sie dort droben mit Selbstauslöser auf den Fels gestellt. Zu Hause hatten sie einen Erdbeerkuchen gebacken. Ostler riss sich zusammen. Er musste diesem Ort schleunigst den Rücken kehren. Mit entschlossenen Schritten stieg er den Hügel vollends hinauf, Richtung Süden, dort wurde der Hochwald noch steiler, das Unterholz noch dichter. Er traf niemanden an in diesem gottverlassenen Landstrich, keine Sicherheitskräfte, keine Jäger, nicht einmal versprengte Rehe oder Hirsche. Als Ostler auf der Schroffenschneider Höhe angelangt war, als er etwa die Hälfte seines einsamen Patrouillengangs erledigt hatte, begann sich der Himmel rapide zu verdüstern. Die schmutziggrauen Wolken waren so prall, dass es nicht mehr lange dauern würde, bis die Husche kam. Würde er noch trocken zu Hause ankommen? Wahrscheinlich sowieso nicht. Er setzte einen Funkspruch an die Leitstelle ab. Alles in Ordnung, keine besonderen Vorkommnisse, keine Auffälligkeiten, menschenleeres Terrain. Ostler machte sich langsam wieder an den Abstieg. Er hatte keine Eile, zu Hause erwartete ihn ohnehin eine leere Wohnung. Seine Frau war schon im Frühjahr ausgezogen, und er war zu stolz gewesen, sich jemandem anzuvertrauen. Im Revier wusste deshalb niemand davon, dass sich seine Frau endgültig von ihm getrennt hatte. Nicht einmal Hölleisen hatte er es gesagt. Er spielte immer noch den glücklichen Ehemann, er hatte sogar ein paar erfundene Schnurren erzählt: von einer Fahrt mit der Familie ins Blaue, von einer lustigen Geburtstagsfeier, vom letzten Hochzeitstag. Doch sein Lebensentwurf war gescheitert. Ziellos irrten Ostlers Gedanken umher, mit jedem Tritt und mit jeder Erinnerung bohrte sich eine weitere Spitze in sein Herz.

Dicke, fleischige Regentropfen fielen, er beschleunigte automatisch seine Schritte. Zum Teufel mit diesen dunklen Gedanken. Er musste in die Zukunft blicken. Er würde seine ganze Energie in die Fortbildung legen. Auf seinem Rückweg sah er in der Ferne erneut die Schroffenschneider Mulde mit dem seltsam geformten, hochaufragenden, eigentlich gar nicht in die satte Waldlandschaft passenden Felsen. Es war bestimmt nur ein Platzregen, und er konnte sich dort unter dem Überhang unterstellen. Als er näher kam, bemerkte Ostler, dass er nicht mehr alleine auf weiter Flur war. Buntes Plastik stach aus dem Dunkelgrün heraus. Die Regenjacke eines verirrten Wanderers? Ostler schaltete wieder in den Dienstmodus. Er näherte sich langsam, blieb jedoch sicherheitshalber in Deckung. Durchs Fernglas konnte er erkennen, dass jemand genau in der Mitte der flachen Mulde ein kleines Campingzelt aufbaute. Der bullig und untersetzt wirkende Mann war gerade dabei, Heringe in den Boden zu schlagen. Er trug eine Regenjacke mit Kapuze, der Wind blähte den Stoff auf und riss wild daran herum. Ostler spähte in alle Richtungen. Niemand sonst zu sehen. Dieser Mann war alleine, deshalb ging Ostler noch näher. Er geriet jetzt in abschüssiges Gelände, er rutschte mehr, als er lief.

»Hallo, was machen Sie da?«, rief er aus dreißig Meter Entfernung.

Der mit der Regenjacke antwortete nicht, er schnallte seinen Rucksack ab und warf ihn auf den Boden. Vielleicht hatte er ihn auch nicht gehört. Ostler wiederholte seinen Ruf, noch lauter, noch bestimmter. Wieder reagierte der andere nicht. Was war das denn für ein Idiot! Ostler spürte, wie eine kleine, scharfe Welle von Wut in ihm aufstieg. Schließlich rief der andere, ohne aufzusehen:

»Das geht dich einen Scheiß an, Mann!«

Ostler war auf zehn Meter herangekommen. Er versuchte, seinen Ärger zu beherrschen.

»Das geht mich sehr wohl etwas an«, sagte er bestimmt, aber immer noch höflich. »Mein Name ist Ostler, ich bin Polizeihauptmeister von der örtlichen Polizei. Sie befinden sich hier auf gesperrtem Gelände.«

»Ja, und?«

»Ich fordere Sie auf, das Zelt wieder abzubauen und den Platz zu verlassen.«

»Wen stört denn das Zelt?«

»Ich wiederhole: Entfernen Sie sich von hier.«

»Na, dann schalt mal auf Endlosschleife, Alter. Ich bleib sowieso hier.«

Ostlers Stimme zitterte.

»Ich sage es Ihnen ein letztes Mal: Gehen Sie. Verschwinden Sie. Sofort.«

Eine weitere Welle von heißem, unbeherrschbaren Zorn erfasste ihn. Das war unprofessionell, Ostler wusste das. Er atmete durch. Dieses Bürschchen im nassen Regencape war bloß ein kleiner Tunichtgut und Mitläufer, ein gewaltbereiter Randalierer hätte sich ganz anders verhalten. Verdammt nochmal, er musste sich beruhigen.

»Sie befinden sich hier auf polizeilich gesperrtem Gelände. Ich weise Sie darauf hin, dass Sie sich strafbar machen –«

»Oho, strafbar! Da hab ich jetzt aber Angst.«

Ostler ballte die Hand zur Faust.

»Sie sollten Verstärkung anfordern!«, sagte der junge Mann schnippisch und herausfordernd. Jetzt erst stand er auf und drehte sich zu Ostler um. »Oder wollen Sie mich ganz alleine hier wegtragen?« Er musterte ihn von oben bis unten. »Ein Männlein steht im Walde, wie?«

Der sucht nur Streit, redete sich Ostler ein. Der will mich provozieren. *Zuhören, auf sich wirken lassen, respektieren, auf Schuldzuweisung gegenüber dem Dialogpartner verzichten ...* Ostler hatte letztes Jahr bei einem Kongress über Gewaltprävention sogar selbst einen Vortrag gehalten, und zwar genau darüber, wie man mit Provokationen umging.

»Ich darf Sie bitten, mir Ihren Ausweis zu zeigen«, sagte er so beherrscht wie möglich.

Keine Antwort. Nur ein fieses Grinsen. Eine Fresse zum Reinschlagen. Ostler ballte die Faust, bis die Hand schmerzte.

»Ich darf Sie jetzt bitten –«

»Bitten dürfen Sie schon.«

»Zeigen Sie mir jetzt den Ausweis!«

»Dann verhaften Sie mich doch, wenn Sie das alleine können.«

»Den Ausweis –«, zischte Ostler, und seine Augen traten hervor.

»Und was, wenn nicht?«

Ostler biss die Zähne zusammen, um seine ohnmächtige Wut zu unterdrücken. Er musste zu dem besonnenen und umsichtigen Ostler zurückkehren, der er normalerweise war. Das musste er irgendwie schaffen. Und zwar ganz schnell. Er zückte das Funkgerät. Er fand den Anschaltknopf nicht gleich, denn der ganze Apparat war inzwischen glitschig vom Regen.

»So, sind wir auch noch nervös?«, sagte der junge Mann mit einem herausfordernden Grinsen. »Zittern uns schon die Finger? Ah, ein Ehering! Wartet Mutti schon zu Hause?«

Der junge Mann warf den Campinghammer auf den Boden, drehte sich um und bückte sich, um in den Rucksack zu greifen.

»Lassen Sie das!«, schrie Ostler, und seine Stimme überschlug sich. »Bewegen Sie Ihre Hände nicht!«

Der junge Mann kniete sich mit dem Rücken zu Ostler hin und kramte seelenruhig in seinem Rucksack. Der Regen war so stark geworden, dass er Ostler ins Gesicht peitschte und sich dort festbiss. Ein Blitz erhellte den schwarzen Himmel kurz, ein Donnerschlag zerriss die Stille des Waldes. Der junge Mann kniete so, dass Ostler seine Hände nicht mehr sehen konnte.

Und dann machte Ostler den dritten Fehler. Er zog seine Dienstpistole. Der junge Mann aber stand plötzlich wieder aufrecht, hatte etwas Schwarzes, Mattglitzerndes in der Hand und hielt es hoch. Holte er aus? Eine heiße Welle von nicht mehr zu bremsendem Jähzorn überkam Ostler. Er riss die Pistole hoch, um einen Warnschuss abzugeben. Genau in dem Moment rutschte er auf dem nassen Gras aus, der Schuss peitschte bösartig über die Mulde. Ostler stürzte zu Boden. Er überschlug sich zweimal und rollte ein paar Meter nach unten. Mühsam rappelte er sich wieder auf und blickte in Richtung des jungen Mannes, der jetzt mit dem Bauch auf dem Boden lag, eine Hand über den Kopf gelegt, als ob er sich vor dem Regen oder vor weiteren Pistolenschüssen schützen wollte. In der anderen Hand hielt er immer noch das schwarze, glitzernde Etwas. Langsam trat Ostler näher. Er zückte seine Taschenlampe und knipste sie an. Es war ein Stein aus einem Kopfsteinpflaster.

»Hallo! Hören Sie mich! Stehen Sie auf! Sofort!«

Ostler berührte den reglos Daliegenden an der Schulter. Keine Reaktion. Ostler fühlte den Puls. Panik erfasste ihn. Er kniete sich hin und drehte ihn auf den Rücken. Mit atemlosem Entsetzen starrte er auf das Gesicht des jungen Mannes. Hier war kein Zweifel möglich. Dieser junge Mann war tot.

20 Der Rausch

An der Raststation Matrei, kurz vor der Europabrücke, stand ein Fahrzeug der österreichischen Verkehrspolizei auf dem Parkplatz. Inspektor Puntigam senkte die Fensterscheibe auf der Fahrerseite seines Dienstfahrzeugs und lehnte sich, auf den Arm gestützt, vorschriftsmäßig bürgerfreundlich nach draußen. Ein Mann mit pechschwarzem Bart und ebensolchen Augen beugte sich zu ihm herunter.

»Was gibts?«, fragte Puntigam. »Kann man helfen?« Puntigam hielt immer noch den angebissenen Hamburger in der Hand. Seine Finger fühlten sich fettig an. »Entschuldigens, aber ich mache gerade Brotzeit.«

»Macht nichts, essen Sie ruhig weiter«, sagte der andere freundlich. »Lassen Sie sich nicht stören. Ich hätte ohnehin nur eine ganz kleine Frage. Vielleicht können Sie mir tatsächlich weiterhelfen.«

Puntigam glaubte im Gesicht des Mannes Unsicherheit, Nervosität, aber auch so etwas wie Respekt herauszulesen. Respekt vor der Polizei. Respekt vor ihm. Der schwarzbärtige Bürger in Not hatte sich jetzt wieder aufgerichtet, Puntigams Blick fiel auf den tadellossitzenden Anzug, auf die blaugraue Weste, auf die geschmackvoll dezente Krawatte. Ein seltener Anblick in einer Autobahnparkbucht.

»Ich wollte nach Città Straniera, ich habe mich verfahren«, sagte der Tourist. »Ich habe wahrscheinlich die Ausfahrt versäumt, die Ausfahrt nach Città Straniera eben –«

Inspektor Puntigam grunzte leise. Was redete denn der jetzt daher? War der besoffen? Città Straniera, noch nie gehört. Wo war denn das? Vielleicht sollte man seinen Ausweis – Puntigam spürte einen leichten Druck auf seinem Ellbogen. Er griff mit der Hand hin, doch da war der Druck verschwunden. Er legte den Hamburger in die Schachtel. Seine Hände trieften vor Fett.

»Ihre Finger«, sagte der Fremde freundlich und grundgütig. Puntigam wischte sie ab. Der Mann hatte eine angenehme, beruhigende Stimme. Er erinnerte ihn an seinen alten Deutschprofessor. Der war auch immer im Dreiteiler vor der Klasse erschienen. Und wieder dieser Druck. Und dann ließ der Druck wieder nach. *Spüren Sie meinen Finger an Ihrem Oberarm?* Ja natürlich spürte er das, es war ein sanfter, angenehmer Druck. *Konzentrieren Sie sich darauf.* Freilich, eine leichte Übung. *Spüren Sie meinen Finger auf Ihrer Schulter?* Natürlich, eh klar, auch auf der Schulter. Er konzentrierte sich darauf.

»Steigen Sie bitte aus dem Auto, lieber Inspektor«, sagte der Mann mit der angenehmen Stimme jetzt.

Inspektor Puntigam stieg aus, warum auch nicht, er ließ sich Zeit dabei.

»Hinten ist es doch viel bequemer«, sagte der seriöse Mann, der freundliche Mann, der weiche Mann. Der Mann hatte auch schon die Hintertür geöffnet und schob Puntigam sanft hinein. Puntigam machte es sich auf der Rückbank bequem, der Fremde startete den Polizeiwagen und fuhr los, schaltete schließlich auch das Blaulicht und die Sirene an. Wunderbar! Es dauerte nicht lange, da sausten sie auch schon über die Europabrücke, rechts und links flog Österreich vorbei. Großes

Österreich. Glückliches Österreich. Land der Berge, Land am Strome, Land der Äcker, Land der Dome, und Inspektor Puntigam sang die Bundeshymne. Schön singen Sie!, sagte der gutgekleidete Mann vorne. Das fliegende Österreich wurde immer schneller, ein Blick auf den Tacho, hundertachtzig hatten sie jetzt drauf. Und immer lauter sang er: Heiß umfehdet, wild umstritten liegst dem Erdteil du inmitten, einem starken Herzen gleich. Zweihundert. Vielgeprüftes Österreich, viel-ge-prü-hüf-te-hes Ö-ste-reich, viel-ge-prü-hüf-te-hes Ö-ste-reich!

So konnte es ewig weitergehen. Der Inn glitzerte, die Dienstmütze, das Funkgerät und der Gummiknüppel lagen auf der Ablage und schaukelten bei Tempo zweihundertdreißig leicht vor sich hin. Die Sirenen wurden lauter und lauter, aber Puntigams Gesang übertönte alles. Viel-ge-prü-hüf-te-hes Ö-ste-reich, und da vorn war auch schon der kleine Parkplatz zwischen Innsbruck und Zirl. Der Schwarzbärtige bremste scharf, fuhr raus. Er bretterte mit quietschenden Reifen in die Parkbucht und wich einer kleinen, bläulich schillernden Ölpfütze aus, die auf dem trockenen Asphalt schimmerte. Schade eigentlich, dass die Fahrt zu Ende ist, dachte Inspektor Puntigam, als sie endlich zum Stehen kamen.

21 Das Cape

Maria Schmalfuß trat mit Kommissar Jennerwein aus dem Sanitätszelt des Camps. Sie stützte ihn leicht.

»Soll ich Sie nicht doch lieber ins Krankenhaus bringen, Hubertus? Es würde nicht schaden, wenn Sie sich untersuchen ließen.«

Der Kommissar machte eine abwehrende Bewegung.

»Nein, Maria, ich muss diesen Typen finden, der mich niedergeschlagen hat.«

Auf einmal goss es wie aus Eimern. Diskussionsgrüppchen lösten sich auf und spritzten nach allen Seiten kreischend weg, Sonnenanbeterinnen klappten ihre dünnen Körper zusammen und suchten trockene Plätze, lediglich ein einsamer Aikidō-Kämpfer arbeitete sich triefend nass an der *Einfachen Peitsche* ab. Jennerwein und Maria stellten sich unter eine improvisierte, gefährlich schwankende Regenplane. Trotz seines benommenen Zustands zwang sich Jennerwein dazu, die Vorbeieilenden zu beobachten. Doch da war weit und breit keiner, der nach dem Angreifer aussah.

Als die improvisierte Plane das Wasser nicht mehr hielt, rannten sie zum nächsten größeren Zelt. Jennerwein blickte hinein. Drinnen saßen viele junge Menschen dichtgedrängt auf dem Boden und lauschten der Rede einer kleinen, stämmigen Frau. Manche der Sitzenden hatten sich ihrer Kleider entledigt und wrangen sie aus. Jennerwein scannte einen nach dem anderen. Kein frettchengesichtiger Sean-Penn-Ersatz.

»Hey, Mann. Was geht ab? Ziemlich ungemütliches Wetter auf einmal.«

Der zaundürre junge Mann mit der heiseren, krächzenden Stimme, der Jennerwein vorhin angesprochen hatte, war hinter sie getreten. Jennerwein begrüßte ihn.

»Ziemlich ungemütliches Wetter«, wiederholte Maria und betrachtete ihre nasse Kleidung. »Das kann man so sagen.«

Der junge Mann musterte sie.

»Deine Freundin?«, sagte er leichthin zu Jennerwein.

»Freundin und Kollegin«, antwortete Jennerwein.

»Braucht ihr ein Cape? Hier, nehmt meins. Ich heiße übrigens Bobo.«

Er reichte ihnen eine karmesinrote Rolle, die er aus dem Rucksack gekramt hatte. Sie bedankten sich und nannten ebenfalls ihre Vornamen.

»Ja dann, Hubertus und Christine, man trifft sich vielleicht mal wieder. Ich jedenfalls muss weiter.«

Jennerwein überlegte, ob er Bobo nicht nach Sean Penn fragen sollte, doch ein vages Gefühl, vielleicht nur ein kleines, hektisches Aufblitzen in dessen Augen hielt ihn davon ab.

»Ach, eines noch«, sagte Jennerwein stattdessen. »Wir suchen ein Ehepaar. Schon etwas älter, bürgerlich gekleidet –«

»Bürgerlich gekleidet? Was meinst du mit bürgerlich? Schau mal da rüber, Mann. Der da in der Mitte ist Wotan, der radikalste und krasseste Typ hier auf dem Camp. Echt basic, total kompromisslos. Der ist so anti, da zittert dir das Hirnfett, Mann. Aber – er trägt immer einen verdammten Schlips. Eine Hose mit Bügelfalten. Eine Frisur wie ein Innenminister. Und geputzte Schuhe, dass du meinst, er kommt gerade aus dem Konfirmationsunterricht. Bürgerlich, das sagt gar nichts.«

Daraufhin beschrieb Jennerwein das neugierige Ehepaar genauer. Bobo hörte aufmerksam zu. »Nein, Mann, so welche habe ich hier noch nie gesehen«, sagte er nach kurzer Überlegung.

Jennerwein schaute ihn prüfend an. Er hatte ehrlich geklungen. Er glaubte ihm. Weitgehend.

Maria und Jennerwein schlüpften gemeinsam unter das Cape, verwandelten sich in eine überdicke, karmesinrote Kegelfigur und klapperten so noch einige Veranstaltungszelte ab. Ohne Ergebnis.

»Seit wann heißen Sie Christine?«, fragte Jennerwein Maria unter dem Cape.

»Seit vorhin«, antwortete sie. »Undercover halt. Sollen wir die Schlafzelte auch noch durchsuchen?«

»Es sind Hunderte. Zu zweit können wir das vergessen.«

Maria nickte.

»Wenn der mit dem Frettchengesicht wirklich ein gewaltbereiter Demonstrant war, dann ist es sowieso unwahrscheinlich, dass er hier auf dem Camp logiert.«

»Wo vermuten Sie ihn dann?«

»Auf dem Campingplatz, in einer Pension, im Auto, was weiß ich. Vielleicht reist er auch mit dem Zug an, zieht sein Ding durch und fährt mit dem Nachtzug wieder ab.«

Der Regen ließ nicht nach. Sie beschlossen, das Camp zu verlassen, sich in das nächste Bistro zu setzen und dort die weitere Vorgehensweise zu besprechen. Eine unförmig wabernde Kegelfigur flog über die klatschnasse Straße.

Sie fanden Platz an einem kleinen Tisch.
»Was sollen wir jetzt tun, um den mit dem Frettchengesicht zu finden?«, fragte Maria.
»Eine Fahndung werden wir nicht genehmigt bekommen. Wegen einer kleinen Beule –«
Maria unterbrach ihn.
»Sie haben mir vorhin beschrieben, dass Ihnen die Faust des Angreifers noch vor Augen steht. Haben Sie das bildlich gemeint oder doch wörtlich?«
Eine Pause trat ein.
»Sie wissen also davon, Maria?«, fragte Jennerwein leise.
»Ich habe mir eingebildet, diese Sache die ganzen Jahre über gut verborgen zu haben.«
Jennerwein hatte in unregelmäßigen Abständen Anfälle von temporärer Bewegungsblindheit. Die Anfälle waren seltener geworden. Aber sie traten immer noch auf, in großen Stresssituationen. So wie jetzt. Er sah die Faust mit den breiten Fingernägeln immer noch vor sich. Die Welt blieb dann einfach ein paar Minuten stehen für ihn. Auch Maria Schmalfuß antwortete nicht gleich. Sie rührte lange in ihrem Kaffee. Der Zucker hatte sich vermutlich schon wieder zusammengesetzt.
»Ich habe mir im Lauf der Zeit so meine Gedanken gemacht. Psychologie ist eigentlich nichts anderes als das Erkennen von Achillesfersen und Fatiguen. Manche Menschen beherrschen das intuitiv, sie können auf die Krücke der Schulpsychologie verzichten. Mir sind einige Symptome bei Ihnen aufgefallen, die auf Akinetopsie hindeuten.«
»Und Sie haben dieses Wissen für sich behalten?«
»Ich war mir eben nicht sicher. Und ich sage Ihnen eines: Ich bin mir immer noch nicht sicher.«
»Und was waren das für Hinweise?«
»Ich bin keine übermäßig große Schwachstellenerkennerin.

Aber bei Ihnen, Hubertus, war es gar nicht so schwer. Sie haben die Angewohnheit, ihre Schläfen mit Daumen und Mittelfinger zu massieren. Sie wollen etwas wegmassieren. Sie berühren immer wieder dieselbe Schläfenregion. Nämlich eine ganz bestimmte über dem Jochbogen. Darf ich?«

Behutsam berührte Maria diese Stelle in Jennerweins Gesicht. Die Fingerkuppen ihres Zeige- und Mittelfingers fuhren sanft und zärtlich vom Ohrenansatz bis zur äußeren Begrenzung der Augenhöhle. Sie wiederholte die Bewegung mehrmals, blickte Jennerwein dabei in die Augen. Dann nahm sie auch die andere Hand zu Hilfe, auf beiden Seiten streichelte Maria nun Jennerweins Schläfen. Der legte den Kopf schließlich leicht zurück.

»Schön, so verliebt zu sein«, murmelte eine Dame am Nebentisch und stach in ihre Agnes-Bernauer-Torte.

»Das ist das Qi-Zentrum Nummer 25«, fuhr Maria fort. »Dort kann durch Akupressur das Energieband zum Auge angeregt werden, was sich positiv auf das Sehen, vielleicht auch auf das Bewegungssehen, auswirkt. Deshalb ist die Stelle auch so sensibel.«

Jennerwein seufzte.

»Das stimmt. Bei einem Anfall – und bei den ersten Anzeichen eines Anfalls – beruhigt mich das ungemein.«

Er nahm ihre Hand, und sie kitzelten und stimulierten gemeinsam die delikate Stelle. Maria löste sich wieder von Jennerwein.

»Ich habe recherchiert. Es gibt allerdings wenig Literatur darüber, denn die Akinetopsie ist eine seltene und unerforschte Krankheit.«

Jennerwein nickte zustimmend. Dann legte er seine Hand auf ihre. Das hatte er noch nie getan.

»Sie müssen es eigentlich melden, Maria. Meiner Dienststelle. Meinem Chef.«

»Den Teufel werde ich tun. Und zwar auch deswegen nicht, weil ich vermute, dass es gar keine Akinetopsie ist.«

»Sondern?«

»Eine besondere Form der Migräne.«

»Das hat Dr. Köpphahn auch schon angenommen. Das ist ein Spezialist, von dem ich mich habe untersuchen lassen.«

Maria erwiderte den Druck von Jennerweins Hand.

»Ich habe eine Idee, wie wir das sicher und zuverlässig herausfinden können.«

In diesem Moment wurde die Tür aufgerissen und ein halbes Dutzend tropfnasser Polizisten in Kampfanzügen polterte in das Bistro. Die drei Aschaffenburger waren auch dabei. Sie und ihre Schutzschildää. Einer von ihnen stieß damit einen Stapel von Speisekarten um, die flatternd zu Boden segelten. Er bückte sich, um sie aufzuheben. Um ein Haar hätte er dabei den feinen großen Standspiegel des Bistros zerbrochen. Der Zugführer hob entschuldigend die Arme. Toilettenpause. Musste auch mal sein.

Im Revier angekommen, trafen Maria und Jennerwein als Erstes auf Polizeiobermeister Franz Hölleisen. Jennerwein beschrieb ihm ebenfalls den frettchengesichtigen Mann. Hölleisen schüttelte den Kopf.

»Das ist kein Einheimischer. Da bin ich mir ganz sicher.«

Jennerwein hatte auch gar nichts anderes erwartet.

»Wir sollten den Joey fragen«, fuhr Hölleisen fort. »Der kennt sich noch besser aus als ich. Ich schau einmal, wo er steckt.«

»Können Sie denn die Akinetopsie willentlich hervorrufen, Hubertus?«, fragte Maria, als sie alleine im Zimmer waren.

»Ja, inzwischen eigentlich schon.«

»Die Bilder bleiben dann stehen?«

»Wenigstens eine Zeitlang. Das ist außerordentlich nützlich, wenn man sich etwas merken will. Ja, und ich setze das manchmal ein.«

»Ich habe eine Idee, wie wir der Sache auf den Grund gehen können, Hubertus.«

»Ja?«

»Mit Hypnose. Haben Sie das schon einmal gemacht?«

»Sie wollen mich hypnotisieren, Maria?«

Die Psychologin lachte.

»Nein, nicht ich. Das ist eine schwierig zu erlernende Technik. Es gibt Spezialisten dafür.«

Hölleisen kam wieder herein.

»Unterhalten wir uns ein andermal darüber«, sagte Jennerwein.

»Haben Sie Ostler schon nach dem Mann gefragt?«, sagte Maria, zu Hölleisen gewandt.

»Nein. Kollege Ostler ist noch nicht von seinem Gang zur Schroffenschneide zurück.«

22 Der Russ

Der Mann, der Sean Penn aufs Haar glich, betrachtete seine Hand, spannte sie kurz, schlüpfte dann aus dem nietenbewehrten Schlagring. Den Schlagring musste er loswerden. Heute noch. Dass er diesen unscheinbaren Typen damit niedergeschlagen hatte, war womöglich ein Fehler gewesen. Er hatte ihn heute Vormittag beobachtet und sofort das Gefühl gehabt, dass er die Leute im Camp musterte und auf Gewaltpotential scannte. Ein eingeschleuster Geheimdienstler? Ein regulierender Demonstrant? Ein völlig unbeteiligter Neugieriger? Er hatte ihn nur einmal aus den Augen gelassen, als er sich Würstchen aus dem Essenszelt geholt hatte, und er hätte ihn fast nicht mehr gefunden. In den wenigen Minuten hatte er sein Gesicht total vergessen, so unscheinbar war der Typ. Aber genau solche setzten sie ein, die Sicherheitskräfte. Milchbubis. Vom Aussehen her Weicheier. Dabei war das wahrscheinlich ein ganz hohes Tier, das hatte er gleich gespürt. Er war ihm nachgeschlichen. Auch in dieses Zelt. Ein, zwei Schläge, und der Unscheinbare war zu Boden gegangen. Er hatte ihn durchsucht, aber die Enttäuschung war groß gewesen. Kein Ausweis, keine Waffe, kein Hinweis auf seine Identität, auf seinen Rang, auf seine Funktion. Und er brauchte Fakten. Er musste unbedingt handfeste Fakten liefern! Dieser Typ wusste etwas. Es musste doch möglich sein, etwas aus ihm herauszuquetschen. Aber dieser unscheinbare Mann hatte keine Angst gehabt. Er hatte nicht ein Fünkchen davon in seinen Augen gesehen. Bei vielen Polizisten hier, vor allem bei den uniformierten, und vor allem bei denen im Kampfanzug, hatte er ein angstvolles Glitzern in den Augen ausmachen können. Aber dieser Typ war eiskalt gewesen. Wenn der Ausdruck eiskalt auf jemanden passte, dann auf den. Eine Frau hatte ihn abgeholt. Wahrscheinlich eine Kollegin. Dünn wie eine Bohnenstange. Vielleicht war aus ihr etwas herauszuholen.

Der Mann, der wie Sean Penn aussah, wandte sich um. War da nicht ein Geräusch gewesen? Nein, kein Mensch weit und breit. Er war hier ganz alleine. Vorsichtig schob er einen herunterhängenden Ast beiseite und ging weiter. Mit dem Zwerg von Schnüffler war es besser gelaufen, wesentlich besser, denn der hatte sich vor Angst fast in die Hose gemacht. Und aus dem hatte er einige Informationen herausgequetscht. Wichtige Informationen. Er blieb stehen und überflog die Notizen, die er sich gemacht hatte, dann zückte er sein Mobiltelefon und wählte eine Nummer. Es klingelte lange. Er ließ es klingeln. Aufmerksam sah er sich um. Überall ballten sich dunkle Wolken zusammen. Bestimmt gab es bald ein Gewitter. Schließlich hörte er eine genervte Stimme am anderen Ende der Leitung.

»Was gibts?«
»Das Päckchen ist geliefert.«
»Wer ist denn dran?«
»Das wissen Sie doch!«
»Ach, Sie schon wieder. Was soll das, mitten in die Kaffeepause mit echten Watrushkis reinzuplatzen! Haben Sie denn etwas?«

Sean Penn entspannte sich und atmete durch.

»Ja, eine ganze Menge. Zunächst einmal einen Namen: Ronald Glöckl. Ich buchstabiere. R O –«

Der andere unterbrach ihn.

»Ach, wissen Sie was: Schreiben Sie einen Bericht, verschlüsseln Sie den ordentlich, und schicken Sie ihn auf dem üblichen Weg.«

»Aber da geht es um eine Riesen-Firmensache! Ein großer deutscher Konzern ist verwickelt. Glöckl Senf & Mostrich GmbH. Und es geht um eine Erbschaft. Wahrscheinlich soll da auf internationaler Ebene etwas vertuscht werden. Ich bin höchstwahrscheinlich einem transeuropäischen Lebensmittelskandal auf der Spur. Sie sind doch bei den großen Ketten im Geschäft. Ich verspreche Ihnen –«

»Das hat Zeit bis morgen. Schreiben Sie einen Bericht, und rufen Sie erst wieder an, wenn Sie etwas Vernünftiges haben.«

»Ja, aber damit nicht genug! Hören Sie, es gibt eine weitere heiße Spur! Gerade eben habe ich beobachtet, wie einer im Camp eine Pistole gezogen und auf einen anderen gezielt hat. Ein Scharfschütze. Ich habe ihn verfolgt. Jetzt muss ich aufpassen, dass ich Sichtkontakt halte. Ich gebe aber noch schnell eine kurze Beschreibung durch –«

Doch der andere hatte schon aufgelegt. Der Mann, der wie Sean Penn aussah, blickte in das verschwommene Spiegelbild einer kleinen Pfütze, die sich am Boden gebildet hatte. Er fasste den Schlagring fester. Jetzt den Observierten im Blick behalten. Dranbleiben. Nicht lockerlassen. Er stapfte los.

23 Das Blut

Ostler fühlte zum wiederholten Mal den Puls des jungen Mannes. Er legte seine Hand auf dessen Brust. Dann leuchtete er mit seiner starken Taschenlampe mehrmals in beide Augen. Hier war kein Zweifel möglich. Diesem unglückseligen Demonstranten konnte er nicht mehr helfen.

Der Regen prasselte unerbittlich weiter. In Ostlers Kopf drehte sich alles, er konnte keinen klaren Gedanken mehr fassen. Ein Unfall. Ein furchtbarer Unfall. Ostler war im nassen Gras ausgerutscht, genau in dem Augenblick, als er geschossen hatte. Eine kleine Unachtsamkeit mit einem schrecklichen Ergebnis. Der Himmel war inzwischen so wolkenverhangen, dass es fast dunkel geworden war, nur ab und zu erhellte ein Blitz die Szenerie. Jedes Mal leuchtete der haushohe Felsen dabei geisterhaft auf. Ostler drehte den Körper des Unbekannten auf die Seite. Auf der Brustseite des Anoraks war ein kreisrundes Loch gerissen, am Rücken hing der Anorak in Fetzen herunter. Ein vollständiger Durchschuss. Aus beiden

Wunden sickerte noch Blut. Ostler legte ihn wieder auf den Rücken. Dann griff er in die Jackeninnentasche des Toten und zog den Ausweis heraus. Er warf einen Blick auf den Namen. O Gott. Ronald Glöckl. Der war polizeibekannt, aber es war keiner von den gewaltbereiten Chaoten, sondern ein harmloser Wirrkopf. Und den hatte er niedergeschossen! Offenbar war das Projektil auf der Brustseite in Höhe des Bronchiallappens eingetreten. Er war kein Mediziner, aber wenn er sich die Blutung ansah, hatte wohl die Kugel die Aorta durchschlagen, vielleicht auch das Rückenmark. Ostler schluckte. Der Wind pfiff durch die Wipfel der Bäume, ein Blitz schlug ganz in der Nähe ein, und der Donner grollte bedrohlich. Es war ein Unfall gewesen. Ein vermeidbarer Unfall. Die rechte Hand des Toten war zur Faust verkrampft, der Stein, den er hochgehalten hatte, musste weggerollt sein. Ostler schaltete die Taschenlampe wieder ein und suchte die Umgebung ab. Der Pflasterstein lag ein Stück weit abwärts. Als Ostler näher trat, rollte er weiter, leicht und locker, der Wind nahm ihn auf und wehte ihn weg. Ostler erschrak. Das war kein Pflasterstein, sondern eine Styroporattrappe, wie sie die Demonstranten manchmal verwendeten, um zu provozieren. Auch das noch. In was für einen Albtraum war er da geraten?

Ostlers heißer Jähzorn, den er vorher gespürt hatte, als er beschimpft und provoziert worden war, war völlig verraucht. Er konnte einfach nicht fassen, was gerade passiert war. Das durfte doch alles nicht wahr sein! Er versuchte, sich zusammenzunehmen. Weg mit diesem Selbstmitleid! Wenigstens jetzt musste er professionell und kühl handeln. Er hatte Scheiß gebaut. Und jetzt musste er dazu stehen. Es war ein Unfall, er musste den Unfall melden. Ostler zog sein Funkgerät heraus, hatte den Finger auch schon an der Taste, da fiel ihm ein, dass seine Pistole ins Gras gefallen war. Er musste sie finden, der Regen würde viele Spuren unbrauchbar machen. Tatortsicherung – das war jetzt seine Aufgabe. Er steckte das Funkgerät wieder zurück, suchte nach seiner Pistole, hatte den Beweissicherungsbeutel schon geöffnet, da zögerte er abermals. Ein Guss von seitlich spritzendem Sprühregen drängte sich in die

Plastiktüte, als würde das Wasser darauf bestehen, ebenfalls in die Asservatenkammer zu kommen. Ostler ließ die Pistole dort liegen, wo sie war, deckte den Toten mit einer Plane zu, die er im halbaufgebauten Zelt fand. Das musste genügen. Jetzt der Anruf.

Eine erneute Panikattacke traf ihn wie ein Faustschlag. Er zitterte am ganzen Körper. Und ein weiteres Mal hielt Ostler inne. Denn mit jeder Sekunde wurden ihm immer neue Konsequenzen des Unfalls bewusst. Seine gehobene Dienstlaufbahn war damit wohl beendet, bevor sie angefangen hatte. Nie und nimmer würde er nach solch einem Vorfall die Genehmigung bekommen, weiterzustudieren. Und wenn, dann würde ihn kein Chef als Kriminalkommissar in seine Abteilung lassen. Er musste froh sein, wenn er überhaupt im Polizeidienst bleiben konnte. Ostler erfasste ein Schwindel, wie er ihn noch nie gespürt hatte. Er würde auch nicht mehr im Ort Dienst tun können, er würde versetzt werden, und es gäbe mit Sicherheit einen untilgbaren Eintrag in die Personalakte. Und dann stand ihm irgend so ein Psychokurs bevor.

»Aber es war doch ein Unfall!«, schrie er in den Regen hinaus. »Und das Ding in seiner Hand! Es hat wie ein Stein ausgesehen! Ich war sicher, dass es ein Stein war!«

Wie zum Hohn warf der hohe, weiße Felsen ein schwaches Echo zurück.

Aber hatte er denn gesehen, dass der junge Mann auch Anstalten gemacht hatte, den Stein zu werfen? Ostler versuchte sich zu erinnern. Doch seine Gedanken fanden keinen Halt. Es war alles so schnell gegangen. Das Schwindelgefühl wurde immer stärker, Ostler musste sich ins nasse Gras setzen. Beruflich war es eine Katastrophe, aber was es für ihn privat bedeutete, wurde ihm gerade erst bewusst. Seine Frau würde nun hundertprozentig nicht mehr zu ihm zurückkommen. Und jeder Familienrichter würde die Kinder ihr zusprechen. Ein leuchtendes Vorbild für seine Söhne? Das konnte er vergessen. Das war unerträglich. Seine Pläne, sein Beruf, seine Familie, alles war auf einmal völlig aus dem Gleis geraten. Sein Leben war zerstört.

Ostler vergrub das Gesicht in beide Hände. Er schloss die Augen und konzentrierte sich. Er durfte sich jetzt nicht hängenlassen. Er musste der Panik entgegensteuern. *Nur einmal als Gedankenspiel*, murmelte Ostler und kniff die Augen fest zu. *Der Demonstrant ist tot ... Es gibt keine Zeugen ... Der Tote wird erst morgen gefunden werden ... vielleicht sogar noch später ... Der Regen vernichtet sämtliche Spuren ...* Ostler stand auf und ging ein paar Schritte. Er fluchte leise. Er konnte es nicht fassen, dass ihm solche Gedanken durch den Kopf schossen. Er bewegte sich ein paar Meter von dem Toten weg und lehnte sich an einen der hochaufragenden Felsen. Dort war er dem Regen nicht ganz so schutzlos ausgesetzt. Ostler trocknete sein Gesicht ab. Er war fast erleichtert, als ihm einfiel, dass dieser Plan nicht funktionieren konnte. Die Dienststelle wusste ja, welchen Weg er gegangen war. Und auch die abgeschossene Patrone würde man finden. *Wenn schon, dann müsste er ...* Ostler unterbrach den Gedanken und schrie wütend auf. So funktionierte das nicht. Das konnte er alleine nicht packen. Er musste mit jemandem reden. Mit jemandem aus seiner Familie.

Er holte sein Mobiltelefon aus der Tasche und suchte nach einer Nummer, die er schon lange nicht mehr gewählt hatte. Er rief die Bas' an, eine entfernte Cousine und Jugendfreundin. Ihre Wege hatten sich irgendwann einmal getrennt, sie hatten nur noch in familiären Angelegenheiten miteinander zu tun. Aber er hatte ihre Nummer immer noch gespeichert. Sie meldete sich sofort. Ihre Stimme hatte sich in den ganzen Jahren nicht verändert.

»Hansi! Wie komme ich denn zu der Ehre?«

Sie klang ironisch und fröhlich.

»Bas', du musst mir helfen«, stieß Ostler hervor. »Ich bin in Schwierigkeiten. Ich brauch dich. – Dringend. – Jetzt gleich.«

Schweigen am anderen Ende der Leitung.

»Wo bist du?«, fragte die Bas'.

»An der Schroffenschneide. Am alten Erdbeerplatz. Hast du Zeit?«

»Ja, freilich, Hansi. Bin sofort da«, sagte sie schließlich.

Eine halbe Stunde verging, dann leuchteten die Scheinwerferkegel ihres Jeeps auf, und er lief ihr entgegen. Sie begrüßten sich, dann rannten sie gemeinsam zum notdürftigen Felsenunterstand. Ostler berichtete in kurzen, hastig herausgestoßenen Worten, was geschehen war. Während sie ihm zuhörte, empfand sie trotz allen Erschreckens tiefe Befriedigung. Sie fragte nicht, warum er in dieser Situation ausgerechnet sie angerufen hatte. Sie wusste es. Sie hatten sich einmal sehr nahegestanden und sich damals in schwierigen Situationen Rat gegeben. Jetzt hatte er sie wieder angerufen. Ein Ropfmartl hilft dem anderen.

»Ich weiß schon, ich muss den Unfall bei meiner Dienststelle melden«, sagte Ostler. »Das mache ich auch. Aber ich wollte vorher noch mit dir reden.«

Ostler ging mit der Bas' zur Mulde und leuchtete dort auf die Leiche und auf das Zelt. Er deckte die Plane ab, die Bas' betrachtete das bleiche Gesicht des jungen Mannes ernst und andächtig.

»Armer Teufel«, sagte die Bas'. »Ein Demonstrant?«

»Ja. Ein harmloser Spinner. Ich weiß, wer das ist. Vor solchen Demonstrationen bekommen wir immer eine Liste mit den üblichen Verdächtigen. Wir prägen uns die Fotos ein. Ich hätte ihn erkennen müssen. Aber bei dem Regen –«

Die Bas' bückte sich und schloss dem Toten die Augen.

»Ich hab einen erschossen«, murmelte Ostler. »Ich habe mich provozieren lassen. Ich habe einen Riesenscheiß gebaut.«

Die Bas' schwieg.

Lange ists her, dachte sie, dass wir das ausgemacht haben. Wenn es irgendwann einmal passiert. Wenn der Hansi dann doch wieder den Ropfmartl'schen Tick bekommt, wenn er jähzornig wird, wenn er einen Ausbruch nicht mehr beherrschen kann. Sie beide waren noch Jugendliche, er hatte ihr in vielen langen Gesprächen von seinen Tobsuchtsanfällen und Jähzornattacken berichtet. Die ganzen Jahre über hatte er sie wohl beherrschen können. Auch bei seiner Frau Sabine. Vielleicht hatte er ja sogar den Beruf des Polizisten gewählt, um diese Schwäche in den Griff zu bekommen.

»Ich habe befürchtet, dass es eines Tages passiert«, sagte die Bas' ruhig. »Ich habe aber nicht geahnt, dass gleich ein Toter dabei herauskommt.«

Ostler nickte.

»Ich habe mir schon auch gedacht, dass ich einmal alles kaputtschlage, wenn ich wieder einen solchen Zornanfall bekomme. Ich habe Angst davor gehabt, dass mir bei der Sabine die Hand ausrutscht, wenn sie mich provoziert. Das ist nie passiert, ich habe mich immer im Griff gehabt. Und jetzt ausgerechnet im Dienst!«

»Hat er sich so schlimm aufgeführt?«

Er seufzte.

»Das kann ich gar nicht so sagen. Ich habe ihn gebeten, den Platz zu verlassen. Als er mir dann frech gekommen ist, habe ich mich noch zusammenreißen können. Aber als er meinen Ehering gesehen hat und *Wartet Mutti schon zu Hause?* gesagt hat, ist es in mir hochgestiegen. Das war kein Warnschuss, den ich abgegeben habe. Ich habe vor Zorn abgedrückt. Und es war auch nicht ich, der da geschossen hat. Es war der Zorn. Ein furchtbares Gefühl. Unprofessioneller geht es wirklich nicht.«

Ostler sank in sich zusammen.

»So, jetzt hab ich dirs erzählt, jetzt weißt dus. Jetzt kann ich mich stellen.«

»Stellen? Du redest grade so, als ob du einen Mord begangen hättest.«

»Aber der junge Mann ist tot. Ich kann die Gewalt, die ich in mir trage, nicht beherrschen. Es war bisher nur Zufall, dass nichts passiert ist. Und deswegen wird es mir immer klarer. Ich werde von hier fortgehen müssen. Ich will auch nicht irgendwo in einer Kfz-Verwahrstelle vergammeln, wo solche wie ich hinkommen.«

Ostler lachte bitter auf.

»Abholung von sichergestellten Fahrzeugen! Ich muss mir einen anderen Beruf suchen. Und meine Familie kann ich auch vergessen. Das ist das Schlimmste: die Kinder.«

Sie schwiegen. Die Bas' ging zurück zur Mulde und leuchtete die Hinterlassenschaften des jungen Mannes mit ihrer Taschenlampe ab. Der Strahl fiel auf die Dienstpistole Ostlers. Sie zog ein Taschentuch heraus und hob die Waffe auf. Dann schritt sie langsam zurück zu Ostler. Der hatte inzwischen das Funkgerät in der Hand.

»Also, ich melde jetzt den Unfall«, sagte er mit einem bitteren Seufzer. »Sie werden mich dann gleich abholen kommen.«

Die Bas' stand jetzt ganz nahe bei ihm. Sie hielt die Waffe hoch und sagte leise:

»Nein, Hansi. Es gibt noch eine andere Lösung.«

Sie reichte ihm die Pistole. Ungläubig und mit schreckgeweiteten Augen starrte Johann Ostler seine Cousine an.

24 Die Frau

Der Regen hatte nachgelassen, knapp über den Waxensteinen machte die Sonne einen letzten Versuch, aus dem elenden Tag noch einen schönen zu zaubern. Die Sonnenstrahlen drängten sich in jede noch so kleine Ritze. Sie brachen durch die hastig verriegelten Fensterläden der Kleinhäuslerin, die gerade eben wieder einen Bericht über die Demonstranten gelesen hatte. Sie schummelten sich durch das dichte Gestrüpp des uralten Ahornbaumes und tauchten die versteckten Nester der Nachtigallen in warmes Schlummerlicht. Sie drangen sogar in die vergitterte Gruft des Generalleutnants a. D. Hemminger und warfen drinnen in seiner Katakombe ein netzartiges, verspieltes Muster auf seinen Grabstein. Nur ins Herz der kleinen Frau mit den hochgezogenen Schultern drang kein Sonnenstrahl.

Sabine Ostler saß zu Hause in ihrer Wohnung, die sie vor ein paar Monaten bezogen hatte und starrte griesgrämig vor sich hin. *Dem Mürrischen werden auch die süßesten Früchte des Herrn bitter schmecken.* Sie musste das abschütteln. Viele Umzugskisten waren noch gar nicht ausgepackt. Aber sie hatte ohnehin nicht vor, ewig hierzubleiben. Sie wollte die Scheidungsformalitäten abwarten, und dann nichts wie raus. Damals, als sie, die Großstädterin, ihren Hansi kennengelernt hatte, war ihr das alles noch romantisch vorgekommen,

der Alpenblick, die Wirtshausgemütlichkeit, die freilaufenden Kühe und das ganze Ursprüngliche dieses Landstrichs. Nach all diesen endlosen Jahren hier fand sie das alles nur noch öde. Als sie vor einem Jahr erfahren hatte, dass sich ihr Mann Johann mit dem Gedanken trug, eine Ausbildung für den gehobenen Dienst anzufangen, war sie begeistert gewesen, erhoffte sie sich doch dadurch eine Versetzung in die Großstadt, und wenn es bloß München war. Umso schlimmer war die Enttäuschung, als sich herausstellte, dass ihr Mann auf gar keinen Fall beabsichtigte, den Ort zu verlassen. Schon einmal wegen seiner Verwandtschaft. Er liebte den Kurort und die Großfamilie. Der »Hansi«, so wurde er von seiner hinterwäldlerischen Familie genannt, war ein angesehenes Mitglied der Ropfmartl-Sippe. Bei seinen Polizeikollegen und Freunden war er der »Joey«. Sie mochte beide Namen nicht, waren sie doch Symbole für seine enge Verbundenheit mit dem Kurort. Für sie hatte hier keiner Verständnis. Und nur bei den Brüdern und Schwestern ihrer Religionsgemeinschaft fand sie Trost. Wie sagte der Prediger immer: *Die jetzt durch das engste Tal schreiten, werden dereinst auf den prächtigsten Auen weiden.*

Sabine war von Ostler zutiefst enttäuscht. Er war ein Schlappschwanz. Am Anfang ihrer Ehe dachte sie, dass er zu keinen Wutausbrüchen fähig war. Dass er da drüberstand. Dann stellte sie fest, dass genau das Gegenteil der Fall war. In unregelmäßigen Abständen flammte in ihm ein Funke der Unbeherrschtheit und des Zorns auf, den er dann mühsam und verbissen zu beherrschen suchte. Anstatt aber auf den Tisch zu schlagen, laut zu werden oder etwas an die Wand zu werfen wie alle normalen Menschen stand er nur blöd und schweigend da, leicht zitternd und verkrampft, wie ein Irrer. Sie hatte schon öfter versucht, ihn aus der Reserve zu locken. Er aber ließ sich nicht provozieren. Er grinste nur. Ostler war nicht das Mannsbild, das sie sich gewünscht hatte. Er war ein typisches Weichei.

Im Nebenzimmer spielten Tim und Wolfi, die sie immer nur die »Jungs« nannte. Hallo Jungs. Kommt, Jungs. So geht das nicht, Jungs. Auf gehts, Jungs. Die wiederum hassten nichts mehr als diese Anrede. Es waren typische Halbwüchsige, aber Tim und Wolfi hatten schon einen klaren Berufswunsch. Sie wollten beide Polizist werden. Genauso einer wie ihr Adoptivvater. Und deshalb spielten sie gerade Verhör.

»Jetzt entspannen Sie sich erst mal«, sagte Tim und versuchte, den Tonfall, den er von seinem Vater kannte, zu imitieren.

Wolfi saß da, den Kopf in den Händen vergraben, wie es sich für einen verzweifelten und übernächtigen Verdächtigen gehörte. Er machte das glänzend.

»Ich … war es nicht … es ist alles ein schreckliches Missverständnis«, stöhnte er, und auch er stöhnte dramatisch, aber glaubhaft.

»So? Wir haben mehrere Zeugen, Herr Müller. Oder soll ich sagen: Herr Dr. Quietkowski?«

Wolfi zuckte zusammen, und er schaffte es tatsächlich, unendlichen Schrecken in seinen Blick zu zaubern.

»Woher … woher wissen Sie …«

»Gestehen Sie endlich. Alle Indizien sprechen gegen Sie.«

Wolfi hob den Kopf und fiel aus der Rolle.

»Nein, so darfst du nicht fragen. Das hat uns der Papa doch erklärt.«

»Wieso nicht?«

»Man muss immer Beweise haben. Und die Indizien können auch täuschen, hat der Papa gesagt.«

25 Der Plan

»Mach keinen Unsinn«, stotterte Ostler. »Was willst du denn – was soll ich denn mit der Waffe?«

Die Bas' hob beschwichtigend die Arme.

»Nein, entschuldige, so habe ich das nicht gemeint. Ich wollte doch nur, dass du sie wieder zu dir nimmst.«

Sie reichte ihm seine Dienstpistole, er griff vorsichtig danach und steckte sie wieder zurück in das Holster. Ein müdes Lächeln huschte über sein Gesicht. Die Bas' legte ihm die Hand auf die Schulter. Jetzt lächelten beide das erste Mal an diesem Nachmittag.

»Du hast leider recht mit deinen Befürchtungen«, sagte sie ernst. »Du bist am Arsch. So ist noch kein Ropfmartl am Arsch gewesen wie du. Nicht einmal der Lucki, der vor hundert Jahren nach Amerika auswandern hat müssen.«

Beide kannten die Geschichte. Der Lucki machte seinem Namen keine Ehre, denn er war wohl alles andere als ein glücklicher Mann gewesen. Auch er war Schuhmacher gewesen und hatte vermutlich einen Lehrling mit dem Schusterbeil erschlagen, in einem Anflug von Jähzorn, der *gaachen Hitz*, wie man es damals nannte. Richtig nachweisen konnte man ihm den Totschlag nie, die Möglichkeiten der Polizei waren begrenzt. Er war dann verschwunden, wahrscheinlich nach Amerika. Quasi ein Schuldeingeständnis. Sie hatten sich diese Geschichte in langen Nächten erzählt und ausgeschmückt, als sie sich noch öfter getroffen hatten. Es hätte überhaupt mehr aus ihrer Freundschaft werden können. Doch dann war diese blöde Sabine aufgetaucht und hatte sich dazwischengedrängt.

»Ich sehe es dir an, Hansi. Du hast die gaache Hitz in dir gehabt, da hat das ganze Polizeitraining nichts genützt.«

Ostler blickte auf den Boden und schwieg.

»Du hast recht. Du hat ja so recht. Dank dir, dass du gekommen bist und dir die Geschichte angehört hast. Das gibt mir Kraft für das, was jetzt vor mir liegt.«

»Wenn du den Dienstweg gehst, kommst du aus der Sache nicht mehr heraus. Es kann nur noch abwärts gehen.«

Ostler presste beide Hände an den Kopf.

»Ja, eigentlich kann ich mir gleich die Kugel geben.«

»Nein, Hansi, so darfst du nicht denken. Die Ropfmartls haben zwei Packerl zu tragen. Das eine ist die Hitzigkeit, das andere ist die Neigung, an einem Schlaganfall zu sterben.«

»Das hängt ja auch irgendwie zusammen. Die Hitzigen trifft meistens auch das Schlagerl.«

»Wie ist es –«

Die Bas' verstummte. Der Regen ließ langsam nach. Dadurch fiel ihr plötzliches Verstummen noch deutlicher auf.

»Ja, sag, was du meinst. Auch wenns noch so blöd ist.«

Die Bas' überlegte eine Zeitlang.

»Das Cholerische und das Apoplektische, das sind nur zwei Seiten von ein und derselben Münze. Ich habe eine Idee, wie wir diese alte Ropfmartl'sche Schwäche für dich ausnützen könnten.«

»Wie meinst du das?«

Und dann schilderte sie Ostler einen Plan, einen wilden Plan, einen riskanten Plan, der ihn aber aus dem ganzen Schlamassel herausführen konnte. Ostler hörte zunächst skeptisch, dann atemlos zu, genau wie früher. Schließlich nickte Ostler. Er sah einen Ausweg. Und ging auf den Plan der Bas' ein. Schlag vier Uhr Nachmittag begannen beide, ihn in die Tat umzusetzen.

»Wir werden zuerst die Patrone suchen«, bestimmte die Bas'. »Wir gehen nebeneinander, ich leuchte mit meiner Taschenlampe, du mit deiner Polizeileuchte. Die Patrone blinkt ja wahrscheinlich im Gras.«

»Es muss eine 9 Millimeter Parabellum sein«, fügte Ostler hinzu. »Sie sieht aus wie ein kleiner Lippenstift, nur aus Messing. Am besten, ich zeig dir eine.«

Ostler öffnete seine Munitionstasche und kramte eine unabgeschossene Patrone heraus.

»Die müsste uns auffallen«, sagte die Bas'.

Ostler bückte sich.

»Hier liegt schon mal die Hülse. Fehlt nur noch das Projektil.«

»Wieviel Zeit geben wir uns?«

»Zehn Minuten. Sehen wir das als Urteil der Götter. Wenn wir sie in dieser Zeit nicht finden, brechen wir die Suche ab, und ich stelle mich. Wenn wir sie finden, dann machen wirs so, wie du gesagt hast.«

»Abgemacht.«

»Hand drauf?«

»Hand drauf.«

Schon nach wenigen Minuten hatten sie Glück. Die Bas' bückte sich, hob die blutbefleckte Patrone mit spitzen Fingern auf, betrachtete sie mit unbehaglicher Miene und steckte sie schließlich ein.

»Was machst du damit?«

»Verschwinden lassen.«

Dann verabschiedeten sie sich, umarmten sich lange, und Ostler ging los. Er blickte nicht zurück zur unheimlichen Mulde mit dem haushohen Kalkfelsen und stieg den Hügel hinunter Richtung Hammersbach und Grainau, wo sein Auto stand.

Nachdem ihr Hansi im Gestrüpp des dichten Steilwaldes verschwunden war, holte die Bas' zwei große Planen aus ihrem Jeep. Auf die erste legte sie den Toten. Sie griff in seine Jacke, fand aber keine weiteren persönlichen Sachen als seinen Ausweis. Ronald Glöckl. Gab es da nicht eine Werbung, die immer und immer wieder im Radio lief? Ein furchtbar blöder Slogan, der ihr gerade deswegen hängengeblieben war: *Glöckl Senf – der glöckelt!* Hatte der Tote etwas mit dem Mostrichimperium zu tun? War er vielleicht als Caterer unterwegs, der dem amerikanischen Präsidenten droben in Elmau die Weißwürste versüßen sollte? Unsinn, das da war ein junger Demonstrant, der im Wald zeltete. Sie betrachtete den Pass genauer, das Bild zeigte einen verkniffen dreinblickenden Endzwanziger mit kaum zu bändigender roter Haarpracht. Sie steckte den Ausweis in ihre Tasche. Dann durchsuchte sie die Leiche nochmals. Es gab keine weiteren Hinweise auf seine Identität. Die Bas' war jetzt ganz ruhig. Sie hatte hier eine Arbeit zu erledigen, für ihren Hansi. Diese Arbeit musste perfekt zu Ende geführt werden. Sie öffnete das Hemd von Ronald Glöckl, drehte ihn und leuchtete auf die Ein- und auf die Ausschusswunde. Der charakteristische rundliche Einschuss war an der Brust zu finden, der schlitzförmige Ausschuss im Rückenbereich. Sie hatte einst als Tierarzthelferin gearbeitet, sie kannte sich in Anatomie aus. Dann wickelte sie den Toten in die Plane und zog ihn über das nasse Gras. Es war ein hartes Stück Arbeit, aber schließlich hatte sie ihn in den Jeep geladen. Sie ging zurück, leuchtete mit der Taschenlampe den Boden ab, aber schon jetzt hatte der Regen die Spuren weitgehend weggewaschen. Sie baute das Zelt ab, achtete darauf, wirklich alle Heringe aus dem Boden zu ziehen, warf Zelt, Zubehör und den Rucksack auf die zweite Plane. Auch diese verstaute sie in ihrem Jeep. Und ein drittes Mal suchte sie die Gegend nach Hinterlassenschaften des Demonstranten ab. Nichts. Absolut nichts. Sie, die so viel vorgehabt hatte in ihrem Leben, die studieren wollte, und auf der Cap Anamur mitfahren, und Konzertpianistin werden wollte, Tierschützerin und Wissenschaftlerin, alles wollte, hätte, täte – sie hatte jetzt eine Aufgabe, die zu lösen war. Auch ihr schoss ein Strahl Jähzorn über die Ungerechtigkeit der Welt ein, die sie so lange hatte warten lassen, bis sie dem Hansi ihre Liebe zeigen konnte. Als sie endlich im Auto saß, rief sie die Ärztin an. Frau Dr. Dora Rummelsberger nahm ab. Schon nach den ersten Worten der Bas' begriff sie, was sie zu tun hatte.

26 Der Gruß

Johann Ostler stapfte durch den dichten, tropfenvollen Wald. Zweige schlugen ihm ins Gesicht. In seinem Kopf herrschte nur Chaos. Aber er musste das jetzt durchziehen. Es war ein verdammt guter Plan, den sich die Bas' da ausgedacht hatte. Ein perfekter Plan. Natürlich war es unrecht. Aber es blieb ihm nichts anderes übrig. Er dachte an seine Buben, Tim und Wolfi. Ja, diese beiden waren das Einzige, was ihn noch zögern hatte lassen. Aber sie waren wie er. Er war sich sicher, dass sie sich für ihn schrecklich geschämt hätten, wenn seine ganze Polizistenexistenz zusammengebrochen wäre. Ostler zwang sich dazu, klar und ruhig zu bleiben. Er blieb stehen, schaltete sein Funkgerät ein und meldete sich vorschriftsmäßig bei der Zentrale.

»Hallo, hier Polizeihauptmeister Ostler. Ich bin schon wieder am Waldrand. Nein, keine relevanten Vorkommnisse. Ich mache mich jetzt auf den Heimweg, melde mich von zu Hause aus noch einmal.«

Dann stapfte er weiter. Ein guter Plan. Ein verdammt guter Plan. Ostler bekam einen kleinen, beißenden Schreck: Bestand Gefahr, dass sich Verwandte von diesem Ronny meldeten? Nein, es würde nicht auffallen, dass er nicht mehr zu den Demos kam. Niemand würde den Sonderling vermissen. Ein Einzelgänger, der sich von seiner Familie gelöst hatte. Und der wahrscheinlich auch sonst keine Freunde

hatte. Aber auch um ihn selbst würde es jetzt sehr einsam werden. So lange, bis er seine Schuld beglichen hatte.

Zu Hause in seiner leeren Wohnung angekommen, zog Ostler trockene Klamotten an. Dann packte er einen kleinen Koffer. Wäsche, ein paar Fotos und sämtliches Bargeld, das er im Haus hatte. Ein Päckchen Marihuana, dazu die hochoffizielle ärztliche Bestätigung vom psychiatrischen Dienst, dass er die Droge legal erworben hatte und aus medizinischen Gründen konsumierte, nämlich als wirksames Medikament gegen seine krankhaften Jähzornanfälle. *Störung der Impulskontrolle* – so lautete der medizinische Fachbegriff dafür. Das hatte ihm aber in seinem momentanen Schlamassel auch nichts geholfen.

Es klingelte an der Tür, Ostler schrak zusammen. Nein, das war ja ausgemacht, das war ja ein Teil des Plans. Er öffnete. Dora trat ins Zimmer. Sie war seine Hausärztin, auch sie wusste von seinem Problem mit der hitzigen Galle. Jetzt gab es kein Zurück mehr. Er bot ihr einen Platz an, griff zum Telefonhörer und wählte die Nummer des Reviers. Hölleisen war dran.
»Servus, Joey! Bist du schon wieder zurück?«
»Ich bin grade heimgekommen.«
»Hast du denn Erdbeeren gefunden?«
Ostler lachte gequält.
»Dafür hat es zu sehr gewittert.«
»Kommst du später noch ins Heldenstüberl? Ich gebe eine Runde aus. Ich habe heute Namenstag. Ich heiß doch mit zweitem Vornamen –«
»Du Hölli, ich fühl mich ein bisserl matt. Ich bin ja auch nicht mehr der Jüngste. Ich glaube, ich lege mich besser hin.«
»Wirst du krank? Das können wir aber jetzt gar nicht brauchen.«

»Nein, nein, morgen wird es schon wieder gehen. Ein bisserl schwindlig, ein paar Sterne vor den Augen. Überanstrengung.«

»Ja, Joey, es wird Zeit, dass du Kommissar wirst, dann kannst du die anderen für dich arbeiten lassen.«

Hölleisen lachte sein fröhliches Lachen. Ostler war nicht zum Lachen zumute.

»Also, servus, bis morgen!«

»Bis morgen. Servus Hölli.«

Dafür, dass er Franz Hölleisen nie mehr im Leben sehen würde, war ihm die Lüge verdammt locker von der Zunge gegangen.

27 Der Biss

Zur gleichen Zeit fuhren Karl Swoboda, Giacinta Spalanzani und der maßgeschneiderte Hypnotiseur in den Kurort ein, sie hatten ebenfalls nicht vor, im Camp zu übernachten, auch nicht im Hotel. Sie nahmen einen schlecht einsehbaren, total versumpften und verwachsenen Forstweg. Karl Swoboda hätte jederzeit einen Reiseführer schreiben können mit dem Titel *Schlecht einsehbare, total versumpfte und verwachsene Forstwege rund um die Alpen.*

»Wo werden wir denn nächtigen?«, fragte der Hypnotiseur besorgt. »Im Wald bei Frau Holle?«

»Bei guten Bekannten«, erwiderte Swoboda.

Es war ein geräumiges, gemütliches Bauernhaus, in das sie schließlich traten. Sie wurden herzlich begrüßt und willkommen geheißen. Es roch nach frisch herausgebackenen Mehlspeisen, panierten Schnitzeln und dampfenden Surhaxen.

»Wir wollen ab morgen eine vegetarische Ayurveda-Woche einlegen«, sagte Ursel Grasegger und wischte sich die Hände an der Kochschürze ab. »Um ein bisschen abzuspecken. Deswegen machen wir heute noch die letzte anständige Brotzeit.«

Swoboda stellte den Schwarzbärtigen vor, Ursel und Ignaz beäugten ihn misstrauisch.

»Ein Hypnotiseur?«, fragte Ursel skeptisch. »Kann man sich bei so einem überhaupt sicher fühlen? Oder schläft man am Ende plötzlich ein und wacht als Monster wieder auf?«

»Sie können beruhigt sein«, sagte der Hypnotiseur. »Ich hypnotisiere nicht einfach so drauflos. Ich arbeite ausschließlich nach Aufträgen. Und gegen Bezahlung.«

»Jetzt setzt euch erst einmal«, lenkte Ursel ein. »Ihr müsst ja vollkommen ausgehungert sein. Wir haben natürlich nicht so früh mit euch gerechnet, aber einen kleinen Snack gibt es schon.«

Während der vor-ayurvedischen, ausnehmend deftigen Brotzeit erläuterten Giacinta und Swoboda ihre Pläne hier im Kurort. Die Graseggers hörten aufmerksam zu.

»Die *Alt-Werdenfelser Schmankerlstuben*?«, sagte Ursel. »Wo früher eine Osteria drin war? Das wird aber auch Zeit, dass die neuen Besitzer in ihre Schranken gewiesen werden. Die verderben ja den ganzen Ruf des Orts.«

»Und ihr?«, fragte Giacinta. »Wie gehts euch so inmitten dieses ganzen Gipfeltrubels?«

»Wir halten uns zurück. Wir verstehen uns gut mit der Polizei. Das wollen wir so erhalten. Eine Aktion von uns würde nur auffallen. Wir sind froh, wenn er wieder vorbei ist, der Gipfel.«

»Und der Ayurveda-Schmarrn«, fügte Ignaz leise hinzu.

Im Camp der Demonstranten war es ruhig, ein paar Unentwegte klampften trotz des Regens noch auf der Gitarre, eine Schlangenfrau betete den Mond an, den sie hinter den Wolken herausspürte, der ewige Aikidō-Kämpfer übte den *Ununterbrochenen Fluss des Blutes*, und Nina2, die Bloggerin, leerte ihr Glas und hackte in die Tastatur:

NINA2	GLOBOBLOG	SA, 6. JUNI 17:00

Darf man bei der CO_2-Bilanz eigentlich australischen Wein trinken? < fragendeineAugenbrauehochzieh > Nein, aber dieser Cabernet Shiraz Château Tanunda, grade der 2012er schmeckt einfach zu gut. < seufz > Wo bloß Ronny McGlöckl abgeblieben ist? Ich werde jetzt noch mein Seid-friedlich!-Schild basteln, ich habe vor, damit neben dem Schwarzen Block herzulaufen. Wenn überhaupt einer zusammengeht diesmal. Momentan siehts ja nicht so aus, noch ist niemand von den ganz harten Typen da.

Politikerbashing ist ein beliebter Volkssport geworden, jeder darf über die unfähige und korrupte Bagage herziehen, keine Lobby schützt sie, selbst in der Presse haben die Ärmsten kaum Fürsprecher. Das ist ungerecht. Ein Großteil der Politiker leistet gute Arbeit, baut Fußgängerzonen, genehmigt Neubausiedlungen – nur ein kleiner Prozentsatz ist radikal, kompromisslos und gewaltbereit, und von denen saßen jetzt sieben im Schlosshotel Elmau um einen runden Tisch herum, zum G7-Pressetermin. Ein Fotograf wuselte auf und ab, er hatte etwas ganz Besonderes vor. Gesichter und Oberkörper von Staatschefs – ein alter Hut. Der Fotograf wollte die Hände der Mächtigen fotografieren. Französische Staatspräsidentenhände, feinnervig gallisch mit dem leichten Hang zur Ausschweifung, britische Premierministerhände, weltläufig elegant, kolonial, aber auch mit dem gewissen Sinn für Humor. Er hatte die Erlaubnis bekommen, zehn Minuten nach Herzenslust zu blitzen. Gerade hatte er sie im Visier, die italienischen Ministerpräsidentenhände, temperamentvoll gestikulierend, das Gesagte sozusagen manuell verdeutlichend. Deutsche Kanzlerinnenhände, streng gefaltet, auf dem Schoß unter dem Tisch. Und dann die Hände des japanischen Premierministers. Er war der Einzige, der sich bei dieser Aktion nicht so recht wohlzufühlen schien. So kam es dem Fotografen jedenfalls vor. Als der Ärmel des Premiers ein wenig nach oben verrutschte, zog er ihn hastig wieder nach unten. Dann war der Fototermin zu Ende, und die sieben gingen wieder zur Tagesordnung über.

| NINA2 | GLOBOBLOG | SA, 6. JUNI 17:10 |

Eine wirklich gute Möglichkeit für die Mächtigen, Ruhe zu haben, wäre es, alle solche Veranstaltungen weltweit am gleichen Tag stattfinden zu lassen: den G7, den G20, das Weltwirtschaftstreffen, den NATO-Gipfel – und alle am 1. Mai. Dann würden sich die zwei- bis dreihundert Krawallos vom harten Kern wirklich nicht entscheiden können, wohin jetzt.

»Also, ein letzter Bissen Leberkäse«, rief Ignaz im Wohnzimmer der Familie Grasegger. »Morgen in der Früh geht die Ayurveda-Woche an!«

»Ja, schaden wird dir die Woche nicht«, sagte Ursel und klapste sich mit der Hand auf ihren, deutete dabei aber auf seinen Bauch.

Der Schwarzbärtige im Maßanzug meldete sich zu Wort.

»Wenn Sie wirklich und dauerhaft abnehmen wollen, dann könnte ich mit Hypnose –«

Er sprach nicht weiter. Stattdessen nahm er noch ein Stück paniertes Wammerl und biss beherzt hinein.

28 *Die Schrift*

Johann Ostlers Handschrift zu lesen war eine wirkliche Zumutung. Sie war zerfetzt, in alle Richtungen verknotet und so beschwerlich zu durchqueren wie dichtes, verharztes Unterholz. Die Silben flogen dem Leser um die Ohren und peitschten ihm ins Gesicht, die oberen Kringel schienen von plötzlichen Windstößen durchweht, doch urplötzlich fiel man beim Entziffern in Abgründe und trat auf zerplatzte und explodierte Buchstabenleichen. Ostlers Gekrakel schien keine Struktur innezuwohnen, es war eher die Sauklaue eines sprunghaften, genialischen Geistes als die Handschrift des heimatverbundenen, ordnungsliebenden Mannes, der er war. Mancher Graphologe hätte vielleicht den Jähzorn und das cholerische Temperament herausgelesen, die plötzlichen Umschwünge sprachen dafür und die konsequente Unlust, etwas Einheitliches zu Papier zu bringen. Ostler wusste um seine Handschrift. Jeder Einkaufszettel geriet zum Fiasko.

Jetzt allerdings musste Ostler nach Jahren wieder einen längeren Text per Hand schreiben: Ein Kodizill, also eine verbindliche testamentarische Verfügung, die konnte man beim besten Willen nicht ins Notebook tippen und dann säuberlich ausdrucken. Das eigentliche Testament lag in der Dokumentenmappe, die Sabine, seine zukünftige Witwe, mitgenommen hatte. Das Kodizill jedoch sollte die Bas' bekommen, so war es besprochen. Dessen Inhalt war ein wesentlicher Teil des Plans. Auch das Kodizill war eine alte Ropfmartl'sche Familientradition, genauso wie das gemeinsame Hineinheben des Verstorbenen in den Sarg. So setzte sich Ostler hin, packte den alten Familienfüller aus und schrieb die Punkte auf, die er mit der Bas' besprochen hatte.

> Zu meinem normalen Testament möchte ich hiermit ein
> traditionelles Kodizill erstellen, das die Bas' ausführen soll ...

Ostler stockte. Was war ihm das Wichtigste? Mit was sollte er beginnen? Und was für ein Datum sollte er einsetzen? Dann schrieb er los.

> Ich möchte in Dienstkleidung beerdigt werden. Die
> Kommissarsuniform liegt ja schon im Schrank.
> Die bayrische Flagge soll so drapiert werden, dass der Löwe zu
> meinem Herzen hinschaut.
> Ich selbst will so liegen, dass ich die Alpspitze, das Mekka des
> Werdenfelsers, im Blick habe ...

Zwischen allen nützlichen Hinweisen für die Beerdigung versteckte er etwas, das für den Plan der Bas' dienlich war:

> Ich möchte nicht aufgebahrt und angegafft werden.
> Beim Schlafen schaut mir ja auch niemand zu.
> In meinem Küchenschrank habe ich einen Haufen Marihuana
> aufbewahrt. Kommissar Jennerwein kann bestätigen, dass
> es legal ist. Er hat die nötigen Erklärungen dafür. Meine
> Hausärztin, Frau Dr. Dora Rummelsberger, hat es mir
> verschrieben. Bloß dass danach kein Gerede aufkommt.
> Nun ein Wort zur Dienstpistole. Die alten Kelten haben

*geglaubt, dass man einem Toten seine Waffe mitgeben sollte,
damit er sich gegen misslaunige Tiergottheiten wehren kann.
Meine gute alte Heckler, die mir schon zweimal das Leben
gerettet hat, die möchte ich mitnehmen.
Meinem Kollegen Hölleisen vermache ich mein Referat über
Gewaltprävention, das ich einmal gehalten habe. Er kann es
jederzeit verwenden.
Dem Verein Zornbinkel e.V., bei dem ich Mitglied bin, soll
weiterhin mein Mitgliedsbeitrag gezahlt werden. Die Frau
Leuchert, auch sie eine Patientin, die im Zorn so wunderschöne
blitzende Augen bekommen hat, soll zur Beerdigung kommen.*

Oho, dachte die Bas' später, als sie das las. Da hat der Hansi ja wohl einige Geheimnisse für sich behalten.

*Die Graseggers dürfen das ja leider nicht mehr, aber wenn
man da eine Ausnahmegenehmigung erwirken könnte, möchte
ich natürlich von den beiden begraben werden.
An meinen verehrten Chef, Kriminalhauptkommissar
Jennerwein, habe ich eine spezielle Bitte. Meine Adoptivsöhne
Tim und Wolfi wollen zur Polizei. Wenn sie Hilfe und Rat
brauchen, soll er ihnen sagen, wie es wirklich abläuft bei der
Polizei.*

Ostler fand es schade, dass er das nicht sehen konnte, wie der Hauptmann Hackl, den er einmal wegen unerlaubten Waffenbesitzes festgenommen hatte (und der deshalb gar nicht gut auf ihn zu sprechen war), bei der Beerdigung seine sieben Ehrenböllerschüsse abgeben musste. Ostler faltete das Kodizill zusammen und legte es auf den Tisch. Dann nahm er sein Köfferchen und verschwand in den verschwiegenen Straßenschluchten von Farchant.

29 Der Schock

Polizeiobermeister Franz Hölleisen legte den altertümlichen Hörer auf die Bauxitgabel. Das Polizeirevier war durchaus nicht mit den allerneuesten Kommunikationsmitteln ausgestattet. Er konnte sich noch an die mechanische Schreibmaschine erinnern, bei der das e fehlte, so dass die Protokolle damals aussahen wi das völlig z rrupft W iz nf ld in s Bau rn, durch das dr ißig Wildschw in g lauf n sind.

Hölleisen hielt einen Augenblick inne. Ostler hatte sich müde und ausgelaugt angehört, aber um den brauchte er sich keine Sorgen zu machen. Das war ein harter Knochen, der würde sich schon wieder erholen.

»Wie geht es Stengele und Nicole Schwattke?«, fragte Maria in einer weiteren rauchfreien Rauchpause.

»Beiden gut«, antwortete Hölleisen. »Nicole ist in Recklinghausen, und Stengele, ja Stengele – «

Ludwig Stengele, der Allgäuer, hatte schon öfter davon gesprochen, den Polizeidienst zu quittieren. Das Ganze war ihm zu bürokratisch, zu umständlich, zu schmachtlappig.

»Und?«, fragte Jennerwein lächelnd. »Hat er sich dazu entschlossen?«

»Das letzte Mal, als ich mit ihm geredet habe, war er drauf und dran. Wenn Sie meine Meinung hören wollen: Der ist bei einem Sicherheitsdienst besser aufgehoben als bei uns.«

»Uns würde er aber schon sehr fehlen.«

Jennerwein ertappte sich dabei, wie er wiederum die Schläfen mit Daumen und Mittelfinger massierte. Er unterbrach die Marotte und steckte die Hand in die Tasche. Maria lächelte ihm verschwörerisch zu.

»Ich überlege dauernd«, fuhr er fort. »was wir tun können, um diesen Angreifer aus dem Camp zu finden. Wir sollten uns morgen auf die Suche machen.«

»Morgen?«, wandte Hölleisen ein. »Ich befürchte, da gibt es einen Haufen anderer Sachen für uns zu tun. Sachen hoheitlicher Art. Schauen Sie sich einmal die Dienstpläne an, Chef!«

»Ja, da haben Sie recht.« Jennerwein überlegte. »Also gehe ich heute noch einmal ins Camp. Vielleicht übernachte ich sogar dort. Hölleisen, haben Sie ein Zelt?«

Maria sah ihn erschrocken an.

»Sie wollen dort campieren, Hubertus? Aber doch wohl nicht alleine!«

»Warum nicht? Ich fühle mich wieder topfit.«

»Dann geh ich mit.«

Eine Pause trat ein.

»Das ginge schon, Chef«, sagte Hölleisen. »Das Zelt ist groß genug.«

Und dann klingelte das Telefon. Hölleisen nahm den Hörer ab und meldete sich in dienstlichem Ton. Nach wenigen Sekunden verfärbte sich sein Gesicht aschfahl.

»Ja, und wann? ... Kein Zweifel möglich? ... Hat er denn wenigstens ... Schnell ist es wenigstens gegangen, so ... Ich sage es den anderen ... Der Chef und Maria Schmalfuß sind bei mir.«

Hölleisen legte langsam auf. Er blickte starr ins Leere.

»Es ist etwas Schreckliches geschehen«, sagte Franz Hölleisen mit brüchiger Stimme. »Der Joey ist tot.«

Kommissar Jennerwein drehte sich langsam zu ihm um und blickte ihn erschrocken an. Maria griff sich einen Stuhl und setzte sich. Ein paar Augenblicke lang herrschte unheimliche Stille.

»Was ist geschehen?«, fragte Maria schließlich tonlos.

»Das war eben seine Hausärztin«, antwortete Hölleisen. Er hatte große Mühe beim Sprechen. »Er ist von seiner Schroffenschneider Tour zurückgekommen, hat mich noch angerufen und gesagt, dass er sich nicht wohl fühlt. Das ist gerade mal eine halbe Stunde her!« Hölleisens Stimme zitterte. »Anscheinend ist es ihm da schon ziemlich schlecht gegangen. Dann muss er die Frau Dr. Rummelsberger angerufen haben, sie hat am Telefon schon die ersten Anzeichen eines Schlaganfalls erkannt.« Hölleisen machte eine Pause. Über sein Gesicht zog sich ein grauer Schatten. »Sie ist sofort losgefahren. Ihr kann man wirklich keinen Vorwurf machen. Als sie bei ihm angekommen ist, hat sie nur noch den Tod feststellen können.«

»Aber das ... ist ja ... furchtbar ...«

Auch Jennerwein rang nach Worten. Er stand auf und ging langsam im Zimmer auf und ab. Dann blieb er stehen und blickte aus dem Fenster.

»War seine Frau bei ihm?«

»Die Sabine? Nein, anscheinend nicht.« Hölleisen zögerte. »Soll ich noch einmal anrufen? Und fragen, wie es ihr geht?«

»Nein, die Ärztin wird sich schon um sie kümmern. Es ist am besten, wenn wir die Familie jetzt in Ruhe lassen.«

Maria schloss die Augen und schüttelte den Kopf.

»Das kann doch nicht sein.«

Sie wiederholte diesen Satz mehrmals. Jennerwein legte ihr die Hand auf die Schulter. Wieder schwiegen alle drei.

»Der Schlaganfall ist eine Familienkrankheit bei den Ropfmartls«, sagte Hölleisen nach einiger Zeit, und seine Stimme war noch heiserer als sonst. »Seinen Onkel hats erwischt, seine Mutter, seine Großmutter. Alle haben versucht, möglichst gesund zu leben. Aber wenns dich trifft, dann triffts dich.«

Hölleisen starrte wieder ins Leere.

Dann klingelte das Telefon erneut, Hölleisen nahm ab, und eine Frau stellte sich als die Cousine Johann Ostlers vor. Ob sie vorbeikommen dürfe. Sie wolle den Totenschein bringen. Eine halbe Stunde später stand sie im Besprechungszimmer. Sie war groß und muskulös, aus ihrem kantigen Gesicht leuchteten zwei hellblaue Augen. Man sah ihr an, dass sie geweint hatte, sie schien jedoch gefasst.

»Ich hab ihn sehr gerne mögen, den Hansi«, sagte die Bas'.

»Alle hatten ihn gern«, setzte Maria hinzu. »Alle.«

»Die Beerdigung ist übermorgen«, sagte die Bas'. »Ich habe schon mit dem neuen Bestatter, dem Gustav Ludolfi gesprochen. Die Graseggers wären mir lieber gewesen. Und dem Hansi auch. Sagen Sie, Herr Kommissar: Kann man da nicht eine Ausnahme machen?«

Jennerwein schüttelte langsam den Kopf.

»Der Richter hat eine Bewährungsauflage ausgesprochen, an die müssen sich die beiden halten.«

»Ich will ihn noch einmal sehen«, sagte Maria plötzlich.

Die Bas' blickte sie verständnisvoll an.

»Das geht leider nicht, Frau Schmalfuß. Er wird nicht aufgebahrt werden. Er hat einen Schlaganfall erlitten. Das ist kein schöner Anblick. So wollen Sie ihn sicher nicht in Erinnerung behalten.« Die Stimme der Bas' war durch die zurückgehaltenen Tränen hindurch weich und geschmeidig. »Außerdem gibt es einen alten Brauch bei den Ropfmartls«, fuhr sie fort.

»Wenn einer stirbt, heben ihn seine Verwandten gemeinsam in den Sarg, den sie dann verschließen. Das haben wir auch schon gemacht.«

Hölleisen nickte bestätigend.

»Ja, das ist ein schon fast vergessener alter Brauch. Behalten wir den Joey so in Erinnerung, wie er die meiste Zeit war. Tatendurstig. Immer auf dem Sprung –«

Hölleisen konnte seine Tränen jetzt nicht mehr zurückhalten. Er drehte sich um und weinte hemmungslos.

Die Bas' verabschiedete sich und wandte sich zum Gehen. An der Tür hielt sie inne.

»Eines hätte ich fast vergessen. Er hat ein Kodizill gemacht. Darin hat er sich gewünscht, in der Polizeiuniform beerdigt zu werden. Es spricht doch nichts dagegen, oder?«

»Nein, natürlich nicht«, sagte Jennerwein leise.

»Und die Dienstpistole?«, fragte die Bas' weiter. »Was wird mit der? Ich habe sie vorsichtshalber einmal mitgebracht.«

Die Bas' legte eine Plastiktüte auf den Tisch. Jennerwein griff nach der Waffe, öffnete den Schlitten und nahm sechs unbenutzte Patronen heraus.

»Ist es möglich, die mit ins Grab zu legen? Das ist ein weiterer Wunsch von ihm.«

»Natürlich geht das normalerweise nicht. Da könnte viel Unfug damit getrieben werden.«

»Aber es weiß doch niemand, dass die Pistole mit drinliegt.«

Jennerwein lächelte.

»*Sie* wissen es zum Beispiel.«

Die Bas' erwiderte das Lächeln.

»Ich habe eine Idee«, warf Hölleisen ein, der sich wieder gefasst hatte. »Wir machen sie unbrauchbar.«

»Geht denn das so einfach?«, fragte die Bas'.

Anstatt einer Antwort kramte Hölleisen in seiner Schreibtischschublade und nahm zwei Rohrzangen heraus. Es gab keinen Spitzer, keinen Radiergummi, aber zwei Rohrzangen. Mit wenigen Griffen zerlegte er die Dienstpistole, fasste eine bestimmte Stelle des Magazin-Zubringers mit den Zangenbacken der einen Zange, schlug dann mit der anderen auf den Schlittenfang.

»Sehen Sie, mit der Pistole können Sie nicht mehr schießen«, sagte er.

Nachdem die Bas' gegangen war, schwiegen alle und hingen ihren Gedanken nach. Es wurde grau und kalt im Zimmer.

30 Auszüge aus dem Bayerischen Beamtenrecht

Auch außerhalb des Dienstes ist der Beamte Beamter, jedoch ist der Beamte nur während der Dienstzeiten im Dienst.

Während des Dienstes ist Dienstkleidung oder Uniform zu tragen, Ausnahmen (in denen Dienstkleidung auch außerhalb des Dienstes getragen werden kann oder Dienstarten, in denen keine Dienstkleidung getragen werden muss) regelt ein eigener Absatz.

Mit dem Tod des Beamten erlischt das Beamtenverhältnis. Er ist anhaltend außer Dienst. Seine Dienstkleidung geht deshalb in den Besitz des Dienstherren (bei Polizisten: das Bundesland) zurück.

Besteht bei den Hinterbliebenen des verstorbenen Beamten der Wunsch, dass dieser in Dienstkleidung beerdigt werden soll, ist ein Antrag beim Dienstherren des Beamten zu stellen. Der Dienstherr kann dabei nur die vollständige Dienstkleidung oder Uniform genehmigen, einschließlich Schulterklappen, Abzeichen, Ehrenzeichen, und Auszeichnungen, die im Zusammenhang mit dem Dienstverhältnis des verstorbenen Beamten stehen.

Ein sogenannter ›dienstgetöteter‹ Beamter wird jedoch auch ohne Antrag immer in Uniform beerdigt, wobei hier wiederum der Vollständigkeitsgrundsatz der Dienstkleidung gilt. Zur Dienstkleidung und Uniform gehörende Schulterklappen, Achselspangen, Rangabzeichen, Schützenschnüre,

Kragenpaspelierungen, Bandschnallen, Zierdegen, Ärmelbänder, Kokarden sowie weitere offizielle Brust- und Schulterabzeichen. All das kann jedoch auf einem separaten Präsentationskissen zum Grab getragen werden.

Um in den Status eines ›dienstgetöteten‹ Beamten zu gelangen, genügt es nicht, lediglich im Dienst zu versterben, vielmehr muss der Tod durch die Dienstausübung selbst verursacht worden sein.

Der dienstgetötete Beamte hat Anspruch auf eine Fanfare am Grab. Im höheren Dienst (ab Gehaltsstufe A14) kann ein Orchester (Polizeiorchester, Musikkorps der Bundeswehr) angefordert werden.

31 Der Abt

Das war schon einmal gutgegangen, dachte die Bas', als sie das Polizeirevier verließ. Sie war stolz auf sich. Dieser Jennerwein war eigentlich ein sympathischer Mann, aber eben ein Bulle. Sie hatte ihn überlistet. Der nächste Teil des Plans würde schwerer in die Tat umzusetzen sein. Sie sprang ins Auto und fuhr nach Freising, ins Büro einer inoffiziellen Stelle der Erzdiözese. Sie hatte dort schon telefonisch einen Termin vereinbart.

Dass es in der Nähe des Freisinger Doms überhaupt so eine Kirchenstelle gab, hatte die Bas' quasi in der Kirche selbst erfahren. Sie war in jungen Jahren Ministrantin gewesen, hatte in der St.-Martins-Kirche Dienst getan, die Glöckchen geschwenkt und in der Sakristei heimlich Messwein gebechert. Das ganze Programm eben. Mit elf Jahren war sie strikt religiös eingestellt gewesen, und am meisten hatte sie das Sakrament der Beichte interessiert, von der ein gewisser geheimnisvoller Reiz des Dubiosen und Diabolischen ausging. Sie hatte

bei vielen Beichten mitgehört, in einem kleinen Verschlag hinter dem eigentlichen Beichtstuhl, in dem eine spillerige Elfjährige gerade mal Platz fand, unbequem zwar, aber das, was sie am Samstag da immer hörte, entschädigte sie für das regungslose Dahocken. Vieles von dem Gesagten verstand sie nicht ganz, bei manchen härteren und ekligen Sachen ahnte sie lediglich das Harte und Eklige. Die junge Bas' (die schon damals nie anders genannt wurde) war schließlich süchtig nach Verfehlungen, Lügen und allzu menschlichen Schwächen geworden, sie lernte die meisten davon kennen, samt den dazugehörigen Personen. Fast jeder hatte irgendeinen ganz dicken Klops zu beichten. Dass der gutmütige und liebenswerte Pfarrer das aushielt! Die wenigen, die im Beichtstuhl behaupteten, gar nicht oder nur ein paar Lappalien gesündigt zu haben, waren wohl die Schlimmsten, die mit den unbeichtbaren ganz großen Fehltritten. Doch eines Tages hörte sie die sonore Stimme des Prälaten Zoeppritz sagen:

»Mein Sohn, du hast schwer gesündigt. Sehr, sehr schwer.«
»Ja, Vater.«
»Du musst dich der Polizei stellen.«
Lange Pause. Atemgeräusche. Knarzendes Beichtstuhlholz.
»Niemand wird mir glauben, dass ich das nicht wollte. Und ich bereue es zutiefst.«

Die Bas' kannte die Stimme des Fremden nicht, es konnte kein Einheimischer sein, vielleicht war es einer der Kurgäste.

»Gibt es denn keine andere Möglichkeit?«, fragte der Fremde flüsternd. Leider war die Bas' zu spät in den Verschlag gekrochen und hatte die Sünde selbst versäumt. Diese musste aber gewaltig gewesen sein. Wenn ihn der Prälat schon an die Polizei weiterverweisen musste.

»An was für eine *andere* Möglichkeit denkst du, mein Sohn?«

»Eine Geldspende, gemeinnützige Arbeit, den Eintritt in ein Kloster, was weiß ich.«

Prälat Zoeppritz schwieg lange. Beide atmeten jetzt nur.

»Wenn du dich nicht der Polizei stellen willst, gibt es eine kirchliche Stelle in Freising, die sich mit solchen Fällen befasst. Du musst dich dorthin wenden.«

»Anonym?«

»Anonymität wird sogar gewünscht. Es ist das *Profugium*. Es gewährt dir sozusagen Asyl. Du musst dir das wie ein Kloster vorstellen. Du trittst in eine Mönchsgemeinschaft ein und verschwindest aus dem weltlichen Leben. Kein Strafverfolgungsorgan wird dich je erreichen. Aber: Du selbst musst jeden Kontakt zur Welt abbrechen. Nur ein einziger Brief an deine Familie – und man wird dich sofort den Gerichten übergeben.«

Profugium, Asyl, Kontakt zur Welt abbrechen – was waren das für Zauberworte für die kleine Ministrantin! Sie forschte und fragte in der Folgezeit, niemand wusste etwas, schließlich hatte sie doch Glück. Ein alter pensionierter Pfarrer, der längst nicht mehr auf der Höhe geistiger Kraft und kirchlicher Verschwiegenheitsnormen war, erzählte ihr von diesem Profugium. Offiziell gab es die kirchliche Stelle gar nicht, und das machte sie noch interessanter. Sie bekam die Adresse heraus. Wer weiß, für was mans brauchen kann, dachte sie damals. Und jetzt konnte sies brauchen. Für ihren Hansi. Sie parkte vor dem großen Amtsgebäude neben dem Dom und stieg mit klopfendem Herzen aus. Wenn sie den Superbullen Jennerwein überlisten konnte, dann wollte sie es jetzt mit der katholischen Kirche aufnehmen.

Auf dem Schild an der Bürotür von Monsignore Schafferhauser stand nur: *Singularia*. Er hatte nicht gedacht, dass das Amt des Beauftragten für besondere Angelegenheiten so langweilig war. Er hatte Fälle von Kirchenasyl zu bearbeiten, und er hatte sich das so vorgestellt, dass seine Schäflein dramatisch über den Vorplatz liefen, hinter sich die Häscher, mit knapper Not ins Kirchengebäude stürzten –

»Endlich. Ich bin der CIA entkommen!«

Niemand lief über den Vorplatz. Er hatte nachgeschlagen. Der Letzte war vor zehn Jahren gekommen. Es waren auch keine Mörder und Totschläger, sondern Politiker, die aus der Zeit gefallen waren. Aus dem ehemaligen Ostblock zum Beispiel. Erich Ho– Aber man durfte hier ja keine Namen nennen. Jetzt aber war ihm wieder jemand gemeldet worden, dessen Fall interessant war. Es klopfte an der Tür. Ah, das war die Frau, mit der er vorher telefoniert hatte.

»Treten Sie doch näher. Und bitte erläutern Sie mir den Fall jetzt ausführlicher.«

Das tat die Bas' ohne zu zögern. Am Ende ihres Berichts sagte Monsignore Schafferhauser sehr ernst:

»Der Schritt, der vom rechten Wege abführt – oft ist es nur ein sehr kleiner. Nun gut. Sie legen für ihren Schützling die Hand ins Feuer?«

»Ja. Er ist ein respektabler –«

»Ich bitte um Stillschweigen! Kein Name, kein Beruf, kein Stand.«

Die Bas' schnupperte. Auch in diesen kirchlichen Amtsstuben schien es nach Weihrauch zu riechen.

»Er soll sich das nicht als Urlaub vorstellen. Es wird hart gearbeitet.«

»Das ist er gewöhnt.«

»Er bekommt einen anderen Namen. Wenn er sich entschließt, oder Anstalten macht, Kontakt mit der Familie, seinen Freunden, der Welt aufzunehmen, überstellen wir ihn sofort an die Strafbehörden.«

»Das weiß er.«

»Dann lassen Sie ihn herein.«

Johann Ostler, der zukünftige ehemalige Polizeihauptmeister, trat ins Zimmer. Er trug Zivilkleidung, hatte ein kleines

Köfferchen in der Hand. Monsignore Schafferhauser stand auf und trat zu ihm.

»Sie sehen keine andere Wahl?«

Ostler schüttelte den Kopf.

»Sie haben eine Probezeit zu bestehen.«

Ostler nickte.

Wenn Monsignore Schafferhauser das Profugium erklärte, orientierte er sich gerne an Dante. Göttliche Komödie, die Verse mit den Höllenqualen.

Er lächelte.

32 *Das Lied*

Monsignore Schafferhauser entließ die beiden mit der Wegbeschreibung zum nächstgelegenen Profugium. Er hatte ein gutes Gefühl bei diesem neuen Ordensbruder. Er war zweiundvierzig, kräftig gebaut, verstand, wie er gesagt hatte, mit Waffen umzugehen. Zudem war seine Schuld im eigentlichen Sinn keine Todsünde. Es war ein Unfall gewesen. Aber auch bei dem berühmtesten Ordensbruder des Profugiums, den sie in ihren Reihen hatten, war es ein Unfall gewesen. Monsignore Schafferhauser biss sich auf die Zunge. Nicht mehr daran denken! Und doch …

Er ging hinunter ins Archiv. Er schloss eine Tür auf. Sein Blick suchte einen dicken Band, aus dem nach allen Seiten hin handbeschriebene Blätter quollen. Notenblätter. Das Erzbistum Salzburg hatte damals alles verbrennen wollen. Aber Freising hatte es gerettet – und vergessen. Nur er hatte es durch Zufall entdeckt …

Im Jahre 1791. Ein kalter Novembertag, frühmorgens auf einem frostigen Feld. Dort stand der Graf Ferenc von Erdődy, ein Offizier der kaiserlichen Kürassiere, mit geladener Pistole. Zwanzig Schritte entfernt – Wolfgang Amadeus Mozart. Beide hoben die unzuverlässigen Vorderlader, der Sekundant gab das Zeichen. Graf Erdődy

war ein ausgezeichneter Schütze, Mozart hatte noch nie in seinem Leben eine Pistole in der Hand gehalten. Kalt und klirrend blies ein Novembernebel herüber von der ungarischen Grenze, und Mozart traf den Grafen Erdődy ins Soldatenherz. Graf Erdődy schoss überraschenderweise daneben. Der Sekundant, einer von Mozarts Freimaurer-Brüdern riet, zum Salzburger Erzbischof zu gehen. Der wiederum wusste nur einen Ausweg: das Profugium. Mozart willigte ein. Er wurde nach Italien in ein Kloster gebracht, der Rest der Welt glaubte ihn, hingerafft durch hitziges Frieselfieber, in einem Massengrab verscharrt.

Er hatte allerdings auch etwas für die Kirche tun müssen. Genauer gesagt für das bröckelnde Image der katholischen Kirche. Denn immer noch war Martin Luthers ♪ *Vom Himmel hoch, da komm ich her* das bekannteste Weihnachtslied überhaupt. Und das war nun einmal von der evangelischen Konkurrenz. Wolfgang Amadeus Mozart bekam den Auftrag, das katholische Pendant dazu zu schreiben, einen eingängigen Superhit, der alle Zeiten überdauern würde. Jahrelang komponierte Mozart in seinem Exil an einer einzigen Melodie. Die klerikalen Vorgaben: mitreißendes Pathos, bedingungslose Mitsingbarkeit, voller Verkunstungsverzicht (besonders schwer für den Trillerkönig). Er verfertigte unzählige Skizzen. Dann schließlich, nach siebenundzwanzig Jahren, lieferte er das Ergebnis. Am Heiligabend 1818 betrat er eine Kirche in der Nähe von Salzburg und überreichte dem Organisten Franz Xaver Gruber und dem Hilfspfarrer Joseph Mohr die Melodie aller Melodien: ♪ *Stille Nacht, heilige Nacht*. Dann setzte er sich endgültig zur Ruhe und widmete sich fortan nur noch dem Bierbrauen.

Monsignore Schafferhauser konnte nicht anders. Er summte das letzte Lied Wolfgangs. Er lächelte. Nur er allein wusste, was aus den unzähligen Melodieskizzen, Orchestrierungsentwürfen und Harmoniestudien Mozarts geworden war. Denn im Frühjahr 1831 war ein junger, damals noch völlig unbekannter, nicht sehr talentierter, kleinwüchsiger Nachwuchskomponist zum ergrauten Mozart gekommen und hatte ihm das ganze Material abgekauft. Und ab dieser Zeit begann die Karriere von Richard Wagner, wie wir sie heute kennen.

33 Der Block

Die Nacht über hatte es durchgeregnet, doch der Sonntagmorgen strahlte hell und freundlich, als ob nichts geschehen wäre. Als Kommissar Jennerwein seinen Dienstplan, der von der Leitstelle hereingekommen war, studierte, befürchtete er allerdings, dass heute kaum Zeit und Gelegenheit sein würde für Trauer und stilles Gedenken.

»Vielleicht ist es gar nicht schlecht, solch einem Schock die alltägliche Arbeit gegenüberzustellen«, sagte Maria. »Das wäre auch ganz im Sinn von Joey.«

»Weiß man denn schon den genauen Beerdigungstermin morgen?«

»Ich habe ganz in der Früh schon mit der Bas' telefoniert«, antwortete Hölleisen. »Morgen Nachmittag um vier. Trotz aller Hektik soll es eine würdige Angelegenheit werden, dafür wird sie schon sorgen. Sie hat gesagt, dass sie sich um alles kümmert. Der Joey hat so genaue Verfügungen für den Trauerfall aufgeschrieben, dass sich nix fehlt.«

»Werden wir zur Beerdigung gehen können?«, fragte Maria.

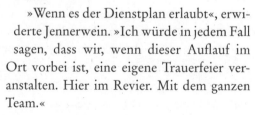

»Wenn es der Dienstplan erlaubt«, erwiderte Jennerwein. »Ich würde in jedem Fall sagen, dass wir, wenn dieser Auflauf im Ort vorbei ist, eine eigene Trauerfeier veranstalten. Hier im Revier. Mit dem ganzen Team.«

Dann war auch schon wieder Schluss mit den leisen Tönen. Die nächste Demonstration stand an. Busweise fuhr der Nachschub für die Kampftruppen und technischen Hilfskräfte vor. Jennerwein hatte die Aufgabe bekommen, die Wege der Demonstranten vom Camp zu den ihnen zugewiesenen Straßenabschnitten zu begleiten und vor allem zu beobachten. Die anderen Teammitglieder wurden weggerissen wie von den wilden Wassern eines reißenden Stroms. Auch Jennerwein machte sich auf den Weg. Er trat auf die Straße und versuchte den Kopf freizubekommen. Er war mit einem untrüglichen Gespür gesegnet, das Unstimmige im sonst Stimmigen auszumachen. Und in der Sache Ostler war irgendwo ein Knacks, ein feiner Haarriss, eine Unebenheit. Er wusste bloß nicht, wo.

Er geriet in einen Pulk von Attac-Aktivisten in Sensenmann-Kostümen, die sich jedoch noch nicht vollständig angekleidet hatten. Ganz vorne war ein Wurstbrote mampfender Gevatter Hein mit abgenommener Kapuze zu sehen, ganz hinten marschierte ein Tod, der mehrere Plastiksensen trug – das war wohl der Zeugwart der attac'schen Unterwelt. Auf dem halbaufgerollten Plakat stand **DIE WELT IST KEINE WARE**. Das Straßenbild des Kurorts hatte sich, seit der Gipfel angefangen hatte, auffällig verändert. Zum einen war der Altersschnitt der sonst so geriatrischen Gemeinde um mindestens zwei Generationen abgesunken. Auch ging es viel bunter und greller zu als sonst. Ins Auge stachen vor allem die verwegenen Frisuren und ausgeprägten Körperschmuckvarianten, die das sonst so grau Ondulierte und stützstrümpfig Gedeckte stark zurückdrängten. Der alte Knieriem stand wie immer in seiner Lederhose vor dem Haus. Aber die Kleider der Demonstranten, die dort vorbeigingen, waren so bunt wie die Regenbogenbanner, die sie trugen.

»Aha, der Herr Kommissar! Demonstrieren Sie mit oder überwachen Sie bloß? Oder hat es gar schon wieder einen Mord gegeben?«

Jennerwein wandte sich um. Die Hofer Uschi hatte sich angeschlichen, das war eine der größten Ratschkathln im Ort. Er fragte sich, woher die ihn kannte.

»Dasselbe könnte ich Sie fragen, Frau Hofer. Ich für meinen Teil bin dienstlich hier.« Er machte ein gespielt bekümmertes Gesicht. »Aber meine mühsam aufgebaute Tarnung ist jetzt wahrscheinlich aufgeflogen.«

»Um Gottes willen, Herr Kommissar, hab ich denn gar was falsch gemacht?«

Jennerwein lachte.

»Nein, ich arbeite ja nicht verdeckt. Aber jetzt muss ich weiter.«

»Ach eines noch, Herr Kommissar – übrigens herzliches Beileid wegen Ihrem Kollegen Ostler – ich habe da ein Problem, bei dem Sie mir vielleicht helfen können. Meine Nachbarn, die haben einen Brunnen im Garten, den leeren sie manchmal aus, die drehen einfach den Hahn auf und das Wasser fließt direkt auf die Straße. Das geht doch nicht oder? Können Sie da nichts machen?«

Jennerwein notierte sich die Adresse und versprach, sich darum zu kümmern.

»Ah, der Herr Kommissar!«, rief jetzt ein Mann aus der Ferne, und von der anderen Seite erschallte es ebenfalls:

»Herr Kommissar, schön, Sie hier zu sehen! Da können wir uns ja richtig sicher fühlen!«

Plötzlich stand der zaundürre junge Demonstrant vor ihm, mit dem er sich gestern im Camp unterhalten hatte.

»Hey, Mann, du bist ja wirklich ein Polizist!«, rief Bobo mit seiner krächzenden Stimme. Er hatte wahrscheinlich auch heute Morgen schon wieder eine engagierte Rede gehalten.

»Nichts anderes habe ich behauptet«, erwiderte Jennerwein lächelnd.

»Aber ich hab dir das nicht geglaubt, Mann.«

»Vielleicht ist es ja umgekehrt. Dass ich zwar ein echter Polizist bin, aber du kein echter Demonstrant.«

»Was meinst du? Ich – ein Spitzel?« Der Zaundürre riss die Augen erschrocken auf. »Das finde ich gar nicht komisch, Mann.«

Jennerwein legte ihm die Hand begütigend auf die Schulter.

»Ich glaube dir schon, dass du kein Spitzel bist. Oder aber – du bist ein sehr guter.«

»Jedenfalls scheinst du eine bekannte Größe zu sein, Mann.«

»Ich habe hier im Kurort ein paar Fälle bearbeitet«, erwiderte Jennerwein bescheiden.

Jetzt ertönten die ersten Lautsprecherdurchsagen und Sprechchöre, ein Gerangel um ein paar Meter Polizeipräsenz hier, um ein paar Meter Demonstrationsauslauf dort. Fahnen wurden hochgehievt, Pappschilder geschwenkt und ein erster Schwarzer Block stellte sich auf. Der Radau war ohrenbetäubend. Die zwanzig oder fünfundzwanzig schwarzgekleideten Demonstranten hatten sich auf allen Seiten mit schrillbemalten Bannern umgeben, nur die Köpfe sahen oben heraus, was der Gruppe etwas Altrömisch-Kohortenmäßiges gab. Jennerwein musterte die Gesichter, er war sich sicher, dass er keinen von ihnen im Camp gesehen hatte. Die martialischen Typen trugen alle ein schwarzes Kopftuch, mit dem sie sich jederzeit schnell vermummen konnten. Langsam setzte sich der Zug in Bewegung. Drei Reihen Polizisten gingen rückwärts vor ihnen her, um sie jederzeit im Blick zu haben. Bald kam es zu kleinen, eher symbolischen Geplänkeln. Aus dem Block flogen Kopfsteinpflasterattrappen aus Styropor in Richtung der Polizisten. Die wiederum reagierten nicht auf die Provokation, sie kannten den riskanten Scherz wohl schon alle. Der Zug nahm jetzt langsam Fahrt auf. Auf der Straßenseite gegenüber waren mindestens drei Kollegen in den zweiten Stockwerken postiert, sie filmten und fotografierten. Neben einem anderen Marschblock, der ähnlich griechisch-römisch aussah wie der erste, schritt eine junge Frau mit schwarzen Haaren, die von einer Kapuze zusammengehalten wurden. Die Einzelkämpferin gehörte wohl keiner bestimmten Gruppierung an, war sicher spontan hier. Vielleicht war sie sogar eine Einheimische. Sie hielt ein handbeschriebenes Schild hoch: **SEID FRIEDLICH**. Die passt hier nicht ganz rein, dachte Jennerwein, konnte aber nicht sagen, warum. Er prägte sich ihre Gesichtszüge ein. Jennerwein blieb an einer Kreuzung stehen. Er hatte die Order bekommen, vor allem diese im Auge zu behalten. Jennerwein konnte in junge, fanatische Gesichter blicken, in feste, politisch zuverlässige Gesichter, in stramm auf Parteilinie gebrachte Gesichter, in spontane Betroffenheitsgesichter, aber er hatte keinen Grund, etwas Verdächtiges zu melden. Ganz in der Ferne sah er den Kollegen Hölleisen, der dazu verpflichtet worden war, den orts*un*kundigen Kollegen weiterzuhelfen. Diesen Dienst sollte er eigentlich mit Ostler schieben. Jennerwein blieb stehen. Er konnte es immer noch nicht glauben, dass dieser Kollege und Freund, mit dem er gestern noch gescherzt hatte, plötzlich nicht mehr da sein sollte.

Jennerwein gelangte nun in eine ruhigere Seitenstraße. Hier konnten durchaus noch Nachzügler aus dem Camp unterwegs sein. Er blickte auf die Uhr. Zeit, ins Revier zu gehen.

Dort wartete schon die Ärztin, die gestern angerufen und die traurige Nachricht von Ostler gemeldet hatte. Es war eine ältere, elegantgekleidete Dame mit einer auffällig großen, schiefen Nase und blau schimmerndem Haar.

»Sie haben noch Fragen zu der amtlichen Todesbescheinigung?«, sagte sie.

Jennerwein musterte die Frau. Ihre Augen waren müde, fast melancholisch, wie er sie bei vielen Medizinern gesehen hatte, die gerade mehrere Doppelschichten geschoben hatten.

»Sie waren auch seine Hausärztin, Frau Doktor Rummelsberger?«

»Ja, und das schon seit Jahren. Ich habe auch einige von den anderen Familienmitgliedern medizinisch betreut. Und leider ist die Zahl derer, die einen Schlaganfall erlitten haben, nicht gerade gering.«

Jennerwein blätterte in seinen Unterlagen und las noch einmal, was auf dem Totenschein stand. *Cerebraler Insult.* Das Schlagerl. Er hatte im Lauf seiner Dienstzeit schon viele Totenscheine überprüft, aber dass auf diesem Blatt Papier der Name von Johann Ostler stand, jagte ihm einen düsteren und qualvollen Schauer über den Rücken.

»Gab es bei ihm schon früher Anzeichen für einen Schlaganfall?«

Sie sah ihn unbehaglich an.

»Eigentlich nicht. Ich habe ihn regelmäßig untersucht und nichts gefunden. Er hat versucht, gesund zu leben. Außer seinen geliebten Leberkässemmeln und ab und zu einer Portion Weißwürste hat er sich mediterran ernährt, Sport hat er ohnehin getrieben. Aber es lag halt in der Familie.«

»Aber kann so ein Schlaganfall auch psychische Auslöser haben? Stress zum Beispiel?«

Sie machte eine fahrige Bewegung.

»Ja, mitunter. Der Hansi hatte Probleme mit seiner Frau, das wissen Sie ja bestimmt.«

»Nein«, sagte Jennerwein erstaunt. »Von seinem Privatleben hat er kaum etwas erzählt. Und wenn, dann nur Positives.«

»Ja, also, mehr weiß ich auch nicht«, sagte sie mit nervöser Stimme. »Nur, dass sich seine Frau von ihm getrennt hat. Sie hat auch die Kinder mitgenommen. Das hat ihm vielleicht den Rest gegeben.«

Jennerwein schwieg eine Weile. Er musste die Information erst verarbeiten. Ostler hatte in Trennung gelebt? Darüber musste er mit Maria reden.

»Nur noch eine Frage, Frau Doktor Rummelsberger. Er hat Sie gestern Nachmittag angerufen, daraufhin sind Sie zu ihm gefahren. Wie aber sind Sie ins Haus gekommen?«

Die Ärztin zögerte keine Sekunde.

»Die Tür war offen.«

Jennerwein überlegte. Schließlich sagte er:

»Ostler hat also schon gewusst, dass er sie eventuell nicht mehr aufmachen kann?«

»Das ist möglich. Zu solch einem Anfall gehören Todesängste und schwere Beklemmungen.«

»Warum hat er *Sie* angerufen und nicht die Sanitäter?«

Die Ärztin schaute etwas betreten drein. Nach einer Pause sagte sie:

»Er war vielleicht von der Schnelligkeit der medizinischen Einsatzkräfte wegen der Gipfelei nicht so überzeugt. Und glauben Sie mir, Herr Kommissar. Ich habe in meiner Notfalltasche alles, was man im Fall eines cerebralen Insults braucht.«

Jennerwein verabschiedete sich von der Ärztin und ging nachdenklich hinüber ins Gartenhäuschen, wo Maria zwischen

Rechen, Gießkannen und Schaufeln saß und auf Ratsuchende wartete. Eine Frage ließ ihm keine Ruhe. Warum hatte die Ärztin bei seinen Fragen nach den Infarktursachen nichts von Ostlers Wutanfällen gesagt? Darüber wollte er jetzt mit Maria sprechen. Sie war sehr erstaunt, als er Ostlers Jähzorn-Attacken erwähnte.

»Ein Choleriker, der versucht hat, das zu unterdrücken? So habe ich Ostler gar nicht eingeschätzt.«

»Er hat es gut verborgen. Wir haben nie etwas davon bemerkt, auch in gefährlichen Situationen nicht. Ich für meinen Teil wusste davon, ich habe den Eintrag in seiner Personalakte gelesen, ein medizinisches Gutachten. Aber es gab ja nie Anlass zur Sorge.«

»Vielleicht hat er den Polizistenberuf auch deswegen gewählt, um die Aggression, die er in sich getragen hat, zu bekämpfen«, sagte Maria nachdenklich.

»Ist das möglich?«

»Ja, die Berufswahl kann aus dem unbewussten Impuls heraus geschehen, einer schlechten Charaktereigenschaft oder anderer seelischer Defizite Herr zu werden.«

Jennerwein schüttelte erstaunt den Kopf.

»Ein Kleptomane beispielsweise wird Richter«, fuhr Maria fort. »Und so bestraft er Diebe besonders hart. Ein Gotteszweifler wird Priester. Ein schlechter Schüler wird Lehrer.«

»Wenn das so ist, könnte Ostlers Bestreben, sich für den höheren Kriminaldienst zu qualifizieren, genau darin seinen Grund haben.«

Jennerwein verabschiedete sich von Maria, nahm sich den gestrigen Dienstplan vor und notierte sich die Eckdaten des letzten Wegs von Polizeihauptmeister Johann Ostler. Er beschloss, sich diese Schroffenschneide einmal genauer anzusehen.

Zu dieser Zeit war die Ärztin, Frau Dr. Rummelsberger, schon wieder auf dem Weg nach Hause. Sie atmete auf. Das war knapp, dachte sie. Das war verdammt knapp.

34 Der Schutz

Der Schnüffler hatte ein billiges Hotel bezogen, er musste froh sein, dass er überhaupt noch eines bekommen hatte während des Gipfels. Das Zimmer war klein, eine Bruchbude. Der Spiegel war an mehreren Stellen zersplittert, der Schnüffler untersuchte seinen Hals auf Würgespuren. Er musste das nächste Mal besser aufpassen. Er fühlte sich noch ziemlich mitgenommen von der gestrigen Attacke, mehr mental als körperlich. Erst jetzt wurde ihm bewusst, in welcher Gefahr er sich befunden hatte. Er wählte die Nummer der Detektei, bei der er angestellt war.

»Haben Sie ihn schon gefunden?«, fragte der Kollege.

»Nein, aber haben wir was über folgenden Typen –«

Auch der Schnüffler beschrieb den Frettchengesichtigen. Er beschrieb ihn genau. Die engbeieinanderliegenden Augen. Das verknitterte Gesicht. Alles eben. Nach einer Stunde rief der Kollege zurück. Nein, nichts. Kein gesuchter Verbrecher, kein Mafiakiller, kein Polizeispitzel. Den Angriff erwähnte der Schnüffler allerdings nicht. Warum auch. Im Bericht würde er den peinlichen Überfall ebenfalls weglassen. Er cremte sich den lädierten Hals ein. Sollte er den Vorfall der Polizei melden? Nein, dann müsste er zugeben, dass er so ungeschickt gewesen war, sich überfallen zu lassen. Aber zur Polizei zu gehen und nach Ronny zu fragen, das war vielleicht keine schlechte Idee. Es konnte jedenfalls nicht schaden.

Im Revier strömten Kampftruppen herein und heraus, Gerätschaften wurden herumgeschleppt, der Trubel war bienenkorbartig. Aber dort, hinter dem Schalter, stand ein Fels in der Brandung. Es war ein hagerer uniformierter Polizist mit einem gutmütigen, sonnengebräunten Gesicht, der vor einer kaputten Glastür stand. Das war sicher ein Einheimischer. Der Schnüffler stellte sich als Privatdetektiv vor, zeigte seine Visitenkarte und hielt ihm das Foto von Ronny vor die Nase. Ein Schwarzweißfoto. Er war der Meinung, dass Schwarzweißfotos die Charakteristika der Personen wesentlich besser erfassten als farbige.

»Ja, den kennen wir«, sagte Polizeiobermeister Franz Hölleisen. »Das ist der Glöckl. Sie wissen schon, der von dem Senf-Imperium.«

»Das ist mir bekannt.«

»Aber wo der ist, das wissen wir natürlich auch nicht. Tut mir leid, wenn ich Ihnen nicht weiterhelfen kann, aber zur Zeit geht es ziemlich zu, wie Sie sehen.«

Hölleisen machte eine abschließende Handbewegung. Der Schnüffler war einer von den Menschen, die solch ein Zeichen nicht deuten konnten. Oder wollten.

»Können Sie nicht im Computer nachsehen? Vielleicht ist er festgenommen worden?«

»Nein, das ist er nicht. Wir haben noch nicht viele Festnahmen. Vielleicht vier oder fünf. Und da ist er nicht dabei. Also –«

»In der Zeitung stand, dass Sie mit vielen, vielen Festnahmen rechnen würden!«

Hölleisen nickte. Das war in der Tat so. Sie hatten Tausende von Müsliriegeln gekauft. Vegan, laktosefrei, erdnussfrei, um jeder beliebigen Empfindlichkeit Rechnung zu tragen. Und dann vier oder fünf Gefangene. Einer von denen hatte gefragt, ob er keine Leberkäsesemmel bekommen könnte. Wenn er schon mal hier im Voralpenland wäre.

»Ja, da sehen Sie einmal, wie unsere Abschreckung funktioniert hat«, sagte Hölleisen zum Schnüffler.

»Ja, und was mache ich jetzt?«

»Er ist doch ein Demonstrant«, antwortete Hölleisen ungeduldig. »Dann demonstriert er entweder gerade. Oder er ruht sich vom Demonstrieren aus und ist im Camp.«

»Aha, im Camp.«

Der Schnüffler schluckte. Unangenehm. Im Camp wartete doch bestimmt der Würger von gestern. Und mit ihm zahllose andere Anarchos, Bombenbastler, Steinewerfer. Jedenfalls harte Typen, die sofort zugriffen.

»Entschuldigen Sie«, sagte der Schnüffler. »Könnten Sie mir für das Camp Polizeischutz geben?«

Hölleisen drehte sich langsam um.

»Klar. Ich habe gerade zwei gepanzerte Mannschaftswagen frei. Reichen die, oder wollen Sie auch noch einen Wasserwerfer dazu?«

35 Der Berg

Wie wird man eigentlich kriminell? Wie gerät man auf die schiefe Bahn? Das kann erstaunlich schnell gehen, es müssen nur zwei, drei Umstände zufällig zusammenkommen, die einen staatstragenden Bürger mit dem absoluten Rechtschaffenheits-Abo vom geraden Weg abkommen lassen, um ihm in einer öligen Seitengasse einen dunklen Schatten auf die Seele zu zaubern. So auch bei Dr. Dora Rummelsberger. Warum hatte die elegant gekleidete Dame mit der auffällig großen, schiefen Nase und dem blauschimmernden Haar gelogen? Warum hatte sie einen falschen Totenschein ausgestellt? Ganz einfach: Sie war der Bas' und der ganzen Ropfmartl-Sippe noch einen großen Gefallen schuldig.

Ihre Praxis für Allgemeinmedizin lief mittelmäßig, sie kam überdies langsam in ein Alter, in dem sie mindestens einmal am Tag ans Aufhören dachte. Das Kreuz, die Nerven, die Augen, das Gehör – sie wusste, dass sie dem Beruf nicht mehr lange gewachsen war. Dabei gab es weit und breit keinen Mediziner, der ihre Praxis übernehmen wollte.

Vor einigen Jahren hatte sie, damals noch in Erwartung einer stattlichen Ablösesumme, einen ebenso stattlichen Kredit aufgenommen. Und sie hatte sich, um den wiederum abzahlen zu können, mit einem todsicheren Umschuldner nach dem absolut wasserdichten Ponzi-System eingelassen. Unbürokratisch, schnell, unkompliziert. Dabei hatte sie ihre gesamten Ersparnisse verloren und war in eine aussichtslose Situation geschliddert. Sie hatte sich der Bas' anvertraut, daraufhin tagte der Ropfmartl'sche Familienrat. Johann Ostler war dabei gewesen, obwohl ihn seine Frau unter Androhung des sofortigen Auszugs lautstark dazu aufgefordert hatte, der Versammlung fernzubleiben. Umsonst, Ostler setzte sich durch. Die Ropfmartls legten zusammen, so wie sie auch damals beim Wastl, dem Wirt der Roten Katz, zusammengelegt hatten. Beides war lange her, aber der Wastl hatte seitdem ein gutlaufendes Restaurant und Frau Doktor Rummelsberger eine einigermaßen laufende Praxis, jetzt mit Sprechstundenhilfe und zwei Assistenzen, die das Grobe für sie erledigten.

Dazu kam noch ein anderer Vorfall, eher ein kleiner Ausrutscher oder Stolperer bei einer Bergtour. Sie wanderte und kletterte gern, die Frau Doktor mit der schiefen Nase und dem blauschimmernden Haar, manchmal begleitete sie die Bas', und bei einer Tour auf die Hallbergwände trat die Ärztin auf dem geröligen Weg daneben, sie konnte sich nicht mehr auf den Beinen halten, sie strauchelte, der Abgrund schnupperte schon, er roch Fleisch, frisches, erschrockenes Menschenfleisch, die Ärztin kippte schon der gähnenden Leere entgegen, da erwischte die Bas' sie gerade noch am Rucksack, wäre dabei fast selbst gestolpert, riss die Ärztin jedoch zurück und auf den Boden, rettete ihr und sich das Leben. Und jetzt war Dora Rummelsberger der Bas' und überhaupt den Ropfmartls gleich zweimal etwas schuldig.

Als es dann mit dem alten Heindl Schorsch, einem Großonkel der Bas', bergab ging, wurde er ins Krankenhaus eingeliefert, und da wollte er eigentlich überhaupt nicht hin, denn die

Diagnose war aussichtslos. Er wollte daheim sterben, und der Heindl Schorsch bat die Frau Doktor um einen letzten Trunk. Entrüstet hatte sie die Bitte von sich gewiesen, sie war katholisch und gottgläubig, und das mit dem letzten Trunk wäre eine veritable Todsünde gewesen. Sie wusste aber, dass sie den Ropfmartls jetzt gleich dreimal was schuldig war, und dass sie bei der nächsten Bitte nicht wieder ablehnen konnte. Gestern war es dann so weit gewesen. Als die Bas' angerufen hatte, hatte sie gleich gewusst, dass sie jetzt dran war. Sie sollte einen amtlichen Wisch fälschen. Für einen guten Zweck. Sie hatte eingewilligt. Jetzt musste nur noch diese Beerdigung ohne Störung über die Bühne gehen. Dann war sie raus.

36 Der Club

»Ein bisserl enttäuscht bin ich schon«, sagte der Tourist in Wanderklamotten zu seiner jungen Frau, die ein ähnlich grobkariertes Holzfällerhemd trug wie er. »Keine einzige Kontrolle! Und das bei unseren wunderbaren Personalausweisen, die nicht gerade billig waren.«

Karl Swoboda und Giacinta Spalanzani waren ebenfalls auf die Idee gekommen, sich im Kurort als Touristen auszugeben, aber im Gegensatz zum Schreibtischhengstschnüffler, den die Familie Glöckl beauftragt hatte, war die Camouflage des österreichisch-italienischen Gespanns überzeugender geraten. Sie setzen sich an den frei gewordenen Tisch im Café und bestellten drei stille Wasser. Das dritte war für den schwarzbärtigen Hypnotiseur, der ebenfalls ein grobkariertes Holzfällerhemd trug, das bei ihm allerdings ziemlich maßgeschneidert wirkte. Das Trio beobachtete die Szenerie der aufmarschierenden Polizeikräfte und herumwuselnden Demonstranten.

»Schon wieder eine Demo«, murmelte Giacinta. »Sogar am Sonntag Mittag. Dass da überhaupt jemand kommt, da sitzen doch alle bei Mama und schlagen sich die Bäuche voll.«

»Ich hätte unheimliche Lust«, raunte Swoboda Giacinta zu, »einen dieser Kieberer so zu hypnotisieren, dass er auf der Stelle seinen Kampfanzug auszieht, eine rote Fahne in die Hand nimmt, sich in den Schwarzen Block einreiht und grölend mitmarschiert.«

»Und was hast du davon?«, fragte Giacinta.

»Nur so zur Gaudi«, antwortete Swoboda. »Wäre das möglich, Herr Hypnotiseur?«

»Soll ich mal –?«

»Schluss mit dem Unsinn. Wir besprechen unser eigentliches Projekt. Das Projekt *Ringverein*. Die Brüder in den Alt-Werdenfelser Schmankerlstuben handeln mit Daten, so viel ist sicher. Sie werden nicht so dumm sein, sich die Daten per Mail schicken zu lassen. Ich tippe auf Datenträger, auf kleine, unauffällige USB-Sticks, die sie versteckt haben. Da sind irgendwelche Steuersauereien drauf von einem Herrn X. Der Herr X bekommt eine Kostprobe und wird erpresst. Wenn er nicht zahlt, wird der Stick an staatliche Stellen verkauft.«

Swoboda nickte.

»Wir müssen zusehen, dass die Polizei draufkommt. Wir sollten uns in diesen Schmankerlstuben einmal umsehen. Es muss sich ja um mehrere Sticks handeln. Und die müssen irgendwo gelagert werden.«

Der Schnüffler war auf dem Weg zum Camp. Er hatte ein Halstuch umgebunden, die Druckstellen vom gestrigen Würgegriff wollte er nicht auf offener Straße zeigen. Am helllichten Tag, auf offener Straße würde ihn schon niemand mehr angreifen. Er hielt Ausschau nach einem Rothaarigen. Da, auf der anderen Straßenseite war doch einer! Das Foto zeigte er nicht herum. Er wollte nicht für einen Polizisten gehalten werden. Der kleine Schnüffler drängte sich zwischen den Passanten durch, Leute links und rechts von sich wegstoßend. Als er auf der anderen Straßenseite ankam, war der Rothaarige schon wieder verschwunden.

»Ihren Ausweis bitte«, sagte ein Polizist zu ihm.

Der Schnüffler seufzte. Er öffnete seinen Rucksack und zog den Personalausweis heraus. Dazu die Visitenkarte seiner Detektei.

»Und wen suchen Sie hier?«, fragte der Polizist, so dass es alle hören konnten.

So kam er nicht weiter.

Der Rothaarige, den der Schnüffler zu sehen geglaubt hatte, war nicht Ronny. Zwei Prozent aller Menschen in Deutschland haben eine natürliche Rotfärbung der Haare, das ist eine ganze Menge. Ronny Glöckl war nicht mehr unter diesen zwei Prozent. Er war seit gestern Nachmittag tot. Er lag in einem verschlossenen Zirbelholzsarg in der Aussegnungshalle des Viersternefriedhofs.

Die Bas' arbeitete auf Hochtouren. Es war nicht das erste Begräbnis, das sie vorbereitete, aber das erste, das sie unter solchem Zeitdruck auf die Beine stellen musste. Die Bas' seufzte. Nur noch vierundzwanzig Stunden. Außerdem musste sie unbedingt das abgeschossene Projektil und die Hülse verschwinden lassen. Sie holte beides aus ihrer Jackentasche und praktizierte die Teile in eine kleine Plastiktüte, diese steckte sie in einen Briefumschlag. Adresse: Charles Miller, Disney Street, 60601 Chicago, USA. Absender: keinen. Dieser Brief würde in der Abteilung Unzustellbare Briefe landen und nie wieder auffindbar sein. Das war wesentlich sicherer, als die Patrone hier irgendwo zu vergraben oder anderweitig zu entsorgen. Sie war Tierarzthelferin gewesen. Sie wusste, wozu Hundenasen imstande waren.

NINA2 | GLOBOBLOG SO, 7. JUNI 16:00

Heute Latschdemo mit den üblichen Rangeleien. Oben kreist der Milliarden-Helikopter des amerikanischen Präsidenten. Habe gerade den Polizeifunk mitgehört: keine besonderen Vorkommnisse. Der heutige Tagescode ist s9f77fk, mit dem kommt man in alle Mails der deutschen Dienststellen rein.

< diebischgrins >

Ein paar Stunden später, hundert Kilometer weiter nördlich ging die Sonne unter. Das Gesicht, das sich schon bei der Testamentseröffnung der Familie Glöckl in der Kaffeepfütze gespiegelt hatte, blickte müde und abgespannt drein. Das Haar hing in fettigen Strähnen herunter, die Augen blinzelten angestrengt. Draußen war ein herrlicher Sonntagabend, doch die Online-Ausgabe der Werdenfelser Lokalzeitung, die auf dem Computerbildschirm zu sehen war, war viel wichtiger. Jetzt gings ums Ganze! Jetzt musste die Nachricht kommen! Die Nachricht, die Reichtum und Wohlstand bedeutete. Aber was war das? Das war doch der unnachgiebige und bullige Polizist, der oben auf der Waldlichtung mit Ronny aneinandergeraten war! Und der, wie jeder, der sich mit Ronny anlegte, zur Verzweiflung getrieben worden war! Und der sollte tot sein? Das Foto von Polizeihauptmeister Johann Ostler erschien. Großer, bulliger Typ, freundliches Gesicht. Klar, da war keine Verwechslung möglich. Ein Schlaganfall. Tot. Aber wo war Ronny? Keine Zeile über Ronny! Wie war denn das möglich? Entsetzen breitete sich in dem Gesicht aus. Die Augen weit aufgerissen, der Atem stoßweise, die Lippen zernagt. Alles war so gut gelaufen, und jetzt … durch diesen Idioten … Was tun? Da gab es nur eines … zurück in diesen verdammten G7-Kurort … gleich morgen … Die Jagdausrüstung lag noch zusammengepackt im Flur …

37 Die Nacht

Jennerwein blickte nachdenklich aus dem Fenster des Polizeireviers. Ohne die schrecklichen Ereignisse von gestern wäre es ein schöner Sonntagabend gewesen. Warme, beruhigende Lichtsuppe schwamm heiß und sommerlich duftend über die Felder, Pusteblumen trieben darin, und Dutzende von Schmetterlingen stürzten sich auf die lila blühenden Wicken. Die Felsen des Karwendelgebirges schienen so nah, dass man meinte, sie mit Händen greifen zu können. Jennerwein wandte den Blick ab. Er entschloss sich, später nochmals ins Camp zu gehen. Er musste dringend versuchen, den Mann, der ihn niedergeschlagen hatte, zu finden. Allerdings blieb ihm dazu nicht mehr viel Zeit, denn nach dem Gipfel würde sich das Camp rasch auflösen. Er bat Hölleisen um eine halbe Stunde ungestörtes Arbeiten an Computer und Telefon, dann sperrte er die Tür von innen ab. Zunächst klickte er sich in die Datenbank der Polizei ein. *Große, langgezogene Nase, faltiges Gesicht, eng beieinanderliegende Augen ...* er musste darauf achten, dass er den Angreifer in seiner Phantasie nicht allzu bunt und blumig ausschilderte. Bei einigen Merkmalen war sich Jennerwein jedoch ganz sicher: *Schlank, eins fünfundsiebzig groß, auffällig breite Fingernägel ...* Die Datenbanken der Polizei gaben allerdings zu dieser Beschreibung wenig Brauchbares her. Auch einem Kollegen vom Bundesnachrichtendienst, den er von früher kannte und der ihm noch etwas schuldig war, fiel nichts zu dem Frettchengesicht ein. Außer natürlich die Ähnlichkeit mit Sean Penn.

»Was hast du denn mit dem zu tun, Wildschütz? Hat er sich in die Alpen verirrt und in einer urigen Bergwirtschaft die Zeche für zwei Weißbier und eine Breze geprellt?«

Jennerwein lachte höflich. Der Nachrichtendienstler konnte ihm auch sonst nicht weiterhelfen.

Jennerwein durchstöberte noch diverse Datenbanken der Staatsanwaltschaften und die des Bundeszentralregisters, schließlich nahm er die Dienste von ECRIS in Anspruch, einer Vernetzung der Strafregister der EU-Staaten. Nichts. Niemand. Nirgends. Nie. Jennerwein schloss die Augen und konzentrierte sich. Er versuchte sich an den Tonfall des Frettchens zu erinnern. Hatte er bei ihm nicht einen kleinen Anflug von amerikanischem Akzent herausgehört? Oder konstruierte er sich das nur zusammen, weil dieser Typ Ähnlichkeit mit einem US-Schauspieler hatte? Jennerwein wählte die Nummer eines Amerikaners, der in einer US-Militärbasis arbeitete. Das war nun kein offizieller Kollege mehr, eher einer von der Abteilung Spioniere-für-uns-dann-löschen-wir-dich-von-der-No-fly-Liste.

»Hallo Jennerwein, wie gehts? Viel zu tun im Kurort, wie?«

Der Mann am anderen Ende der Leitung bekam einen kleinen Lachanfall. Jennerwein unterbrach die heitere Stimmung des anderen.

»Danke, mir gehts prima. Ich habe eine Frage. Kennst du einen Mann, der folgendermaßen aussieht –«

Zum zehnten Mal wiederholte er die Beschreibung. Doch auch hier hatte er keinen Erfolg.

Jennerwein blickte abermals aus dem Fenster. Sollte er sich an die Graseggers wenden? Das war riskant, sicherlich. Er konnte diesen verurteilten Straftätern nicht voll und ganz vertrauen. Aber eine Befragung verstieß nicht gegen das Polizeiaufgabengesetz. Und auch gegen sonst kein Gesetz. Er verabschiedete sich von Hölleisen und verließ das Revier. Er nahm die Hintertür. Ursel öffnete ihm erstaunt und bat ihn trotz der späten Stunde freundlich herein.

»Dass Sie überhaupt Zeit haben, Herr Kommissar!«

Sie wies auf den Tisch, den er von früheren Besuchen nur mit kulinarischen Köstlichkeiten aller Art gedeckt kannte. Heute waren lediglich ein paar sparsam gefüllte Schälchen zu sehen. Ursel hatte seine Blicke verfolgt.

»Zum Essen kann ich Ihnen leider nichts Gescheites anbieten, wir haben gerade unsere Ayurveda-Woche.«

»Ich kann ohnehin nicht lange bleiben. Ich hätte nur eine kleine, inoffizielle Frage.«

Wieder beschrieb er das Frettchen mit dem Schlagring, ohne den Vorfall selbst zu erwähnen. Ursels Gesicht hellte sich auf.

»So, wie Sie mir den beschrieben haben, könnte das direkt der Grießlinger Balthasar sein. Kleine, dunkle Augen, sagen Sie? Schmale Lippen, die Oberlippe in der Mitte ein bisschen nach oben gezogen? Ja, das ist der Grießlinger Balthasar. Ich sehe ihn direkt vor mir. Das Dumme ist bloß, dass der Grießlinger Balthasar schon vor acht Jahren gestorben ist.«

»Der Grießlinger Balthasar? Den haben wir noch selbst beerdigt, Ursel. Es war eine wunderschöne Leich!«

Jennerwein drehte sich um. Diese dunkle, gemütlich dröhnende Männerstimme kannte er nur allzu gut. Ignaz Grasegger war im Schlafanzug hereingekommen und gab Jennerwein die Hand. Abermals musste der Kommissar sein Sprüchlein aufsagen.

»Lange Nase?«, wiederholte Ignaz. »Eins fünfundsiebzig groß, faltiges Gesicht, frettchenartiges Aussehen? Das kann nur die Strixner Elisabeth sein!«

»Aber nein, Ignaz, der Kommissar sucht nach einem Mannsbild.«

»Ach so«, sagte Ignaz verschmitzt und bauernschlau. »Was hat es denn verbrochen, das Ratzleg'sicht?«

Jennerwein antwortete nicht darauf. Die Graseggers kannten den Mann jedenfalls nicht, es war offensichtlich keiner aus dem Ort. Jennerwein hatte die beiden Exganoven die ganze Zeit über genau fixiert. Er hatte den Eindruck, dass sie mit der Personenbeschreibung wirklich nichts anfangen konnten. Er vertraute ihnen in diesem Punkt. Als er die beiden wohlbeleibten ehemaligen Bestattungsunternehmer so vor sich sah, fielen ihm die neugierigen und abenteuerlustigen Bürger ein, die er gestern Mittag im Eingangsbereich des Camps gesehen hatte, die ihn nach dem Angriff ins Sanitätszelt gebracht hatten und danach merkwürdig rasch verschwunden waren.

»Er um die sechzig, knapp eins achtzig groß, grauhaarig, runde fleischige Nase, dichte Augenbrauen, Doppelkinn, leichter Bauchansatz –«

Auch diese beiden beschrieb er genau. Die Graseggers hörten konzentriert zu. Es schien ihnen Spaß zu machen, in Ermittlungen involviert zu sein.

»Ja freilich kenne ich die beiden«, rief Ursel plötzlich. »Aber diesmal wirklich. Wie sie heißen, könnte ich zwar jetzt nicht sagen, aber das sind die zwei, die in der Rießrifflstraße wohnen, ganz am Ende, im letzten Haus. Es ist ein blumiges Anwesen mit einem gepflegten Rasen –«

»Und einem Hang hinter dem Haus«, fügte Ignaz begeistert und geheimnisvoll hinzu.

Ein Hang hinter dem Haus, der hoch ins Nirgendwo der

Berge führte, das war der Traum jedes Wilderers, Steuerflüchtlings, Gelegenheitseinbrechers, Zigarettenschmugglers, Drogenhändlers, Heiratsschwindlers, Schutzgelderpressers und Schwarzgeldkuriers. Ursel und Ignaz hatten früher selbst so ein Haus gehabt.

»Sind es Einheimische?«, fragte Jennerwein.

»Ja, freilich, die waren doch sogar vor ein paar Wochen in der Zeitung. Das sind nämlich die zwei, die den Rasen ihres Grundstücks zur Verfügung gestellt haben, damit Demonstranten während dem Gipfel darauf zelten können.«

»Ach ja?«

»Das ist allerdings nichts Besonderes«, fuhr Ursel fort. »Das haben etliche aus dem Ort so gemacht. Viele Polizisten sind ja auch privat untergebracht. Warum dann nicht die Demonstranten?«

Jennerwein ließ sich die genaue Adresse geben. Er hatte vor, die beiden zu befragen. Sie hatten Sean Penn ja schließlich gesehen und ihn zu ihm ins Zelt geschickt. Er schlug die Einladung zum Ayurveda-Essen aus. Heute gab es laut Ursel Okra-Gemüse mit Bockshornkleesamen. Dazu Ingwer-Tee.

»Das mit dem Ostler Hansi tut mir von Herzen leid«, sagte Ursel im Hausflur. »Wir haben ihn ja ebenfalls gut gekannt. Und er hat viel für uns getan. Er war eine durch und durch gute Haut, wie man so schön sagt.«

»Es ist für alle ein großer Verlust«, fügte Ignaz hinzu und reichte Jennerwein die Hand. »Wahrscheinlich auch für die Polizei. Wenn es doch nur lauter solche wie ihn bei der Polizei gäbe!«

»Und lauter solche wie *Sie* natürlich, Herr Kommissar«, fügte Ursel schnell hinzu.

Jennerwein blieb nochmals in der Tür stehen.

»Ja, es stimmt schon. Polizeihauptmeister Ostler werden

wir vermissen. Alle.« Nach einer Pause fügte er hinzu. »Sie wissen ja sicher von den Übeln, mit denen viele in seiner Familie geschlagen waren.«

Ignaz faltete die Hände und drehte die Daumen. Das war wohl seine Geste des Nachdenkens und Nach-Worten-Ringens.

»Es gibt drei Übel, mit denen die Ropfmartls geschlagen waren. Einmal die Neigung zum Schlagerl. Dann die Neigung zum Jähzorn. Und am Ende die Neigung zu den falschen Frauen.«

Jennerwein sah Ignaz fest in die Augen.

»Kennen Sie seine Witwe?«

»Nicht gut. Aber was man so hört –«

»Die Ropfmartls mit ihren falschen Frauen!«, unterbrach Ursel schnell.

Jennerwein hatte das Gefühl gehabt, dass er fast etwas erfahren hätte, das er nicht erfahren sollte.

»Da fällt mir die Geschichte vom Ropfmartl Richard ein«, fuhr sie fort. »Der Richard muss ein Großonkel vom Joey gewesen sein, er hat wegen seiner Raufereien mehr im Gefängnis gesessen als er draußen war. Einmal hat ihm eine wildfremde Frau ins Zuchthaus geschrieben, die hat behauptet, ihm helfen zu wollen. Gleich am ersten Tag nach seiner Entlassung hat der Richard ihren Ehemann bei einem Streit erschlagen. Und dann? Dann wollte sie auf einmal nichts mehr vom Richard wissen! Sie können sich das jetzt selbst zusammenreimen, Herr Kommissar.«

Jennerwein schwieg nachdenklich. Dann verabschiedete er sich und machte sich auf in Richtung Camp.

»Wir sehen uns morgen auf der Beerdigung!«, rief ihm Ignaz nach.

Die Kirchenglocken schlugen elf. Jennerwein musste wieder an Ostler denken. Seine Wortmeldungen bei Lagebesprechungen fielen ihm ein, die die Ermittlungen entscheidend vorangebracht hatten. Er musste an gefährliche und waghalsige Unternehmungen denken, bei denen Ostler beteiligt war. Und einige Fälle, die er zusammen mit ihm glücklich gelöst hatte. Morgen wurde er beerdigt. Jennerwein dachte nach. Irgendetwas lief an der ganzen Sache nicht glatt. Er wusste bloß nicht, was. Jennerwein fasste den Entschluss, die Strecke zur Schroffenschneide, die Ostler an seinem letzten Lebenstag genommen hatte, selbst abzugehen. Schritt für Schritt. Morgen, gleich nach der Trauerfeier.

Jennerwein war jetzt am Zeltlager der Demonstranten angelangt. Die improvisierte Rezeption war nicht besetzt, doch aus dem Inneren des Camps war lärmendes Geschnatter zu hören. Vor den Zelten saßen sie in Grüppchen zusammen. Die meisten diskutierten angeregt, es hatten sich jedoch auch ein paar Jamsessions gebildet. An einigen Lagerfeuern wurden Gitarren geschrubbt, da und dort wurde sogar getanzt. Jennerwein schlenderte durch die Reihen. Niemand beachtete ihn. Sein Blick fiel auf die Stelle, an der das Mädchen mit der Kapuze und den schwarzen, ungezügelt hervorquellenden Haaren gesessen hatte, das Mädchen, das er später bei der Demo mit dem Schild **SEID FRIEDLICH!** wiedergesehen hatte. Jetzt war der Platz leer. Er erinnerte sich gut daran, dass das Kapuzenmädchen ein Notebook auf dem Schoß gehalten und wie wild darauf herumgehackt hatte. Er trat näher an ihr Zelt, ohne genau zu wissen, warum er das tat. Polizeiinstinkt?

»Leckere Bea, oder?«, sagte eine heisere Stimme hinter ihm. Jennerwein zuckte zusammen und drehte sich schnell um. Im Halbdunkel stand ein zaundürrer junger Mann.

»Hallo Bobo«, sagte Jennerwein. »Wen meinst du mit leckere Bea?«

»Na, das Mädchen, das normalerweise immer da sitzt. Sauberes Fahrgestell.«

»Sie heißt Bea?«

»Nein, Mann. Ihren Namen kenne ich nicht.«

»Warum sagst du dann Bea?«

Bobo schlug die Hände mit gespielter Verzweiflung über dem Kopf zusammen.

»Hey, Mann, du weißt ja gar nichts! Bea heißt ›before anything else‹, ist so eine Art Kompliment für jemanden.«

»Und was macht sie?«

»Ich glaube, sie ist Journalistin oder so was. Sie schreibt einen Blog. Berichte aus der Szene. Keine Ahnung.«

Jennerwein streifte noch eine Weile aufmerksam durch das Camp. Einige der Demonstranten kannte er jetzt schon vom Sehen, ein paar nickten ihm sogar freundlich zu. Plötzlich hörte er schnelle Schritte hinter sich. Einen aggressiven Schrei. Jemand kam rasend schnell auf ihn zu. Blitzartig drehte er sich um und trat abwehrbereit einen Schritt zur Seite. Ein zweites Mal würde er sich nicht übertölpeln lassen. Die Gestalt war nur noch wenige Meter von ihm entfernt. Doch die Gestalt war nicht an der vollständigen Auslöschung Kriminalhauptkommissar Jennerweins interessiert. Es war eine junge Frau mit Buzzcut, die kreischend durch die Gassen des Camps gelaufen kam, an ihm vorbeischoss und sich schließlich lachend und kichernd zu Boden plumpsen ließ. Zwei weitere Girls mit Meckischnitt waren ihr gefolgt und gesellten sich ausgelassen zu ihr. Jennerwein entspannte sich wieder. Aber hier kam er nicht weiter. Auf dem Weg zum Ausgang fiel ihm ein, dass es nicht schaden könnte, Bobo nach Sean Penn zu fragen. Als

Jennerwein zu dem Zelt des Kapuzenmädchens kam, hatte er den Eindruck, dass sich Bobo gerade vom Boden erhoben hatte. War er in das Zelt des Mädchens gekrochen und kam gerade wieder heraus? War da ein nervöses Zucken im Gesicht des Zaundürren, als er jetzt auf ihn zukam? Einbildung, reine Paranoia. Er musste einen Gang zurückschalten.

»Man trifft sich immer wieder, Mann!«, sagte Bobo. »Im Leben zweimal. An gewissen Abenden sogar fünfmal.«

»Ich habe noch was vergessen. Kennst du einen Typen, der folgendermaßen aussieht –«

Bobo hörte aufmerksam zu. Er fragte nicht, warum Jennerwein das wissen wollte. Schließlich hellte sich sein Gesicht auf.

»Klar, Mann, du hast ihn gut beschrieben. Den Typen habe ich schon ein paarmal hier gesehen. Solche wie den merkt man sich.«

Endlich, dachte Jennerwein.

»Wo hast du ihn gesehen?«, fragte er rasch.

»Im Camp und auch bei den Demos.«

»Hast du eine Ahnung, wer er ist?«

»Nein, Mann, seinen Namen kenne ich nicht. Und was er so treibt, weiß ich auch nicht. Aber –«

Bobo zögerte. Jennerwein nickte ihm aufmunternd zu.

»Irgendwie habe ich den Eindruck, dass der gar nicht hierherpasst.«

»Wie meinst du jetzt das?«

»Keine Ahnung«, sagte Bobo. »Er ist ein Alien. Er ist nicht so wie alle anderen.«

»Ich bin doch auch ein Alien, oder?«

»Ja, logo, schon irgendwie. Aber erst, wenn man weiß, wer du bist. Vorher fällst du gar nicht auf. Gehen wir ein Stück?«

»Und was meinst du: Ist er eher ein Demonstrant oder eher ein Polizist?«

»Keine Ahnung«, sagte Bobo. »Ein Demonstrant, ja, könnte sein. Auch unter denen gibt es viele schräge Vögel. Zac zum Beispiel macht Waffengeräusche nach. Er macht *Tschlp, tschlp, tschlp, tschlp, tschlp*, und mindestens eine Förstertochter ist dann immer unter den Zuhörerinnen, die fragt: *Kohlmeise?* Aber er sagt: *Nein, englisches Maschinengewehr 1. Weltkrieg, ein Vickers .50 – Aber ich habs heute nicht so gut nachgemacht.* Und das mitten in den heiteren Peoples von der Friedensbewegung!«

Jennerwein winkte ungeduldig ab.

»Aber um nochmals auf den zurückzukommen, den ich suche –«

»Ja, keine Ahnung, der ist irgendwie ungut. Lauernder Blick. Nicht wie du, Jennerwein. Nicht so unscheinbar. Ich habe ihn allerdings jetzt schon lange nicht mehr gesehen.«

Sie waren fast am Ausgang des Camps angekommen. Eine matte Straßenlaterne beleuchtete ihre Gesichter. Jennerwein drehte sich zu Bobo um. Eine Pause trat ein. Er sah Bobo fest in die Augen.

»Woher kennst du meinen Nachnamen?«

Bobo antwortete nicht gleich darauf. Er zuckte fast unmerklich mit den Schultern, resignierend, vielleicht auch gleichgültig. Dann griff er langsam in seinen Brustbeutel, den er unter dem Hemd trug und zog ein kleines, schmutziges Plastikkärtchen heraus, das er Jennerwein vor die Nase hielt. *Verfassungsschutz.* Bobo, der verdeckte Ermittler, nickte langsam. Dann drehte er sich grußlos um und ging wieder ins Camp zurück. Von dort war Gitarrenmusik und Gelächter zu hören. Ein leichter Windstoß wehte ein paar Zeilen eines bayrischen Gstanzls zu Jennerwein her:

♪ *Aber dreizehn Polizisten / und vierzehn Gendarm /
des sind siebenundzwanzig Lumpen / wenns zammabunden waarn.*

Gelächter ertönte. Wie gut, dass gar keine Polizisten da sind, dachte Jennerwein.

38 *Das Ziel*

Der Platz der jungen Frau, die Bobo vorhin als ›leckere Bea‹ bezeichnet hatte, war noch warm. Es war noch nicht lange her, dass Nina2 ihren Stammplatz verlassen hatte. Sie hatte sich feste Schuhe und Wanderklamotten angezogen und ihren Computer gepackt. Bevor sie das Camp verließ, ging sie zu Ronnys Zelt. Er war immer noch nicht zurück. Dann eben nicht. Sie trat ihren Fußmarsch an. Das Ziel war das Journalistenzelt, das etwas außerhalb des Kurorts lag. Der japanische Premierminister hatte in den Nachrichten angekündigt, morgen Vormittag ein Stündchen oder auch zwei die typischen Gebräuche der Region kennenlernen zu wollen. Die kleine Ortschaft Krün war in heller Aufregung. Der japanische Staatsmann wollte in einer bayrischen Wirtschaft noch vor dem Zwölf-Uhr-Läuten eine typisch bayrische Weißwurst-Brotzeit mit Weißbier einnehmen. Und genau bei dieser Sausage-Sause wollte sie dabei sein. Sie bloggte das nicht. Sie hatte eigentlich noch nie etwas gebloggt. Sie hatte die ganzen Tage im Camp nur so getan, um in Ruhe gelassen

zu werden. Sie hatte in die Tasten geklopft, was ihr grade so durch den Kopf fuhr, ohne es freizuschalten. Sie hatte aber vorgesorgt, falls jemand ihren Blog doch einmal lesen wollte. Sie hatte jeden Tag eine Handvoll politischer Statements, die massenhaft durchs Netz schwappten, kopiert und eingefügt. Das hatte gut geklappt. Trotzdem war sie einmal in eine brenzlige Situation geraten. Ein Computerfreak, wahrscheinlich einer von den Assange-Hackern oder vom Chaos Computer Club, war vor ihr stehen geblieben.

»Was ist denn das für ein Gerät?«

»Keine Ahnung«, antwortete sie wahrheitsgemäß. »Ich kenn mich mit Technik nicht aus.«

»Sieht ja aus wie ein alter Atari Portfolio.«

»Kann sein. Wie gesagt –«

»Der hat aber eine riesengroße Lüftung, ist ja unglaublich!«

»Wie gesagt, keine Ahnung.«

»Das es so was noch gibt. Das ist ja ein richtig historisches Modell. Könnte eine alte Hickman-Lüftung sein. Aber wie hast du die Adapter dazu bekommen? Die gibts ja gar nicht mehr auf dem Markt. Darf ich mal einen Blick drauf werfen?«

»Vielleicht morgen. Verschwinde jetzt endlich.«

Der Typ war schließlich weitergegangen. Die kleine Hämmerli-Pistole schlummerte ruhig und friedlich in der umgebauten Hickman-Lüftung. Sie griff in die Tasche und prüfte nach, ob sie ihre Akkreditierungskarte für das typisch bayrische Weißwurst-Frühstück dabeihatte. Alles in Ordnung. Sie wollte als ganz normale Pressetante auftauchen, als die Bloggerin Nina2.

In der Rießrifflstraße 74 brannte noch Licht. Auf dem Balkon saßen die beiden neugierigen Bürger und prosteten sich zu.

»Ich hätte mehr Demonstranten erwartet«, sagte die Frau mit dem einen grauen Haar.

»Na ja, die Polizei hat doch ebenfalls viel mehr Demonstranten erwartet«, sagte der Grauhaarige.

Im Garten des Grundstücks verloren sich zwei kleine Ein-Mann-Zelte. Zwei junge Männer saßen vor den Eingängen und unterhielten sich lachend. Man hätte nicht sagen können, wer wer war, aber der eine von ihnen war radikaler Globalisierungsgegner, der andere leidenschaftlicher Polizist. Beide trugen graue Trainingsanzüge, waren also momentan außer Dienst. Auch sie prosteten sich zu. Das Ehepaar hatte dramatische und unversöhnliche Diskussionen erhofft. Stattdessen tranken und scherzten die beiden einfach miteinander.

Das Ehepaar auf dem Balkon horchte plötzlich auf.
»Da hat es doch an der Tür geklingelt!«
»Wer kann das so spät noch sein?«
»Keine Ahnung, ich sehe mal nach.«
Die Frau öffnete.
»Oh, das ist ja eine Überraschung, Herr Jennerwein! Welche Ehre für uns. Kommen Sie herein.«
»Gestern wussten wir ja noch nicht, dass wir einen leibhaftigen Kriminalkommissar gerettet haben«, sagte der Mann.
»Ja, dafür möchte ich mich bedanken«, erwiderte Jennerwein. »Bitte entschuldigen Sie, dass ich so spät noch geklingelt habe, aber ich habe Licht bei Ihnen gesehen und Stimmen gehört.«
»Das ist schon in Ordnung«, sagte die Frau und musterte den Kommissar. »Irgendwie kamen Sie uns bekannt vor. Wir haben dann in alten Zeitungen geblättert, bis wir dort schließlich Ihr Bild entdeckt haben: Kommissar Jennerwein, der den mysteriösen Fall mit dem Sturz von der Konzertsaaldecke löste – Kommissar Jennerwein, der den Mörder des erschossenen Skispringers schnappte – Kommissar Jennerwein bei der Verhaftung des Serienmörders Putzi – und so weiter, und so fort.«
Sie boten ihm ein Glas Wein an, er lehnte ab.
»Im Dienst nie, wie?«, sagte der Mann.
»Manchmal schon. Aber nicht heute.«

»Wann, wenn nicht heute, in dieser Joseph-von-Eichendorff'schen Sonntagnacht? Es war, als hätt' der Himmel ... Sie wissen schon.«

Jennerwein lächelte und sah sich um. Es war ein gutbürgerlich eingerichteter Haushalt, doch er hätte nicht sagen können, welchen Berufen diese beiden nachgingen. Der Mann hatte die Blicke Jennerweins verfolgt.

»Das erraten Sie nie«, sagte er.

»Ich bin ja auch nicht zum Beruferaten gekommen. Ich hätte nur eine einzige Frage: Als Sie aus dem Sanitätszelt gegangen sind, ist Ihnen da ein Mann aufgefallen?«

Abermals beschrieb er Sean Penn. Und auch hier beobachtete er seine Zuhörer genau.

»Nein, nicht, dass ich wüsste«, sagte der Mann nach einer längeren Pause. Dabei trank er ein halbes Glas Wein aus. Das war wohl seine spezielle Art der Nachdenklichkeit. »Ich bin aber auch schwach im Gesichtermerken.«

»Sie haben den Mann also nicht zu mir ins Sanitätszelt geschickt?«

»Nein«, sagte die Frau. »Wir haben überhaupt niemanden ins Sanitätszelt geschickt – außer der Sanitäterin natürlich. Und die sah ganz und gar nicht aus wie Sean Penn.«

»Wir beide machen im Grunde denselben Fehler«, sagte der eine Zeltler zu dem anderen. »Wir geben den Idioten dort drüben in Elmau mehr Wichtigkeit, als sie verdienen.«

39 Der Koch

Das Restaurant war an diesem sonnigen Montagmorgen gut besucht mit Frühstücksgästen. Karl Swoboda, Giacinta Spalanzani und der Hypnotiseur machten sich ausgezeichnet als Touristen. Sie saßen an einem Ecktisch in den Alt-Werdenfelser Schmankerlstuben, unterhielten sich über lokale Sehenswürdigkeiten und prosteten sich mit alkoholfreien Wandergetränken zu. Giacinta musterte das Personal. Swoboda entschuldigte sich, erhob sich und verließ den Raum. Erst nach einer halben Stunde kam er wieder. Er setzte sich und schüttelte fast unmerklich den Kopf.

»Ich konnte erstaunlicherweise das ganze Haus filzen, ohne dass mich jemand gefragt hat, was ich da tue. Im ersten Stock wohnen anscheinend die Angestellten. Nicht eine einzige Tür war versperrt, ich bin auch niemandem begegnet –«

Der Ober kam an den Tisch.

»Darfs noch was sein?«

»Noch einmal dasselbe«, antwortete Giacinta.

Der Ober verneigte sich professionell dezent und entfernte sich wieder.

»Man könnte glauben«, fuhr Swoboda mit gedämpfter Stimme fort, »dass das hier gar keine Räuberhöhle ist.«

»Die Snacks sind jedenfalls ausgezeichnet«, sagte Giacinta. »Aber die gastronomische Qualität sagt ja nichts über gewisse Nebengeschäfte aus.«

Sie zahlten und verließen das Restaurant.

»Machen wir einen kleinen Spaziergang«, schlug Swoboda vor. »Gehen wir hinunter zum Flussufer. Dort ist es garantiert abhörsicher.«

Die Luft war lau, die Loisach sang großspurig rauschend ihr Lied von ihrem kalten, eisigen Ursprung und dem schroff aufragenden Uferfelsen, auf dem eine Art bayrische Loreley, die Geyersberger Rosi, saß und den Flößern den Kopf verdrehte.

»Ich habe mir den Keller genau angesehen«, sagte Giacinta. »Auch da waren alle Räume offen. Keine Kameras, keine Bewegungsmelder, keine Spezialschlösser. Wenn sie irgendwo etwas versteckt hätten, dann wären wir doch auf Sicherheitsmaßnahmen gestoßen. Bei einem Blick in die Küche – *Oh, pardon, ich habe mich wohl in der Tür geirrt!* – habe ich ebenfalls nichts Auffälliges bemerkt.«

»Dann ist das entweder ein ganz stinknormales bayrisches Beisl«, sagte Swoboda, »oder aber diese Ringbrüder verbergen ihre kriminellen Aktivitäten hervorragend.«

Giacinta schüttelte den Kopf.

»Papa ist sich sicher, dass hier drin was läuft. Von hier aus werden die Steuersünder erpresst und ausgenommen. Die Informationen über sie werden angeliefert und irgendwo versteckt.«

»Jaja«, fuhr Swoboda fort, »bis ein günstiger Moment gekommen ist, sie zur Marie zu machen.«

»Marie?«, fragte der Hypnotiseur.

»Österreichisch für Geld«, erklärte Swoboda. »Die Erzherzogin Maria Theresia war auf den Taler-Münzen abgebildet.«

Er blickte nachdenklich in die Fluten der Loisach.

»Es ist heutzutage wichtiger denn je, solche Informationen

sicher zu verstecken und diskret wieder abzurufen. Wenn es irgendwo niedergeschrieben wird, kann es aufgespürt werden. Wenn es auf Datenträger gespeichert wird, hinterlässt es Spuren. Diese Leute haben offenbar ein besseres Versteck entwickelt.« Er blickte den Hypnotiseur an. »Und jetzt kommst *du* ins Spiel, mein lieber Freund.«

Swoboda machte eine Pause. Der Uferweg der Loisach war ein beliebtes Ausflugsziel im Kurort, sie ließen ein paar rüstige Wanderer an sich vorbei und blickten dabei auf eine Stromschnelle, die förmlich nach einem Landschaftsmaler schrie. »Wir greifen uns einen der Mitarbeiter«, fuhr der Österreicher fort. »Du wirst ihn hypnotisieren. Und er verrät uns das Versteck.«

Der schwarzbärtige Mann schüttelte langsam den Kopf.

»Das wird nicht funktionieren.«

»Wieso?«, wandte Giacinta ein. »Das haben wir doch im Varieté genau gesehen. Die Frau, die du auf die Bühne geholt hast, hat in ihrer Trance wirklich alles von sich preisgegeben: den Bank-PIN-Code, das todsichere Schlüsselversteck im Vorgarten, ihre intimen Geheimnisse – wirklich sehr peinlich.«

Der Hypnotiseur blickte betreten drein.

»Das war ein Trick. Ich kann jemanden für ein paar Minuten als Kellner herumlaufen lassen, aber ich kann niemandem eine Nummernkombination entlocken. Leider.«

»Ein Trick? Reiner Hokuspokus?«

Swoboda schüttelte finster den Kopf und schaute den Mann im schwarzen Bart ungemütlich an.

Sie gingen den Uferweg der Loisach wieder zurück.

»Ja, dann haben wir wohl doch keine Chance bei den Ringbrüdern«, sagte Swoboda nach längerem Schweigen. »Dann müssen wir halt doch den Luigi mit seinen Burschen kommen lassen.«

»Das hättest du gleich tun sollen«, sagte Giacinta.

»Ich suche halt zunächst immer nach einer gewaltfreien Lösung«, erwiderte Karl Swoboda.

Sie waren jetzt am Ende der Uferpromenade angekommen und stiegen wieder hinauf zur Hauptstraße. Ihr Weg führte sie ins Zentrum des Kurorts, und sie kamen abermals bei den Alt-Werdenfelser Schmankerlstuben vorbei, diesmal an deren Rückseite. O hungriger Wanderer! Besieh dir immer zuerst die Rückseite von noch so gutbewerteten Mampfbuden und Gourmettempeln. Lenk dann erst deine Schritte ins Innere! Der Hof des Restaurants war übersät mit Unrat und schmutzigen Geräten. In der offenen Außentür zur Küche stand einer der Köche und rauchte. Die Kochmütze saß ihm schief auf dem Kopf, sein Feinripp-Unterhemd war gelblich verschwitzt, die weiße Kochschürze war über und über mit verschiedenfarbigen Saucen beschmiert. Der Koch trug die standesgemäßen Fettwülste am Leib. Er grüßte die Vorbeiflanierenden flüchtig.

»Schnell, gehen wir weiter«, zischte der Hypnotiseur. »Beeilen Sie sich. Ich sage Ihnen gleich, warum.«

»Wehe, du trickst uns aus!«, zischte Swoboda zurück.

Swoboda und Giacinta fingen sofort ein belangloses Gespräch über die Sehenswürdigkeiten im Kurort an. Als sie weit genug von der Kehrseite der Schmankerlstuben entfernt waren, blieb Swoboda stehen.

»Ist dir der Anblick auf den Magen geschlagen?«

»Nein, es ist nicht wegen dem Hinterhof.«

»Was hast du dann?«

»Dieser Typ da«, sagte der Hypnotiseur, »den kenne ich

vom Varieté. Er ist eine Zeitlang mit mir aufgetreten. Er heißt Beppo. Er ist ein übler Typ, aber einer der begnadetsten Gedächtniskünstler, die ich kenne. Er kann sich Dutzende von zwanzigstelligen Zahlen mühelos merken.«

Swoboda und Giacinta pfiffen gleichzeitig durch die Zähne.

40 Der Coup

Die kleine Ortschaft Krün war eine Viertelstunde vom Kurort entfernt. Nina2 steckte mitten im Pressepulk. Sie fühlte sich äußerst unwohl inmitten all dieser quatschenden und telefonierenden Journalisten, doch alles lief nach Plan. Sie war fast am Ziel. Als der japanische Premierminister in die Weißwurst biss (ja: biss, das mit dem Zutzeln hatte man ihm nicht verraten), knatterte ein Blitzlichtgewitter los, dass die Farben der bunten Geranien, karierten Dirndlschürzen und rotbackigen Bauernmädchen kurz zu verblassen drohten. Nina2 stand am Rand des Pulks. Von dieser Position aus konnte sie sehen, dass der Japaner den Bissen Weißwurst in eine diskret gereichte Schale spuckte. Himmel! Wenn sie jetzt eine echte Journalistin gewesen wäre – was wäre das für ein unbezahlbarer Schnappschuss geworden! Doch dann ging es wie erwartet weiter. Der Pulk der Journalisten folgte dem Staatschef auf seinem Spaziergang, der ein paar hundert Meter hinaufführte, zum Vorderen Hundskofel. Mehrmals mussten sie ihre Akkreditierungskarten vorzeigen. Durchsucht wurden sie nur flüchtig, die Sicherheitsstufe war nicht so absurd hoch wie beim amerikanischen Präsidenten. Nur zwei oder drei Leibwächter. Das Teehaus, der kleine Wald, an dessen Ende eine steinige Böschung steil abfiel: Sie hatte die ganze Umgebung in Google Earth recherchiert, und jetzt war alles so, wie sie es vor ein paar Wochen gesehen hatte. Nina2 ließ sich etwas zurückfallen und blieb dann hinter einem breiten Eichenbaum stehen. Sie wartete. Reglos. Sie wagte kaum zu atmen. Der Pressepulk kam ohne den Premier zurück und lief schnatternd an ihr vorbei, zurück zum Bus. Sie ging in die Hocke, nahm den Computer aus ihrer Umhängetasche, stellte die Hickman-Lüftung auf den Boden, öffnete sie und baute die kleine Hämmerli zusammen. Sie schaffte es völlig lautlos und in wenigen Sekunden, sie hatte es oft genug geübt. Dann drehte sie sich um und starrte angestrengt in den Wald. Schließlich erschien der Premier. Allein, ohne jeden Leibwächter. Perfekt. Er telefonierte. Er ging langsam auf und ab und blieb endlich stehen. Eine heiße Welle des Glücks stieg in ihr auf. Dann hob sie die Waffe und zielte. Die kleine, umgebaute Pistole hob sich Millimeter für Millimeter. Ein Blick auf den Entfernungsmesser: Die Zielperson war knapp achtzig Meter entfernt, sie stand seitlich, also ideal. Das Fadenkreuz fixierte dessen Schläfenbein, die Stelle knapp neben dem Ohr. Der Abzugshebel gab kein Geräusch von sich. Der Schalldämpfer aus Titan mit dem speziellen Gehäuse aus Luftfahrt-Aluminium verwandelte das Explosionsgeräusch des Geschosses in ein kaum hörbares Rrrrfffffftsch! Es hätte auch ein mäßig aufgeregt schnatternder Eichelhäher sein können. Das Opfer sackte augenblicklich und ohne einen Laut von sich zu geben zusammen. Niemandem fiel etwas auf, kein Mensch war in der Nähe. Nina2 warf die Waffe und das Gehäuse des Lüfters in hohem Bogen über die Klippe in den Abgrund. Diese Geräte würde so schnell niemand finden. Jedenfalls nicht in den nächsten Stunden. Nina2 trabte zurück und schloss sich dem Journalistenpulk wieder an. Noch immer war kein Alarm zu hören. Sehr gut. Sie antwortete mechanisch und einsilbig auf die Fragen ihrer Kollegen, zählte die Sekunden. Kein Alarm. Nichts. Als sie alle am Bus angekommen waren, schien es so, als wäre der Premierminister noch nicht entdeckt worden. Erst als sie im Bus saß, brach ihr der kalte Schweiß aus. Sie spürte ihr Herz klopfen. Der Pressebus fuhr zurück in den Kurort. Sie beruhigte sich wieder. Das hatte ja noch besser geklappt, als sie gedacht hatte.

41 Der Kick

Der große, muskulöse Mittvierziger duckte sich unwillkürlich hinter einem Tannenbaum in den Kramerhängen. Hatte da jemand zu ihm heraufgesehen? Nein, das war nicht möglich. Johann Ostler nahm sein Fernglas wieder auf und starrte gebannt hinunter auf den Viersternefriedhof. Er hatte die zwei Tage Bedenkzeit, die ihm das Profugium gewährt hatte, dazu genutzt, seine Angelegenheiten diskret zu ordnen und darüber hinaus seiner eigenen Beerdigung beizuwohnen. Er vermied es zwar, einzelne Gesichter der Trauergäste ins Visier zu nehmen, trotzdem streifte er einige Bekannte. Als er aber Jennerwein und Maria dort mit gesenktem Kopf stehen sah, riss er das Fernglas herunter und packte es ein. Sein erster Impuls war es gewesen, die Kramerhänge hinunterzulaufen und alles aufzuklären, doch er beherrschte sich. Er musste jetzt bei seiner Linie bleiben. Einfach bei seiner Linie bleiben.

Kommissar Jennerwein gingen irritierende Gedanken bezüglich Ostlers Tod durch den Kopf. Es war alles so schnell gegangen. Und es war ausgerechnet bei diesem verfluchten Gipfel passiert. Zufall? Vermutlich Zufall. Aber dass Ostler nach einem normalen Streifengang vom Schlag getroffen worden sein soll, stimmte Jennerwein äußerst nachdenklich. Was hatte Ostler nur so aus der Fassung gebracht? Jennerwein schreckte hoch.

»Schön, dass Sie Zeit gefunden haben, Herr Kommissar. Sie gehen doch noch mit zum Leichenschmaus?«

Die Bas' hatte die Frage gestellt, während sie mit ausgestreckten Armen auf ihn zukam. Er verneinte höflich. Drüben schob die Witwe Ostlers die beiden Buben vor sich her. Jennerwein fasste sie scharf ins Auge. Hatte ihr Auszug aus der gemeinsamen Wohnung seinen Tod mitverursacht? Wie war es möglich, dass dieses kleine Persönchen mit den hochgezogenen Schultern und den nervös flackernden Augen so großen Einfluss auf ihn genommen hatte? Er betrachtete Sabine noch genauer. Ihre Züge waren hart, ihre Bewegungen fahrig. Als sich ihre Blicke kurz trafen, wich sie aus und drehte sich schnell um.

Warum starrten die nur zu ihm her? Zwei Frauen, die sich die ganze Zeit über etwas zutuschelten. Er senkte sein Fernglas. Er hatte genug gesehen. Dieser Polizist, den er vorgestern noch quicklebendig mit Ronny in der Mulde gesehen hatte, wurde dort gerade beerdigt. Jetzt drehten sie sich schon wieder zu ihm um. Es war zu gefährlich, hierzubleiben. Er musste diesen Friedhof verlassen. Dieser Schnüffler war auch im Ort. Der war zwar ein unfähiger Vollidiot, aber er durfte ihn nicht entdecken. Er durfte sich hier nicht so offen zeigen. Aber zuvor musste er wissen, was los war. Er klopfte seine schmutzigen Jägerstiefel ab und ging zu seinem Jeep. Er würde wiederkommen, wenn es dunkel war.

Der Schnüffler telefonierte gerade mit seiner Detektei. Er saß in seinem Hotelzimmer und log, dass sich die Balken bogen.

»Habe gerade das Zeltlager der Demonstranten durchkämmt. Das ist zwar hier ein äußerst schwerer Auftrag mit Gefahrenzulage. Aber ich werde Ergebnisse liefern.«

Der Schnüffler legte auf. In dieses Camp brachten ihn keine zehn Pferde rein. Überall durchtrainierte Radikalinskis, muskelbepackte Kampfsportler, gewaltbereite Staatsfeinde. Er hatte sie schon auf der Straße gesehen, die üblen Typen mit den lauernden, böswilligen Augen. Widerlich. Seine Chancen, Ronny zu finden, waren verdammt gering. Aber vielleicht hatte er einfach Glück und traf auf der Straße auf ihn.

Maria und Jennerwein hatten den Friedhof verlassen und mit dem Minenräumkommando gesprochen. Jetzt auf der Wache wollte Jennerwein alle Unklarheiten in Bezug auf Ostlers Tod schnellstens ausräumen. In der Leitstelle ließ er sich den letzten Dienstplan von Ostler geben. Im Protokoll waren die Daten seines Streifzugs genau aufgeführt. Abfahrt vom Polizeirevier, Beginn des Fußmarsches zur Schroffenschneide. Dann hatte er sich fast zwei Stunden nicht mehr gemeldet, erst wieder gegen 16 Uhr von einem bestimmten Wegepunkt aus. Um dreiviertel fünf hatte er sich, wohl noch bei bester Gesundheit, aber müde, abermals im Revier gemeldet. Ein paar Minuten später hatte er die Ärztin angerufen. Offizieller Todeszeitpunkt 17.15 Uhr. Jennerwein sah sich den Weg Ostlers auf der Karte an und zeichnete alle Daten ein. Er schüttelte frustriert den Kopf. Irgendetwas passte hier nicht. Eilig verließ er das Revier. Hinter ihm fiel die Amtsstubentür krachend ins Schloss. Als der Leichenschmaus in der Roten Katz in vollem Gange war, war er schon auf dem Weg nach Hammersbach.

42 Türenschlagen.
Eine Brandrede

Es ist ein wenig außer Mode gekommen, das harmloseste aller Ventile bei Zornausbrüchen: das Türenwerfen. In den fünfziger Jahren des vergangenen Jahrhunderts war es noch selbstverständlich und allgegenwärtig. Die Klassenlehrerin warf, der Chef warf, die Pubertierenden warfen – die besonders. Doch dann wurde es plötzlich zum Symbol für die Unbeherrschtheit schlechthin, für das Heidegger'sche Nicht-in-den Griff-Bekommen des In-sich-Kochenden. Die Werfer knallten sich reihenweise ins gesellschaftliche Abseits, die zugeworfenen Türen ließen ratlose Runden zurück. Dabei ist das Türenschlagen der harmloseste und vom juristischen Standpunkt aus folgenärmste aller Gewaltausbrüche. Im Gegensatz zum Tellerschmeißen, gegen den Stuhl Treten, mit der Faust auf den Tisch Donnern und ähnlichen Kurzschlussreaktionen sind hier nicht einmal Sachschäden zu beklagen. Dabei ist die geräuschvolle Dramatik enorm. Ein kurzer, befreiender Knall, und sowohl die Knaller wie auch die Beknallten wissen, dass damit ein beherzter Schlussstrich unter die Auseinandersetzung gezogen ist. So war es zumindest früher. Die heutige Generation schleicht sich leise und diszipliniert hinaus, der eine oder andere Zornrote wirft einen begehrlichen Blick auf die Türklinke, lässt es schließlich. Man zeigt keine Gefühle mehr. Der Türenknaller hat nicht einmal einen Wikipedia-Eintrag.

Dabei hat das Türenwerfen eine lange und sogar friedensstiftende Geschichte. Das bekannteste Beispiel liefert der Frankenkönig Pippin III. Der Karolingerfürst hatte, nachdem er vom

Langobardenkönig Aistulf in Padua beleidigt und in der Ehre getroffen worden war, diesem nicht etwa den Krieg erklärt, sondern sich vielmehr wortlos umgewandt, er war erhobenen Hauptes davongeeilt und hatte die schwere Burgtür hinter sich zugeworfen. Der legendäre Türenwurf des byzantinischen Kaisers in Konstantinopel anno 1256, die geräuschvollen Abgänge des Cholerikers Napoleon Bonaparte ... unzählige Beispiele aus der Geschichte könnten genannt werden. Thomas Mann hat dem Türenschlagen sogar ein literarisches Denkmal gesetzt. In seinem Roman ›Der Zauberberg‹ schlägt sich die junge Russin Clawdia Chauchat wacker durch die tausend Seiten des Romans:

»Plötzlich zuckte Hans Castorp geärgert und beleidigt zusammen. Eine Tür war zugefallen, es war die Tür links vorn, die gleich in die Halle führte, – jemand hatte sie zufallen lassen oder gar hinter sich ins Schloß geworfen, und das war ein Geräusch, das Hans Castorp auf den Tod nicht leiden konnte, das er von jeher gehaßt hatte. Vielleicht beruhte dieser Haß auf Erziehung, vielleicht auf angeborener Idiosynkrasie, – genug, er verabscheute das Türenwerfen und hätte jeden schlagen können, der es sich vor seinen Ohren zuschulden kommen ließ. In diesem Fall war die Tür obendrein mit kleinen Glasscheiben gefüllt, und das verstärkte den Chok: es war ein Schmettern und Klirren. Pfui, dachte Hans Castorp wütend, was ist denn das für eine verdammte Schlamperei! Da übrigens in demselben Augenblick die Nähterin das Wort an ihn richtete, so hatte er keine Zeit, festzustellen, wer der Missetäter gewesen sei. Doch standen Falten zwischen seinen blonden Brauen, und sein Gesicht war peinlich verzerrt, während er der Nähterin antwortete.«

(DER ZAUBERBERG, KAPITEL 3, ›FRÜHSTÜCK‹)

Also. Aufgestanden und rasch eine Klinke in die Hand genommen. Einmal am Tag sollte man es machen. Es befreit ungemein.

(Dr. Hedwig Stubenrauch, Psychologischer Dienst)

43 *Der Trosch*

Die Mitglieder der Familie Glöckl starrten auf das dämmrige Kartoffelfeld. Nichts regte sich dort. Absolut nichts. Der Mond flog aus den Wolken wie ein Diskus, den ein schusseliger Werfer bei den Leichtathletik-Kreismeisterschaften versehentlich aus dem viel zu kleinen Stadion geschleudert hatte. Jeweils zu zweit kauerten die Senfmacher in den unbequemen Hochsitzen, die doppelläufigen Jagdflinten im Anschlag, beherrscht atmend, die Zehen erwartungsvoll in die Sohlen der Lederstiefel gespreizt. In den Jeeps warteten die edlen Kurzhaar-Weimaraner auf ihren Einsatz, mucksmäuschenstill und mit wachsam hündischen Gieraugen. Ein laues Lüftchen strich über die Felder, sonst regte sich nichts. Die Vöglein schwiegen im Walde. Warte nur balde, dachte einer der Jäger.

Die Familie Glöckl traf sich in regelmäßigen Abständen zu solch einem Abendansitz, oft waren auch Geschäftspartner dabei, erst vor ein paar Wochen die übernahmebereiten Chinesen. Roswitha war die Organisatorin dieser Ausflüge. Heute hatte Herbert die Ehre mit ihr. Die Personalchefin und der Marketingleiter wechselten ab und zu schweigend das Fernglas und sahen dem Abend beim Dunklerwerden zu.

»Noch immer keine Nachricht von Ronny?«, flüsterte Herbert.

»Nein«, flüsterte Roswitha zurück. »Der Detektiv arbeitet auf Hochtouren. Er ist überzeugt davon, dass sich der verdammte Quertreiber in diesem Kurort aufhält.«

»Na, hoffentlich schnappt er ihn sich dort. Wenn nicht, dann können wir Ronny weiß Gott wo suchen.«

Roswitha zog ihr Handy heraus. Herbert sah sie vorwurfsvoll an.

»Ich nehme das Ding natürlich sonst nie zum Aufbaumen mit«, sagte sie, »aber der Detektiv will mir eine SMS schicken, wenn er eine Spur hat.«

»Hast du auf leise gestellt?«

»Natürlich.«

Der Firmenchef Siegfried Glöckl saß mit seiner Frau Michaela in einem besonders engen und zugigen Holzverschlag. Ihre dick gepuderte Nasenspitze fuhr herum. Der Trosch aus Rebhuhnfedern zitterte leicht und gab ihrer Enttäuschung deutlich Ausdruck.

»Was hast du gesagt?«, zischte sie. »Wir stehen kurz vor der Übernahme? Wissen denn die anderen davon?«

»Nein, natürlich nicht.«

»Sind es die Chinesen? Die bieten mir nicht genug.«

»Aber sie zahlen schnell. Bei den Amis dauerts mir zu lang.«

»Du hast doch nicht etwa schon zugesagt?«

Siegfried kam nicht mehr dazu, zu antworten. Auf die Lichtung waren Schatten gehuscht, die sich jetzt an den Büschen entlangdrückten. Wildschweine. Eine borstige Schnauze erschien und schnüffelte – pardon: Der mächtige Wurf einer verrauschten Bache richtete sich in guten Wind. Dann öffnete sich die Dickung, und heraus trat eine rührige Rotte, die aus schnüffelnden Frischlingen, nervös um sich blickenden Überläufern und einer groben Bache als Leitbache bestand. Eine zweite, angehende Bache schob sich mit dem Gebrech ins Gebräch.

»Back an!«, wisperte Michaela erregt. »Du hast das passende Kaliber für die Sau. Back an und lass fliegen!«

Doch es war zu spät. Die Rotte ging flüchtig zu Holz. Niemand ließ fliegen. Pech, sie hatten alle nicht aufgepasst.

»Die kommen schon wieder«, sagte Siegfried.

Michaela rückte ihren Jägerhut zurecht. Sie trug gerne Männerhüte. Und grüngraue Lodenhosen. Es passte zu ihr.

Patrick teilte sich den Hochsitz mit dem Notar. Der gehörte sozusagen zur Familie.

»Die haltens nicht lang aus in der Dickung«, sagte Patrick leise. »Sie riechen die Kartoffelpflanzen und werden herauskommen.«

Beide schwiegen in die Abenddämmerung hinein. Es wurde kühler.

»Wenn Sie meine Meinung hören wollen«, sagte der Notar, »ich finde es gar nicht schlecht, dass unser alter Jeff – Gott hab ihn selig – Ronny mit der Firmenleitung betraut hat.«

»Ja, der Meinung bin ich auch«, erwiderte Patrick. »Wenn er sich noch abgewöhnen könnte, alle seine Mitmenschen ständig zu brüskieren, dann könnte ein guter Chef aus ihm werden. Er hat Führungsqualitäten. Mehr, als wir alle zusammen. Und er bekommt das erste Mal in seinem Leben eine wirkliche Aufgabe. Ich glaube, Ronny ist der Mann, der unsere Firma aus der Krise führt.«

»Aber er ist ein Purist. Ein tugendhafter, unangreifbarer Phantast!«

»Ach, was. Er hat schon auch seine Geheimnisse. Und er ist uns ähnlicher als viele denken. – Aber da! Sehen Sie!«

Patrick hob das Fernglas. Aus der Dickung traten erneut

die Bachen mit ihrer Rotte. Plötzlich aber richteten sich die Tiere auf. Sprungbereit. Fluchtbereit. Vielleicht auch angriffsbereit. Der Keiler scharrte.

»So ein Mist! Das war Tante Roswithas Handy«, sagte Arnold laut und ärgerlich zu seiner Frau. Die beiden hatten den bequemsten Hochstand: gepolstert, abschließbar, mit Klimaanlage und Minibar. Der Vertriebsleiter knallte die Flinte auf den Tisch. Durchs Fernglas sah er, dass sämtliche Wildschweine von der Lichtung verschwunden waren.
»Das wars dann wohl für heute Abend. Durch einen Handy-Klingelton. Ich kenne ihn. Es ist der von Roswitha.«
»Vielleicht erwischen wir noch einen Fuchs.«
»Jetzt, mitten im Brachmond?«
»Willst du auch einen Whiskey?«
»Ja, den brauch ich jetzt.«
Beide schwiegen.
Und tranken.
Und dachten angestrengt nach.
»Wir müssen das Konto unbedingt wieder füllen, Arnold. Bevor Ronny die Firma übernimmt und alles auffliegt.«
»Keine Sorge, meine Liebe. Ronny wird die Firma nicht übernehmen. Dafür habe ich gesorgt. – Aber jetzt! Horch! War da nicht etwas?«

Ein Keiler hatte geknurrt. Alle hoben ihre Flinten. Starr ragten acht Gewehrläufe aus den halbkreisförmig angeordneten Hochsitzen. Jeder der Glöckls hätte den anderen bequem erschießen können. Alle hatten diesen Gedanken auch schon einmal gehabt. Außer vielleicht der Notar. Was soll mir ein toter Glöckl, dachte er oft bei sich. Ein lebender bringt mir weitaus mehr.

44 Der Fund

Vielleicht hätte er doch jemanden vom Team mitnehmen sollen, dachte Jennerwein, als er seine Schritte zur Schroffenschneide lenkte. Er war überzeugt davon, dass jeder bereitwillig mitgegangen wäre, wenn er ihn darum gebeten hätte, aber sie alle hatten selbst genug zu tun. Hölleisen war mit Büroarbeit beschäftigt, Maria mit ihren psychologischen Beratungen, die anderen Teammitglieder steckten weiß Gott wo. Jennerwein grüßte zwei kanadische Wachleute, die am Wegrand standen, er zeigte seinen Ausweis und verließ die Straße Richtung Schroffenschneide. Es würde noch mindestens zwei Stunden hell sein. Die Luft strich frisch und würzig durch den Wald. Hier war vom Trubel des Gipfels nichts, aber auch gar nichts zu spüren. Es gab keinen Weg, nicht einmal einen Trampelpfad, der direkt hoch zum Eibseeweg führte, man musste querfeldein laufen. In unregelmäßigen Abständen bückte sich Jennerwein und untersuchte Gras und Boden auf Trittspuren: Fehlanzeige. Ab und zu blieb er stehen und blickte hoch zu den Kiefern und Tannen. Kaum zu glauben: die unberührte Natur, so nah am geschäftigen Getriebe der großen Weltpolitik. Dann nahm er wieder die Geschwindigkeit eines Streifenpolizisten auf, der seine Umgebung im Blick hat.

Bald ging es steil bergauf. Wegen des dichteren Waldbewuchses war manchmal kein Durchkommen möglich, er musste Haken schlagen. Keine Polizeikräfte weit und breit, keine Demonstranten, nicht einmal ein verirrter Erdbeersucher oder Jäger. Jennerwein war ganz allein im Wald. Wieder blieb er stehen und sah sich um. Was konnte Ostler aus der Fassung gebracht haben? Jennerwein hatte in den ganzen Jahren nie etwas von der gewissen unkontrollierbaren Hitzigkeit bemerkt, die man der Familie Ropfmartl zuschrieb. Jennerwein ging weiter. Der genaue Weg von Ostler war natürlich nicht mehr zu eruieren. Der Zeit nach zu urteilen, die sich aus den Anrufen ergab, war er aber ungefähr die Strecke von der Hammersbacher Straßenkurve bis zum Eibseeweg und wieder zurückgegangen. Er hatte einige Schleifen und Umwege genommen, er war sicher auch des Öfteren stehen geblieben. Aber er war vermutlich immer wieder auf die einfache Luftlinie zurückgekommen, so wie es bei Streifengängen in freier Natur praktiziert wurde, um nicht die Orientierung zu verlieren. So machten es Militärs, Förster und Waffenschmuggler. So hatte es Ostler sicher auch gemacht. Jennerwein gab es auf, nach Trittspuren zu suchen, diese robuste Art des Berggrases richtete sich schnell wieder auf, andere Abdrücke hatte höchstwahrscheinlich der Regen verwischt. Jennerwein blieb jetzt vor einer breiten Front von Büschen stehen. Hier war kein Durchkommen möglich, und er wollte schon außen herumgehen, da bemerkte er einen abgeknickten Zweig. Er betrachtete die Büsche genauer. Hatte sich hier jemand vor kurzem durchgedrängt? Jetzt müsste Ludwig Stengele hier sein, der Allgäuer Bergfex und Spurenleser. Der würde in kürzester Zeit wissen, ob, wo, wann, wie und mit welcher Absicht sich hier jemand bewegt hatte. Jennerwein hingegen brauchte eine halbe Stunde, bis er eine Stelle mit Dutzenden von abgeknickten Zweigen ausmachte, alle in Brust- und Schulterhöhe. Der harzigen Klebrigkeit der Abrissstellen nach zu urteilen, musste sich hier vor nicht allzu langer Zeit jemand durchgezwängt haben. Jennerwein kroch ins Unterholz und suchte nach weiteren Spuren. Nichts. Keine weggeworfene Zigarettenkippe, keine Schuhabdrücke. Er robbte weiter. Dorniges Gezweig schlug ihm ins Gesicht, struppige Farngräser schnitten ihm in die Hände, fauliger Moder und der süßliche Schimmelgeruch der allgegenwärtigen Zunderschwamm-Pilze benebelten seine Sinne. Doch schließlich lichtete sich das Unterholz, und er erblickte eine Art von windschiefer Lichtung. Es war eine Mulde, die auf der gegenüberliegenden Seite von einem weißen, vielleicht fünfzehn oder zwanzig Meter hohen Kalkfelsen begrenzt war. Er stand schroff, abweisend und irgendwie unpassend in der Landschaft, auf der Rückseite ging er in den Steilhang über, der weiter zum Eibseeweg führte. Die Mulde selbst war mit gurkengrünem, sattem, nicht übermäßig hohem Gras bewachsen. Ein guter Erdbeerplatz, hatte Hölleisen gesagt.

»Joey hat mir einige Male von diesem Platz erzählt. Auch dass er mit Sabine dagewesen ist.«

Diese Mulde hatte etwa die Fläche eines halben Tennisplatzes, an den Rändern ging sie in Gebüsch und Unterholz über. Hier hatte Ostler mit Sabine glückliche Stunden verlebt. Konnte es denn sein, dass Sabine etwas mit Ostlers Tod zu tun hatte? Jennerwein schüttelte den Kopf. Wie kam er denn auf diese Idee? Obwohl ... Der Polizist in ihm schaltete einen Gang höher und startete eine Probefahrt. Hatte die Witwe denn überhaupt ein Alibi für den späten Samstagnachmittag? Jennerwein hatte natürlich noch von niemandem ein Alibi verlangt. Es war ja auch noch von keiner Straftat die Rede gewesen. Es gab nicht einmal Ermittlungen. Aber Sabine, die hektisch wirkende Frau mit den hochgezogenen Schultern ... Nur mal so ins Unreine gedacht. Sabine weiß, dass Ostler für diesen Streifengang eingeteilt wurde. Dass er allein gehen muss. Sie schleicht ihm nach – Nein, sie kommt von der anderen Seite und erwartet ihn hier an der Mulde. Es kommt zu einem Streit, Sabine stößt Drohungen aus, provoziert ihn, konfrontiert ihn mit etwas Furchtbarem, lässt ihn dann allein und gebrochen zurück. Er läuft nach Hause, ist völlig verzweifelt, bei ihm brechen alle Dämme, der Körper reagiert – mit einem Schlaganfall. Jennerwein schüttelte den Kopf. Totaler Quatsch. So konnte es nicht gewesen sein. Wie um sich von diesen peinlichen Gedanken abzulenken, ging er die Mulde nochmals ab. Überall sah er die typisch gezackten Erdbeerblätter, die sich deutlich von den anderen Gräsern unterschieden. Aber am Rand der Mulde, zum Gebüsch hin, trugen sie auch Früchte. Merkwürdig. Jennerwein vermutete, dass Ostler zwar an dieser abschüssigen Mulde gewesen, aber dann weitergegangen war. Er war vielleicht stehen geblieben, hatte ein wenig in Erinnerungen geschwelgt. Er hatte aber weder eine Zigarette geraucht und weggeworfen noch etwas anderes getan, was Spuren hinterließ. Es gab keinerlei Anhaltspunkte dafür, dass eine weitere Person hier gewesen war. Oder vielleicht doch?

Jennerwein wählte Ludwig Stengeles Nummer.

»Was gibts, Chef? Tut mir leid um Ostler. Eine schlimme Sache.«

»Ja, Stengele, da haben Sie recht.«

Sie ließen ein paar Sekunden verstreichen. Gedenksekunden.

»Weswegen ich anrufe: Ich stehe momentan auf einer bergigen Waldlichtung. Zwölf mal neun Meter, halbes Tennisfeld. Kurzes, festes Gras, Erdbeerbestand. Keine Spuren von Menschen.«

»Ja?«

Jennerwein zögerte. Mit Stengele konnte er offen sprechen. »Ich habe jedoch das Gefühl, dass hier etwas geschehen ist. Was würden Sie sich denn hier noch genauer ansehen?«

Der Allgäuer am anderen Ende der Leitung grunzte. Das war seine Art, sich zu konzentrieren.

»Erdbeeren, sagen Sie? Walderdbeeren?«

»Ja, an den Rändern, in der Nähe der Büsche.«

»In der Mitte der Lichtung haben Sie keine Früchte gesehen?«

»Nein.«

»Komisch, in der Mitte wachsen normalerweise die meisten. Gehen Sie nochmals in die Hocke, Chef, und suchen Sie nach Erdbeerpflänzchen mit abgepflückten Früchten. – Haben Sie eine gefunden? – Ist der Blütenboden noch vorhanden? – Ja? – Dann sind sie also mit der Hand gepflückt worden und nicht von Tieren abgerissen. – Welche Farbe hat der Blütenboden? – Gelblich? – Dann war der Sammler vor zwei, drei Tagen da, Chef.«

Jennerwein verabschiedete sich. Er suchte die Mitte der Mulde weiter ab, ein Sammler schien dort alle Beeren gepflückt zu haben. Aber wer? Ostler? Ein Jäger? Ein Erdbeersammler? Sabine?

Jetzt erst fiel Jennerweins Blick auf den weißen Felsen, auf dessen Spitze ein oder zwei Personen Platz finden mussten. Der Felsen hatte einen leichten Überhang nach vorn, es war nicht möglich, ihn von dieser Seite zu besteigen, wenigstens nicht ohne Kletterzeug. Jennerwein trat näher und strich mit der Hand über einige spitz heraustechende Kalksteine. Er ging um den Koloss herum, dort sah er, dass er zwar nicht gerade bequem, aber doch ohne Seil und Haken hinaufklettern konnte. Der Felsen bot oben einen bequemen, ebenen Standplatz, von dem aus man einen guten Blick auf die Lichtung hatte. Ein perfekter Platz, hier eine Kamera mit Selbstauslöser aufzustellen, hinunterzulaufen und dort zu posieren. Jennerwein sah sich um. Von hier aus hatte man auch einen guten Blick auf den holprigen und wohl selten befahrenen Forstweg, der in vielleicht zweihundert Metern an der Mulde vorbeilief und ebenfalls hinauf zum Eibseeweg führte. War Ostler vielleicht sogar diese Forststraße gegangen? Jennerwein lachte bitter auf. Hier war wirklich nichts zu finden. Der Weg hierher war umsonst gewesen. Eine einzige Enttäuschung. Es wäre sinnvoller gewesen, der Einladung der Bas' zum Leichenschmaus nachzukommen und auf diese Weise Johann Ostler die letzte Ehre zu erweisen. Jennerwein wollte gerade wieder absteigen, da fiel sein Blick noch einmal auf die Mulde, die von der schräg einfallenden Abendsonne beleuchtet wurde und in ihrem tiefsten, spöttischsten Gurkengrün glänzte. Jennerwein kniff verwundert die Augen zusammen. Genau in der Mitte befand sich ein Fleck. Ein rechteckiger, drei mal zwei Meter großer Fleck. Ein Fleck, der von verwelktem Gras herrühren musste. Dort hatte etwas gestanden.

Ein Zelt.

Jennerweins Ermittlerherz schlug schneller. Rasch sprang er von dem kleinen Felsen und lief zu dem rechteckigen Fleck, der von oben so deutlich und hier fast gar nicht zu sehen war. Das Gras hatte sich wieder vollständig aufgerichtet, nachdem das Zelt abgebaut worden war, aber es war an der Stelle nicht mehr gurkengrün, sondern leicht gelblich angewelkt. Jennerwein ging in die Hocke und suchte nach weggeworfenen Gegenständen. Wieder nichts. Aber er entdeckte im Gras ein winziges, kreisrundes Erdloch. Hier hatte der Camper einen Zelthering eingeschlagen und wieder herausgezogen. Was sonst. Jennerwein kroch weiter. Wie zu erwarten fand er mehrere solcher kleiner Löcher. Sollte er das Erdreich um die Löcher ausgraben, einpacken, zur Spurensicherung geben und hoffen, dass sich hier etwas fände? DNA-Spuren vielleicht? An der Erde? Das war wahrscheinlich gar nicht möglich.

»Was bringen Sie mir denn da Schönes, Chef.«

»Ja, Becker, diesmal habe ich Löcher gefunden, sechzehn prächtige, frische Zeltheringslöcher! So was haben Sie noch nie gesehen!«

»Nur her damit, Chef. Ich gieße sie mit Gips aus, so richtig pompeji-mäßig, wir können den Hersteller eruieren, wir wissen bald, wann sie verkauft worden sind, auch an wen ...«

So ein Schwachsinn, dachte Jennerwein. Erdlöcher! Es musste anders gehen. Er betrachtete jedes der Löcher noch einmal genau. Neben einem war im Zentimeterabstand ein zweites eingeschlagen worden. Vermutlich war das Erdreich an der einen Stelle zu hart gewesen, der Zeltler hatte es daneben noch einmal versucht. Doch es gab noch eine andere Möglichkeit, auf die Jennerwein gar nicht gekommen wäre, wenn er nicht selbst schon Zelturlaube gemacht hätte. In der Camargue. Vor langer Zeit. Damals mit ... egal. Man schlägt den Hering ein, er bricht ab, man lässt das abgebrochene Teil natürlich stecken. Man versucht es daneben nochmals. Der abgebrochene Hering musste noch im Erdreich stecken. Er fuhr mit dem Taschenmesser hinein, stieß tatsächlich auf etwas Hartes, Metallisches. Jennerwein grub diese Stelle aus und gab sie in den Plastikbeutel. Der abgebrochene Zelthering war deutlich sichtbar. Er rief Hansjochen Becker an.

»DNA-Spuren? An einem Zelthering?«, knurrte der Spurensicherer. »Ergebnisse spätestens in zwei Wochen. Früher gehts nicht, Chef.«

»Becker, ich bitte Sie. Es geht um Ostler. Es ist wirklich sehr wichtig.«

Eine Pause trat ein.

»Na, dann: morgen Vormittag.«

45 Der Pfusch

Nachdem die Graseggers den Leichenschmaus in der Roten Katz verlassen hatten, gingen sie noch einmal am Viersternefriedhof vorbei. Schließlich blieben sie vor Ostlers frischem Grab stehen und beleuchteten es mit der Taschenlampe.

»So etwas Schlampiges hab ich wirklich schon lang nicht mehr gesehen«, schimpfte Ignaz. »Die Gerüststangen sind vermodert, wahrscheinlich hat er die billigsten genommen, die Winkeleisen passen nicht zusammen und das Fundament ist wacklig wie ein alter Kuhschwanz – man muss ja froh sein, dass das Ganze noch nicht zusammengekracht ist. So ein vermaledeiter Pfuscher, dieser Ludolfi!«

»Warum bist du denn heute gar so gereizt?«, unterbrach ihn Ursel.

»Ich bin doch überhaupt nicht gereizt.«

»Freilich bist du gereizt! Die ganze Zeit schimpfst und grantelst du umeinander.«

Ignaz blickte Ursel an.

»Das kommt bloß von dem Ayurveda-Schmarrn. Kurkuma! Flohsamen! Teufelsdreck! Und alles pfundweise! Da würde jeder grantig werden.«

»Dann müssten ja alle 1,3 Milliarden Inder grantig sein.«

»Weiß mans, obs sies am Ende nicht sind.«

Nach einer Pause lenkte Ursel auf ein anderes, langfristigeres Thema um.

»Ob wir wohl jemals die Erlaubnis bekommen, wieder in unserem alten Beruf zu arbeiten?«

Ignaz lachte spöttisch auf.

»Vielleicht könnten wir ja so eine Art Winkel-Bestattungsinstitut aufmachen.«

»Genau! Wir leiten die Firma aus dem Hintergrund heraus, offiziell führt sie ein staatlich Geprüfter.«

»Vielleicht am Ende so ein Pfuscher wie der Ludolfi! Ja, hör mir auf! Da steigt einem doch die Galle hoch. Dass der überhaupt die Konzession gekriegt hat!«

»Siehst du, und schon wieder bist du gereizt. Denk daran, was heute das ayurvedische Tagesmotto ist: *Der zweite Platz ist der erste Verlierer.* Denk einmal darüber nach.«

Wieder entstand eine Pause. Ursel glättete eine verrutschte Kranzschleife. Ignaz zündete eine erloschene Kerze wieder an.

»Ja, ja, der Ostler«, sagte Ursel schließlich. »Jetzt liegt er unten. Und mir stehen da.«

Ostler hatte inzwischen sein Versteck in den unteren Kramerhängen wieder verlassen. Es war stockdunkel geworden. Geschickt wich er den struppigen Latschenkiefern aus. Er war diese Strecke oft gelaufen. Rauf und runter. Am helllichten Tag und mitten in der Nacht. Als Polizist und als Privatmann, meist fernab von den offiziell ausgezeichneten Wegen, kreuz und quer durchs Gebüsch. Mit jedem Schritt wurde ihm klarer, dass er mit dieser Beerdigung wirklich alles hinter sich gelassen hatte. Er hatte sich vor diesem Moment gefürchtet, aber er hatte die richtige Entscheidung getroffen.

Seine neue Behausung trug den unverdächtigen Namen Klosteralm. Es war die Außenstelle des nahe gelegenen Klosters

Ettal, hier gingen die Mönche bäuerlichen und gärtnerischen Beschäftigungen nach. Sie hackten Holz, hüteten Vieh und stampften Milch zu Butter. Sie schienen voll und ganz auf ihr gottgeweihtes und arbeitsames Leben konzentriert. Bete und arbeite. Aber vor allem: büße! Denn die meisten hatten etwas zu verbergen. Damit unterschieden sie sich eigentlich nicht vom Rest der Bevölkerung, aber im Gegensatz zu denen arbeiteten sie ihre Verfehlungen hart ab. Ostler hatte auf den ersten Blick gesehen, dass die alte kirchliche Instanz des Profugiums keinerlei Nachwuchssorgen kannte. Viele junge Menschen waren hier. Ein Großteil der Bewerber musste sogar abgewiesen werden. Gerade auf der Alm konnten sie nur zuverlässige Leute gebrauchen. Denn die Idee des Kirchen- und Klosterasyls war über zweitausend Jahre alt, ging wohl gar auf das Alte Testament zurück, denn immer wieder wurde auf Moses 5, 4 Bezug genommen, wo es hieß:

> »Da sonderte Mose drei Städte aus jenseits des Jordans, gegen der Sonne Aufgang, dass dahin flöhe, wer seinen Nächsten totschlägt unversehens und ihm zuvor nicht Feind gewesen ist; der soll in der Städte eine fliehen, dass er lebendig bleibe.«

Das Gewaltmonopol des Staates, das seit langem fast uneingeschränkt galt, hatte zwei Löchlein: die Mafia und das Profugium. Kein Polizist hatte auf der Alm Zutritt, die wenigen Staatsanwälte, die von dem Schlupfloch wussten, hätten niemals gewagt, zu ermitteln. Trotzdem hatte man Sicherheitsvorkehrungen getroffen. Die Alm lag so, dass viele Fluchtwege offen waren. Niemand wurde gefangen gehalten, die büßenden Profugiumsmitglieder konnten jederzeit gehen. Es gingen aber wenige. Und was Ostler am meisten imponierte:

Niemand fragte, woher man kam. Hier hatte wirklich jeder die Chance, neu zu beginnen.

Bevor er jedoch endgültig auf die Alm ging, musste er diese Sache hier erledigen. Die Tür, vor der Ostler jetzt stand, war reich verziert mit Intarsien und detailfreudigen Schnitzereien. Allesamt zeigten sie religiöse Motive. Die Holzkachel in der Mitte war dem Hl. Sebastian vorbehalten. Er war vollkommen nackt, hatte, mit Stand- und Spielbein, eine anmutige Pose eingenommen und blickte dabei zuversichtlich in die Ferne, obwohl ihm einige Messer und Pfeile in Brust und Oberschenkel steckten, was ihn aber nicht weiter zu stören schien. Ostler überlegte. Für wen oder was war der Hl. Sebastian nochmals zuständig? Soweit er sich erinnern konnte, war er doch auch der Schutzpatron der Polizisten. All das würde er noch vertiefen in der Abgeschiedenheit seiner bäuerlichen Existenz. Er wandte den Blick ab von den frommen Schnitzereien, griff nach der Messingklinke, drückte sie –

Dritter Teil

Der Schlag

Ein paar Sekunden später

46 Die Vier

– und trat ein. Die geräumige Stube war leer, bis auf einen Tisch, an dem drei Personen saßen, zwei Frauen und ein Mann. Ostler trat näher.

»Sag einmal, spinnst du?«, keuchte Wastl, der Wirt der Roten Katz. Auch die beiden Frauen, die Bas' und die Ärztin, drehten sich kopfschüttelnd um.

»Muss das sein?«, fragte die Ärztin mit der schiefen Nase und dem blauschimmernden Haar entsetzt. »Das ist doch wahnsinnig riskant, sich jetzt blicken zu lassen.«

»Was willst du hier?«, fragte die Bas'.

»Verabschieden wollte ich mich. Und mich bedanken«, sagte Ostler leise.

»Bist du sicher, dass dir niemand nachgegangen ist?«, fragte der Wastl.

»Verlasst euch auf mich«, antwortete Ostler. »Ich habe in meiner Dienstzeit schon so viele Verdächtige verfolgt, ohne dass sie etwas bemerkt haben, jetzt mache ich es einmal umgekehrt. Jetzt bin *ich* der Verdächtige und niemand bemerkt was.«

»Wie bist du denn hier hereingekommen?«

»Wie werde ich hereingekommen sein? Durch die Hintertür. Und mit meinem Dietrich. Jetzt schenk mir noch eine Halbe Bier ein, Wastl, vielleicht ist es die letzte, die ich bekomme.«

Der Wirt der Roten Katz stand auf und holte ihm das Getränk. Ostler setzte sich an den Tisch.

»Und sonst hat alles geklappt?«, fragte er.

Frau Dr. Dora Rummelsberger nickte nur. Sie war blass geworden. Der flackernde Schein der Kerze zauberte Schatten auf ihr geisterhaftes Gesicht.

»Hat das mit dem Reinheben in den Sarg funktioniert?«, fragte Ostler in die Stille hinein.

»Das war überhaupt kein Problem«, erwiderte die Bas'. »Die zwei Leichenträger vom Ludolfi, die haben im Nebenzimmer ein paar Schnaps bekommen. Die waren zum Schluss so abgefüllt, dass sie überhaupt nichts mehr bemerkt haben, schon gar nicht, dass wir den Ronny statt dir in den Sarg gehoben haben.«

»Dass die Pompfineberer immer so viel saufen müssen«, sagte der Wastl.

»Ja, ja, der Tod macht durstig.«

Sie schwiegen lange. Alle vier.

»Und Kommissar Jennerwein?«, bohrte Ostler nach.

»Der schöpft keinen Verdacht«, sagte der Wastl.

»Ja, dazu waren wir zu sorgfältig«, fügte die Bas' hinzu. »Aber es ist uns ganz schön an die Nerven gegangen, das kannst du uns glauben.«

»Ich muss jetzt wieder zurück«, sagte Ostler. »Macht euch um mich keine Sorgen. Ich bin ohne weitere Probleme hierhergekommen, ich komme ohne Probleme wieder zurück.«

Er umarmte jeden Einzelnen lang. Dann ging er. Alle sahen ihm nach. Der Bas' standen Tränen in den Augen.

So ungefährlich und problemlos, wie es Ostler geschildert hatte, war der Weg hierher allerdings nicht gewesen. Das hatte er ihnen verschwiegen, um sie nicht zu beunruhigen. Er hatte unten am Baum gestanden und zu der Leichenschmaus-Gesellschaft hinaufgesehen. Dann war sogar das Fenster aufgegangen, und zwei Leute hatten herausgeschaut und in seine Richtung gezeigt. Doch dann – hatte er eine Hand auf seiner Schulter gespürt.

»Na, da oben wird wohl kräftig gefeiert!«

Erschrocken hatte er sich umgedreht. Er blickte in das Gesicht des Menschen im dunkelgrünen Anorak. Um Gottes willen! Er durfte hier nicht gesehen werden. Der Mann hielt die Hand noch immer auf seiner Schulter. Ostler riss sich los und rannte mit großen Sätzen durch den Vorgarten der Wirtschaft. Er musste zurück. Zurück zu den Kramerhängen. Von dort aus würde er sich zur Klosteralm durchschlagen. Er überquerte die Straße und bog in eine Seitengasse ein. Aber was war das? Der andere rannte hinter ihm her! Und rief ihm etwas nach, was er nicht verstand. Der andere war schneller, er kam immer näher. Ostler wusste, dass er auf Dauer keine Chance hatte. Er musste seine guten Ortskenntnisse ausnutzen. Er hoffte, dass der andere nicht ebenfalls ein Einheimischer war. Ostler hatte eine Idee. Er rannte weiter und bog beim Baschbauern in die Hofeinfahrt ein. Dann lief er um die steinerne Begrenzung des Misthaufens und duckte sich hinter der Mauer. Er atmete schwer. Jetzt kam der Verfolger ebenfalls in die Hofeinfahrt, blieb stehen und sah sich um. Seine Augen wanderten am Haus entlang, bis hinauf zum Dach. Dann drehte er sich um und kam zum Misthaufen. Ostler saß in der Falle. Da ging im ersten Stock des Baschbauernhauses plötzlich das Licht an, das Fenster wurde geräuschvoll aufgestoßen, eine Flinte erschien, die auf den Menschen anlegte.

»Was willst denn du Saubazi, du verreckter, auf meinem Hof?«, schrie das Gesicht hinter der Flinte. »Schau, dassd dich schleichst, sonst brenn ich dir eine drauf, du asozialer Grattler! Du Demonstrant! Du Schwarzer Block!«

Nicht alle Einwohner sympathisierten also mit den Globalisierungsgegnern, dachte Ostler in seinem Versteck.

Der Mann mit dem dunkelgrünen Anorak und den graugrünen Hosen (vielleicht war es auch eine Frau?) hatte sich dann wirklich geschlichen. Ostler hatte ihn oder sie abgehängt. Das war knapp gewesen. Und seine hilfsbereiten Verwandten, die Dora, der Wastl und vor allem die Bas' – Alles musste er ihnen auch nicht auf die Nase binden. Sie hatten so schon genug Aufregung mit ihm gehabt. Ostler blieb stehen und betrachtete ein letztes Mal die Fassade der Roten Katz. Die Fenster waren dunkel, aber er wusste, dass die drei hilfsbereiten Retter in der Not dort standen. Er neigte den Kopf zum endgültigen Abschied. Jetzt gab es nur noch eins. Zurück ins geschützte Profugium.

47 Das Stück

»Gestehen Sie es endlich, dann haben Sies hinter sich.«

»Ich ... weiß nichts ... wirklich nichts ...«

Kaltes, schmutziges Licht drang durch das kleine Kellerfenster in den improvisierten Verhörraum. Die Garagentür war geschlossen, kein Laut war von draußen zu hören. Der Verhörende beugte sich über die wimmernde Gestalt. Er kam ihr ganz nahe, ohne sie zu berühren. Dann sagte er gefährlich leise:

»Hören Sie mal: Ich verliere langsam die Geduld mit Ihnen.«

»Aber ... ich weiß nichts ...«

»Sie wissen nichts? Genau das, mein Lieber, nehme ich Ihnen nicht ab.«

Der Verhörte stöhnte auf. Müdigkeit und Verzweiflung standen in seinem Gesicht geschrieben. Er krümmte sich und verbarg das Gesicht in seinen Händen. Doch der andere ließ nicht locker.

»Wir machen es so, Quietkowski. Ich gehe jetzt hinaus und lasse Ihnen ein paar Minuten Zeit, zu überlegen. Dann komme ich zurück. Sie können sich übrigens darauf freuen. Ich bringe Ihnen eine schöne, heiße Tasse Kaffee mit. Was sagen Sie dazu?«

»Sie werden auch dann ... nichts Neues von mir erfahren. Ich habe ... die Wahrheit gesagt.«

»Und die Schleifspuren? Die Schleifspuren, die wir gefunden haben?«

»Die müssen ... von jemand anderem stammen ...«

Die Worte aus dem Mund des Erschöpften kamen stoßweise. Der, der das Verhör führte, knipste eine Taschenlampe an und leuchtete in das Gesicht des anderen. Gequält und verzweifelt kniff der die Augen zusammen.

»Schalten Sie die Taschenlampe aus. Ich bitte Sie ...«

Tim, der am Boden gelegen und den bedauernswerten Dr. Quietkowski gespielt hatte, richtete sich schnell auf und fiel aus der Rolle.

»Also, weißt du, das macht ein normaler Kommissar nicht.«

»Was nicht?«

»Mit der Taschenlampe ins Gesicht leuchten. Das macht er nicht. Das ist auch gar nicht erlaubt. Ich habe den Papi extra mal deswegen gefragt.«

»Ja, das stimmt schon«, sagte Wolfi. »Aber manchmal muss man auch ein bisschen übertreiben.«

Aus seinem Gesicht war die gespielte Härte des knallharten Polizisten gewichen, die jungenhaften Züge waren zurückgekehrt. Erst jetzt konnte man sehen, wie gut er den Kommissar gespielt hatte.

»Man muss schon ein paar solche Sachen einbauen, sonst ist es nicht krass genug.«

Tim deutete auf die nackten Garagenwände.

»Aber es sind doch überall Videokameras installiert. Die nehmen in diesem Verhörraum alles auf. Und später wird dann ausgewertet, ob alles mit rechten Dingen zugegangen ist.«

»Nein, es laufen keine Videokameras, glaub mir. Das wäre viel zu teuer. Wir sind in einem kleinen Polizeirevier auf dem Land, wir können uns so etwas nicht leisten. Das Einzige, was es gibt, ist eine getönte Glasscheibe, hinter der die anderen Polizisten stehen.«

Wolfi wies auf ein freistehendes, leeres Regal, das in der Mitte der Garage stand, und sofort konnten sich die beiden die Scheibe vorstellen, hinter der sich der leicht vornübergebeugte, asthmatisch atmende Einsatzleiter kopfschüttelnd den Verstoß gegen die Regeln aufschrieb.

48 Der Tipp

An wen soll man sich eigentlich wenden, wenn man ein wirklich todsicheres, wasserdichtes, richtig polizeitaugliches Alibi braucht? Gute Frage. Wobei *gutefrage.net* (»Haben Flugzeuge eine Hupe?«) in diesem Fall die falsche Adresse wäre. Aussichtsreicher scheint da der Hauptbahnhof. Es heißt, dass man dort für einen Hunderter schnell jemanden findet, der steif und fest behauptet, am Soundsovielten den ganzen Tag mit einem Schach gespielt zu haben. Aber kann man sich darauf verlassen? Riecht nicht gerade das Schachspielen nach einem gekauften Alibi? Viele wenden sich auch an den Ehepartner, an den besten Freund, Arbeitskollegen oder Sportskameraden. Das alles hat jedoch auf Dauer keinen Bestand, es ist keine nachhaltige Lösung, auch Psychologen raten ab davon. Es belastet die Ehe, die Freundschaft, die Arbeitsatmosphäre oder den Spielfluss irgendwann einmal schwer. Die Mafia? Ja, freilich, prima, sie stellt solche Dienstleistungen durchaus zur Verfügung. In Sizilien nennt man solch einen Alibibeschaffer *Signore Altrove*, den Herrn Überall. Der Nachteil: So einer ist selten schnell greifbar. Und eine direkte Frage im Restaurant –

> »*Eine Pizza Regina, den Merlot und – äh, ein Alibi für den kommenden Montag.*«

»Am Montag haben wir leider Ruhetag.«

– wird selten zur Zufriedenheit beantwortet.

Am besten ist es, man kennt eine Kitty. Oder man hat sie schon vor längerer Zeit kennengelernt. Genau für diesen Zweck. Kitty ist zum Beispiel eine ältere Dame, die ein kleines Häuschen im Grünen hat. Es entspricht nicht mehr den Bauverordnungen, die Gemeinde will es abreißen. Mit einer gewissen Summe Geld wäre ihr geholfen. Dann könnte sie es renovieren. Und es hat jemanden gegeben, der ihr geholfen hat. Es ist einer von den Glöckls. Nämlich der in der Jägerkluft. Aber die tragen sie ja eigentlich alle, die Glöckls. Jetzt klopft der Mensch, dessen Gesicht sich schon in der Kaffeepfütze gespiegelt hat, an die Tür.

»Wer ist da?«
»Wer wird da sein! Mach auf, Kitty, schnell!«
Kitty weiß, was gespielt wird. Sie ist daran gewöhnt, ab und zu Besuch von ihm zu bekommen. Wenn er mal Ruhe von seiner Familie haben wollte, hat sie schon ein paarmal als Vorwand hergehalten. Praktisch für ihn und lohnend für sie. Die jetzige Geschichte findet sie besonders prickelnd. Die bringt, abgesehen von der gewissen Summe, einen neuen Kick in ihr Leben. Sie hasst die anderen Glöckls inzwischen fast noch inbrünstiger als ihr Besucher. Und sie findet, dass Ronny ein asozialer Schmarotzer ist, der den Tod durchaus verdient hat. Sie wird vor der Polizei das Richtige aussagen. Sie ist schon kurz davor, die Geschichte selbst zu glauben.
»Warum hast du denn nicht wenigstens angerufen? Ich habe mir Sorgen um dich gemacht. Hat es geklappt?«
»Anrufen war zu gefährlich, man weiß ja nie, wer mithört.«

»Irgendein Lebenszeichen hätte ich schon von dir erwartet. Also, hat es geklappt?«

»Es ist was schiefgelaufen, Kitty.«

»Um Gottes willen! Was denn?«

»Stell dir vor: Auf einmal war der Polizist, den ich im Wald gesehen habe, tot. Mannomann, ich muss das wieder in Ordnung bringen.«

»Was für ein Polizist? Hast du ihn –«

»Nein, ich habe ihn nicht erschossen. Natürlich nicht. Ich war bei seiner Beerdigung, nur um mich zu vergewissern. Und dann, später, habe ich ihn wiedergesehen – quicklebendig. Er ist von den Toten auferstanden. Ich werde noch wahnsinnig mit dieser Geschichte.«

»O Gott! Bin ich jetzt in Gefahr? Sag mir die Wahrheit.«

»Nein, nein, *du* bist nicht in Gefahr. Du musst nur dabei bleiben, dass ich am Samstag bei dir war, bis ich zur Familienjagd aufgebrochen bin. Die Polizei wird kommen und dich danach fragen.«

»Du kannst dich auf mich verlassen. Aber wenn ich alles richtig machen soll, musst du mir jetzt erklären, was passiert ist. Ich versteh nicht ganz: Wer ist tot und lebt noch?«

»Also, von vorn. Es begann alles prima. Am Samstag bin ich ihm nachgeschlichen, dem verdammten Ronny.«

Auf Kittys Gesicht erscheint ein neugieriger, aber auch ängstlicher Zug.

»Warst du in diesem Camp? Wie wars dort? Wahrscheinlich sehr gefährlich, wie?«

»Ja, erst wollte ich ihn da erledigen. Hätte ich es doch bloß getan!«

»Und warum hast du nicht?«

»Er hat sein Zelt am Rand des Lagers aufgebaut, ganz typisch für ihn. Er ist selbst unter den Außenseitern noch ein Außenseiter. Ich habe am Ufer der Loisach gestanden, zwischen mir und ihm war nur eine Wiese. Hundert Meter, mehr nicht.«

»Und dann: peng!«

»Ich habe die Pistole schon in der Hand gehalten und auf ihn gezielt, aber die Entfernung war zu groß. Außerdem hätte man den Schuss gehört. Ich hätte hingehen und ihn erwürgen sollen. Keinem Menschen wäre das aufgefallen, die waren alle zugekifft oder besoffen.«

»Ekelhaft.«

»Ich habe ihn also nur beobachtet. Und da sehe ich, wie er sein Zelt verlässt und offenbar zu einer Wanderung aufbricht. Ich hatte von meinen Waffen extra das Pistolenmodell mitgenommen, das auch die Polizei verwendet.«

»Sehr schlau. Der Verdacht auf Polizeiwillkür liegt bei einem wie Ronny ja nahe.«

»Genau. Ich schleiche ihm also nach, er biegt von der Straße ab und marschiert querfeldein. Ich denke mir: Umso besser. Wir laufen eine halbe Stunde. Er bemerkt mich natürlich nicht.«

»Dafür warst du viel zu lange Jäger!«

»Er kommt in einen Wald. Gut, denke ich mir, je weiter er weggeht, desto später wird er gefunden. Es geht steil bergauf, ich komme ziemlich ins Schwitzen. Dann, auf einer Lichtung, packt er sein kleines Wanderzelt aus. Ich gehe um die Lichtung herum, steige auf einen Felsen –«

»Und dann … peng …«

»Immer noch nicht. Es fängt an zu regnen. Wie aus Kübeln. Es ist ein richtiger Platzregen. Dann Blitz und Donner. Es wird dunkel. Ich denke mir: herrlich! Das wird alle Spuren verwischen. Ronny baut sein Zelt hastig auf. Ich will warten, bis der Platzregen vorbei ist, aber ich nehme Ronny schon mal ins Visier. Und dann kommt auf einmal ein Polizist! Ein blöder Polizist! Ich denke, jetzt läuft alles schief. Ich habe Angst, dass er Ronny jetzt verhaftet oder ihn vertreibt. Aber nein, der streitet sich mit ihm herum, die beiden schreien sich an, gehen aufeinander los. Da zieht der Bulle plötzlich seine Pistole. Und schießt in die Luft! Dabei rutscht er aus und stolpert. Und blitzartig kommt mir der Gedanke: Das nütze ich aus.«

»Wahnsinn!«

»Ich bin gut abgekommen. – Es war also ein sauberer Schuss. Ronny hat sicher nichts gespürt. Ich lege auf den Bullen an, aber da denke ich mir: warum eigentlich? Das passt doch perfekt. Das ist ja noch viel besser als mein eigentlicher Plan!«

»Was hast du gemacht?«

»Ich bin abgehauen. Ich bin den Weg zurückgegangen, den ich gekommen bin.«

»Das ist doch prima!«

»Bis dahin lief es glatt, ja. Aber dann, meine liebe Kitty. Aber dann ...«

49 Das Haar

Im Camp heftete Empört-Euch!-Wotan, der ultralinke Radikalintellektuelle mit dem korrekt geknoteten Schlips und den auf Hochglanz gewienerten Schuhen, einen Zettel an die Infotafel:

SPRACHREGELUNG

Lacht nicht über Blondinenwitze! Lest keine Romane, in denen Schwarzhaarige stereotyp als herzlos, kalt und unsensibel beschrieben werden! Denkt auch immer daran, dass rote Haare über Jahrhunderte als untrügliches Zeichen für den Bund mit dem Teufel galten!

Wir fordern in unserem Leitantrag eine Grundgesetzerweiterung um das Diskriminierungsmerkmal ›Haare‹. Im Grundgesetz, Artikel 3 soll es folglich heißen: »Niemand darf wegen seiner AbstammungRasse-Herkunftblablabla *und wegen seiner Haarfarbe* diskriminiert werden.« Wir schlagen hierfür die Begriffe ›Tintism‹, ›Dyeism‹ oder ›Capellism‹ vor, bei abschätzigen und beleidigenden Äußerungen über rote Haare fänden wir den Begriff ›Gingerism‹ passend.

»Ich habe die Nacht durchgearbeitet«, sagte Hansjochen Becker, der Chef der Spurensicherung, im Revier zu Kommissar Jennerwein und Maria Schmalfuß.

»Ich weiß das sehr zu schätzen, Becker«, sagte Jennerwein. »Sie fragen sich sicher, warum ich so auf diese Untersuchung bestehe. Ich habe das Gefühl, dass bezüglich Ostlers Tod etwas hinter unserem Rücken geschieht.«

»Sie denken an ein Verbrechen?«, fragte Maria ungläubig.

Jennerwein nickte.

»Ich finde es merkwürdig, dass Ostlers Tod ausgerechnet zu einem Zeitpunkt kommt, an dem wir weder Zeit noch Ressourcen haben, die genaueren Umstände zu untersuchen.«

»Aber das ist ja ein schrecklicher Verdacht!«

»Ich informiere Sie alle bloß darüber, dass ich Nachforschungen anstelle. Noch sind sie inoffiziell. Aber ich will wissen, was da läuft.« Er wandte sich an Becker. »Bitte, berichten Sie uns, was Sie entdeckt haben.«

Becker hielt ein Plastiktütchen hoch.

»Griffspuren an einem abgebrochenen Zelthering«, murmelte er, »das hatte ich auch noch nie. Aber ich habe tatsächlich was gefunden. Gott sei Dank macht das Einschlagen dieser Dinger beim Zeltaufbau einige Mühe. Der Camper schwitzt und hinterlässt dabei brauchbare Schweißspuren. Wir haben tatsächlich winzige DNA-Proben entnehmen können. Die Person, die diesen Zelthering in der Hand gehalten hat, ist schon einmal ganz sicher männlich. Das Alter können wir natürlich nicht ableiten, aber es gibt DNA-Marker, die darauf hindeuten, dass er Mitteleuropäer ist, einen stämmigen Körperbau und keine schwerwiegenden Erbkrankheiten hat, etwa eins achtzig misst und – besonders signifikant – das Ginger-Gen hat.«

Jennerwein schüttelte verwundert den Kopf.

»Das Ginger-Gen? Verträgt er keinen Ingwer?«

»Nein, das bedeutet, dass er mit großer Wahrscheinlichkeit ein Rotschopf ist.«

»Doch wohl eher ein Mensch mit Phäomelanin-Überhang«, verbesserte Maria mit gespielter Lehrerhaftigkeit.

»Rotschopf ist kürzer«, sagte Becker. »Sonst kann ich über diesen Menschen eigentlich nichts sagen.«

»Die Frage ist, ob es einer von unseren registrierten Gewaltbereiten ist. Haben Sie den Abgleich schon gemacht?«

»Ja, klar, was sollte ich zwischen vier und sieben Uhr morgens sonst tun! Aber so viel ist sicher: Der ist nicht in unserer Datenbank. Das heißt allerdings nur, dass er keiner von den ganz schweren Kalibern ist. Von den anderen Demonstranten, die auf unseren Listen stehen, haben wir nur Fotos und Beschreibungen, jedoch keine DNA. Natürlich nicht. Wäre ja auch illegal.«

Jennerwein erhob sich.

»Wenn Ostler bei seinem Streifgang auf einen Demonstranten gestoßen wäre, hätte er beim Telefonat davon erzählt.«

»Also hat der unbekannte Camper das Zelt vorher abgebaut«, warf Maria ein. »Als Ostler kam, war die Lichtung schon längst leer.«

»Das ist unwahrscheinlich«, erwiderte Becker. »Es hat die ganze Woche vorher nicht geregnet. Die Erde am abgebrochenen Zelthering war aber feucht. Unser phäomelaniner Camper hat beim Einschlagen Regennässe mit nach unten gedrückt.«

Maria unterbrach nochmals.

»Es wäre aber doch möglich, dass er das Zelt später, nach Ostlers Erscheinen, aufgebaut hat.«

»Ja, möglich wäre das schon«, grunzte Becker. »Ich war aber nicht dabei. Also müssen Sie es selbst herausbekommen.«

Er wandte sich an Jennerwein. »In welche Richtung geht denn Ihr Verdacht, Chef?«

»Ich habe noch keinen konkreten Verdacht. Ich habe nur das Gefühl, dass etwas nicht stimmt. Ich werde mich nochmals im Camp umschauen.«

Jetzt, nach dem offiziellen Ende des Politiker-Gipfels, lichteten sich die Reihen der bunten Zelte. Viele der Demonstranten waren gerade dabei, die Planen aufzurollen, um sie in riesige Wanderrucksäcke zu stopfen. Der einsame Aikidō-Kämpfer vollführte unbeirrt seine langsam kreisenden Bewegungen. Jennerwein schritt weiter. Er hielt nach Bobo Ausschau, nach Sean Penn, nach der zierlichen Krankenschwester. Nichts. Alle verschwunden. Das quietschviolette Zelt, vor dem das Kapuzenmädchen mit dem Notebook, die Bloggerin, gesessen hatte, war ebenfalls abgebaut. Er fragte die junge Frau am Eingang nach einem rothaarigen, stämmigen Mann von mittlerer Größe. Er stellte die Frage auch noch ein paar anderen, die ihm auskunftsfreudig erschienen. Doch alle schüttelten bedauernd den Kopf, sonderbarerweise stellte aber keiner die naheliegende Gegenfrage, warum ihn das interessierte. Und wer er überhaupt war. Inmitten all der Aufbruchsstimmung fiel Jennerwein ein am Rande stehendes, billiges Einmannzelt auf, ein uraltes, verwittertes Unikum, das so aussah, als hätte es schon viele Camargue-Urlaube oder G7-Gipfel erlebt. Daneben lag eine leere Weinflasche. War der Besitzer schon abgereist und hatte das schäbige Zelt einfach stehen lassen? Jennerwein sah sich kurz um. Niemand beachtete ihn. Er steckte die Weinflasche in einen Beweissicherungsbeutel. Dann verließ er das Camp.

Hölleisen tobte.

»Das ist doch nicht möglich, dass wir im ganzen Ort keinen Glaser finden, der uns die Tür repariert! Ich habe mir gedacht, dass bei diesem G7-Gipfel alle Glaser im Umkreis von zehn Kilometern ihr Personal aufstocken mussten, weil sie sich wegen der ganzen Steinewerfer massig Aufträge erhofft haben. Aber die einzige Scheibe, die zu Bruch gegangen ist, das ist die von unserer Terrassentür. Und das waren keine Demonstranten, sondern wir selbst.«

»Sie haben die Tür ja professionell verklebt«, sagte Jennerwein beschwichtigend. »Vorerst wird sie schon halten. Und viel zu holen gibt es ja bei uns nicht.«

Jennerwein wollte schon zum Telefonhörer greifen, da unterbrach ihn Hölleisen nochmals.

»Ach, eins noch, Chef«, sagte Hölleisen. »Sie haben mich doch gebeten, diese Ärztin anzurufen, Frau Dora Rummelsberger. Das habe ich gemacht, aber die ist nicht erreichbar. Ihre Praxis ist nicht weit von hier, ich bin hingegangen, doch da hängt nur ein Schild draußen. Geschlossen.«

»Sie hat das Ende ihrer Abwesenheit nicht angegeben?«

»Nein, davon steht nichts auf dem Schild.«

»Die Zufälle häufen sich«, sagte Jennerwein.

»Sie denken doch nicht etwa, dass der Joey einem Mord zum Opfer gefallen ist?«, fragte Hölleisen erschrocken. »Wie soll denn das gegangen sein?«

Jennerwein ging zur Tür.

»Ich verspreche Ihnen, dass ich das herausfinden werde.«

Als der Kommissar bei Sabine Ostler klingelte, öffnete sich die Tür so schnell, als hätte sie schon dahinter gewartet. Sie bat ihn ins Wohnzimmer, er musste über einige unausgepackte Umzugskisten steigen. Sie machte eine fahrige, entschuldigende

Bewegung in die Richtung der Kisten. Die Wände waren kahl, die Deckenlampe noch nicht aufgehängt, die elektrischen Drähte hingen nackt und ungesichert herunter. Jennerwein bemerkte das. Er hatte eine Idee.

»Frau Ostler, ich habe nur ein paar Fragen. Ich kann allerdings auch morgen oder übermorgen wiederkommen.«

»Nein, fragen Sie nur«, entgegnete Sabine Ostler unfreundlich. »Wenn Sie schon mal da sind.«

»Na gut. Haben Sie am vergangenen Samstag mit Ihrem Mann gesprochen? Telefoniert zum Beispiel?«

»Nein«, sagte die Witwe. Jennerwein hatte gar nicht gewusst, dass man in ein einzelnes, einsilbiges Wort so viel unwirsche Patzigkeit legen konnte.

»Überhaupt keinen Kontakt gehabt? Auch nicht gemailt? Oder gesimst?«

»Sie wissen ja sicherlich, dass wir uns getrennt haben. Schon vor längerer Zeit.«

Jennerwein schwieg.

»Er hat Ihnen nichts davon erzählt?«, fragte sie verwundert.

»Nein, ich habe es erst nach seinem Tod erfahren.«

Er hatte keinen Ermittlungsauftrag. Den nächsten Schritt musste er vorsichtig angehen.

»Ich frage nur deshalb, weil ich wissen will, ob ihn irgendetwas beschäftigt hat. Wenn Sie mit ihm telefoniert hätten, könnten Sie mir vielleicht sagen, ob er nervös gewirkt hat.«

Die Witwe blickte zu ihm auf. Ihre Augen huschten unruhig hin und her. Sie schien angestrengt nachzudenken. Jennerwein vermutete, dass sie überlegte, ob sie das im Raum liegende Thema Alibi von sich aus ansprechen sollte.

»Ich bin den ganzen Tag über hier gewesen, ich habe auch nicht telefoniert«, sagte sie schließlich mürrisch. Und wie um der nächsten Frage Jennerweins zuvorzukommen: »Meine

Jungs können das bezeugen. Sie waren in ihren Zimmern. Irgendwann sind sie hinunter in die Garage gegangen und haben dort geprobt.«

»Spielen Tim und Wolfi in einer Band?«

Sabine antwortete nicht. Jennerwein sagte schließlich:

»Ich meine nur. Wenn Jungs in der Garage proben, dann tun sie das meistens für eine Band.«

»Nein, sie haben sich in den Kopf gesetzt, ein Kriminalstück in der Schule aufzuführen.«

Sabine hatte bei der Erwähnung der Jungs mit der Hand auf zwei verschlossene Türen gewiesen, hinter denen sich wohl die Zimmer von Tim und Wolfi befanden. Es war ein verdammt dürftiges Alibi.

»Danke, Frau Ostler. Wenn Ihnen noch etwas einfällt, dann rufen Sie mich bitte an.«

Sie machte keine Anstalten, zu fragen, warum er zu ihr gekommen war. Und ob es denn Unklarheiten bezüglich Ostlers Tod gegeben hatte. Jennerwein wies beiläufig auf die losen Drähte an der Decke.

»Das ist aber gefährlich«, sagte er.

Sabine schaute geistesabwesend hoch und nickte.

»Darf ich Ihnen die Lampe aufhängen und anschließen?«

»Wenn Sie wollen. Ja, das wäre nett.«

Jennerwein ließ sich eine Leiter geben und befestigte die Lampe am Haken.

»Können Sie mir einen kleinen Schraubenzieher bringen?«

Die Witwe holte einen und reichte ihn herauf. Sie stand jetzt direkt unter ihm. Sie hatte glatte, dunkel getönte Haare mit einem runden Wirbel in der Mitte. Die nachgewachsenen Haaransätze verrieten ihre Naturfarbe. Ginger. Jennerwein verschraubte die Drähte in der Lüsterklemme und stieg wieder herunter.

»Danke«, sagte sie.

»Gern geschehen, Frau Ostler. Ich habe zu danken.«

Er verabschiedete sich. Als er an der Garage vorbeiging, sah er Tim und Wolfi herauskommen, die ihn ehrfurchtsvoll grüßten. Oben in der Wohnung beobachtete ihn Sabine.

50 EINE KURZE GESCHICHTE DES ZORNS

Im Film *Odyssee im Weltraum* schildert Stanley Kubrick in der berühmten Szene mit dem hochgeworfenen Knochen das Entstehen der menschlichen Kultur aus dem Geist des Zorns. Die scheinbar sinnlose Raserei ist die Initialzündung für die Entwicklung der Zivilisation.

Der alttestamentarische Gott ist ein Gott des Zorns. Am Jüngsten Tag wird der Teufel endgültig durch diesen besiegt. Religionen und Religionsstifter sehen Zorn positiv. »Ich arbeite nie besser als durch Zorn inspiriert«, sagte Martin Luther.

Adolph Knigge widmete dem Jähzorn in seiner Schrift *Über den Umgang mit Menschen* ein ganzes Kapitel. Er bewertet diese menschliche Gefühlsregung milde: »Jähzornige Leute beleidigen nicht mit Vorsatz.«

Auch Philosophen sehen die eruptiven Ausbrüche in kreativem Licht. Friedrich Nietzsche notierte: »Der Zorn schöpft die Seele aus und bringt selbst den Bodensatz ans Licht.« Sigmund Freud wies einen angeborenen menschlichen Aggressionstrieb nach: »Wird diese explosive Mixtur aus Zorn, Wut, Hass und Zerstörungslust dauerhaft und prinzipiell unterdrückt, kommt es zu seelischen Störungen.«

Dichter lieben den Jähzorn. Man nenne einen, der ihn nie zum Thema gemacht hat! »Wer niemals außer sich gerät, wird niemals in sich gehen«, schrieb der deutsche Literaturnobelpreisträger Paul Heyse. Friedrich Hölderlin formulierte es wie immer kapriziöser: »Was die Wange röthet, kann nicht übel sein.« Der alte John Dryden hingegen hinterließ uns den nachdenkenswerten Satz: »Hütet euch vor der Wut eines Geduldigen.«

Und heute? In unseren erleuchteten Zeiten? Pathologische Jähzornigkeit wird in der klinischen Psychologie beschrieben als *intermittent explosive disorder* (IED) und als *Störung der Impulskontrolle* (DSM-IV 16, ICD-10 F63). Eine Behandlung mit Medikamenten wird empfohlen.

51 Die Spur

Auf dem Weg zum Revier fiel Jennerwein auf, dass der Rückbau vom martialischen G7-Aufmarschplatz zum verschnarchten heilklimatischen Kurort schnell vonstattenging. Das Technische Hilfswerk schraubte Absperrgitter auseinander, Gemeindearbeiter warfen Hinweis- und Verkehrsschilder auf bereitstehende Lastwagen. Bei einem Ladengeschäft in der Mitte der Fußgängerzone, dessen Glasfronten vollkommen mit Bauholz verschalt worden waren, löste ein kleines, altes Männchen ein Holzbrett nach dem anderen ab und warf es scheppernd auf den Bürgersteig. Der alte Matratzenladen kam wieder zum Vorschein, dessen Besitzer wohl gemeint hatte, bei ihm würde sich der steinige Revolutionszorn gezielt abladen. Nichts davon war geschehen. Viele Polizeikollegen grüßten Jennerwein, doch der hatte kaum einen Blick für sie. Die Unklarheiten bezüglich Ostlers Tod häuften sich. Hier war etwas oberfaul. Kurzentschlossen wählte er die Nummer seines Chefs, Polizeioberrat Dr. Rosenberger.

»Herzliches Beileid, Jennerwein«, dröhnte die Stimme am anderen Ende der Leitung. Dr. Rosenberger wäre ein guter Grabredner gewesen. Er hätte auch kein Mikrophon gebraucht.

»Wir haben einen unserer fähigsten Beamten verloren«, fuhr Rosenberger fort. »Aber was gibt es, Jennerwein? Sie haben so einen dienstlichen Ton in Ihrer Stimme.«

»Ich will Ihre Zeit nicht lang in Anspruch

nehmen, aber ich habe die starke Vermutung, dass Ostlers Tod alles andere als ein natürlicher war.«

Rosenberger atmete hörbar aus.

»Wissen Sie, Jennerwein, wir sind zur Zeit alle ein bisschen nervös, und –«

»Ich habe begründete Zweifel«, unterbrach Jennerwein scharf. »Hören Sie, Herr Dr. Rosenberger, ich bestehe darauf. Ich möchte die Todesumstände von Ostler aufklären.«

»Die Todesumstände? Ich habe den Totenschein gesehen, Jennerwein: Schlaganfall. Und es lag in der Familie, wie ich gehört habe. Was gibt es da für Zweifel?«

»Es muss droben auf der Schroffenschneide etwas vorgefallen sein, das Ostler nicht gemeldet hat.«

»Und was soll das gewesen sein?«

»Das möchte ich ja gerade herausbekommen. Ich will exhumieren lassen. Wenn möglich, gleich morgen.«

Rosenberger rang hörbar nach Worten.

»Was wollen Sie? Exhumieren? Das geht auf gar keinen Fall. Das bringe ich bei der Staatsanwältin niemals durch. Sie müssen mir handfeste Beweise liefern, gerade in solch einem internen und zu Herzen gehenden Fall. Ich weiß auch nicht, ob es besonders klug ist –«

»Die Beweise werde ich Ihnen liefern! Heute noch.«

Jennerwein klickte seinen Chef weg. Er war jetzt auf hundert. Natürlich hatte er nicht erwartet, dass er mit seinem Ansinnen sofort durchkommen würde. Trotzdem. Ein wenig mehr Kooperation hätte er sich schon erwartet. Hatte er nicht im Hintergrund Gläserklirren und fröhliches Stimmengewirr gehört? Eine Party. Der feierte eine Party. Die Einsatzleiter stießen wahrscheinlich auf das glimpfliche Ende des diesjährigen G7-Gipfels an. Wütend steckte Jennerwein sein Mobiltelefon in die Tasche. Doch nach ein paar Schritten hatte er sich wieder halbwegs beruhigt. Konnte es denn sein, dass er sich doch auf dem Holzweg befand?

Im Revier erlebte er eine freudige Überraschung: Ludwig Stengele, der Allgäuer Hauptkommissar, war eingetroffen. Doch zu einer ausführlichen Begrüßung war keine Zeit.

»Chef, ich weiß, dass Sie beschäftigt sind«, sagte Stengele. »Deshalb nur ganz kurz: Ich war droben auf dieser Schroffenschneider Mulde. Ich habe mir alles genau angesehen. Der starke Regen hat das meiste verwischt, aber von der Mitte der Mulde bis hinüber zum Forstweg habe ich abgeknickte Grasbüschel entdeckt, die auf Schleifspuren hindeuten. Es ist alles nicht gerichtsverwertbar, aber die Grashalme haben über einen halben Meter Breite hin ähnliche Schädigungen. Ich vermute, dass etwas Schweres durchs Gras geschleift worden ist.«

»Ein Mensch?«

»Das wäre durchaus möglich. Es könnte natürlich auch sein, dass ein großes Tier ein anderes großes Tier weggeschleppt hat. Aber dass sich die Schleifspur am Forstweg verliert, das deutet eher auf einen Abtransport der Last mit dem Auto hin.«

Jennerwein legte dem Allgäuer die Hand auf die Schulter.

»Danke, Stengele. Ich weiß das sehr zu schätzen. Kaum, dass Sie angekommen sind, fangen Sie gleich mit Ermittlungen an.«

»Aber sagen Sie, Chef, was steckt da dahinter? Ist Ostler in der Schroffenschneider Mulde überfallen, niedergeschlagen und dann nach Hause gebracht worden? Aber von wem? Von diesem unbekannten Camper?«

»Nein, das kann nicht sein«, antwortete Becker. »Ostler hat sich doch am Ende seiner Streife bei der Leitstelle gemeldet. Und später hat er auch noch die Ärztin angerufen.«

»Sie bringen mich auf eine Idee!«, rief Jennerwein. »Diese

Telefonate haben wir nämlich noch nicht überprüft! Erledigen Sie das, Stengele?«

»Ja, natürlich. Ich bin ja momentan nicht im Dienst, ich mache es also mit Hölleisen zusammen.«

Maria mischte sich ein.

»Sollten wir dort oben nicht alles absperren und von Becker untersuchen lassen?«

»Noch einmal: Wir haben keinen Ermittlungsauftrag. Ich will nicht, dass jemand von Ihnen Schwierigkeiten bekommt.«

Becker stieß ein verächtliches Pfff! aus.

»Ich bin schon unterwegs«, sagte er an der Tür.

Eigentlich hätte Jennerwein jetzt den Riesenhaufen Papierkram erledigen müssen, der sich auf seinem Schreibtisch stapelte. Doch der musste warten. Er war fest entschlossen, alle Unklarheiten bezüglich Ostlers Tod zu beseitigen.

Ein paar hundert Meter entfernt war das Zeltlager der Demonstranten schon fast wieder zur grünen Weidewiese geworden. Der einsame Aikidō-Mann ließ seine meditativ kreisenden Bewegungen, die das *kleine und das große innerliche Fegen* darstellten, langsam ausklingen. Er setzte sich auf den Boden. Eine junge Frau mit Irokesenschnitt ließ sich neben ihm nieder und mampfte eine Schnitzelsemmel. Widerlich, dachte der kleine, asketische Aikidō-Mann. Sie hat die unreine Haut aller Fleischesser.

»Sag mal, kannst du eigentlich auch *richtig* fighten?«

Der Kampfsportler blickte sie nachsichtig an.

»Wie meinst du das?«

»Du hast uns jetzt drei Tage mit deinem Schattenboxen unterhalten. Wenn du angegriffen wirst, kannst du dich dann auch verteidigen?«

Er machte eine lange Pause. Sie verschlang in der Zeit ihre

riesige Schnitzelsemmel »Demoburger«. Als sie auf dem letzten Bissen herumkaute, sagte er:

»Ich werde nicht angegriffen. Nie. Ich strahle aus, dass es sich nicht lohnt, mich anzugreifen.«

Das war nicht ganz richtig. Er dachte an die Episode vor ein paar Tagen. Er besaß kein Zelt, hatte nie eines besessen, er schlief auf dem Boden, bei Regen und Wind. Er war in der Nacht von Freitag auf Samstag aufgewacht, weil er einen festen Griff um den Hals gespürt hatte. In der Dunkelheit hatte er das Gesicht des Angreifers nicht erkennen können. Nur das strubbelige Haar hob sich vor dem matt schimmernden Himmel ab. Der Druck auf seinen Hals wurde stärker.

»Was treibst du Witzbold denn so den ganzen Tag? Immer nur Gymnastik, wie?«

Die Stimme des Angreifers war unangenehm, sein Atem roch nach Sauerkraut. Der Druck auf seinen Hals wurde fast unerträglich. In der Hand hielt der Fremde einen Schlagring.

»Du spionierst hier rum, gibs zu! Aber für wen? Spucks aus!«

Er holte mit dem Schlagring aus.

»Das ist doch bloß Tarnung, hä?«

Das war jetzt drei Tage her. Er hatte nur warten müssen, bis der Druck nachließ. Bis der Angreifer seine Hand von seiner Kehle nahm. Und auf eine Antwort wartete. Bis zu diesem Augenblick hatte er sich geduldet. Dann hatte er mit der flachen Hand zugeschlagen. An die richtige Stelle. Wie ein Hund hatte der Mann aufgejault und war fluchend im Dunkeln verschwunden. Der Schlag hieß *Frau Niere fühlt sich heute nicht wohl.* Und man musste ihn aus der großen Ruhe heraus führen.

Im Revier klingelte das Telefon. Jennerwein hob ab, Hansjochen Becker war dran.

»Hallo, Chef. Wir sind hier oben zu viert auf der Schroffenschneide und haben bei den Untersuchungen schon etwas entdeckt. Die Spur, von der Stengele geredet hat, könnte eine Schleifspur sein, muss es aber nicht. Nun aber zur eigentlichen Überraschung. Wir haben die Mulde mit einer speziellen Materialsonde abgesucht und ein Projektil im Gebüsch gefunden. Ich kann Ihnen gleich eins sagen: Es ist Polizeimunition, eine Parabellum 9 Millimeter, und sie wurde erst vor kurzem abgeschossen.«

Jennerwein kam gar nicht dazu, diese Neuigkeit zu verarbeiten. Kaum hatte er aufgelegt, als Stengele und Hölleisen hereingestürmt kamen. Hölleisen wedelte aufgeregt mit einem Blatt.

»Ostlers Anrufe an diesem Tag, Chef. Am Vormittag hat er sieben Minuten mit seiner Frau telefoniert. Von seinem Handy aus, zum Festnetzanschluss ihrer neuen Wohnung.«

»Dann hat sie mich also angelogen!«, fuhr Jennerwein auf.

»Aber nein, es könnte natürlich auch sein, dass Ostler mit einem seiner Jungs telefoniert hat, ohne dass sie davon gewusst hat.«

»Darüber hinaus gibt es mehrere Anrufe an die Leitstelle«, fuhr Hölleisen fort. »Einen, als er losgegangen ist. Dann hat er sich um 15 Uhr von unterwegs gemeldet und seine Position durchgegeben. Außerdem hat er noch mit seiner Cousine telefoniert. Um 16 Uhr war er schon zu Hause, da hat er mich direkt im Revier angerufen. Es war das letzte Mal, dass ich seine Stimme gehört habe.«

Hölleisen wandte sich ab. Tränen waren in seine Augen getreten. Stengele wies auf den Computerausdruck.

»Jetzt kommt aber das eigentlich Interessante, Chef. Zuerst ist mir das gar nicht aufgefallen. Man sucht ja nach Anrufen und nicht nach Anrufen, die fehlen. Aber ein Anruf fehlt! Nämlich der von Ostler an diese Ärztin, Frau Dr. Rummelsberger. Er ist heimgekommen, hat sich unwohl gefühlt und deshalb angeblich die Ärztin angerufen. Solch einen Anruf gibt es aber nicht. Weder von seinem Handy noch vom Festnetz seiner Wohnung aus.«

Für Jennerwein schien sich plötzlich alles zusammenzufügen. Polizeimunition im Gras. Schleifspuren am Tatort. Ein falscher Totenschein. Das konnte doch nur eines bedeuten: Ostler war erschossen worden. Und Frau Dr. Rummelsberger hatte damit zu tun. Sie hatte jedenfalls die wahre Todesursache vertuscht. Und die Verwandten, diese Bas' und der Wirt der Roten Katz, die den Verstorbenen in den Sarg gehoben hatten? Die hatten natürlich die Schusswunde nicht gesehen. Sie waren aus der ganzen Sache raus.

»Haben Sie jemanden in Verdacht, Chef?«, fragte Hölleisen.

»Ich kann mir vorstellen, wie es abgelaufen ist«, entgegnete Jennerwein. »Aber ich habe keine konkrete Person in Verdacht.« Stengele meldete sich zu Wort.

»Wie wäre es mit einem Straftäter, den Ostler einmal eingebuchtet hat? Oder bei dem Ostler dazu beigetragen hat, dass er sitzt? Diese Liste gehe ich einmal durch, wenn Sie nichts dagegen haben, Chef.«

Jennerwein nickte. Dann griff er erneut zum Telefon.

Dr. Rosenberger war sofort dran.

»Ich wusste, dass Sie noch mal anrufen, Jennerwein. Sie sind ein verdammter Dickschädel.«

Wieder war Partylärm im Hintergrund zu hören. Jennerwein schilderte Dr. Rosenberger den Fall. Der Partylärm brach abrupt ab. Jennerwein schlug ihm die Fakten atemlos um die Ohren. Die attestierende Ärztin, die wie gedruckt log und dann spurlos verschwunden war, gab schließlich den Ausschlag.

»Wir setzen die Exhumierung für morgen, Punkt sieben Uhr früh an«, dröhnte Dr. Rosenbergers Bariton durchs Telefon. »Ich werde alles in die Wege leiten.«

52 Der Tee

»Was ist schiefgegangen?«, fragte Kitty.

Die alte Dame lag auf der Ottomane und nippte an ihrer Teetasse, in die sie vier Stück Zucker gegeben hatte. Das Gegenüber von Kitty nestelte an der grünen Jägerkluft. Die schmutzigen Schuhe hinterließen ziemlich viel Waldbodenkrümel auf dem flauschigen Teppich.

»Zunächst lief alles gut. Ich bin von diesem weißen Felsen heruntergestiegen, habe dann im Auto meine Kleidung gewechselt. Dann bin ich wie geplant zu einer unserer Jagdhütten gefahren und habe dort die alten Klamotten vernichtet. Ich habe die Nachrichten verfolgt, die ganze Nacht und den darauffolgenden Tag auf den Computerbildschirm geglotzt und auf eine Schlagzeile gewartet, so etwas wie: G7-GIPFEL – DEMONSTRANT IM WALD VON POLIZISTEN ERSCHOSSEN. Aber stattdessen muss ich in den Nachrichten lesen, dass der *andere* tot ist! BELIEBTER POLIZIST ERLEIDET SCHLAGANFALL NACH STREIFE. Ich war ehrlich gesagt zunächst vollkommen verwirrt. Erst nach und nach habe ich begriffen, dass das der Polizist gewesen sein muss, den Ronny so provoziert hat.«

»Vielleicht hast du nicht Ronny getroffen, sondern *ihn*?«

»Ich schieße doch nicht daneben! Ich hab gesehen, wie sich der Polizist danach über ihn gebeugt hat.«

Die alte Dame richtete sich auf und stellte ihre Teetasse auf den Tisch.

»Dann ist es ein Rätsel!«

Die jägerische Gestalt zupfte und nestelte immer noch nervös an ihrer dunkelgrünen Joppe herum.

»Ich hätte einfach nicht so schnell weggehen sollen.«

»Wenigstens hat dich keiner gesehen.«

»Aber der Mist ist doch: Ronnys Leiche muss unbedingt gefunden werden, sonst geht mein Plan nicht auf.«

»Vielleicht hat ihn ein Tier weggetragen.«

»Es gibt um diese Jahreszeit kein Wild, das einen ganzen Menschen wegschleppt. Oder ihn ratzeputz auffrisst.«

»Wölfe?«

»Nicht in dieser Gegend. Fahrfersen kneppern manchmal, wenn sie trallig sind.«

»Was hast du gesagt?«

»Also, ähm, Tierfraß schließe ich aus.«

»Und wie wäre es, wenn du hinfährst und nachsiehst?«

»Das ist zu riskant. Da wimmelt es jetzt sicher von Polizei. Das hätte ich machen sollen, anstatt zur Beerdigung zu gehen. Da waren die ganzen Kollegen von ihm auf dem Friedhof. Dort zu sein, war sowieso gefährlich genug. Zwei Weiber haben mich dauernd angestarrt. Das war richtig gruselig.«

»Zwei Weiber? Haben sie dich erkannt? Was hast du gemacht?«

»Ich bin ihnen nach der Beerdigung nachgeschlichen und habe sie erschossen.«

Kitty richtete sich ruckartig auf. Dabei stieß sie die Teekanne um. Das kleine silberne Gefäß lag auf der Seite und die goldene Flüssigkeit tropfte nach unten auf die Eichendielen, knapp neben den flauschigen Teppich. Eine honigfarbene Pfütze bildete sich. Ein Gesicht erschien darin. Das Gesicht eines Mörders, mit kleinen müden Augen und blassen Wangen. Dann schob sich ein großer Lappen vor das Gesicht und wischte die Pfütze weg.

»Was hast du gemacht?«, rief Kitty entgeistert. »Erschossen?«

»Nein, das habe ich nicht gemacht. Ich bin abgehauen.«

Kitty streckte ihre Hand aus.

»Gib mir mal die Plätzchen rüber. Wenn ich deinen Plan richtig verstehe, muss Ronnys Leiche gefunden werden.«

Der jägerische Mensch im grünen Loden zupfte schon wieder an seiner Kleidung. Er nahm sich ebenfalls ein Plätzchen, kaute aber ohne rechte Lust darauf herum. Es waren Kittys selbstgebackene Spezialplätzchen mit extra viel Anis.

»Ich muss noch mal in diesen Kurort zurück«, murmelte er. »Irgendeine Möglichkeit muss es doch geben, dass der Plan noch klappt.«

Er stand auf. Er ging nervös im Zimmer herum. Die Erdspuren auf dem flauschigen Teppich wurden immer schwächer.

»Erstens: Einer, der tot sein soll, ist verschwunden«, murmelte er nachdenklich. »Zweitens: Ein anderer, der von ihm bedroht worden ist, ist tot. Daraus folgt –« Der Jäger unterbrach sich und schlug sich mit der Hand an die Stirn. »Das ist es!«, rief er.

Nach ein paar Minuten hörte man draußen den Motor seines Jeeps aufheulen.

53 *Die Hatz*

»Zwei Maß Bier, einmal der Radi, eine Riesenbrezn und zweimal das Grillhendl, macht zweiunddreißig vierzig.«

»Tut mir leid, aber ich habe nur einen Hunderteuroschein da.«

»Macht nichts, ich kann wechseln – aber wo ist denn mein Geldbeutel!? Zefix!«

Die Bedienung im Original Werdenfels-Dirndl sah sich entschlossen um und rannte los.

In der Fußgängerzone des Kurorts war alles fast schon wieder beim Alten. Die Cafés hatten ihre Tischchen nach draußen gestellt, die Andenken- und Schnickschnackläden ihre bunten Stellagen mit nutzlosem Kram vor die Tür geschoben. Touristen, bei denen man sich fragte, wo sie die drei gefährlichen Tage verbracht hatten, flanierten in Phantasietrachten, verschwitzte Walker mit Sticks und Ellenbogenschützern stackelten keuchend über das Kopfsteinpflaster, Einheimische spazierten plaudernd und bestens gelaunt durch ihr wiedergewonnenes Dorf. Einem der Ortsansässigen schien es besonders zu gefallen, hier durchzuradeln. Das dritte Mal kam er jetzt schon am Café Schlendrian vorbei in seiner abgewetzten Lederhose, der Hut saß ihm keck auf dem Kopf, die kräftigen Wadeln in den original Werdenfelser Pfosen stampften athletisch in die Pedale. So konnten nur ganz

und gar Einheimische die traditionelle Kleidung ausfüllen: Tracht ist die Heimat, die man auf der Haut spürt. Er pfiff ein Lied. Rundum erhob sich das Panorama der Berije, wie sich ein Berliner gerade seiner Frau gegenüber ausdrückte. Die berlinerische Frau nickte und erwiderte, auch sie fände es hier viel schöner als am Meer. Sie nannte ihn Männe. Beide trugen sie Bundhosen mit gelockerten Schnallen, die sich im warmen Sommerwind leicht bewegten. An einem der aufgestellten Kaffeetischchen des Café Schlendrian saßen, Kakao schlürfend, drei Wanderer mit grobkarierten Holzfällerhemden. Der erste schaute grimmig und düster aus seinem schwarzen Bart heraus, der zweite, ein drahtiger Mann mit ziellos von Punkt zu Punkt springenden Augen, hielt die Hand der jungen dritten, einer mediterranen Botticelli-Schönheit mit einem Schuss Ornella Muti. Am Nebentisch wiederum sonnten sich zwei ältere Damen mit Brillen aus den fünfziger Jahren des vorigen Jahrhunderts, Eis aus riesigen Bechern schlürfend. Sie waren so hässlich wie Felsenkrokodile, an ihren unförmigen Fingern prangten taubeneigroße Klunker, sie schienen eifrig ins Gespräch vertieft. Aus dem Inneren der Eisdiele trat jetzt der Ober, ein ungesund sonnengebräunter Bursche, Typ »Zäher Hund«, er servierte ein Tablett voller Eisbecher. Die jungen Mädchen, die um den Tisch gedrängt saßen, kicherten. Und schon wieder fuhr der trachtlerische Radler pfeifend am Café vorbei.

»Wie peinlich«, stöhnte eines der Mädchen.

Polizeipräsenz war in der Fußgängerzone kaum mehr zu spüren, nur zweihundert Meter die Straße hinauf lugte noch das Hinterteil eines grünen, vergitterten Mannschaftswagens aus einer Seitengasse. Der Himmel war klar und blau, auch dort war schon lange kein Hubschrauber mehr aufgetaucht, schon gar kein V-22 Osprey, von null auf unsichtbar in einem Blinzeln. Überhaupt schienen alle Ordnungshüter nach Hause gegangen zu sein, alle grillten sie wohl schon in ihren Beamtenvorgärten, was sollte auch geschehen, die beschützenswerten Spitzenpolitiker waren ja schon wieder abgereist. Und tatsächlich: Die sprachen inzwischen in den TV-Sendungen ihrer Länder von den großen Fortschritten, die bei den Gesprächen zustande gekommen waren. Sie redeten von der Sinnhaftigkeit solcher Treffen, und im laufenden Fernseher des Cafés war gerade so eine Rede zu hören, vom japanischen Premierminister, und der alte Knieriem, der im Schlendrian immer sein warmes Bier trank, schlug mit der dürren, alten Faust wütend auf den Tisch.

»Solche Grattler! Wenns nur alle abgestürzt wären bei der blöden Wanderung da droben am Vorderen Hundskofel! Ein Schubser, und alle wärens druntengelegen! Einer wie der andere! Der Amerikaner, der Engländer, der Franzos –«

Normalerweise hätte ihn die Rosner Resl, die Chefin des Cafés, gebremst und beruhigt, aber da stockte sie auf. Hatte sie nicht von draußen einen Schrei gehört? Sie eilte hinaus. Auch die Gäste auf dem Vorplatz hielten in ihren Gesprächen inne und drehten sich in eine Richtung. Ein junger Mann kam im Höllenspurt die Straße heruntergerannt, das Gesicht verzerrt vor schmerzhafter Anstrengung, Angst stand in seinen Augen geschrieben. Er trug ein leichtes T-Shirt, eine kurze Hose und Turnschuhe, er hielt etwas Undefinierbares, Schwarzes, Eckiges in der Hand, er hielt es hoch, holte auch ab und zu damit aus, als ob er es werfen wollte. Fanatisch leuchteten die Augen des jungen Mannes, er schien zu allem bereit zu sein. Jetzt blickte er sich gehetzt um und spähte nach Verfolgern. Doch dann fiel sein Blick auf die Eisdiele. Er stoppte jäh, schlug einen Haken und rannte auf das Café zu. Erschrocken schlug die Rosner Resl die Hände vors Gesicht. Hatte der vor, sich ausgerechnet hier bei ihr zu verschanzen? Auch die Passanten auf der Straße blieben stehen, wichen zurück. Hier bahnte sich etwas Gefährliches und Beunruhigendes an. Dabei war doch der Gipfel, vor dem alle gewarnt hatten, schon vorbei!

Die USA leisten sich angeblich insgesamt 39 Geheimdienste, die Dunkelziffer soll weitaus höher liegen. Die Mitarbeiter von speziellen Auslandsgeheimdiensten sind geschult darauf, Gefahren in Sekundenbruchteilen zu erkennen und blitzschnell zu reagieren. So auch in diesem Fall. Der junge Mann mit dem Gegenstand in der Hand war nur noch ein paar Meter vom Eingang des Eiscafés entfernt. Doch die beiden hässlichen Felsenkrokodile mit den übergroßen Ringen an den Fingern checkten es in wenigen Sekunden. Sie hatten so etwas oft geübt, jetzt war es reine Routine. Sie sprangen auf, stießen dabei das Tischchen um, rissen ihre Brillen herunter, der eine hatte plötzlich eine dicke Kanone in der Hand, der andere riss ein Funkgerät aus der Handtasche und schrie ein paar Zahlenkombinationen hinein. Nichts mehr von den eisschlürfenden älteren Damen, nur noch kampfbereite, knochige Kerle eines speziellen US-Kommandos, von dem man noch nie etwas gehört hatte und das trotzdem die freie westliche Welt genau vor solchen Angriffen schützte. Der junge Mann im T-Shirt war schon fast an der Tür des Cafés, sie stürzten ihm nach, um ihn zu stellen, noch bevor er ins Innere des Gebäudes flüchten konnte. Doch sie kamen nicht weit.

Der einheimische Trachtler auf dem Fahrrad hatte scharf abgebremst. Er war abgestiegen, hatte Anlauf genommen und hechtete jetzt über den Tisch. Er flog fast darüber. Er landete auf dem Boden und versuchte die Beine des jungen Mannes zu fassen. Der war entsetzt zurückgewichen. Sein Angreifer drehte sich um und schrie etwas Unverständliches in Richtung Straße, es klang irgendwie französisch, niemand hatte jedoch die Zeit, zu überlegen, welche Sprache das war. Die amerikanischen Felsenkrokodile, immer noch mit dick geschminkten Lippen, doch jetzt ohne Perücken, so dass man die kahlgeschorenen Schädel sah, schauten sich entschlossen an, der eine riss seine Waffe herum. Denn jetzt liefen zwei weitere Männer aus verschiedenen Richtungen auf sie zu. Sie waren wie aus dem Nichts aufgetaucht. Sie gehörten wohl zu dem französischen oder kanadischen Hechtsprungtrachtler, sie waren seine Mannschaft, auch sie gaben französische Kommandos in ihre Funkgeräte. Einer hatte eine halbautomatische Waffe gezogen und richtete sie ins Innere des Cafés. Die Felsenkrokodile taumelten und strauchelten, von hinten prasselten plötzlich Schläge auf sie nieder. Der junge Mann war jetzt schon im Inneren der Eisdiele, er lief dort weiter, er stieß die Rosner Resl über den Haufen. Die glatzköpfigen Felsenkrokodile drehten sich um. Die prasselnden Schläge kamen von dem Berliner Ehepaar, die die Amis wohl für Terroristen hielten und jetzt die mutigen Bürger spielten. Der sonnengebräunte Ober hatte sich unter einem Tisch verkrochen, er telefonierte dort, er schrie ins Telefon, jedenfalls solange, bis ihm der mit der halbautomatischen Waffe auf die Hand stieg, schließlich auch strauchelte und mit dem Tischchen, an dem die jetzt nicht mehr kichernden Mädchen saßen, zusammenbrach. Sechs Eisbecher »Copacabana« ergossen sich auf den Ober, Ende des Telefonats. Der grüne Mannschaftswagen der Bereitschaftspolizei tauchte plötzlich auf. Er war ganz langsam die Straße heruntergekommen, praktisch lautlos, wie ein Tiger im Dschungel. Plötzlich aber: volle Sirene, Blaulicht, Lautsprecher.

»Hier spricht die Polizei! Bleiben Sie alle in Ihren Wohnungen. Gehen Sie von den Fenstern weg und verhalten Sie sich ruhig.«

Aus dem Inneren des Wagens quollen sechs Polizisten in Kampfmontur, die Schlagstöcke gezückt, die Visiere ihrer Helme heruntergeklappt. Sie liefen auf den Eingang des Cafés zu, überrannten die Franzosen, stießen die beiden Felsenkrokodilsdamen zur Seite, traten dem Ober noch einmal auf die Hand. Einer der Bereitschaftler rutschte auf dem Copacabana-Likör-Gemenge aus, schlug lang hin, knallte mit seinem Schutzhelm am Boden auf, blieb regungslos liegen.

Ein Schuss zerfetzte die Luft. Alle wichen zurück. Von dem Terroristen war nichts mehr zu sehen, woher war also der Schuss gekommen? Auf der gegenüberliegenden Seite der Straße stand ein zaundürrer Jüngling mit deutlich heraustretendem Adamsapfel und Piratenkopftuch. Er hielt eine kleine Pistole in die Luft, er schrie etwas von Sofort aufhören und Alle auf den Boden legen und Die Hände nach vorn ausstrecken. Der eine der US-Felsenkrokodilsgarde drehte sich um und checkte blitzschnell die Situation: Junger, nachlässig gekleideter Mann mit heiserer Stimme, Pistole.

»Verfassungsschutz!«, schrie Bobo und hielt ein laminiertes Kärtchen hoch.

Der Amerikaner kannte das Wort nicht. Er legte an und zielte auf einen der Oberschenkel. Er feuerte sein Gummigeschoss ab, doch er traf nicht, denn die beiden Berliner hatten sich auf ihn gestürzt und rissen ihn herum. Das Gummigeschoss fuhr an Bobo vorbei, in die Glasscheibe eines Juwelierladens, und die vielen Klunker rauschten mit fast weihnachtlichen Klängen herab auf den Gehsteig. Aus der anderen Richtung der Straße kam ebenfalls Blaulicht und Sirenengetöse. Alle Zivilisten hatten sich jetzt auf den Boden geworfen, ein Durchkommen war nicht mehr möglich. Der Tisch, an dem die drei großkarierten Wanderer gesessen hatten, war leer, wenn man den Blick gehoben hätte, hätte man sie in einer Passage verschwinden sehen können. Der Trachtler rappelte sich auf, versuchte, in die Richtung der drei Flüchtigen zu laufen, wurde aber durch einen Faustschlag des sonnengebräunten Obers gestoppt.

Jetzt kam der alte Knieriem aus dem Café, lallend, mit versonnenem Gesichtsausdruck, knülle wie ein Bierkutscher. Er hielt ein Weißbierglas in der Hand und hob es prostend hoch. Die Rosner Resl, die um das Leben ihres alten Stammgastes fürchtete, stürzte sich auf ihn und riss ihn zu Boden. Auf dem Kopfsteinpflaster liegend, wagte sie einen Blick auf die Straße. Aus der Richtung, aus der der Polizeibus gekommen war, erblickte sie eine Frau im Dirndl, die eilig auf sie zurannte und immer näher kam. Sie stieß gaffende Passanten beiseite und ließ sich auch von den gebrüllten Warnungen der Polizisten nicht beirren. Vor der zerbrochenen Scheibe des Juweliergeschäftes blieb sie schließlich schweratmend stehen und deutete zornig hinauf zum Balkon des Cafés. Dort oben stand der junge Mann. Er hielt das schreckliche Ding, den eckigen, schweren Gegenstand immer noch in der Hand und holte jetzt aus. Alle, die noch standen, warfen sich bäuchlings auf den Boden. Alle außer der Frau im Original Werdenfels-Dirndl, die mit wütendem Gesichtsausdruck in Richtung des Terroristen starrte. Das Schlimmste war zu erwarten. Alle hielten sich, das Gesicht auf den Boden gepresst, die Ohren zu. Angstvolle Sekunden vergingen. Dann warf der junge

Mann den schwarzen, eckigen Gegenstand in hohem Bogen vom Balkon. Als das Ding auf dem Pflaster aufschlug, explodierte es. Silberne Münzen flogen in die Luft und rollten nach allen Seiten weg.

»Einer Bedienung ihren Geldbeutel klauen!«, rief die Frau im Dirndl. »Das ist doch der Gipfel!«

54 Der Hoosh

Der grüngekleidete Besuch, dem Kittys Plätzchen nicht so recht geschmeckt hatten, war nicht der einzige Jäger, der verzweifelt nach Ronny Ausschau hielt.

Auch der Schnüffler blickte nachdenklich aus dem Fenster. Das bunte Durcheinander, das den Kurort ein paar Tage lang beherrscht hatte, löste sich nun auf. Der Spuk war vorüber. Die Straßen der Gewalt hatten sich fast vollständig in beschauliche Bummelpromenaden verwandelt. Auch die Korsos der allgegenwärtigen Polizeifahrzeuge lichteten sich und machten dem normalen zivilen Verkehr Platz. Der Schnüffler schwankte. Sollte er heute noch abreisen? Irgendein Gefühl sagte ihm, dass er diesen Auftrag doch noch erledigen konnte. Dass irgendwo eine Chance lauerte, diesen störrischen Erbschaftsverweigerer zu finden. Er hatte Ronnys Profil genau im Kopf. Der Schnüffler stöberte im Netz. Wo fand die nächste Demo statt? Wo gingen die jetzt alle hin? Er kannte sich in der politischen Szene, vor allem in dieser, kaum aus, konnte mit

den meisten Schlagworten, die sie riefen, nichts anfangen, er verlor schnell die Lust, für ihn war das alles nur schräg und gspinnert. Warum also hierbleiben? Er erinnerte sich wieder an den Würgegriff um den Hals, und ganz schnell verflüchtigte sich die Idee, doch noch einen Versuch zu machen, Ronny zu finden.

Er verließ das Hotel. Er hatte vor, zu der kleinen, billigen Imbissstube zu gehen und dort einen Abschiedshappen einzuwerfen. Doch als der Schnüffler in den Hotdog biss, hatte er einen ermittlerischen Geistesblitz. Er hätte sich fast verschluckt. Im Profil von Ronny hatte er auch von dessen ausgefallenen Ernährungsgewohnheiten gelesen. Der Glöcklerbe war anfangs strikter Vegetarier gewesen, dann noch strikterer Veganer, irgendwann auch einmal glühender Rohkostler und Demeterer. Er ernährte sich zeitweise biodyn und basisch, dann schwor er auf Sonnenlichtnahrung und energiereduzierte Mischkost, er hatte eine makrobiotische Phase, schließlich war er bei der Steinzeiternährung gelandet. In allem war er jedenfalls sehr puristisch und ausgesprochen kompromisslos gewesen. Der Schnüffler betrachtete seinen Hotdog. In so ein Ding würde Ronny niemals reinbeißen, da müsste das Würstchen schon aus freifliegenden Heuschrecken und die Semmel aus Flohsamenflocken sein. Solch eine Junkfood-Bombe, wie sie der Schnüffler momentan in der Hand hielt, wäre Ronny einfach zu beliebig gewesen. Wie aber hatte er sich dann hier ernährt? Hatte er sich die tägliche Biokiste kommen lassen? Hatte er alles hierhergeschleppt? Unwahrscheinlich. Hatte er sich vor Ort verköstigt? Das war ebenfalls unwahrscheinlich. Im Fernsehen hatten sie das Camp öfter gezeigt. Von wegen lauter Vegetarier und Veganer, Rohkostler und Demeterer! Die Ernährungsgewohnheiten der neuen Wilden waren bürgerlicher als der Papst katholisch war. Es gab dort ganz stinknormale Bratwürste, eigentlich die gegrillten Inbegriffe des Zeltplatzspießertums. Die Anarchisten liebten sie.

Ronny musste sich sein Essen woanders besorgt haben. Jetzt war der Schnüffler wieder im hellwachen Schnüffelmodus. Er schluckte die pappweiche Semmel mit dem zerkochten Würstchen schnell hinunter und durchwischte das Display seines Smartphones. Es gab sieben solche Läden hier im Kurort. Der erste war vage asiatisch-fernöstlich-indisch, aber ganz sicher vegetarisch geprägt.

»Haben Sie den Mann schon mal gesehen?«

Die Verkäuferin, ganz klassisch blass und blutleer, beugte sich über das Schwarzweißfoto. Die Verkäuferin und das Schwarzweißfoto passten irgendwie zusammen.

»Nein«, sagte sie, und auch ihre Stimme klang schwarzweiß. »Noch nie gesehen. Was ist das für ein Typ? Und was wollen Sie von dem?«

»Ich mache eine Schnitzeljagd. Wenn ich den finde, habe ich das nächste Level erreicht.«

Die Verkäuferin glaubte ihm. Er ging in die zwei regionalen Hofläden des Ortes und in ein Reformhaus, schließlich hatte der unbegabteste aller Schnüffler den richtigen Laden betreten, einen Bio-Supermarkt.

»Ja, klar war der da«, sagte der junge Mann an der Oliventheke. »Der hat was bestellt, sich aber dann nicht mehr blicken lassen. Sind Sie der, ders endlich abholt?«

Eine heiße Welle des Glücks durchströmte den Schnüffler.

»Ja, klar, der bin ich. Logisch, deswegen bin ich gekommen«, versetzte er hastig. Viel zu hastig für einen unauffälligen Schnüffler. Aber der junge Biomann war so reingewaschen vom Gesundbrunnen natürlicher Ernährung, dass ihm alles Hastige und Unreine an einem Menschen gar nicht auffiel. Er schleppte ein großes Päckchen herbei und wuchtete es auf die Ladentheke.

»Wann hat er das denn bestellt?«

»Äh, warten Sie – letzten Samstag. Da hatte ich Dienst. Er hat gesagt, er kommt die nächsten Tage vorbei.«

»Und was kostet der Spaß?«

»Gar nichts. Er hat im Voraus bezahlt.«

»Er hat im Voraus bezahlt? Er wollte also wiederkommen?«

»Ja, klar, sag ich doch.«

Perfekt, dachte der Schnüffler. Er blickte aus dem Fenster des Biologischen Supermarktes. Auf der gegenüberliegenden Straßenseite lag eine Pilskneipe. Man konnte von dort den Eingang dieses Ladens beobachten. Mehr als perfekt! Er würde sich dort hinsetzen und warten. Ronny holte, bevor er abreiste, sein Päckchen sicher noch ab. Er ließ doch nichts Biologisches verderben.

»Was ist da eigentlich alles drin?«, fragte der Schnüffler und deutete auf das Päckchen.

Der Verkäufer machte große, verwunderte Augen.

»Das? Das haben wir extra kommen lassen. Das ist Pemmikan Hoosh.«

»Ach so, na klar. Pemmikan Hoosh.«

Na prima, dachte der Schnüffler. Er würde das später im Netz nachschlagen. Er verließ den Laden und roch an dem Paket. Undefinierbar. Er hatte einmal eine Katze gehabt, deren Trockenfutter hatte genauso gerochen. In der Pilskneipe gegenüber bestellte er sich ein kleines Bier. Dann griff er zum Telefon und machte Meldung.

»Ich bin ganz nah dran«, flüsterte er. »Es kann nicht mehr lange dauern.«

Der Barmann unterbrach ihn. Er wies auf die Kiste.

»Sie wollen doch das üble Zeug von da drüben nicht etwa hier essen, oder?«

55 Die Tat

§ 258 StGB Strafvereitelung
Wer absichtlich vereitelt, dass ein anderer dem Strafgesetz gemäß wegen einer rechtswidrigen Tat bestraft wird, wird mit Freiheitsstrafe bis zu fünf Jahren bestraft.

Mittwoch, sieben Uhr früh ist ein ganz schlechter Zeitpunkt, und zwar für jedes denkbare Ereignis. Mittwoch, sieben Uhr früh ist der mieseste Zeitpunkt, den es in der Woche gibt. Das gilt erst recht bei einer solch grausigen Unternehmung, die den meisten von uns gottlob erspart bleibt: die Exhumierung. Dir als Exhumiertem kann es eigentlich ziemlich wurscht sein, aber für die, die da oben stehen am Grabrand, ist so eine vorgezogene Auferstehung von den Toten der reinste Horror.

Es war Mittwoch, sieben Uhr früh, und Kommissar Hubertus Jennerwein blickte starr nach unten. Er hatte vor, das, was jetzt gleich kam, mit professioneller Gelassenheit durchzustehen. Rein formal war der Leitende Ermittler in dem Fall (und ein solcher war Jennerwein jetzt ganz offiziell) überhaupt nicht zwingend verpflichtet, bei einer Exhumierung anwesend zu sein, viele seiner Kollegen ersparten sich das, ließen dem Gerichtsmediziner den Vortritt und lasen dann seinen

Bericht. Doch Jennerwein wollte sich nicht drücken. Nicht in diesem Fall. Das war er Ostler schuldig. Ostler hätte dasselbe für ihn getan. Als ihm dieser Gedanke durch den Kopf ging, zeigte sich auf seinem Gesicht ein Anflug von bitterem Lächeln.

Die Verwandten waren natürlich eingeladen worden, aber in diesem Fall war niemand gekommen. Das gehörte sich einfach nicht: Den Hansi in einer Lage sehen, wo er sich nicht mehr wehren konnte. Auch Hansis Cousine und der Wirt der Roten Katz, nämlich die Bas' und der Wastl, waren der Exhumierung ferngeblieben. Hölleisen hatte sie gestern angerufen und sie darüber informiert. Gut, dass er das blanke Entsetzen in ihren Gesichtern nicht gesehen hatte. Jetzt saßen sie in einem Nebenzimmer der Roten Katz, blass und müde von einer schlaflosen Nacht.

»Noch ist nichts verloren!«, sagte die Bas'.

»Doch, alles ist aus«, erwiderte der Wastl niedergeschlagen. »Wir sind erledigt.«

»Nein, Wastl, was soll uns denn passieren? Was haben wir uns denn zuschulden kommen lassen? Eine Ordnungswidrigkeit. Einen Verstoß gegen das Bestattungsgesetz. Eine Störung der Totenruhe. Eine Fälschung von ein paar Amtspapieren. Und vor allem: Wir haben ja keinen Vorteil daraus geschlagen! Wir haben es ganz uneigennützig für einen Verwandten gemacht, nicht für uns. Keine Bereicherungsabsicht, null kriminelle Energie.«

»Meine Wirtschaft kann ich jedenfalls vergessen.«

»Nichts kannst du vergessen. Reiß dich zusammen. Wir warten erst einmal ab, Wastl, dann sehen wir weiter.«

»Das ist doch Strafvereitelung, was wir gemacht haben. Ich habe nachgeschaut! Fünf Jahre Gefängnis!«

Die Bas' lächelte.

»Hast du denn den Paragraphen ganz gelesen?«

»Fünf Jahre!«, wiederholte der Wirt.

»Da schau einmal her.«

Die Bas' drehte das Notebook zu ihm hin.

»Hast du auch den Absatz drei gelesen? *Die Strafe darf*

nicht schwerer sein als die für die Vortat angedrohte Strafe. Was sagst jetzt? Es war ja bloß ein Unfall beim Hansi, keine Straftat. Also kann von Strafvereitelung schon einmal keine Rede sein.«

»Ich weiß nicht so recht.«

»Ich habe ein halbes Jahr in einer Rechtsanwaltskanzlei gearbeitet, glaub mir. Und dann musst du noch weiterlesen. Da, Absatz sechs: *Wer die Tat zugunsten eines Angehörigen begeht, ist straffrei.* Uns kann überhaupt nichts passieren!«

Der Wirt der Roten Katz schüttelte den Kopf.

»Trotzdem. Und dann die Dora! Was ist mit der?«

»Die Dora hat sich aus dem Staub gemacht. Wie vereinbart.«

Die Dora war deshalb ebenfalls nicht bei der Exhumierung dabei. Sie saß in einem Chalet und schaute hinaus aufs Meer. Sie hatte keine juristischen Bücher gewälzt, sie wusste auch so, was das Fälschen eines Totenscheins einbrachte.

Normalerweise ist eine Exhumierung die am spärlichsten besuchte Veranstaltung der Welt. Doch im Fall des Polizeihauptmeisters Ostler waren erstaunlich viele Leute gekommen. Zunächst ein kleiner, beleibter Mann, dem der Hemdzipfel hinten aus der Hose hing, Bestattungsfachwirt Gustav Ludolfi, mit ihm vier betont ernst dreinblickende Sargherauszieher in schwarzen, schlechtsitzenden Anzügen. Ebenfalls anwesend war die Staatsanwältin Antonia Beissle, die von Haus aus nicht gut auf Jennerwein zu sprechen war.

Die Gerichtsmedizinerin saß im Rollstuhl, neben ihr stand eine junge Frau im weißen Kittel.

»Ich kenne Sie doch«, sagte Jennerwein zu ihr.

»Schön, dass Sie sich an mich erinnern«, antwortete die junge Frau erfreut. »Obwohl ich ja inzwischen keine Zahnspange mehr trage.« Sie fletschte ihr Gebiss. »Wir haben schon einmal einen Fall zusammen gelöst, wenn ich das so sagen darf. Und jetzt studiere ich tatsächlich Medizin. Ich bin im praktischen Jahr und will Pathologin werden.«
»Sie sind Michelle?«
»Genau. Leichen pflastern meinen Weg.«
»Meinen auch.«
Michelle hatte mit vierzehn einen Girls' Day in der Gerichtsmedizin besucht, und ihr war, als sich die kichernden Klassenkameradinnen über die Leiche gebeugt hatten, als einziger nicht schlecht geworden. Die amtliche Gerichtsmedizinerin, die Frau im Rollstuhl, ließ sich von ihr schieben.

Maria Schmalfuß war hier, Ludwig Stengele, Franz Hölleisen, der Spurensicherer mit seiner Truppe, auch Polizeioberrat Dr. Rosenberger – das ganze Team Jennerwein hatte sich zu dieser Untersuchung versammelt. Doch damit nicht genug. Die geplante Exhumierung hatte über Nacht schnell die Runde im Kurort gemacht, die örtliche Presse war gekommen, auch die Öffentlichkeit konnte nicht ganz ausgeschlossen werden. Waren da hinten nicht die beiden Ratschkathln zu sehen? Und auf der anderen Seite, war das nicht … Sabine?

Die Kiste wurde langsam und vorsichtig heraufgezogen. Dadurch, dass jeglicher Blumenschmuck fehlte, dass auch niemand festliche Trauerkleidung trug, dass darüber hinaus keine Musik, kein Pfarrer, keine Reden die Härte und Bitterkeit der Situation abfederten, hatte das Erscheinen des Sarges etwas Ärmliches und Trostloses, wie auf einem kalten, herzlosen Stern, der so unnachgiebig und unerbittlich war, dass er nicht einmal den Toten ihre Ruhe ließ. Sabine Ostler zog die Schultern noch mehr hoch und starrte ins Grab. *Wer durch das Tal der Tränen geht, dem wird Hosianna gesungen werden.*

Die Helfer hatten den Sarg auf die Planke gehievt. Er stand wacklig, aber er stand. Jennerwein wünschte sich die Graseggers herbei, die selbst so eine schreckliche Sache mit einer gewissen Würde erledigt hätten. Die Staatsanwältin nickte Ludolfi zu. Der ging zum Sarg, zog einen Schraubenzieher aus der Tasche und begann, die Befestigungen zu lösen. Hochkonzentriert hob er den Deckel an. Das Quietschen und Krächzen der Scharniere ging allen durch Mark und Bein. Die Zeit verstrich unendlich langsam. Michelle, die angehende Gerichtsmedizinerin stand am nächsten. Hölleisen und Maria mussten sich abwenden, sie kämpften mit den Tränen. Dann hatte sich der Deckel endgültig gehoben. Alle blickten hinein.

Der Sarg war leer.

56 Das Hirn

Von der Holzdecke der Sauna lösten sich fette, höllenheiße Wassertropfen. Sie rissen nasse Löcher in die wabernden Dampfschwaden und klatschten zischend auf die glühenden Bodenfliesen. Die beiden schweißglänzenden Figuren, die nebeneinander auf der Fichtenholzbank saßen, hatten die Augen geschlossen. Ihre Köpfe waren auf die Brust gesunken, sie atmeten schwer, stöhnten dazwischen leise und röchelnd auf.

Doch der Reihe nach.

Nachdem Giacinta, Swoboda und der Hypnotiseur dem Tohuwabohu im Café Schlendrian entkommen waren, kletterten sie vom Loisachuferweg hinunter zum Geröllstrand, setzten sich dort auf einen großen Stein und beobachteten das Treibholz, das den Fluss heruntergedonnert kam. Giacinta wandte sich zu den anderen.

»Ich habe die Gewohnheiten dieses Kochs studiert. Er haust in einem Zimmer im Obergeschoss der Alt-Werdenfelser Schmankerlstuben, geht aber selten raus. Eigentlich gar nicht. Aber er hat wohl Rückenprobleme, ich tippe auf Bandscheibe. Die meisten Köche haben Bandscheibe, wegen der ungesunden Haltung am Herd und an der Platte. Mein Papa und ich wollten in Palermo einmal ein paar Auftragskiller in ein Restaurant schleusen. Sie ha-

ben als Küchenhilfen gearbeitet. Zwiebeln schälen, Tomaten häuten, Saucen abschöpfen, so was in der Art. Sie machten das gut, die Tarnung war perfekt, aber sie konnten am Abend ihre Aufträge nicht mehr erledigen, weil sie sich kaum mehr rühren konnten. Volle Bandscheibe.«

Wieder schlingerten ein paar Baumstämme vorbei und schlugen dröhnend aneinander. Ein besonders wagemutiger Kajakfahrer kurvte geschickt zwischen ihnen hindurch.

»Aber in diesem Falle ist die Bandscheibe vielleicht sogar unser Glücksbringer«, fuhr Giacinta fort. »Der Koch mit dem enormen Gedächtnis geht nämlich deshalb mindestens dreimal die Woche zum Massieren in die Sauna. Er nimmt den Loisachuferweg und kommt dabei genau hier vorbei.«

Swoboda schnalzte anerkennend mit der Zunge.

»Klasse, Giacinta. Dieses Wegstück ist von nirgends einsehbar. Außer natürlich von dort oben.« Er wies auf die waldigen Kramerhänge. »Aber dann müsste einer schon ein verdammt gutes Fernglas haben.«

»Wir können den Koch also hier abfischen.« Giacinta wandte sich an den Mann mit dem schwarzen Bart. »Wir beide lenken ihn ab und du hypnotisierst ihn.«

Der Schwarzbärtige schüttelte energisch den Kopf.

»Mit Verlaub – das finde ich keine besonders gute Idee. Er wird Begleiter dabeihaben. Er hat so wichtige Ressourcen im Kopf, den werden die doch nicht alleine herumspazieren lassen.«

»Ja, stimmt«, sagte Swoboda, »da hast du ausnahmsweise einmal recht. Du musst es also schnell und unauffällig machen. Wir beide kümmern uns um die Begleiter.«

Der Schwarzbärtige schüttelte abermals den Kopf.

»Ich würde auch deswegen davon abraten, dass *ich* das mache, weil er mich kennt, dieser Koch mit dem Künstlernamen

Mister Memory. Unsere gemeinsamen Auftritte sind zwei, drei Jahre her, er kann sich ganz sicher noch an mich erinnern. Er ist ja schließlich Gedächtniskünstler. Ich bin immer vor seiner Varieté-Nummer aufgetreten, wir sind uns in der Bühnengasse begegnet. Wenn ich ihn jetzt anspreche, dann sieht das so aus, als ob ich ihm nachgereist wäre. Dieser Mann ist zwar dumm, aber so dumm auch wieder nicht.« Der Hypnotiseur warf einen Stein ins Wasser. »Es ist schon merkwürdig. Er war in der ganzen Varieté-Truppe der Einzige, der ohne Trick gearbeitet hat. Er brauchte auch keine Tricks, er hatte einfach ein Wahnsinns-Hirn. Dem konnte man aus einem Telefonbuch ganze Seiten mit Nummern vorlesen, er saß mit einem dümmlichen Ausdruck da, hat Nummern, Namen, Adressen aufgesaugt und ohne einen Fehler wiedergegeben.«

»Un idiota sapiente«, bemerkte Giacinta. »Ein Mensch mit Teilleistungsstärke. Eine Inselbegabung.«

Swoboda stand auf und wandte sich an den Bärtigen.

»Dann bleibt nur eines übrig: Du musst uns das Hypnotisieren beibringen.«

Der Bärtige lachte auf.

»Ja, wenn das so einfach ginge! Eher lernt ihr Chinesisch! Das braucht Tage, wenn nicht Wochen. Manche lernen es gar nie. Außerdem ist das meine Lebensversicherung. Wenn ihr diese Technik beherrscht, dann braucht ihr mich ja nicht mehr.«

»Was, du vertraust uns nicht?«, fragte Giacinta mit gespielter Verwunderung.

»Ja, macht euch nur über mich lustig. Ich hätte mich gar nicht erst auf euch und eure Familie einlassen sollen. Aber jetzt ist es zu spät.«

»Wir vertrauen dir«, sagte Giacinta begütigend. »Schon

einmal aus dem Grund, dass du uns jederzeit hättest hypnotisieren können. Du hast es aber nicht gemacht.«

»Wer weiß? Vielleicht habe ich es ja gemacht.«

»Jetzt bitte keine Spompanadeln«, sagte Swoboda. »Wir haben nicht ewig Zeit und müssen uns beeilen. Noch sind im Kurort alle abgelenkt durch den Trubel. Der Trubel ist sogar noch größer geworden: Alles löst sich auf, alles fährt ab. Wir müssen so bald als möglich zugreifen.«

»Er geht zum Beispiel morgen früh zum Massieren«, fügte Giacinta hinzu. »Kannst du uns bis heute Abend etwas beibringen?«

Der Hypnotiseur seufzte.

Währenddessen saß der Hamberger Waggi weit weg und hoch oben auf den Kramerhängen und machte eine Brotzeitpause vom Holzschlagen. Er hob sein Fernglas und blickte hinunter ins Tal. An einer Uferstelle der Loisach standen sich drei Wanderer in karierten Hemden gegenüber, zwei Männer und eine Frau, sie hatten die Augen geschlossen und berührten ihre Gegenüber immer wieder leicht und zärtlich an der Schulter. Kopfschüttelnd setzte der Hamberger Waggi sein Fernglas ab und machte sich wieder an die Arbeit. Waren das noch die Verrückten vom G7-Gipfel? Oder waren das schon wieder ganz normale Touristen?

57 / The Help

Alle, die um das Grab herumstanden, wichen unwillkürlich einen Schritt zurück, als ob von diesem leeren Sarg eine undefinierbare Gefahr ausginge oder man zumindest Abstand von diesem schauerlichen Anblick haben wollte. Ungläubiges Entsetzen stand in allen Gesichtern, selbst so hartgesottene Polizisten wie Stengele oder Becker schauten erschrocken drein. Bestattungsfachwirt Gustav Ludolfi zitterte. Zwei seiner vier Helfer bekreuzigten sich und wandten sich ab, die anderen beiden entfernten sich schnell und verschwanden schließlich zwischen den Koniferen des Viersternefriedhofs. Maria schlug die Hände vor dem Mund, ihre Augen weiteten sich. Auch Franz Hölleisen rang nach Luft. Er drehte sich vom Sarg weg und stotterte:

»Wie ist das ... das kann doch nicht ...«

Kommissar Jennerwein fasste sich als Erster. Vorsichtig näherte er sich der geöffneten Erdstelle. Er ging in die Hocke, um die Ränder des Grabes näher in Augenschein nehmen zu können.

»Wir müssen so schnell wie möglich die Spuren sichern«, sagte er. »Stengele, organisieren Sie, dass alle Zuschauer und Friedhofsbesucher, die nichts mit der Polizei zu tun haben, nach draußen gehen. Ich selbst –«

Und plötzlich war er da, der Fotograf der örtlichen Presse, wie aus dem Nichts war er

aufgetaucht zwischen den Grabsteinen. Er schob Jennerwein schnell beiseite und stellte sich in eine günstige Position, um das allererste Foto von dem aufgebrochenen Sarg zu schießen. Jennerwein drängte ihn ab, hin zu Stengele, der ihn am Arm packte und wegführte. Jetzt erst bemerkte Jennerwein, dass schon weitere Neugierige zusammengelaufen waren, die nun rasch näher kamen. Von allen Seiten strömten sie herbei, keiner wollte den sensationellen Anblick versäumen. Viele hielten das Handy hoch und blitzten. Ein besorgter Zug erschien auf Jennerweins Gesicht. Er formte die Hände zu einem Trichter und rief laut:

»Dies ist eine polizeiliche Maßnahme! Bleiben Sie bitte alle dort stehen, wo Sie sind.«

Auch Stengele erhob die Stimme.

»Wer hier Tatortspuren versaut, der ist dran wegen Vernichtung von gerichtsverwertbaren Beweisen.«

Er konnte die Stimme so archaisch donnern lassen, dass alle unwillkürlich zurückwichen.

»Und das gibt saftige Strafen, meine Herrschaften!«, fügte Hölleisen laut hinzu, sozusagen als Übersetzer ins begreifbar Praktische. »Unter zwei Jahren Knast ist da nichts drin!«

Einige der Zuschauer hielten sich daran, doch die meisten bewegten sich weiter Richtung Grab, das Handy-Blitzlicht-Gewitter schwoll an.

»Was machen wir?«, fragte Hölleisen. »Die zertrampeln uns hier alles.«

»Wir bilden einen Ring«, versetzte Jennerwein. »Sie selbst, Maria, Stengele und Becker sowie Oberrat Dr. Rosenberger versuchen die Leute wenigstens auf zehn Meter zurückzuhalten, während Michelle und das restliche medizinische Team die biologischen Spuren sichern.«

Staatsanwältin Antonia Beissle, wie immer elegant gekleidet und in Pumps, die im weichen Boden quatschend versanken, kam einen Schritt näher. Sie fuchtelte entrüstet mit den Armen.

»Aber ich kann doch wohl bleiben«, murrte sie.

»Ja, in Ordnung, packen Sie mit an«, versetzte Jennerwein. »Am besten ohne Ihre Schuhe.«

Die Staatsanwältin schoss einen giftigen Blick ab. Jennerwein hob den Kopf und bemerkte, dass ganz hinten durch die Tore noch mehr Gaffer auf den Friedhof strömten. Die Neuigkeit hatte sich, den modernen Kommunikationsmedien sei Dank, in Nano-Eile herumgesprochen. Bremsen kreischten, Autos parkten vor dem Friedhof, einige Neugierige kletterten schon über die Friedhofsmauer.

»Das können wir alleine nicht schaffen«, rief Stengele. »Wir brauchen Hilfe. Und zwar schnell.«

Jennerwein überlegte. Es hatte überhaupt keinen Sinn, im Revier oder in der Leitstelle anzurufen. Das würde viel zu lange dauern. Kurzerhand wählte er die Nummer von Master Sergeant Rob Sneider, dem Verbindungsoffizier der US Army. Sneider meldete sich schnell und lässig.

»Hi, Chief«, sagte er. »Was gibts?«

»Sergeant, ich brauche Ihre Hilfe.«

»Schon wieder eine Kanone, die nicht losgeht?«

»Nein, ein Sarg, der nicht gefüllt ist. Ich muss schnellstens den Friedhof absperren. Spurensicherung. Ich habe dafür aber zu wenig Leute. Die Hintergründe erkläre ich Ihnen später.«

»Okay, wo können wir landen?«

»Landen?«

»Ja, ich schicke Ihnen einen Hubschrauber mit ein paar Infanteristen.«

»Der große Kiesplatz vor der Aussegnungshalle sollte gehen. Danke Sergeant.«

»Man hilft, wo man kann. Auch an den entlegensten Orten der Welt.«

Jennerwein atmete erleichtert auf. Stengele, Hölleisen und auch Polizeioberrat Dr. Rosenberger hielten die Menschen so gut es ging zurück, die jetzt, über Hügel, Böschungen und Absperrungen steigend, wie die Zombies von allen Seiten zum Grab kamen. Wobei die Richtung für herkömmliche Zombies eigentlich falsch war. Jennerwein wandte sich an Hansjochen Becker.

»Konnten Sie schon Proben nehmen? Wir müssen zuerst feststellen, ob Ostler überhaupt jemals in dem Sarg gelegen hat.«

»Ja, Chef, schon erledigt. Das mobile DNA-Labor steht bereits draußen auf der Straße. Aber sehen Sie, wie uns die Leute den Weg verstellen!« Becker schnaubte unwirsch. »Ich hasse offene Tatorte!«

Innerhalb von wenigen Minuten war die mehrköpfige Arbeitsgruppe Fasern/Haare/Boden an der Arbeit. Sie pinselten und schabten in dem frischen Grab herum. Sie fotografierten. Sie nahmen Erdproben. Jennerwein trat näher. Schon vorhin waren ihm die kleinen Beschädigungen am Sarggerüst aufgefallen. Holzsplitter standen ab, Erde war auf dem seitlichen grünen Rasen verstreut. Kurzerhand wählte er eine Nummer.

»Ach Sie sinds, Herr Kommissar. Wir sind gerade beim Frühstück, wollens kommen?«

Jennerwein erklärte Ursel die Lage. Zwei Minuten später waren die Graseggers schon unterwegs.

Die meisten der Neugierigen ließen sich von den scharfen Kommandos von Ludwig Stengele (schnarrendes Berg-Allgäuerisch), Franz Hölleisen (heisere, gebirgige Urschreie), Dr. Rosenberger (dröhnender Bassbariton) und Antonia Beissle (gerichtssaalgeschultes Staatsanwaltsorgan) halbwegs zurückhalten. Doch eine kleine Frau drängelte sich unbeeindruckt nach vorne. Sie hatte etwas Fanatisches, Unbedingtes, und die Leute machten ihr verwundert und erschrocken Platz. Ihre leicht hochgezogenen Schultern gaben ihr das Aussehen einer Furie, sie hatte die Augen starr auf das Grab gerichtet. Murmelnd und ab und zu Kopf und Arme in die Höhe werfend, stapfte sie auf ihr Ziel zu. Stengele packte sie an der Schulter. Sie versuchte, ihn abzuschütteln, doch das gelang ihr nicht. Sie ließ sich auf die Knie fallen.

»Feuer wird es regnen vom Himmel«, rief sie mit eindringlicher Stimme, »und der erste Engel wird posaunen, und es wird ein Hagel, mit Blut gemengt, auf die Erde fallen, und der siebenköpfige Drache wird dort oben erscheinen, und er wird Unheil über die Erde bringen am Jüngsten Tag.«

In ihrem Gesicht erschien der Ausdruck des wissenden Entsetzens. Sie deutete mit der Hand nach oben. Alle richteten ihren Blick unwillkürlich ebenfalls dorthin. Ein Osprey V-22 senkte sich langsam auf den Viersternefriedhof.

»Ja, Wahnsinn!«, rief die Hofer Uschi in einiger Entfernung vom Grab. »Jetzt kümmern sich sogar die Amis schon um den Hansi.«

Die Weibrechtsberger Gundi lachte auf.

»Wenn ich nur daran denke, was auf der Schleife von unserem Kranz gestanden hat: Ruhe sanft!«

58 Der Jazz

> **NINA2** | **GLOBOBLOG**   **MI, 10. JUNI 11:00**
> Trau niemals einem Begriff, von dem man *keine* Mehrzahl
> bilden kann: Heimat. Vaterland. Gemütlichkeit. Ich. Glanz.
> Weltall. Spott. Geist. Adel. Friede. Gold. Heu. Milch. Dreck.
> Regen. Lärm. Nässe. Publikum. Blut. Überfluss. Alles.
> Nichts. Kaviar. Glauben. Staub. Durst. Zorn. Sonnenschein.
> Stille. Wissen. Verkehr. Liebe. Papperlapapp. Alter. Laub.
> Obst. Kälte. Jugend. Glück. Wachstum. Schmuck. Personal.
> Chaos. Dressurreiten. Fleisch. Schnee. Und vor allem
> – Jazz.

Nina2 saß in der spärlich besuchten Jazzkneipe, die zum Frühschoppen schon geöffnet hatte und in der es nach durchweichten Bierdeckeln roch. Brunch-Jazz mit Miles-Davis-Bagels. Oben auf der Bühne säuselte die Trompete *Satin Doll* von Duke Ellington, unten aber war die Fakeloggerin konzentriert über ihr Notebook ohne Lüftung gebeugt. Die Lüftung lag am Fuß des Vorderen Hundskofels. Die Spezialistin für schmutzige Einsätze tippte wild und leidenschaftlich, ihre Gedanken waren wieder einmal schneller als ihre Finger.

> NINA2 | GLOBOBLOG MI, 10. JUNI 11:05
>
> Ich persönlich mag Jazz nicht, zu drösig, zu pampelig, am meisten hasse ich die schmierige Jazztrompete. <schüttel> Trotzdem ist eine Jazzkneipe ein guter konspirativer Ort. Dunkel, schummrig, mit gemischtem, undefinierbarem Publikum. Vielleicht mögen alle Spitzel, V-Leute und Denunzianten ebenfalls keinen Jazz und kommen deshalb nicht hierher. //Spaß off/ Was mir richtig auf die Nerven geht: Ich checke alle paar Minuten die Weltnachrichten, aber es gibt null Meldungen eines Attentats auf den japanischen Premierminister. Ganz im Gegenteil: Gerade diesen Herren sehe ich besonders häufig in die Kamera grinsen und die üblichen staatsmännischen Phrasen absondern. Voller Erfolg des Gipfels, CO_2-Werte stabil, blabla ... Klar, logo, das sind wohl ältere Aufnahmen, die da eingespielt werden. Wie lange können die das durchziehen? Irgendwann müssen sie raus mit der Attentatsmeldung. Ewig werden sie das nicht verschweigen können.

Nina2 drückte die Cheftaste, denn eine dunkle, hagere Gestalt hatte sich ihrem Tisch genähert. Der Mann nickte kurz und setzte sich auf den Stuhl neben ihr. Er machte zwar keine Anstalten, auf ihr Display zu schauen, aber rein sicherheitshalber schaltete sie auf ihren Fake-Blog um. Auf der Bühne war das Gebrummsumse eines bauchigen Kontrabasses zu hören. Sie saßen eine Weile da und hörten regungslos zu, wie echte Jazzfans, die ganz Ohr sind und das Mitwippen den Banausen überlassen. Schließlich beugte sich Nina2 zu dem Mann und raunte ihm ins Ohr:

»Und? Hast du meine Gage dabei?«

»Wieso?«, entgegnete der andere unfreundlich.

Nina2 kniff die Augenbrauen verwundert zusammen.

»Ich habe den Auftrag erledigt.«
»Willst du mich verarschen?«
»Ich habe ihn erschossen.«
Der Mann schwieg.
»Ich habe Bilder davon gemacht. Du kannst sie sehen.«
Sie blickte sich unauffällig um. Dann öffnete sie eine Fotodatei. Ein Wald, eine Lichtung, ein toter Mann mit unverkennbar fernöstlichem Aussehen. Die Schusswunde war deutlich zu sehen, einen Zentimeter unterhalb des rechten Schläfenbeins, knapp neben dem Ohr. Der Hagere beugte sich zu Nina2:

»Du Knallkopf hast ein Double des japanischen Premierministers erschossen. Du hast es versaut. Und ich bin gekommen, um den Vorschuss zurückzuholen.«

Die Augen von Nina2 waren schreckgeweitet.

»Aber ... das kann doch nicht ...«

Im Halbdunkel sah sie das matte Glänzen des Pistolenlaufs mit Schalldämpfer.

Auf der Bühne spielte Dirk, der Trompeter, besonders leise und gefühlvoll *Summertime* von George Gershwin. Tolle Bea da unten, dachte er. Leider blickte sie nicht mehr zu ihm hoch, sondern sah diesen Typen neben ihr mit großen Augen an. Egal. Ein Solo noch, dann würde er runtergehen und sie ansprechen.

»Ich gebe dir bis morgen Zeit«, sagte der Mann hinter dem Pistolenlauf.

Nicht weit von der Jazzkneipe entfernt parkte ein kleiner, verbeulter Lieferwagen, der laut Reklameaufschrift zu einer Dachdeckerfirma gehörte. Drinnen saßen Sergei Wassiljewitsch Kapustin und sein Führungsoffizier Anatoli Konstantinowitsch Lwow, beide alles andere als Dachdecker, vielmehr Mitarbeiter des glorreichen russischen Geheimdienstes.

»Wir sollten unsere Zelte hier im Kurort abbrechen«, sagte Sergei Wassiljewitsch. »Es lohnt sich nicht mehr. Was meinst du, Anatoli Konstantinowitsch?«

Lwow schnitt ein skeptisches Gesicht.

»Was hört man von dem langnasigen Mann mit dem zerknitterten Gesicht, der aussieht wie Väterchen Frust?«

»Der Zobel?«

»Ja, der hat sich schon lange nicht mehr gemeldet.«

»Ich denke, das ist der klassische Fall von einem Khlopotun*. Der bringt uns keine Informationen.«

»Das sehe ich auch so«, erwiderte Anatoli Konstantinowitsch Lwow.

So groß und ruhmreich der russische Geheimdienst auch sonst arbeitete, hier irrten sich beide. Der Mann, der wie Sean Penn aussah, sollte noch Entscheidendes zur Wahrheitsfindung beitragen.

Die ältere, elegant gekleidete Dame mit dem blauschimmernden Haar starrte hinaus auf das spiegelglatte Meer. Sie saß auf der Terrasse ihres kleinen Häuschens in Südfrankreich. Kormorane kreisten über dem nassen Sand, kein Wölkchen war am Himmel zu sehen. Dora Rummelsberger schloss die Augen und atmete die frische, salzige Luft ein. Doch sie konnte das alles heute nicht genießen. Sie zitterte am ganzen Körper. Sie wusste selbst, dass es kein besonders gutes Versteck war. Irgendwann würden die Uniformierten an der Tür klingeln und mit einem internationalen Haftbefehl herumwedeln. Vielleicht noch nicht heute, aber ganz sicher in den nächsten

---

* хлопотун: Russisch für Gschaftlhuber, Wichtigtuer

Tagen. Alles war schiefgegangen. Sie hätte dem Kurort nicht den Rücken kehren sollen. Dadurch hatte sie sich erst richtig verdächtig gemacht. Sie hätte sich auf das Ganze nicht einlassen sollen. Langsam trat sie in den Garten und schritt zu dem bunten Gemüsebeet mit den selbstgezüchteten Zucchini. Sie schlenderte an den vielen Sorten vorbei und berührte die mattglitzernden Früchte mit den Fingerspitzen. Die sattgrüne *Diamant* und die gelbe *Gold Rush* waren schon überreif. Aus diesen beiden Arten war ihr eine Kreuzung gelungen. Wie von selbst zerdrückten ihre Finger zwei, drei der edlen Früchte und zerrieben sie langsam. Sie riss eine gesprenkelte *Liona* ab und zerdrückte sie mit der bloßen Faust. Das wässrige Fruchtfleisch tropfte auf den Boden und bildete eine klebrige Pfütze, in der sich die mediterrane Sonne spiegelte. Das fiebrige Glimmen in ihren Augen wurde stärker, schließlich gab es kein Halten mehr. Sie nahm Anlauf, sprang hoch und zerstampfte das Beet mit den unvergleichlichen *Zucchini de Nice à Fruit Rond*, dann packte sie einen Gartenstuhl und zertrümmerte damit die Vorderfront des Gewächshauses. Ein eisernes, bitterschmeckendes Feuer des Zorns brannte in ihr: der Furor aller Ropfmartlschen. Sie griff sich den lehmigen Spaten, holte aus und schlug auf die Zucchini ein, bis alles nur noch ein einziger Gemüsebrei war. Endlich hielt sie schweratmend und japsend inne. Sie beruhigte sich langsam wieder. Plötzlich hörte sie Schritte im Nachbargarten. Die Polizei? Dann war es eben so. Mit einem Seufzer erhob sie sich und ging mit unsicheren Schritten zum Zaun. Doch dort stand nur ihr Nachbar.

»Ich verreise ein paar Tage«, sagte er. »Würden Sie auf mein Haus aufpassen und die Tomaten gießen? Sie haben doch den sprichwörtlichen grünen Daumen, Frau Dr. Rummelsberger. Hier ist der Schlüssel.«

Der Schnüffler saß schon seit dem frühen Morgen wieder in der Pilskneipe gegenüber des Biomarkts und beobachtete dessen Ein- und Ausgang. Leise und unauffällig trocknete der Barmann Pilsgläser ab.

»Ich habe mich gefragt, was Sie für einen Beruf haben«, sagte der Barmann leichthin.

»Ich bin Privatdetektiv und beobachte den Eingang dort drüben«, entgegnete der Schnüffler.

»Na klar. Und ich bin Elvis Presley«, sagte der Barmann.

Von der Holzdecke der Sauna lösten sich immer noch fette, höllenheiße Wassertropfen. Sie rissen weiterhin nasse Löcher in die wabernden Dampfschwaden und klatschten zischend auf die glühenden Bodenfliesen. Die beiden schweißglänzenden Figuren, die nebeneinander auf der Fichtenholzbank saßen, hatten die Augen geschlossen. Ihre Köpfe waren auf die Brust gesunken, sie atmeten schwer, stöhnten dazwischen leise und röchelnd auf. Vor der Sauna lag die Kleidung der beiden schwitzenden Leibwächter. Ihre Schuhe, ihre Socken, darauf säuberlich drapiert: ihre wuchtigen Schießprügel, ihre Stichwaffen. Von diesen Bodyguards ging keine Gefahr mehr aus, der Mann mit schwarzem Bart hatte sie kunstvoll hypnotisiert.

Der bandscheibengeschädigte Gedächtniskünstler wiederum lag schon auf der Liege. Er erwartete den üblichen Masseur, doch der schnarchte in seinem Aufenthaltsraum. Giacinta hatte die Kunst der Hypnose schnell gelernt, und der Tiefschlaf des Masseurs war sehr tief. Der Koch aalte sich bäuchlings auf der Massagebank.

»Wie lange dauert denn das heute!«, murmelte er.

Die Tür öffnete sich und herein kam ein Mann mit ziellos

von Punkt zu Punkt springenden Augen. Er griff dem Koch mit einer Hand an die Schulter und knetete ihn eine Weile durch. Mit der anderen Hand berührte er ihn am Oberarm.

»Spüren Sie den Druck meines Fingers? Konzentrieren Sie sich darauf. Spüren Sie den Druck meines Fingers? Konzentrieren Sie sich darauf. Spüren Sie ...«

Karl Swoboda war selten so eindringlich gewesen.

59 Der Kreis

Als der V-22 Osprey auf dem Viersternefriedhof landete, sprangen sechzehn Infanteristen der US Army aus dem Hubschrauber und schwärmten aus. Nach einer kurzen Instruktion von Kommissar Jennerwein zog die Hälfte von ihnen einen Kreis rund um den Friedhof, die andere Hälfte kümmerte sich um die Abwehr der Eindringlinge.

»Es ist wahrscheinlich zu spät«, sagte Ludwig Stengele missgelaunt. »Wir werden kaum mehr brauchbare Spuren finden. Sie haben alles vollständig zertrampelt.«

»Probieren wir es trotzdem«, sagte Jennerwein.

Das Team von Jennerwein, verstärkt durch den Polizeioberrat, Michelle und die Staatsanwältin, suchten nun den Friedhof ab, aber Ludwig Stengele hatte recht. Nichts. Keine Spuren. Keine Hinweise auf einen Grabraub. Jennerwein blickte auf. Von der Ferne winkten Ursel und Ignaz. Sie wurden durchgelassen, nachdem Jennerwein sein Okay gegeben hatte.

»Dass wir uns so bald wiedertreffen, das hätte ja kein Mensch gedacht«, sagte Ursel.

»Eine schlimme Sache mit dem Hansi«, sagte Ignaz. »Schlimm genug, dass einer stirbt. Aber noch schlimmer ist, wenn er nicht einmal danach seine Ruhe hat.«

Jennerwein führte sie zum Grab.

»Sehen Sie sich das bitte genau an. Was ist Ihrer Meinung nach hier geschehen?«

Ignaz ging in die Hocke und untersuchte das Holzgerüst. Er stand wieder auf und sagte:

»Also, ein Tier war es jedenfalls nicht. Da hat jemand mit der Schaufel das lockere Erdreich aufgegraben, dabei ist das Brett, das das Gerüst an der Seite abstützt, gebrochen, und die Erde ist in den Zwischenraum zwischen Gerüst und Aushub gesunken. Der Sarg selbst ist aufgestemmt worden. Schauen Sie her, da sind noch Kratzspuren. Die Leiche wurde herausgezogen. Dann hat der Grabräuber die Erde wieder draufgeschüttet und die Blumen und Kränze halbwegs wie vorher drapiert. Haben Sie das beim Exhumieren alles nicht bemerkt? Da wären die Spuren noch besser zu lesen gewesen.«

Ursel stieß Ignaz mit dem Ellenbogen in die Seite.

»Geh zu, sei halt nicht so hart. Der Kommissar tut, was er kann.«

Jennerwein wiegte den Kopf.

»Sie haben schon recht. Wir haben mit so etwas natürlich nicht gerechnet. Deshalb habe ich Sie ja hergebeten.«

Ignaz hob die Arme.

»Ja, mehr kann ich Ihnen jetzt leider auch nicht sagen.«

»Ich bedanke mich jedenfalls bei Ihnen. Wenn Sie wollen, können Sie wieder nach Hause gehen.«

»Aber nicht doch«, sagte Ignaz. »Es war uns immer schon eine Ehre, der Polizei bei der Arbeit zuzusehen.«

Diesmal war der Rippenstoß von Ursel noch schmerzhafter.

Jennerwein besah sich noch einmal Zentimeter für Zentimeter der Grabstelle. Wer hatte Interesse daran gehabt, Ostlers Leiche aus dem Sarg zu entfernen? Was hätte die Leiche verraten? Jennerweins Blick fiel auf Sabine. Sie kniete immer noch in einigem Abstand vor dem Grab. Sie hatte den Kopf gesenkt, die Hände gefaltet, sie murmelte wohl ein Gebet. Was hatte sie damit zu tun? Plötzlich schoss Jennerwein ein Gedanke durch den Kopf. Hatte sie vor, ihre DNA hier am Tatort zu lassen, damit ihre vorhergehenden Manipulationen nicht auffielen? Tat sie nur so verrückt? Aber andererseits war es ziemlich unwahrscheinlich, dass diese kleine, zarte Frau den großgewachsenen, schweren Ostler aus dem Grab gezogen und weggebracht hatte. Jennerwein bat die Polizeipsychologin, sich um Sabine zu kümmern.

»Was meinen Sie, Maria? Spielt sie uns etwas vor? Ist es wirklich religiöser Wahn oder geschickte Manipulation?«

Maria zuckte die Schultern.

»Ich weiß nicht, ob man Wahnvortellungen so simulieren kann, aber ich werde sehen, was ich herausfinden kann.«

Im Inneren des Friedhofs durchkämmte das Team von Jennerwein noch einmal alle Winkel. Es gab immerhin die winzig kleine Möglichkeit, dass der Grabschänder Ostlers Leiche hier irgendwo abgelegt hatte. Aber auch diese Suche brachte nichts ein, außer dass hinter einem Koniferenstrauch zwei Frauen hervorgezogen wurden, die sich als Gundi Weibrechtsberger und Uschi Hofer ausweisen konnten. Jennerwein blickte nachdenklich auf den leeren Sarg. Die beiden Graseggers standen immer noch in gebührendem Abstand an der Seite und flüsterten leise miteinander. Schließlich traten sie näher.

»Entschuldigen Sie, Herr Kommissar, wir wollen Sie nicht in Ihren Überlegungen stören. Sie und Ihre Leute suchen ja sicherlich nach Schleifspuren hier und im Rest des Friedhofs.«

»So ist es«, sagte Jennerwein. »Es könnte aber auch sein, dass der Täter die Leiche herausgezogen und auf die Schultern genommen hat.«

»Wenn er das gemacht hat«, sagte Ignaz, »dann kann es nur auf dieser Seite gewesen sein.« Er deutete zur Längsseite des

Grabes. »Wenn er die Leiche hier aufgeschultert hätte, dann müssten auch schwere Trittspuren zu finden sein.«

»Die sind natürlich nicht mehr zu erkennen«, fügte Ursel hinzu, »bei den vielen Leuten, die hier herumgetrampelt sind. Aber sehen Sie da –«

Sie deutete auf eine kleine Pfütze, die sich vor dem Grab gebildet hatte, und über die alle Polizisten und Neugierigen gesprungen waren. Jennerwein bückte sich und betrachtete die Ränder der Pfütze genauer. Sein Gesicht spiegelte sich in dem Wasser. Ein unauffälliges, ernstes Ermittlergesicht. Die beiden Graseggers verfolgten Jennerweins Untersuchungen aufmerksam.

»Ja«, sagte Ursel plötzlich, als wenn sie Jennerweins nächsten Gedanken erraten hätte, »jetzt bräuchten wir einen Strohhalm oder etwas Ähnliches.«

Jennerwein blickte auf und lächelte. Er bat Michelle um einen Infusionsschlauch, er saugte an wie ein Benzindieb, ließ das Wasser ins Grab fließen. Es dauerte nicht lange, bis die Pfütze leer war. Auf dem feuchten Boden war ganz deutlich eine breite Reifenspur zu sehen, die sich inmitten all des Trubels erhalten hatte.

»Das sieht mir ganz nach einem Schubkarrenreifen aus«, rief Ignaz. »Der Leichendieb hat den Ostler auf einen Schubkarren geworfen und ihn damit abtransportiert.«

60 Die Alm

Bruder Sebastian bekam von alledem nichts mit. Der großgewachsene Mann mit dem klassisch kahlgeschorenen Schädel trug eine grobgewirkte, braune Kutte. Er bediente die hölzerne Butterschleuder so routiniert, als ob er sein Leben lang schon gebuttert hätte. Man sah ihm an, dass er körperliche Arbeit gewohnt war, dass er sie nicht scheute und im Gegenteil mit bedächtigem und meditativem Stolz ausführte. Bruder Sebastian hatte jetzt schon zwei Tage keine Nachrichten von draußen mehr gehört, er hatte auch kein Bedürfnis danach. Es gab auf der Klosteralm zwar einen Computer, einen Fernseher und ein Radio, aber kaum jemand benützte diese Instrumente der angeblich notwendigen sozialen Kontaktaufnahme.

Das Alm-Profugium lag in fünfzehnhundert Metern Höhe, es gab jedoch keinen ausgewiesenen Weg dorthin. Nicht einmal einen Holzweg. Die Mönche waren angehalten worden, die Alm immer wieder von neuen Seiten und querfeldein anzusteuern, um keine Trampelpfade entstehen zu lassen. Wanderern, die zufällig auf das bäuerlich wirkende Anwesen stießen, wurde durchaus nicht verschwiegen, dass es sich um die Außenstelle eines Klosters handelte, um eine Art landwirtschaftlichen Betrieb. Da aber kaum jemand von der Existenz eines Profugiums wusste, fragte niemand weiter nach. Die Alm war von reichlich Wald umgeben,

deshalb konnte Holz geschlagen werden, die Mönche hielten darüber hinaus Rinder und legten Fischteiche an. Die zwei oder drei dutzend Bewohner der Alm versorgten sich weitgehend selbst.

Bruder Sebastian hatte seinen neuen Namen gewählt, weil ihm die Darstellung dieses Heiligen auf der Eingangstür zur Gaststube der Roten Katz sofort ins Auge gefallen war: Der Hl. Sebastian, Schutzpatron der Jäger und Leichenträger. Er hatte das Gefühl, dass er wesentlich länger als zwei Tage hier war, vielleicht schon immer, vielleicht schon mehr als immer. Mehr als immer? Solche Dinge sind ja sowohl in der Höheren Mathematik als auch im Katholizismus durchaus möglich. Bruder Sebastian butterte weiter. Die schlierige Masse aus Rahm nahm langsam feste Form an. Er nahm ein Löffelchen und kostete eine Flocke. Köstlich. Nie wieder Supermarktbutter, dachte er.

»Du sollst zum Abt kommen, Novize.«

»Jetzt sofort?«

Der andere Mönch, ein schmächtiger Mann undefinierbaren Alters wies ihm den Weg.

Der Abt strahlte Ruhe aus. Auch ohne geistliche Insignien. Er trug eine bequeme Lederhose und ein wollenes Hemd. Keine Kutte, auch keine weiteren Kleidungsstücke, die Stand und Stellung repräsentierten. Er reichte dem neuen Profugiumsbruder die Hand und musterte ihn.

»Wie ich hörte, hast du deiner eigenen Beerdigung beigewohnt?«, fragte er interessiert.

»Ja, das ist wahr. Ich habe die ganze Zeremonie mit dem Fernglas beobachtet.«

Der Abt lächelte milde.

»Diejenigen von uns, die in den ersten Tagen zurückgegangen sind, um ihre Grablegung zu beobachten, das sind in der Regel diejenigen, die bei uns geblieben sind. Wer das aushält, hält noch viel mehr aus.«

»Schön war es allerdings nicht bei meiner Leich, das kann ich Ihnen sagen, Herr Abt. Und ganz ehrlich: Es hat auch einen Moment gegeben, wo ich hinunterlaufen wollte zur Trauergesellschaft, um alles aufzuklären.«

Der Abt nickte ernst.

»Für diese Anfechtung brauchst du dich nicht zu schämen. Du kannst stolz darauf sein, sie überwunden zu haben. Natürlich kann jeder das Profugium allzeit verlassen. Dann sind ihm allerdings dessen Pforten für immer verschlossen.«

»Ja, das weiß ich. Der Herr Monsignore Schafferhauser hat mich über alles aufgeklärt.«

Die beiden Männer standen nun in einem Abstand voneinander, bei dem sie sich ohrfeigen, aber auch umarmen konnten. So wie der Abt nichts Autoritäres an sich hatte, so hatte umgekehrt Bruder Sebastian nichts Devotes. Ein schönes Paar.

»Man hat mir gesagt, du hättest Schwierigkeiten mit der Sobrietas?«

»Wie meinen der Herr Abt?«

»Mit der Selbstbeherrschung.«

Bruder Sebastian nickte.

»Ach so, ja freilich. Die Selbstbeherrschung ist bei mir manchmal eine heikle Sache. Sie hat mir große Schwierigkeiten bereitet.«

Der Abt schritt zum Fenster und sah hinaus.

»Du teilst dieses Schicksal mit vielen Menschen. Auch große Geister leiden daran. Der Kardinal Giuseppe Albani, ehemals Leiter der vatikanischen Bibliothek, war der sanftmütigste und gutherzigste Mensch, den man sich vorstellen kann. Sein Dienst an den Armen war legendär. Seine Geduld war sprichwörtlich. Aber er war ein extremer Choleriker. Er hat viel von dem, was er über Jahre aufgebaut hat, in einem einzigen Augenblick zerstört.«

Der Abt wandte sich um und lächelte.

»Man muss Möglichkeiten finden, die kochenden und brodelnden Säfte der Galle in nützliche Energien umzuwandeln.«

Bruder Sebastian nickte.

»Jetzt habe ich noch eine ganz dumme Frage. Wie darf ich Sie ansprechen?«

»Die korrekte Anrede wäre *Eure Eminenz*, aber ich lege keinen Wert darauf. *Abt* genügt.«

»Abt. Einfach Abt? Ohne einen Namen dazu?«

»Viele hier haben ihren Namen abgelegt, ohne einen neuen zu wählen.«

Bruder Sebastian musterte sein Gegenüber eingehend.

»Haben Sie denn auch –?«

»Ich bin nicht ohne Grund hier«, unterbrach ihn der Abt schnell und ein wenig schroff. »Aber es geht hier nicht um mich, sondern um dich. Ich habe schon bemerkt, dass du alles genau betrachtest, prüfst und beurteilst. Auch hier im Zimmer hast du dir die Türschlösser, Fenster und Fluchtmöglichkeiten genau angesehen. Ich vermute, du bist im Sicherheitsbereich tätig gewesen?«

»Das kann man so sagen, ja.«

»Du wirst einige Monate hier arbeiten, kannst dich aber schon jetzt mit dem Gedanken vertraut machen, versetzt zu werden. Wir brauchen Menschen wie dich, vor allem im Bereich des Personenschutzes.«

»Aber wie soll das gehen? Ich kann mich doch nicht einfach auf der Straße blicken lassen!«

»Du wirst nicht in der Öffentlichkeit wirken. Du bist nicht

dazu bestimmt, ein einfacher Patrouillengänger zu werden. Du bekommst eine höhere Position. Dazu musst du allerdings einen Fortbildungskurs absolvieren.«

Der Abt ging zu seinem Schreibtisch und wandte sich dort seinen Papieren zu.

»Das Gespräch ist beendet«, sagte er mit ungewohnter Schärfe.

Bruder Sebastian verneigte sich und ging zur Tür. Eine Fortbildung, dachte er. Ausgerechnet für den höheren Sicherheitsdienst. Damit hätte er nicht gerechnet. Er wollte die Tür gerade öffnen, da sagte der Abt:

»Beherrschst du die italienische Sprache?«

Bruder Sebastian schüttelte den Kopf.

»Dann lerne sie. Du wirst nach Rom versetzt werden.«

Bruder Sebastian verneigte sich. Dann schloss er die Tür leise und sorgfältig. Er durchschritt das lichtdurchflutete Atrium und stieg die Treppe zur Bibliothek hinunter. Seine Bewegungen wurden langsamer und bedächtiger. Er lieh sich beim Bruder Bibliothekar eine Sprachschule aus und lernte seinen ersten italienischen Satz. Lasciate ogni speranza. Dann lenkte er seine Schritte wieder zu der hölzernen Butterschleuder, um seine Arbeit fortzusetzen.

Und so entschwindet Polizeihauptmeister Johann Ostler aus unser aller Augen. Es bleibt zu befürchten, dass wir ihn niemals wiedersehen werden.

61 Fußreflexzonen

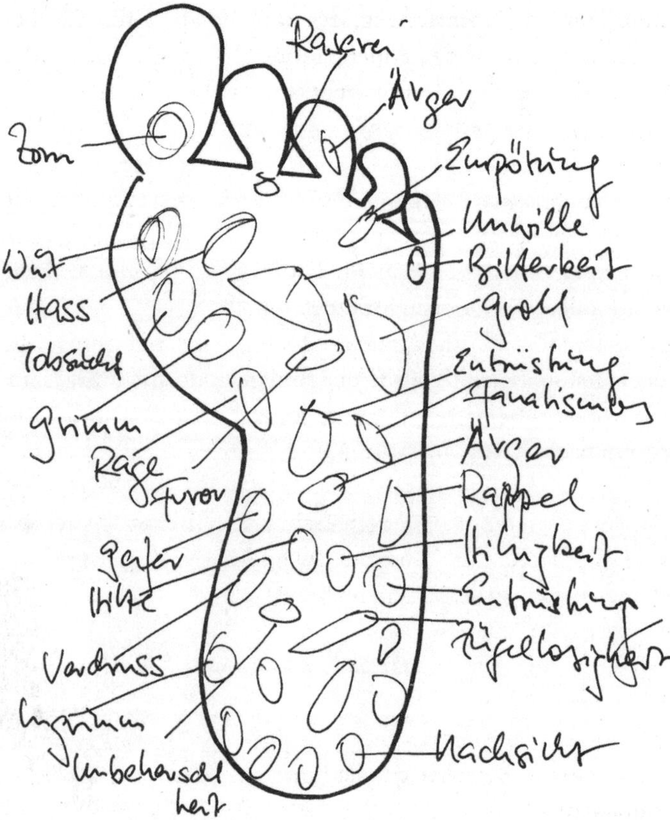

Raserei
Ärger
Zorn
Empörung
Unwille
Wut
Bitterkeit
Hass
Groll
Tobsucht
Entrüstung
Fanatismus
Grimm
Ärger
Rage
Furor
Rappel
Geifer
Hitzigkeit
Hitze
Entrüstung
Zügellosigkeit
Verdruss
Ingrimm
Nachsicht
Unbeherrscht-
heit

62 Der Fund II

Zuerst dachte der Spaziergänger, es wäre ein Betrunkener, der aus irgendeinem obskuren Grund auf seiner Schubkarre eingeschlafen war. Der Rentner aus Oldenburg war den fichtenumsäumten Drachslerweg, der zum Friedhof führte, entlanggegangen, hatte das Alpenpanorama bewundert und die würzfrische Luft geschnuppert. Dann fiel sein Blick auf die Schubkarre.

Er näherte sich vorsichtig und berührte den über und über mit Erde beschmutzten Körper mit seinem Spazierstock. Doch der Daliegende bewegte sich nicht. Lediglich der Schmetterling, der sich auf seine roten, in Strähnen herablaufenden Haare gesetzt hatte, flog auf. Die Arme des Mannes waren angewinkelt, die Finger steif. Jetzt begriff der Rentner aus Oldenburg. Er stolperte den Weg zurück, kippte jedoch nach einigen Schritten ohnmächtig nach hinten um und blieb regungslos liegen.

Lange nichts. Dann Ohrfeigen. Scharfe, klatschende Ohrfeigen. Er machte eine Abwehrbewegung mit der Hand. Doch dann hörte er die Stimme der Frau:
»Was ist mit Ihnen los? Soll ich einen Arzt rufen?«
Er öffnete die Augen.
»Da hinten«, stotterte er, »da hinten auf der Schubkarre!«

Die Frau drehte sich um und ging ein paar Schritte in diese Richtung. Ein spitzer Schrei. Der Rentner war wieder hellwach. Er griff zum Telefon und wählte die Notrufnummer.

»Ja«, sagte Franz Hölleisen am anderen Ende der Leitung, »Sie sind hier richtig bei der Polizei. Was gibts?«

Hölleisen hatte die Notrufnummer auf sein Handy umgeleitet. Er hörte aufmerksam zu. Seine Augen weiteten sich, er wurde blass wie ein leeres Blatt Papier. Immer wieder schüttelte er den Kopf. Die anderen Teammitglieder, die in der Nähe des Grabes die Suche fortsetzten, wurden aufmerksam und kamen näher.

»Was ist denn los?«, fragte Maria.

»Ein Leichenfund, ganz in der Nähe, auf einer Schubkarre ... ein Spaziergänger ... Herrgott nocheinmal ... Sie haben den Joey gefunden!«

Hölleisen zitterte so, dass er sich nur mit Mühe aufrecht halten konnte. Jennerwein ergriff entschlossen das Wort.

»Wir teilen uns auf. Hansjochen Becker und Michelle gehen mit mir dahin. Es ist nicht weit von hier. Die anderen bleiben hier und setzen die Untersuchung des Grabes fort.«

Master Sergeant Rob Sneider hatte den Friedhof inzwischen gesichert und von Gaffern befreit. Unter dem Geleitschutz amerikanischer GIs eilten sie zum Drachslerweg, der außen an der Friedhofsmauer entlanglief und dann in ein Waldstück abbog.

»Sehen Sie, Herr Kommissar«, sagte Michelle. »Als ich vierzehn war, haben Sie mir verboten, zur Leiche mitzugehen.«

Auch das strahlende Gesicht von Michelle konnte Jennerwein nicht aufheitern.

»Haben Sie Polizeiobermeister Ostler gekannt, Michelle? Können Sie sich noch an ihn erinnern?«

Über Michelles Gesicht flog ein Schatten.

»Ja, natürlich habe ich ihn gekannt. Es tut mir leid.«

Hinter ihnen hörten sie laute Rufe. Sie drehten sich um. Hölleisen kam ihnen nachgerannt.

»Ich fühle mich schon wieder besser!«, rief er. »Ich komme mit. Ich will dabei sein. Das bin ich dem Joey schuldig.«

Schon von weitem sahen sie die Schubkarre und die beiden Touristen.

Jennerwein bat die GIs, den kleinen Weg in beide Richtungen zu sichern. Und dann der Schock. Sowohl Hölleisen wie auch Becker und Jennerwein erstarrten. Dann schritt Michelle beherzt zur Schubkarre, fühlte den Puls des Toten und schüttelte den Kopf.

»Ja, um Gottes willen, das darf doch nicht wahr sein!«, rief Hölleisen.

Er drehte sich schnell zu den anderen um und ging einen Schritt auf sie zu. Nur mit Mühe bewahrte er die Fassung.

»Das ist ja gar nicht der Joey! Das ist dieser –«

Er unterbrach sich. Er ballte die Fäuste und wandte sich ab.

»Kennen Sie den Mann?«, fragte Jennerwein.

»Ja, freilich. Das ist dieser Ronny. Es ist einer von den Demonstranten, aber einer von den harmlosen.«

»Ich habe den Mann noch nie gesehen«, sagte Jennerwein.

»Ja freilich, Sie haben ja nur die Gewaltbereiten, die schweren Fälle, bekommen. Das ist einer von den vielen Polizeibekannten, von denen wir Bilder haben, die sich aber bisher nichts zuschulden kommen lassen haben.«

Michelle untersuchte die Leiche näher. Der Schmetterling hatte sich wieder auf den roten Haarsträhnen niedergelassen.

»Ich nehme zunächst einmal DNA-taugliche Proben«, sagte sie. »Das scheint mir momentan das Allerwichtigste zu sein.«

Sie streifte sich sterile Handschuhe über und öffnete das Hemd von Ronny.

»Sehen Sie, hier ist der Einschusskanal. Das kann man an dem charakteristischen Schürfsaum erkennen. Der Einschuss ist fast immer eine rundliche Wunde mit rotvioletter Blutung. Der Ausschuss ist oft gar nicht leicht zu finden.«

Sie drehte die Leiche behutsam auf die Seite und schob Ronnys Hemd so hoch, dass der Rücken freilag.

»Die Ausschusswunde ist schlitzförmig, die Wunde kann durch Aneinanderlegen der Ränder vollkommen verschlossen werden. Es gibt keinen Schürfsaum, sie ist meist größer als der Einschuss, aber eben oft nicht sichtbar.«

Michelle wies mit dem behandschuhten Finger darauf.

»Er ist also von vorne erschossen worden«, stellte Jennerwein fest. »Können Sie mir noch etwas über die Todesumstände sagen?«

»Ja«, antwortete Michelle. »Dem Winkel zwischen Ein- und Ausschuss nach ist der Mann von weit oben erschossen worden. Von einem Baum zum Beispiel.«

Jennerwein erfasste ein leichter Schwindel. Er atmete durch, um wieder einen klaren Gedanken fassen zu können. Der Fall war völlig auf den Kopf gestellt worden. Nicht Ostler war das Opfer, sondern ein Demonstrant. Gleichzeitig war Ostler verschwunden. Unter normalen Umständen ließ das nur eine Schlussfolgerung zu: Ostler war dringend tatverdächtig. Aber was war geschehen? Hatte Ostler seine Tat vertuschen wollen, indem er seine eigene Beerdigung gefakt hatte? Und hatte ein Dritter diesen Ronny exhumiert, um genau dieses Verbrechen aufzudecken? Aber warum diese makabre Grabschändung? Warum nicht eine einfache Anzeige bei der Polizei? Jennerwein trat einen Schritt von der Schubkarre zurück und überlegte. Vielleicht hatte jemand keine andere Möglichkeit gesehen, um zu bewirken, dass der Sarginhalt nochmals untersucht wurde. Wenn er als Kriminalhauptkommissar schon so große Schwierigkeiten hatte, während des Gipfels eine Exhumierung genehmigt zu bekommen, wie dann erst ein normaler Bürger? Was hatte Polizeihauptmeister Ostler getan? Der Schuss war von schräg oben abgegeben worden. Jennerwein hatte sofort an den weißen Felsen in der Schroffenschneider Mulde gedacht, als er das hörte.

»Bleiben Sie hier und sichern Sie den Tatort«, sagte Jennerwein zu Hölleisen, Becker und Michelle. »Wenn Sie fertig sind, kommen Sie sofort zum Friedhof. Dort besprechen wir das weitere Vorgehen.«

Als alle am Grab eingetroffen waren, versammelten sie sich um den leeren Sarg und schwiegen eine Weile. Die Beamten sahen blass und schockiert aus. Die neue Wendung des Falls war so unerwartet gekommen, dass keiner die rechten Worte finden konnte. Polizeioberrat Dr. Rosenberger erhob als Erster die Stimme.

»So leid mir das tut, es aussprechen zu müssen, aber Johann Ostler scheint mir in diesem Fall der Hauptverdächtige zu sein. Er ist wahrscheinlich flüchtig. Wir müssen ihn finden und stellen. Wer weiß, was er vorhat. Wir müssen Schlimmeres verhüten.« Nach einer Pause fügte er hinzu. »Ich werde sofort eine Fahndung veranlassen.«

»Ja«, sagte Jennerwein nachdenklich. »Erst wenn wir Ostler gefunden haben, werden wir den Fall lösen können. Aber –«

Er sprach nicht weiter.

»Also, Jennerwein«, sagte Rosenberger, »übernehmen Sie den Fall? Ich könnte verstehen, wenn Sie das aus persönlichen Gründen nicht wollten.«

Jennerwein atmete durch. Die Behauptung, dass Ostler ein Verbrechen begangen haben sollte, war ungeheuerlich. Aber er war mit Dr. Rosenberger einer Meinung, dass Ostler gefunden werden musste. Wie auch immer.

BELIEBTER POLIZIST – EIN EISKALTER KILLER?

So lautete die Schlagzeile in der Online-Ausgabe der örtlichen Zeitung. Wenigstens noch mit Fragezeichen.

63 Die Fahrt

Der Vertriebsleiter Arnold Glöckl kaute auf seiner kalten Zigarre herum und spuckte die Brösel auf den Wohnzimmerteppich. Er und seine Frau hatten Geld aus der Firma gezogen. Klar. Warum nicht. Das machte jeder mal und steckte es dann unauffällig wieder zurück. Das war Cashflow, Asset-Management und was es sonst noch für hübsche Begriffe dafür gab. Doch der Zeitpunkt war ungünstig gewesen. Jedenfalls für diese größere Summe. Arnold Glöckl zerquetschte die Reste der Zigarre im Aschenbecher. Er musste schnell sauberes Bargeld auftreiben, bevor Ronny die Firma übernahm. Sonst ging es ihm an den Kragen. Aber was gab es da für Möglichkeiten? Das Telefon klingelte, geistesabwesend hob er ab. Eine Polizeipsychologin Maria Sowieso war dran. Ob sie bei ihm vorbeikommen könne. Nein, das ist jetzt ganz schlecht, um was geht es denn? Das könnte sie am Telefon nicht so sagen, in diesem speziellen Fall wäre ein persönliches Gespräch besser. Was denn für ein spezieller Fall? Arnold wurde grob und herrisch. Bitte, raus mit der Sprache, ich habe nicht ewig Zeit, ich habe bei Gott Wichtigeres zu tun. Und Maria rückte damit raus.

Nach einem aufgeregten Rundruf in der Familie starteten alle Glöckls ihre Hummers und Marauders und Offroad-Jeeps und hetzten damit in den Kurort. Auch der Notar war mit von der Partie. Sicherheitshalber.

Die Nachricht von Ronnys Tod stellte eine solch unerwartete Wendung für sie alle dar, dass sie schweigend und kopfschüttelnd dasaßen. Einer von ihnen täuschte das schweigende Geschockt-Sein und Kopfschütteln allerdings nur vor. Dieser eine Glöckl, der grüne Jägerglöckl, der Tante-Kitty-Glöckl konnte nur mühsam seine Freude verbergen, dass Ronnys Leiche endlich gefunden worden war. Er hatte sie ja selbst so hindrapiert. Nach außen hin zeigte er das selbstverständlich nicht. Vor allem nicht im Besprechungszimmer des Polizeireviers.

Jennerweins erster Eindruck war der, dass die Familienmitglieder zwar aufgeschreckt waren über die Nachricht vom Tod Ronnys und vor allem über dessen Umstände, dass aber niemand so richtig traurig darüber zu sein schien. Ronny, das schwarze Schaf in der Familie, war wohl bei keinem beliebt gewesen. Eher hatte jeder der Glöckls einen Das-musste-ja-mal-so-kommen-Ausdruck im Gesicht. Maria betrachtete die Kleidung der Senf-Mogule. Unglaublich! Entweder brezelten die sich immer so auf oder die kamen gerade von einer Staatstreibjagd. Prächtiges Flaschengrün zu schwerer Schweinfurter Tannenfarbe. Wuchtige Lodenmäntel. Altfränkische Breeches mit gestickten Strümpfen. Trachtenhüterl mit Gamsbart. Es fehlten nur noch die übergeschulterten Gewehre, dachte Maria.

»Wir sind noch nicht weit mit unseren Ermittlungen«, eröffnete Jennerwein, nachdem sich alle im Besprechungszimmer gesetzt hatten. »Wir haben folgenden Erkenntnisstand. Ronald Glöckl hat am Samstag Nachmittag, den 6. Juno sein Zelt in der Schroffenschneide aufgeschlagen –«

»Haben Sie das Zelt sichergestellt?«, fragte Siegfried, der Chef des Senfimperiums, in unangenehmer Schärfe. Mittelscharf ging bei ihm nicht.

»Nein, wir haben das Zelt am Tatort nicht mehr vorgefunden«, antwortete Jennerwein ruhig.

»Woher wissen Sie dann, dass er gezeltet hat?«

Der spöttische, schon unverschämte Ton ärgerte Jennerwein, aber er ließ sich nichts anmerken.

»Wir haben unsere Möglichkeiten bei der Spurensicherung«, entgegnete er höflich. »Das Opfer hat also gezeltet, der Täter hat vermutlich von einem Felsen aus auf ihn geschossen. Die Schusswunde lässt den Schluss zu, dass er sofort tot war.«

»War es ein Jagdgewehr?«

»Wie kommen Sie darauf? Wieso denn gerade ein Jagdgewehr?«

Jennerwein musterte Herbert Glöckl, der das gefragt hatte, eindringlich. Herberts Augen flackerten nervös. Hatte er sich verplappert? Bereute er seine Worte?

»Man wird doch mal fragen dürfen.«

»Nein, es war kein Jagdgewehr«, fuhr Jennerwein fort. »Dem Kaliber nach zu urteilen war es eine Pistole, eine HK P30.«

»Aha, eine Polizeipistole also«, warf Siegfrieds Frau Michaela ein. Maria konnte ihre Augen nicht von der viel zu dick gepuderten Nase abwenden. Der Plan war wohl der, die unförmige Nase kleiner erscheinen zu lassen. Dieser Plan ging nicht auf.

»Ja, auch die Polizei benutzt diese Waffe«, stellte Stengele in bestimmtem Ton fest. »Das heißt aber nichts. Sie ist auf dem Schwarzmarkt leicht zu beschaffen. Und wenn man einen Waffenschein hat, kann man sie sogar ganz legal erwerben. Als Jäger etwa.«

Roswitha Glöckl schlug mit der flachen Hand auf den Tisch.

»Lenken Sie nicht ab! Die Polizei ist darin verwickelt! Ich

habe gelesen, dass ein Polizeibeamter aus Ihrem Revier hier von den Toten auferstanden ist. Und jetzt ist er auf der Flucht! Er hat mit der Sache zu tun. Und da erzählen Sie uns was von wegen: Wir sind noch nicht weit in unseren Ermittlungen!«

Jennerwein ging nicht auf den nachäffenden Ton ein. Er hob beschwichtigend die Hand.

»Wir teilen Ihnen nur das mit, was wir gesichert wissen. Alles andere sind Vermutungen.«

»Man kann eins und eins zusammenzählen«, sagte ein Mann, der so auf Halali und Waidmannsheil getrimmt war, dass man denken konnte, er wäre ein Best-Ager-Model für die Zeitschrift *Pirsch*.

»Wer sind Sie, wenn ich fragen darf?«, sagte Maria.

»Ich bin der Notar der Familie. Zugleich ihr Rechtsberater. Und Vermögensverwalter. Wir werden Sie und Ihre – Ermittlungen im Auge behalten, das verspreche ich Ihnen.«

Die Pause vor – Ermittlungen war unverschämt groß.

»Sie müssen unsere Aufregung verstehen«, sagte Patrick Glöckl beruhigend. Er war ein junger Mann mit freundlichem Gesicht, nicht ganz so jägerisch aufgedonnert, nicht gar so pampig. Die schlechten Manieren seiner Verwandtschaft schienen ihm peinlich zu sein.

»Wir sind alle ein bisschen durcheinander wegen dieser traurigen Nachricht«, fuhr er vermittelnd fort. »Aber der Verdacht liegt schon nahe, dass bei diesem Konflikt zwischen einem Polizisten und einem Demonstranten etwas aus dem Ruder gelaufen ist. Ronny hatte eine Stinkwut auf die Polizei. Er war ein Gerechtigkeitsfanatiker, er wollte selber mal Polizist werden, aber die Polizei hat ihn nicht genommen. Das hat ihn sehr gekränkt.«

»Davon wissen wir hier nichts. Die Kollegen werden ihre Gründe gehabt haben.«

»Sie haben ihm auch den Jagdschein nicht gegeben!«, schrie Roswitha. »Es hätte ihm sehr viel bedeutet, mit uns zusammen zu jagen.«

Hölleisen blinzelte listig.

»Ja, Frau Glöckl, ich habe die entsprechenden Akten gelesen. Er wurde nicht zur Jägerprüfung zugelassen, weil er keinen Waffenschein bekommen hat. Der wiederum wurde ihm verweigert, weil er Mitarbeiter in der entsprechenden Behörde beleidigt und beschimpft hat.«

Die Glöckls schwiegen. Das kannten sie wohl von Ronny. Das sahen sie ein.

»Wann können wir die Überführung veranlassen?«, fragte Arnold verbindlich. Er und seine Frau hatten den anderen Zeichen gemacht, sich zu beruhigen. »Wann können wir ihn ins Glöckl'sche Familiengrab verlegen?«

»Wenn die Untersuchungen abgeschlossen sind«, antwortete Jennerwein. »Sie werden verstehen, dass ich Sie jetzt alle zum Schluss noch fragen muss, wo Sie am vergangenen Samstag gewesen sind.«

Maria zuckte unmerklich zusammen. Das war riskant von Hubertus. Das konnte einen Wutausbruch provozieren, nach dem man gar nichts mehr von den Glöckls erfuhr. Doch sie musste erkennen, dass Jennerwein mit seinem Vorstoß richtiggelegen hatte. Alle verwandelten sich rasch in brave, hilfsbereite Staatsbürger und erzählten bereitwillig von ihrem Tagesablauf, angefangen vom Morgengrauen bis tief in die Nacht. Manche waren bei Freunden gewesen, andere beim Einkaufen in der Stadt, in einem Fall wurde der eigene Partner, in einem anderen eine gewisse Kitty als Alibi angegeben. Hölleisen notierte sich die Daten, Maria achtete wie immer auf die Art, wie erzählt wurde und wie die anderen darauf reagierten. Sie studierte die Körpersprache genau. Einer fuhr sich ständig durchs schüttere Haar, ein anderer schwitzte stark, noch einer lockerte seinen Schal, so dass ein kleiner Kratzer am Hals sichtbar wurde. Die scheinen ganz schön nervös zu sein, dachte Maria. Aber das war ja in dieser Situation nichts Ungewöhnliches. Schließlich entließ Jennerwein die Familie Glöckl. Die Beamten waren heilfroh, dass sie draußen waren.

Es gibt so Gefühle. Intuitionen, Vorahnungen, Witterungen. Das feste Gefühl, dass man richtigliegt. Der Schnüffler hatte so ein Gefühl. Er war sich ganz sicher. Er saß an der Bar der Pilskneipe und lächelte. Hundertprozentig würde er den verlorengegangenen Sohn heute aufspüren. Ronny musste heute sein Essenspäckchen im Biologischen Supermarkt abholen. Und da würde er ihn sich schnappen. Der Schnüffler hob den Kopf und sah aus dem Fenster. Aber das war doch nicht möglich! Er rieb sich die Augen. War schon Karneval? Nein, auf der gegenüberliegenden Straßenseite marschierten einige der Glöckls! Man konnte sie beim besten Willen nicht übersehen. Was wollten denn die hier im Ort? Selber nach Ronny suchen? Der Schnüffler bestellte noch ein Pils.

64 Der Busch

Hansjochen Becker, Chef der Spurensicherung, war mit seinem Team Fasern/Haare/Boden am Tatort Schroffenschneide. Sie krochen auf dem Waldboden herum und untersuchten ihn Zentimeter für Zentimeter. Becker murrte. Schon deshalb, weil er ganze zwei Tage nicht mehr geschlafen hatte. Nur sein Spurensichererehrgeiz hielt ihn wach. Er murrte auch deshalb, weil Jennerwein eine *erneute* Suche auf der Schroffenschneide angeordnet hatte. Erneute Suche, das hieß immer: Die erste Suche war dann doch nicht so erfolgreich gewesen. Und er murrte vor allem, weil er nach Indizien suchen musste, die den Tatverdacht gegen seinen früheren Kollegen Johann Ostler bestätigten.

»Was haben Sie gerade gesagt, Chef?«, fragte sein Mitarbeiter und blickte auf.

»Manchmal hasse ich meinen Job«, antwortete Becker grimmig.

Er hasste es auch, nicht genau zu wissen, wonach er suchte. Sie hielten Ausschau nach persönlichen Gegenständen, klar, von Ostler, von diesem Ronny, von Gott weiß wem. Jeder Grashalm wurde fotografiert, jede Trittspur ausgegossen. Alle technischen Mittel waren ausgeschöpft worden. Auch die auf den neuesten Stand gebrachte Metalldetektorsonde war im Einsatz. Becker war jedoch

der Meinung, dass der analoge jägerische Instinkt immer noch das beste Mittel war, eine völlig verdorbene, zerstörte, verschüttete, verwischte und verregnete Spur ans Tageslicht zu befördern und auszuwerten. Jetzt tat sich vor Becker ein dichter, struppiger Brombeerbusch auf. Seufzend machte er sich daran, hineinzukriechen. Doch bevor er das tat, blickte er noch einmal zurück, weil er Geräusche gehört hatte. Dort hinten marschierte eine lustige Truppe durch den Wald, allem Anschein nach Jäger, alle mit Ferngläsern bewaffnet, lediglich die Hunde und die über die Schulter geworfenen Gewehre fehlten. Es war nichts Ungewöhnliches, dass hier Jäger herumstreiften. Die Gegend war drei Monate für sie gesperrt gewesen, jetzt tobten sie sich wieder aus. Ein paar der Waldläufer ließen sich nieder und untersuchten den Boden. Was trieben die da? Sollte er hingehen und fragen? Aber wozu? Außerdem hatte er kein Personal, um den Tatort weiträumig abzusperren. Becker drehte sich um und kroch ächzend in das abweisende Brombeergestrüpp. Dann hielt er inne. Was dort in Greifweite lag, konnte vielleicht etwas Entscheidendes zum Fall beitragen. Becker war sich sogar ganz sicher.

Ein Hoch auf den G7-Gipfel!, dachte der Mann in den verschmutzten Jägerstiefeln, ein paar hundert Meter weit von Becker entfernt. Es war eine hervorragende Idee gewesen, seinen Plan während des ganzen Trubels in die Tat umzusetzen. Um ihn herum latschte der ganze verdammte Glöckl-Clan durch die Wälder, durch die Auen, jetzt waren sie an der Schroffenschneide und hinterließen Tausende von Spuren. Seine eigenen waren nicht mehr als solche verwertbar. Sehr gut! Großes Halali! Er sah sich um. Dort hinten im Gebüsch konnte er ein paar versprengte Spurensicherer erkennen. Sie waren vollkommen in weiße Plastikoveralls eingehüllt, hatten deshalb große Ähnlichkeit mit Außerirdischen, die die intelligenten Wesen fälschlicherweise im Wald suchten und nun ein paar Pfifferlinge für das Begrüßungskomitee hielten. Der in den schmutzigen Lederstiefeln grinste. Sie würden schon noch die richtigen Spuren finden, nämlich die, die ganz weit von ihm selbst wegführten! Nochmals ein siebenfaches Hoch auf den G7-Gipfel! Ein deutsches Hoch, ein amerikanisches Hoch, ein französisches Hoch, ein japanisches Hoch ... Er hatte den Zeitpunkt für die Ronny-Aktion jedenfalls perfekt gewählt.

»Da ist er! Von dort oben muss der Polizist geschossen haben!«

Alle Glöckls waren am Felsen angekommen und blickten hoch. Hier war es also geschehen.

»Wir wollen eine Gedenkminute für Ronny abhalten«, sagte Tante Roswitha.

Sie stellten sich im Kreis auf und starrten auf den Boden. Jeder hing seinen eigenen Gedanken nach. Sorgenvollen Gedanken an auffällige Geldentnahmen, langsam aufkeimende Mordgedanken, Gedanken an eine bankrotte Firma. Übernahmebefürchtungen durch die Chinesen.

Aber auch heitere, hochgestimmte Gedanken. Gedanken an Kitty. Das Bild stand ihm noch vor Augen. Zwei feingeschliffene Likörgläschen waren in die Höhe gestiegen und hatten sich zu einem klirrend-melodischen Klingklang voreinander verneigt. Die alte Dame mit den elegant frisierten weißen Haaren hatte sich ihr Schultertuch umgeworfen und es sich im Ohrensessel bequem gemacht. Sie hatte eine Schale mit Plätzchen über den Tisch geschoben.

»Später vielleicht«, hatte er gesagt. »Du wirst bald Besuch bekommen, Kitty. Von diesem Kommissar Jennerwein.«

»Was ist denn das eigentlich für einer, dieser Jennerwein? So, wie man ihn sich vorstellt? Groß, beherzt, unrasiert, Kämpfertyp?«

»Eher unscheinbar. Eine graue Gestalt. Glattrasiert. Ich glaube, wenn der jetzt hier am Tisch säße, würde er uns gar nicht auffallen.«

»Wirklich unglaublich, was die heutzutage für Leute bei der Polizei einstellen. Wirklich kein Plätzchen?«

»Nein, danke. Und wundere dich nicht: Auch die anderen Beamten sind sonderbare Typen. Nicht, wie man sich Ermittler in einem Mordfall vorstellt. Eine zaundürre Psychologin, die alle paar Augenblicke superkluge Sprüche von sich gibt. Ein grobgestrickter Allgäuer, der aussieht, als ob er gerade aus dem Wald gekrochen wäre. Und ein rotgesichtiger Einheimischer aus dem Kurort, dessen Dialekt man kaum versteht.«

»Pass bloß auf! Unterschätze die Leute nicht.«

»Nein, ich habe das voll im Griff. Wer auch immer von denen zu dir kommt, du brauchst keine Angst zu haben.«

»Hab ich auch nicht. Noch ein Likörchen?«

Wieder hatten sich zwei Gläschen mit zähflüssigen Inhalten in die Höhe geschoben.

»Auf deinen guten Plan!«, hatte Kitty gesagt.

»Prosit! Ein bisschen Glück war natürlich auch dabei. Die Befestigungen am Grab, das Gerüst, auf dem der Sarg gestanden ist, das war alles so wacklig und morsch, dass ich es schnell und leicht lösen konnte. Es war auch noch nicht viel Erde aufgeschüttet, ich habe sie mit einer Schaufel in ein paar Minuten wegkratzen können. Und dann habe ich improvisiert! Mannomann! Als ich die Schaufel von der Friedhofsgärtnerei geholt habe, bin ich über eine Schubkarre gestolpert. Zuerst wollte ich Ronny ja einfach neben das Grab legen. Aber dann hätte ihn vielleicht jemand von der Polizei gefunden und die

Sache gleich wieder vertuscht. Aber so hat ihn ein normaler Bürger auf einem öffentlichen Weg gefunden. Da konnten sie das nicht so leicht verheimlichen.«

»Aber es muss doch wirklich gruselig sein, nachts auf dem Friedhof, so ganz allein? Ich hätte das nie und nimmer durchgestanden.«

»Was sollte mir schon passieren? Ich bin immer hübsch gegen den Wind gegangen. Die Jägerei ist eine harte, aber gute Schule, sich unsichtbar zu machen.«

»Und wie hast du eigentlich rausbekommen, dass Ronny da drin liegt? Und nicht irgendwer? Oder, noch schlimmer: niemand?«

»Der eine verschwindet, der andere ist tot. Ich habe eins und eins zusammengezählt.«

Der Jäger in den schmutzstarrenden Stiefeln blickte auf. Die Gedenkminute der Glöckls dauerte immer noch an, niemand machte Anstalten, das Schweigen zu brechen. Auch recht. Sie würden schon noch sehen, wer hier der Chef war. Auf jeden Fall nicht Ronny, der Schmarotzer, der Parasit, die Made im Speck. Wie oft hatte ihn der Typ vor allen anderen heruntergemacht! Ihn vorgeführt. Gedemütigt. Immer hatte er ihn als unfähigen, feigen Idioten dastehen lassen. Jahrelang. Er hatte den Tod verdient. Die Glöckls schwiegen immer noch. Federbuschen und Trachtentroschs zitterten, Ehrenspangen blitzten auf. Er selbst hatte alles im Griff. Er konnte auch improvisieren. Das hatte er auf dem Rückweg von der Schroffenschneide bewiesen. Schließlich räusperte sich jemand in der Runde.

»Ja, dann wollen wir mal wieder zurückgehen.«
»Das wird das Beste sein.«

Die flaschengrüne Rotte stapfte durch den Wald. Ab und

zu flackerten Fachgespräche auf. Wo Fägespuren verliefen, wo die Brache kreuzte, wo der Kauz abbaumte.

»Du bist ja so schweigsam«, sagte eine raue Glöcklstimme neben dem Mann mit den schmutzstarrenden Stiefeln.

»Ich denke einfach an Ronny«, antwortete der.

65 Der Blitz

Das Team um Jennerwein war zur Abendbesprechung im Revier versammelt. Sie hatten die Tür von innen zugesperrt. Locher und Formulare mussten momentan woanders ausgeliehen werden. Die Gerichtsmedizinerin hielt einen Computerausdruck hoch.

»Auch die DNA bestätigt es: Ostler hat nie in diesem Sarg gelegen. Es gibt lediglich Spuren von Ronald Glöckl. Und auch keine anderen.«

»Haben Sie und Michelle persönliche Gegenstände bei dem Toten gefunden?«, fragte Jennerwein.

»Nein, nicht einmal einen Personalausweis.«

Jennerwein erhob sich.

»Das alles führt uns zu der Vermutung, dass Ostler und die Bas' Ronny in den Sarg gehoben haben. Denn Ostler wüsste schon, wie man das macht, ohne eigene Spuren zu hinterlassen.« Jennerwein wandte sich an Hölleisen. »Haben Sie die Bas' schon befragen können? Die ist uns jetzt einige Antworten schuldig.«

»Leider nicht«, erwiderte Hölleisen. »Ich habe sie zu Hause nicht angetroffen. Ans Telefon geht sie ebenfalls nicht.«

»Und auf ihrer Arbeitsstelle?«, warf Maria ein. »Wo ist sie eigentlich beschäftigt?«

»Die Bas'? Die hat keine feste Anstellung. Sie ist eine typische Jobhopperin, macht einmal dies, einmal das.«

»Aber sie ist doch so etwas wie das Oberhaupt der Familie Ropfmartl. Und da jobbt sie nur rum?«

»Sie hält es halt nirgends lange aus. Sie ist nicht sehr kompromissbereit. Eher eine Einzelkämpferin.«

»Das führt uns nicht weiter«, unterbrach Jennerwein. »Wir müssen herausfinden, wer von den Ropfmartls Ostler dabei geholfen hat, sein eigenes Begräbnis zu inszenieren. Neben der Bas' und der Ärztin.«

Maria stöhnte ärgerlich auf.

»Wir alle haben auch noch geholfen, Spuren zu verwischen! Wir haben zugeschaut, wie Hölleisen Ostlers Waffe unbrauchbar machte, um seinen letzten Willen zu erfüllen.«

Hölleisen kratzte sich verlegen am Kopf.

»Wie hat der Joey nur so was machen können«, sagte er leise. Dann richtete er sich entschlossen auf. »Was die anderen Ropfmartls angeht: Ich habe einige angerufen, die wissen alle von nichts. Aber ehrlich gesagt glaube ich keinem von denen mehr. Es ist eine verschworene Gemeinschaft, niemand sagt mehr, als unbedingt nötig ist. Vor allem nicht über die Bas'. Ich habe fast den Eindruck, dass ihr viele noch einen Gefallen schuldig sind. Aber ich habe noch nicht alle befragt. Wenn Sie nichts dagegen haben, Chef, werde ich nochmals in den Ort gehen und mich weiter umhören. Mir sind noch ein paar Angeheiratete und Verschwägerte aus der Sippe eingefallen.«

»Natürlich, tun Sie das, Hölleisen. Ach, eines noch: Was ist eigentlich mit den Leichenträgern, die den Sarg abgeholt haben? Wissen die vielleicht mehr?«

Hölleisen lachte spöttisch auf.

»Die sind im Nebenzimmer gesessen. Die kriegen traditionell ein paar Schnapserl. Dass die Seele besser in den Himmel rutscht. Bei ein paar Schnapserl wirds nicht geblieben sein. Die haben jedenfalls nichts gesehen.«

Hölleisen sprach beim Saller Manni vor, bei der Familie Schürzl, bei den Raith-Schwestern, sogar beim alten Knobländer Toni – ohne Ergebnisse. Niemand war an dem Tag zur Sarglegung gerufen worden. Hölleisen machte sich auf den Rückweg. Es hatte keinen Sinn mehr, bei den Ropfmartls weiterzusuchen. Sie mussten unbedingt die Ärztin und die Bas' finden, nur dann kamen sie in dieser Sache voran. Oder gleich den Joey. Auf Hölleisens Weg lag die Metzgerei Moll, hier gab es zurzeit die besten Leberkäsesemmeln im Ort. Es schadete nicht, eine kleine Brotzeitpause zu machen. Er betrat den Laden und stellte sich in die Schlange. Als ihm die Verkäuferin das dampfende Fleischgewitter einpackte, streifte sein Blick ein Werbeschild. *Glöckl Senf. Der glöcklt.* Und jetzt fiel ihm schlagartig etwas ein, was er im ganzen Wirrwarr der sich überschlagenden Ereignisse völlig vergessen hatte.

»Himmelherrschaftzeiten!«

Er fasste sich an den Kopf, ließ die verdutzte Verkäuferin stehen, stürmte aus der Metzgerei und lenkte seine Schritte Richtung Revier. Am Sonntag Vormittag hatte ihn, inmitten all des Trubels, ein chaotischer, kleinwüchsiger Typ nach Ronny gefragt. Er hatte behauptet, Privatdetektiv zu sein, ihm sogar eine Visitenkarte vor die Nase gehalten. Hölleisen hatte einen kurzen, flüchtigen Blick darauf geworfen. Er hatte den Vorfall nicht ins Protokollbuch eingetragen, weil ihm die Sache nicht wichtig genug erschienen war. Warum hatte der kleine Bursche nach Ronny gesucht? Und wie war sein Name noch einmal gewesen?

»Weshalb buddelt jemand eine Leiche aus und präsentiert sie uns?«, fragte Jennerwein im Revier.

»Weil er damit ein Verbrechen aufdecken will«, sagte Maria. »Oder weil er glaubt, es dadurch aufdecken zu können.

Allerdings ist es ja ein ziemlicher Aufwand, so etwas durchzuführen.«

»So ein Aufwand war es nicht«, sagte Becker. »Der Sarg war ganz schlecht gesichert. Das bestätigen uns auch die Graseggers. Ich glaube nicht, dass sich noch jemand von diesem Ludolfi eingraben lassen wird.«

»Kann es denn Ostler selbst gewesen sein?«

»Möglich. Aber warum hat er dann erst sein Begräbnis mühsam inszeniert?«

Jennerwein setzte sich wieder.

»Es gibt immer noch keine Spur von ihm.«

»Wenn er verschwinden will, dann verschwindet er«, sagte Stengele. »Er ist ein guter Polizist. Er weiß, wie man sich in Luft auflöst. Es tut mir leid, aber inzwischen neige auch ich immer mehr der These zu, dass Ostler einen Mord begangen hat. Ein Schuss in die Brust, von oben, mit seiner HK P30. Und dann verschwindet er.«

»Aber was für einen Grund hatte Ostler, Ronny zu töten?«, fragte Jennerwein. Er bemühte sich um einen ruhigen Ton. »Gab es da früher mal was?«

»Ich habe alles nachgeprüft«, sagte Maria. »Es gab keinen Zusammenstoß, keine Verhaftung, nichts, was auf eine Verbindung zwischen Ostler und Ronny hindeuten würde.«

Die Tür wurde aufgerissen, Hölleisen stürmte herein und berichtete, was ihm siedendheiß eingefallen war.

»Großartig«, sagte Jennerwein. »Und wie heißt der Mann?«

Hölleisen schüttelte verzweifelt den Kopf. Hätte er bloß die Leberkässemmel mitgenommen. Sie hätte ihm beim Nachdenken sicherlich geholfen.

»Vielleicht stand der Name der Detektei auf der Visitenkarte?«, fuhr Jennerwein geduldig fort.

»Ja, schon, aber –«
»Wissen Sie ihn noch?«
»Nein. Wenn ich ihn sehe, dann weiß ich ihn wieder.«
Jennerwein seufzte. Maria schaltete sich vermittelnd ein.
»Haben Sie noch etwas auf der Visitenkarte gesehen?«
»Noch etwas?«
»Vielleicht ein Logo?«
»Ja! Ein Logo –«
»Ein Logo! Schließen Sie die Augen und stellen Sie sich das Logo vor.«

Ein sonderbares Bild war das schon: Polizeiobermeister Franz Hölleisen stand mit geschlossenen Augen da und bildete das komische Gegenstück zu einem Wachmann. Er riss die Augen wieder auf.

»Auch das Logo müsste ich sehen, dann wüsste ich es sofort.«
»Vor Ihrem inneren Auge –«
»– kommt kein Logo.«

Maria verfiel in ihre eindringlich-verständnisvolle Psychologenstimme.

»Was wird eine Detektei wohl für Logos haben: Eine Lupe in der Hand eines Detektivs. Eine Überwachungskamera. Ein Fernrohr. Jemand, der Pssst! macht. Ein Schlüssel. Ein ganzer Schlüsselbund. Ein wachsames Auge. Eine Sherlock-Holmes-Mütze. Eine dunkle Sonnenbrille. Eine schnüffelnde Nase.«

»Zählen Sie die Worte nochmals langsam auf«, rief Hölleisen aufgeregt. »Alle Worte, die Sie gerade gesagt haben.«

»Lupe. Kamera. Fernrohr. Pssst! Schlüssel. Schlüsselbund. Auge. Mütze. Brille. Nase.«

Hölleisen ballte beide Fäuste.

»Da war es dabei. Ich bin mir ganz sicher. Noch mal langsam. Vielleicht: wir beide zusammen.«

Der griechische Chor, bestehend aus Maria und Hölleisen raunte:

»Lu-pe. Ka-me-ra. Fern-rohr. Pss-st! Schlüs-sel. Schlüssel-bund. Au-ge. Müt-ze. Bril-le. Na-se.«

»Da wars dabei!«, rief Hölleisen ungeduldig. »Ich bin mir sicher.«

»Stellen Sie sich die Bilder zu den Worten vor. Oder vielmehr: Lassen Sie die Wörter an sich vorbeiziehen!«

Hölleisen bewegte die Lippen. Schließlich brach es aus ihm heraus:

»Au-ge! Au-ge! Auge!«

»Ein Auge?«

»Nein: Augenthaler! So hat die Detektei geheißen. Und das Logo war eben kein Auge. Drum bin ich zuerst nicht draufgekommen. Es war eine Pfeife. So eine Sherlock-Holmes-Pfeife. Das ist aber jetzt wurscht.«

Eine Detektei Augenthaler mit diesem Logo gab es Gott sei Dank nur einmal. Hölleisen ließ es sich nicht nehmen, selbst dort anzurufen. Er stellte sich vor und beschrieb den kleinen Schnüffler.

»Das ist Mägerlein«, sagte der Mann am anderen Ende der Leitung. »Von wo aus rufen Sie an? Vom Ort des G7-Gipfels? Aber Mägerlein ist doch dort!«

»Der ist noch hier bei uns?«

»Ja, Mägerlein hat vor einer Stunde angerufen, dass er ganz nahe dran ist an seinem Objekt.«

Hölleisen machte ein erschrockenes Gesicht.

»An seinem Objekt? Hat dieses Objekt vielleicht einen Namen?«

»Tut mir leid, aber wir geben der Polizei keine Auskünfte über unsere –«

»Geht es vielleicht um Ronny Glöckl? Und ist Ihr Mägerlein immer noch hinter dem her?«

Der Mann am anderen Ende der Leitung schwieg.

»Jetzt raus mit der Sprache. Wir sind hier bei einer Mordermittlung.« Hölleisen erschrak selbst, als er das Wort aussprach. »Sagen Sie mir bitte sofort, wo er ist. Ich muss mit ihm reden.«

»Kann ich mich auf Sie verlassen, dass Sie die Observierung nicht stören?«

»Da können Sie sich hundertpro darauf verlassen«, sagte Hölleisen mit bitterem Unterton.

Jennerwein betrat mit Hölleisen die Pilskneipe. Beide waren noch nie hier gewesen. Schlechte Musik, geschmacklose Einrichtung, hoffentlich war das Pils gut. In einer Ecke saß ein kleiner müder Mann mit Ringen unter den Augen. Das Pils war anscheinend auch nicht gut. Jennerwein stellte sich und Hölleisen vor. Er schilderte den Fall. Der Schnüffler kippte fast vornüber vor Überraschung.

»Ronny Glöckl ist tot?«

»Wir befinden uns in Ermittlungen zu seinem Mordfall«, sagte Jennerwein.

»Er wurde ermordet?«

»Es wäre schön, wenn Sie uns unterstützen würden.«

Der Schnüffler schien froh darüber zu sein, dass die Sache zu Ende war. Er packte aus. Er erzählte von Jeff W. Gloeckl, dem amerikanischen Erbonkel. Von den verwinkelten Verwandtschaftsverhältnissen. Er nannte die Namen seiner Auftraggeber. Er nannte ihre Funktionen in der Firma. Er nannte Hintergründe.

»Unglaublich! Eine Frechheit!«, schimpfte Hölleisen auf dem Weg zurück ins Revier. »Diese Jägerbande hat uns nichts von alledem erzählt.«

»Na ja, vielleicht waren die so geschockt von der Todesnachricht«, sagte Stengele später am Besprechungstisch, »dass sie das ganz vergessen haben.«

»Die waren nicht sonderlich geschockt«, wandte Maria Schmalfuß kopfschüttelnd ein. »Ich hatte bei den Glöckls sogar den Eindruck, dass sie der Tod von Ronny ziemlich kaltgelassen hat.«

Hölleisen nickte.

»Stimmt. Bei einer, nämlich bei der Frau mit dem Gamsbart auf dem Hut, die fast ausschaut wie ein Mannsbild, habe ich mir sogar gedacht, dass die sehr froh ist, dass sie das schwarze Schaf in der Familie endlich los ist.«

Jennerwein wandte sich ab und blickte aus dem Fenster. Er wusste nun, wer Ronny Glöckl getötet hatte. Er war sich ganz sicher. Er wusste auch, warum. Aber er hatte keinen einzigen Beweis.

66 Der Bus

»Beweise sind nun einmal das Wichtigste bei Ermittlungen, Jennerwein. Beweise, Beweise, Beweise. Alles andere zählt nicht.«

Der Angesprochene nickte.

»Ahnungen, Gefühle, Vermutungen, das können Sie alles vergessen.«

Der Einsatzleiter, ein großer, leicht vornübergebeugter Mann, unterbrach seinen Vortrag und fuhr dann mit rasselnder, asthmatisch klingender Stimme fort:

»Aber hören Sie überhaupt zu, Jennerwein? Sie scheinen mir so abwesend?«

Die zwei Polizisten standen hinter der Plexiglasscheibe und beobachteten die Szene im Inneren der Kabine.

»Müsste auch mal wieder ordentlich geputzt werden, das Fenster«, sagte der Einsatzleiter. Er hustete und schüttelte unwirsch den Kopf.

Im Inneren der Kabine saß eine Frau mit hochgezogenen Schultern auf der Bank.

»Haben wir etwas gegen sie in der Hand?«, fragte der Einsatzleiter.

»Nein, ich fürchte, dass wir sie bald entlassen müssen. Keine Beweise. Entweder sie ist wirklich unschuldig oder sie hat alle Spuren vernichtet.«

»Und Quietkowski ist geflohen«, knurrte der Einsatzleiter.

»Ja, wirklich schade.«

Die Frau mit den hochgezogenen Schultern richtete sich nun auf, drehte sich um und rief durch das Glasfenster nach hinten:

»Los, Jungs, der Bus ist da!«

Tim und Wolfi gehorchten und kamen schnell hinter dem Bushäuschen hervor.

»Nicht schlecht«, sagte Tim zu seinem Bruder. »Hast du schon eine Idee für die nächste Szene?«

»Entschuldigen Sie, das ist doch der Vierer-Bus?«, fragte ein Wanderer Sabine Ostler. »Fährt der direkt nach Farchant? Und dann über Burgrain zurück? Oder vorher nach Burgrain? Oder überhaupt nicht nach Farchant? Und kommt der auch in Oberau vorbei? Vielleicht sogar in Eschenlohe?«

»Die Wege des Herrn sind vielfältig und verschlungen«, antwortete Sabine Ostler.

Der Wanderer schaute verwirrt drein und stieg eilig in den Bus.

Auf der anderen Straßenseite warteten die Hofer Uschi und die Weibrechtsberger Gundi auf den Vierer, der in die entgegengesetzte Richtung fuhr.

»Hast du sie gesehen?«, fragte Hofer Uschi. »Da drüben, auf der anderen Straßenseite!«

»Freilich, die Ostlers sind ja nun wirklich nicht zu übersehen. Die Buben arbeiten das halt auf, das mit ihrem Adoptivvater.«

»Da fragt man sich schon, was besser ist: Der Vater tot oder der Vater ein flüchtiger Mörder.«

»Am besten wäre es, wenn rauskäme, dass er unschuldig ist, der Ostler.«

»Ich habe da so ein Gefühl. Ich spür das einfach: Das ist kein Mörder.«

»Was du alles spürst«, sagte die Weibrechtsberger Gundi.

67 Der Fuchs

Jennerwein (diesmal der echte Jennerwein) knetete die Schläfen mit Daumen und Mittelfinger.

»Spüren Sie noch Nachwirkungen des Schlages auf Ihren Kopf?«, fragte Maria besorgt.

Auch Stengele schaute zu ihm herüber und musterte ihn mit zusammengekniffenen Augen.

»Ach, das«, antwortete Jennerwein leichthin. »Nein, die Wunde ist längst verheilt. Und angesichts unserer jetzigen Untersuchungen ist das auch völlig unwichtig.« Er unterbrach die Massage. »Denn nicht der Rattengesichtige ist unser Ziel, sondern der Mörder von Ronny Glöckl. Und der heißt meiner Ansicht nach – «

Das Telefon klingelte, Beckers knarzige Stimme ertönte.

»Ich habe das Projektil endlich gefunden. Kaliber 9 mal 19 Parabellum, vermutlich aus einer HK P30 verschossen. Aber das war ja zu erwarten.«

Über den kleinen Mithör-Lautsprecher vernahmen alle den Wind, der auf der Schroffenschneider Mulde pfiff. Ein Rabe krächzte, Blätter raschelten, Äste knackten. Das ganze Waldprogramm.

»Wo lag es?«, fragte Jennerwein.

»Unter einem Brombeerstrauch, in einiger Entfernung von der Mulde.«

Hölleisen richtete sich auf.

»Das ist also das Geschoss aus Ostlers Pis-

tole«, stellte er ernst und mit zitternder Stimme fest. »Das Geschoss, das Ronny Glöckl getötet hat.«

»Tja, auf den ersten Blick schon«, versetzte Becker zögerlich. »Mich wundert allerdings eines: Das Projektil ist nicht blutverschmiert. Klar, der Regen kann es saubergewaschen haben. Aber es lag eigentlich ziemlich geschützt tief im Gestrüpp, ich hätte es fast übersehen. Außerdem ist der weiche Kupfermantel des Geschosses überhaupt nicht deformiert. Ich habe im medizinischen Protokoll nachgesehen: Das Projektil ist in die Brust des Opfers eingedrungen, hat eine Rippe erwischt und sie vollständig durchschlagen. Eigentlich müssten Spuren davon auf der Patrone zu finden sein. Deformationen, die mit dem bloßen Auge durchaus sichtbar wären.«

Becker machte eine Pause. Wieder hörte man nur den Wind durch die Bäume pfeifen.

»Und schließlich habe ich die Kugel in einer ziemlich großen Entfernung zur Mulde und zum Felsen gefunden«, fuhr Becker fort. »Es ist unwahrscheinlich, dass sie zuerst Ronny Glöckls Körper durchdrungen hat und dann so weit geflogen ist.«

Maria, Stengele und Hölleisen blickten sich an. Ein kleiner Hoffnungsschimmer breitete sich in ihren Gesichtern aus. War das möglich? War Ostler vielleicht doch unschuldig? Jennerwein nickte bedächtig. Endlich ein Hinweis. Aber immer noch kein Beweis.

»Was hat denn das jetzt zu bedeuten?«, fragte Stengele, nachdem der Spurensicherer aufgelegt hatte. »Es war gar nicht die Kugel aus Ostlers Waffe, die Becker gefunden hat?«

»Oder umgekehrt«, sagte Jennerwein. »Es war zwar das Projektil aus Ostlers Waffe, aber es hat nicht Ronny getroffen.

Absichtlich in die Luft gefeuert oder versehentlich vorbeigeschossen. Also ein Warnschuss oder ein Fehlschuss.«

Sie schwiegen alle nachdenklich.

»Ich stelle mir folgende Szene vor«, sagte Jennerwein schließlich. »Ostler trifft auf Ronny und gerät aus irgendeinem Grund mit ihm in Streit. Ostler fühlt sich bedroht und gibt einen Warnschuss ab. Das Projektil dieses Warnschusses haben wir jetzt gefunden. Jemand anders, jemand, der die Szene beobachtet hat, nützt die Situation aus und erschießt Ronny.«

»Aber dann müsste Ostler doch den zweiten Schuss gehört haben«, warf Stengele ein.

»Nicht unbedingt. Zu diesem Zeitpunkt war das Gewitter voll im Gange, Donnergrollen und Regen waren ohrenbetäubend laut. Der Schütze lässt also diese Kugel verschwinden, um den Verdacht auf Ostler zu lenken. Auch die Patronenhülsen sammelt er ein.«

»Diesen Jemand müssen wir finden!«, rief Hölleisen aufgeregt. »Dann ist der Joey entlastet! Herrschaftzeiten, alle fünf Minuten dreht sich der Fall. Da kennt sich doch gar niemand mehr aus.«

Maria schaltete sich ein.

»Ostler ist vermutlich nur deshalb untergetaucht, weil er annahm, er habe Ronny getötet. Ich schlage vor, dass wir ihm, wo auch immer er sich zur Zeit aufhält, eine Nachricht von diesem neuen Ermittlungsergebnis zukommen lassen.«

»Der Meinung bin ich auch«, stimmte Jennerwein zu. »Hölleisen, geben Sie diese Information bitte an die Presse weiter.«

»Aber liebend gern, Chef«, sagte Hölleisen hoffnungsvoll lächelnd.

Jennerwein erhob sich.

»Jetzt aber zum inoffiziellen, spekulativen Teil. Dieses neue Untersuchungsergebnis hat meinen Verdacht nur verstärkt, dass die Familie Glöckl zentral mit dem Tod von Ronny zu tun hat. Eigentlich bin mir sogar ganz sicher, ich habe nur keine Beweise. Sehen Sie sich einmal die Führungsebene der Firma an. Der Detektiv, dieser Mägerlein von der Detektei –«

»Augenthaler!«, warf Hölleisen ein.

»Ja, Augenthaler, genau. Der Detektiv hat mir folgende Übersicht aufgezeichnet.«

Jennerwein schob die bekritzelte Papierserviette in die Mitte des Tisches.

Jeff W. †
Michaela
Siegfried Chef
Roswitha Personalwesen
Arnold und Ehefrau Vertrieb
Herbert Marketing
Patrick Projekte
Ronny †
Notar Justitiar

»Zieht man die beiden Verstorbenen und den Notar ab«, fuhr Jennerwein fort, »dann gibt es derzeit sieben Mitglieder der Chefetage. Eines fällt sofort ins Auge. Normalerweise kennt man von Firmenmanagern doch ihre Qualifikationen und Kompetenzen, hier ist der Name Glöckl wohl schon Qualifikation genug. Wer leitet zum Beispiel die Herstellung der Produkte – rühren da alle miteinander den Senf an? Der alte Jeff W. war an den Geschäften noch nie interessiert. Michaela hat ›keinen besonderen Geschäftsbereich‹. Siegfried ist zwar der Firmenchef, aber eigentlich nur, weil er der Älteste ist, wie uns Mägerlein verraten hat. Roswitha ist, wieder Zitat Mägerlein, ›eine Art‹ Personalchefin, und er hat die Augen dabei ziemlich verdreht. Arnold Glöckl leitet wohl den Vertrieb, zusammen mit seiner Frau, von der der Detektiv nicht mal den Namen wusste. Patrick wiederum ist Projektmanager für ›besondere Projekte‹, keine Ahnung, was damit gemeint ist. Der Einzige, der richtig was gelernt hat, scheint der Notar zu sein.«

»Der Notar gehört sozusagen auch zur Sippe«, stellte Stengele fest.

»Ein typischer Familienbetrieb«, sagte Maria. »So hat die Firma wohl hundertfünfzig Jahre lang funktioniert. Nicht sonderlich straff organisiert, ohne ausgewiesene Kompetenzen, aber die Senffabrik scheint sich gehalten zu haben. In Zeiten der Globalisierung allerdings wird sie es schwerer und schwerer haben.«

»Sie steht sogar kurz vor dem Aus«, stellte Jennerwein fest. »Ich habe vorhin beim Herweg meinen alten Klassenkameraden Heinz Jakobi angerufen. Er ist Headhunter und Unternehmensberater. Ich habe mich bei ihm über die Firma Glöckl informiert.«

Jennerwein machte eine Pause. Stengele räusperte sich. Hölleisen und Maria blickten ihn gespannt an.

»Er wusste übrigens sofort, um was für einen Betrieb es sich handelte. Die Glöckls sind im mittelständischen Business wohlbekannt wegen ihres jahrelangen Rechtsstreits um den Slogan ›Glöckl Senf – der glöcklt!‹. Jakobi meinte, der Betrieb wäre ein typischer Fall für eine Firma, die kurz vor der Übernahme steht: Veraltete Marketingkonzepte, unrentable Vertriebsstrukturen. Und Geld soll auch weggekommen sein. Jakobi gibt der Firma noch höchstens ein, zwei Jahre, er würde keinen seiner Manager mehr dort hinvermitteln.«

»Und jetzt wäre ausgerechnet Ronny der neue Chef geworden!«, rief Maria. »Der hätte die doch sofort alle rausgeschmissen.«

»Und das Firmenvermögen an G7-Gegner verteilt«, fügte Stengele hinzu.

Maria nickte.

»Die Glöckls sind auf Gedeih und Verderb aufeinander angewiesen. Das ist schon ein mächtiges Mordmotiv.«

Hölleisen schüttelte den Kopf.

»Aber die Familie hat doch selbst nach ihm suchen lassen!«

»Was gibt es für einen besseren Plan! Wir sollten dadurch in die Irre geleitet werden.«

»Aber wie soll das gehen? Wie sollten die alle zusammen den Mord durchgeführt haben?«

»Na, es müssen ja nicht alle gemeinsam gewesen sein«, sagte Maria. »Hat nicht jeder von ihnen ein Motiv?«

Jennerwein wies nochmals auf die Papierserviette.

»Nicht alle zusammen. Einer. Ohne das Wissen der anderen.«

Hölleisens Augen weiteten sich.

»Jetzt wird mir alles klar! Dieser Mägerlein hat doch erzählt, dass der Firmenchef Siegfried Glöckl die Übernahme der Chinesen so gut wie eingefädelt hat. Der Deal wäre sofort geplatzt, falls der Ronny ans Ruder gekommen wäre.«

»Oder dieser Notar!«, fiel Stengele ein. »Für Ronny muss das doch der Inbegriff des Heuschreckenanwalts sein! Den hätte er bestimmt gefeuert!«

»Mein Verdacht richtet sich eher auf den Vertriebsleiter«, sagte Maria genüsslich. »Hubertus, Sie haben doch von Jakobi gehört, dass Geld aus der Firma gezogen worden sein soll. Arnold Glöckl und seine namenlose Frau passen genau in diesen Verhaltenstypus. Sie saßen beide die ganze Zeit mit offenem Mund da und starrten ins Leere. Das ist die Körpersprache aller Süchtigen. Ich tippe auf Roulette, Hunderennen und Pferdewetten. Das kostet Geld. Viel Geld –«

»Ja, Frau Schmalfuß, aber denken Sie mal an diese Roswitha!«, unterbrach Stengele. »Unverschämt war die hier im Revier, sofort mit Anschuldigungen gegen uns bei der Hand! Die Flucht nach vorn: immer verdächtig, sage ich.«

»Und dann der –«, wollte Hölleisen loslegen, als Jennerwein ihn unterbrach.

»Das ist alles sehr überzeugend, aber wir müssen es gar nicht so kompliziert machen. Schauen Sie sich einmal die Verwandtschaftsverhältnisse genau an. Mägerlein hatte selbst Mühe, sie zusammenzubringen. Aber ich habe mitnotiert.«

Jennerwein ergriff einen Stift und ergänzte die Liste zu einem richtigen Familien-Organigramm.

»Jeff W., der Großvater, hatte einen Bruder, der ebenfalls schon gestorben ist. Dessen Tochter Michaela hat Siegfried, den jetzigen Firmenchef, geheiratet. Jeff W. wiederum hatte einen Sohn namens Peter, der bei einem Autounfall tödlich verunglückt ist. Peters erste Frau hat sich von ihm scheiden lassen, sie hat keinerlei Erbansprüche, Peters zweite Frau Andrea ist nicht blutsverwandt mit Jeff W., sie ist ebenfalls verstorben. Andrea hatte allerdings eine Schwester, nämlich Roswitha.«

»Die Herrische mit dem unverschämten Auftreten!«, sagte Stengele.

»Richtig. Jeff W.s Bruder hat seiner Tochter Michaela nur den Pflichtteil vererbt, die Hauptanteile sind an Jeff zurückgegangen. Arnold, der Bruder von Siegfried, ist nicht blutsverwandt mit Jeff, seine Frau ebenfalls nicht, Herbert wiederum ist noch entfernter verwandt als alle anderen: Der Urgroßvater hatte einen Stiefbruder, dessen Enkel Herbert ist. Ronny schließlich ist der Sohn der ersten Frau von Peter, Patrick, der Halbbruder von Ronny, ist der Sohn von Andrea, der zweiten Frau von Peter.«

Stengele und Hölleisen blickten verwirrt drein. Jennerwein machte eine erwartungsvolle Pause. Und plötzlich schlug sich Maria an die Stirn.

»Natürlich! Das ist doch völlig klar! Es gibt nur einen, der einen Nutzen aus Ronnys Tod ziehen kann. Wie heißt es so schön: Cui bono!«

Sie deutete mit dem Kugelschreiber auf eine Stelle der Papierserviettenzeichnung und umkringelte den Namen.

»Öha!«, rief Hölleisen. »Jetzt ist bei mir das Zehnerl auch gefallen. Erbschaftstechnisch! Dann verhaften wir den Mörderglöckl doch gleich. Die ganze Bagage wohnt ja immer noch in der Alpenrose.«

Hölleisen hatte die Hände schon tatendurstig auf den Tisch gestützt, doch Jennerwein machte eine abwehrende Geste.

»Nicht so schnell, Polizeiobermeister. Wir haben immer noch keinerlei Beweise.«

Enttäuscht schlug Hölleisen auf den Tisch.

»Zefix! Cui bono, aber keine Beweise!«

»Es ist lediglich ein Verdacht. Deshalb geben wir diese Gedankengänge auch noch nicht raus. Wir wiegen den vermutlichen Mörder in Sicherheit.«

»Es ist schon zum Auswachsen«, sagte Maria. »Da wissen wir, dass der Täter am Samstag auf der Schroffenschneide war. Aber das hilft uns nichts. Denn alle Glöckls einschließlich des Notars waren inzwischen auf der Schroffenschneide und haben ihre Spuren hinterlassen. Ich muss sagen: Das hat er wirklich sehr geschickt eingefädelt.«

»Wie sieht es mit seinem Alibi aus, dieser Kitty?«, fragte Hölleisen.

»Die habe ich mir doch schon vorgenommen«, sagte Stengele. »Ich habe sie nach allen Regeln der Kunst befragt und ausgequetscht. Keine Chance. Die glaubt inzwischen selbst daran, dass der Täter am Samstag Nachmittag zur Tatzeit bei ihr war.«

Maria nickte.

»Wenn man ein existentielles, emotionales Interesse an einer Lüge hat, dann nimmt man sie irgendwann nicht mehr als solche wahr. Dann glaubt man selbst daran. Da gab es doch vor kurzem eine Politikerin, die ihren Lebenslauf gefakt hat. Sie war sich irgendwann einmal keiner Schuld mehr bewusst: Wieso, ich habe doch alles gut gemacht, es läuft doch alles prächtig ... der Felix-Krull-Effekt.«

Maria, Jennerwein und Stengele verließen das Besprechungszimmer, um Telefonate zu führen, mit dem Polizeioberrat Dr. Rosenberger, mit der Gerichtsmedizinerin, mit der Staatsanwältin. Hölleisen blieb alleine zurück. Als er seine Hände betrachtete, bemerkte er, dass sie zitterten. Er musste erst ein paar Schritte auf und ab gehen, um sich wieder zu beruhigen. Sein Blick fiel auf die kaputte Tür zur Terrasse. Der Glaser war immer noch nicht gekommen. Wie lange sollten sie noch vor der zerbrochenen Scheibe sitzen? Hölleisen atmete tief durch. Langsam spürte er die Erleichterung. Wo immer der Joey jetzt war, er war unschuldig. Auf einmal stürmte der Journalist der Werdenfelser Lokalzeitung ins Besprechungszimmer und hielt sein Smartphone hoch. Aufpassen, dachte Hölleisen. Das Mikro war vielleicht schon angeschaltet.

»Gibt es etwas Neues?«, fragte der Journalist.

»Ja, gut, dass Sie so schnell kommen konnten. Es hat eine

Wendung im Fall Glöckl gegeben. Wir haben die polizeiliche Fahndung nach unserem Kollegen Johann Ostler eingestellt.«

»Eingestellt?«

»Ja, eingestellt. Wir sind zu der Überzeugung gekommen, dass Polizeihauptmeister Ostler unschuldig ist.«

»Wer war es dann?«

Hölleisen zögerte, dann ließ er den Standardsatz vom Stapel laufen, der in solchen Situationen seit Jahrhunderten formuliert wurde.

»Wir halten es aus polizeitaktischen Gründen für ratsam, keine Spekulationen bezüglich des Täters –«

Der Satz glitt aus dem sicheren Hafen der Selbstverständlichkeit ins Meer der Belanglosigkeit. Doch der Journalist fasste nach.

»Geht Ihr Verdacht in Richtung der Familie Glöckl?«

»Wie gesagt: Wir halten es aus polizeitaktischen –«

»Ganz konkret: Hat die Familie Glöckl damit zu tun?«

»Wie kommen Sie jetzt da drauf?«, fragte Hölleisen überrascht.

Sofort sah er, warum der Journalist gerade auf die Glöckls gekommen war. Auf dem Besprechungstisch lag unprofessionellerweise immer noch die vollgekritzelte Serviette mit dem mehrmals umkringelten Namen des Hauptverdächtigen. Hatte der Journalist das etwa fotografiert? Ein grober Schnitzer, sicherlich, aber Hölleisen war mit den Nerven zu fertig, um sich Vorwürfe zu machen. Und was schadete es schon? Die Schlinge zog sich sowieso zu. Grinsend ließ der Journalist das Smartphone in die Jackentasche gleiten. Er verabschiedete sich. Am frühen Donnerstag Morgen war es online zu lesen:

JOHANN OSTLER,
DER BELIEBTE ORDNUNGSHÜTER – UNSCHULDIG?
POLIZEI HAT NEUEN HAUPTVERDÄCHTIGEN!

Und dann stand da der Name des Mörders von Ronny Glöckl. Jetzt war es raus. Jetzt war es offiziell.

68 Das Shi

Eine der Ersten, die diese Zeilen in der Online-Ausgabe der Werdenfelser Nachrichten las, war Nina2. Sie hatte gerade ihren Vorschuss zurückgezahlt, war ins Hotel zurückgekommen und hatte die Türe wütend ins Schloss geknallt. Und jetzt das! Ihre Augen weiteten sich. Ihre Nüstern bebten vor Zorn. Trauer und Wut wechselten sich ab. Mannomann, er war doch eigentlich ihr Wikinger-Ronny gewesen. Keiner hatte ihr so gefallen. Auch wenn sie es nicht gezeigt hatte. Und bestimmt wäre etwas draus geworden. Das hatte sie gespürt. Doch nun war er tot. Keine Chance mehr.

Gestern noch hatte sich ihr Zorn gegen diesen Ostler gerichtet, jetzt stand da auf dem Bildschirm der Name des wirklichen Täters. Oder war das alles bloß wieder ein Ablenkungsmanöver der Polizei? Wollten die was vertuschen? Nina2 wischte sich ins Netz, landete auf der Firmenseite der Glöckls und besah sich einige Bilder des Täters. Widerliche Visage, zum Reinschlagen. Ronny hatte ihr letztes Jahr bei einer Demo von diesem üblen Fiesling erzählt, einem gnadenlosen New-Economy-Ausbeuter: Verschlagen, korrupt, eiskalt, die fleischgewordene Gier. Ronny hatte ihr auch erzählt, dass dieser Tunichtgut alles erben würde, wenn er stürbe.

»Aber du stirbst doch nicht so schnell, Ronny!«

»Machst du dir Sorgen um mich?«, hatte er sie mit diesem besonderen Blick gefragt, der auf eine gewisse Nähe zwischen ihr und ihm hinwies. »Glaube mir, ich bin eigentlich wegen ihm aus der Firma ausgestiegen. Die anderen sind nur doof, sonst nichts – aber der, der ist ein echtes Schwein! Ich bin jedenfalls heilfroh, dass ich ihn nicht mehr sehen muss.«

Manchmal hatte er zwar unpassende Sachen gesagt, uncharmante Bemerkungen, aber er war halt ein richtiger Kerl.

Nina2 riss sich von den Erinnerungen los. Ihre Wut verdichtete sich zu einem Entschluss. Sie würde Ronnys Tod rächen. Der Mörder sollte dafür büßen. Sie hatte zwar alle ihre Waffen verschwinden lassen, aber eine solche misstrauische Bea wie sie hat immer noch eine weitere kleine Hämmerli in petto. Sie ging zum Wertstoffhof, warf zur Tarnung Hausmüll weg, schlenderte zur Schrottabteilung und steckte einen Endschalldämpfer eines Motorrad-Auspuffrohrs ein. Auch äußerlich hatte sie sich verändert. Sie hatte ihre quellenden Haare zusammengebunden und trug eine Kassenbrille. In welchem Hotel waren die Glöckls gleich noch mal abgestiegen? Alpenrose. Da würde sie ihn aufspüren, verfolgen und in der Botanik erledigen. Aber durchaus nicht schmerzfrei. Da würde es keinen schnellen Schläfenbeinschuss wie beim japanischen Premier geben. Das würde kein 0,2-Sekunden-Tod werden, darauf konnte er sich verlassen. Seine Qualen sollten lange dauern.

Im Büro des japanischen Geheimdienstes NJC herrschte gedämpfte Stimmung.

»Der Herr Premierminister hat jetzt schon drei Doubles in seiner Amtszeit verschlissen«, sagte ein sprungbereit wirkender Herr mit gesenktem Kopf. »Langsam gehen uns auch die Lookalikes aus, die bereit sind, sich zur Verfügung zu stellen.«

»Wer war im Kurort dafür verantwortlich?«, fragte der Minister für Inneres.

»Eine Deutsche. Ihre Auftraggeber kennen wir nicht. Vermutlich radikale Nationalisten der Kirschblüten-Bewegung.«

»Ist es für uns ein Problem, dass sie von den Doubles weiß?«, fragte der Minister.

»Nein. Wer soll ihr schon glauben? Soll sie damit zur Polizei gehen? Oder ins Netz? Und außerdem: Welcher internationale Spitzenpolitiker arbeitet heute noch ohne Doubles?«

Der sprungbereit wirkende Herr löste sich aus seiner konzentrierten Haltung. Er bewegte sich langsam und beherrscht, wie wenn er die Aikidō-Übung *Das langsame Verstreichen der Zeit während eines Gewitters* vollführen würde.

Nina2 war schon auf dem Weg zur Pension Alpenrose. In der Tasche trug sie ihre kleine Ersatz-Hämmerli mit dem improvisierten Schalldämpfer. Diesen Typen würde sie sich vorknöpfen. Sie kam an der Metzgerei Moll vorbei und ihr Blick fiel auf die Werbung für Glöckl-Senf. Abermals stieg eine heiße Welle des Zorns in ihr auf.

69 Die News

Man hielt ihn also in der Presse für den Haupt-Mordverdächtigen. Das durfte ihn nicht aus der Ruhe bringen. Er war auch auf diese Möglichkeit vorbereitet. Der Mann mit den schmutzigen Lederstiefeln ging im Zimmer auf und ab. Mit jedem Schritt, mit jedem Fleck, den er auf dem Teppich hinterließ, wurde er ruhiger und ruhiger. Auf dem Tisch flimmerte der Computerbildschirm, und immer noch leuchtete ihm sein Name entgegen. Die Online-Ausgabe der Lokalzeitung hatte ihn als Schlagzeile gebracht. Das war jetzt nicht mehr zu ändern. Er goss sich einen Whiskey ein und nahm einen kleinen Schluck. Dann blickte er aus dem Fenster seines Hotelzimmers. Die Absperrungen für die Demonstrationen waren noch immer nicht vollständig beseitigt. Eine junge Frau mit wippendem Pferdeschwanz und Kassenbrille kam auf das Hotel zu. Sie blickte zu ihm herauf.

Er stellte das Glas Whiskey beiseite. Verdammt, er hatte diesen Kommissar Jennerwein doch ziemlich unterschätzt. Fürchte dich vor den Unauffälligen. Oder war es einfach eine polizeitaktische Maßnahme? Griffen sie sich irgendeinen heraus und verdächtigten den auf gut Glück? Die Chancen für jeden standen 1:7. Jedenfalls war nichts verloren, dieser Jennerwein hatte keinerlei Beweise. Bei Kitty war auch schon einer gewesen, Kitty hatte ihn deswegen angerufen.

Sie hatte natürlich dichtgehalten. Klar, und wie! Sie war wohl so überzeugend gewesen, dass er inzwischen selbst glaubte, am Samstag, dem 6. Juni den ganzen Nachmittag bei ihr gewesen zu sein. Und sie war so unglaublich stolz gewesen, die Befragung, die sie glücklich hinter sich gebracht hatte, verschlüsselt melden zu können, so wie sie es ausgemacht hatten.

Er schreckte auf und stutzte. Hatte er draußen auf dem Gang nicht Schritte gehört? Er lauschte. Wie im Hochsitz. Nein, nichts. Trotzdem war er sich sicher, dass die Polizei bald kommen würde. Oder ihn ins Revier bitten würde. Aber die Polizei schlich doch nicht so herum. Hätte Kitty gleich am Anfang des Telefonats etwas von edlen Hunden erzählt, hätte er gewusst, dass etwas schiefgelaufen war. Dann wäre Plan B in Kraft getreten: Sofortige Abreise, augenblickliche Flucht ins Ausland. Wo ihn niemand finden würde. Aber noch galt Plan A: Erbe einstreichen und dann weg. Darauf hatte er doch nun ein Jahr lang hingearbeitet. Es war besser, dazubleiben, entrüstet zu tun, an der Beerdigung von Ronny teilzunehmen. An der wirklichen. An der endgültigen Beerdigung dieses Versagers. Morgen war es so weit.

Er setzte sich aufs Bett.
   Er ging seinen Plan noch einmal durch.
   Punkt für Punkt.
   Er hatte alles richtig gemacht.
   Er hatte alle Spuren beseitigt.
   Die Waffe.
   Die Kleidung.
   Die andere Leiche.
   Die Patronenhülsen.
   Alles.

Wieder glaubte er, ein Geräusch auf dem Gang gehört zu haben. Leise schlich er zur Tür und öffnete sie. Er spähte vorsichtig hinaus. Nichts. Gar nichts. Reine Einbildung. Plötzlich zuckte er zusammen. Drinnen im Zimmer klingelte sein Handy. Er zog die Tür wieder zu und verschloss sie sorgfältig. Der Telefonnummer nach war es ein Ortsgespräch. Das konnte nur die Polizei sein. Er nahm ab.

»Hallo? Ja, der bin ich. Um fünf? Ja, klar, das passt gut bei mir. Bis dann.«

Er legte auf. Hatte er draußen auf dem Gang nicht doch einen Schatten gesehen? Aber wahrscheinlich hatte er sich getäuscht.

Auch Jennerwein legte auf. Wortlos sah er aus dem Fenster.

»Wir sollten eigentlich nicht bis um fünf warten, sondern gleich ins Hotel Alpenrose gehen und ihn sofort verhaften«, sagte Hölleisen, der mehr als ein paar Sekunden Schweigen nicht aushielt.

»Nein«, erwiderte Jennerwein, ohne sich umzudrehen. »Das bekommen wir nie und nimmer genehmigt. Ich muss dem Haftrichter Beweise liefern. Wir haben nichts Konkretes in der Hand, er hat es zu geschickt angestellt.«

»Wahrscheinlich hat er es jahrelang vorbereitet«, ergänzte Maria. Sie rührte unendlich lange in ihrer Kaffeetasse.

»Müssen wir nicht Angst haben, dass er abtaucht?«, fragte Hölleisen.

Jennerwein schüttelte den Kopf.

»Nein, ich bin mir sicher, er wird alles tun, damit er die Erbschaft kassieren kann.«

Maria nickte.

»Wenn man genau hinschaut, sieht mans: Die Gier steht ihm ins Gesicht geschrieben.«

Das Telefon klingelte. Hansjochen Becker war dran. Er klang aufgeregt. Er atmete schwer.

»Chef?«

»Ja, was gibts?«

»Sie hatten recht mit Ihrer Hartnäckigkeit. Die tagelange Durchsuchung des Geländes hat sich gelohnt. Ich habe etwa zweihundert Meter von der Mulde entfernt eine Entdeckung gemacht.«

»Ja?«

»Eine Leiche, gut versteckt, aber nicht gut genug. Sie liegt schon ein paar Tage dort, ich habe das Pathologen-Team bereits angerufen. Als ich den Toten umgedreht habe, bin ich richtig erschrocken.«

Becker machte eine Pause.

»Sie werden es nicht glauben, Chef: Der Typ sieht aus wie Sean Penn.«

70 Der Bluff

Karl Swoboda klatschte vergnügt in die Hände.

»Eine wunderbare Liste mit vielen bekannten Zeitgenossen aus Politik, Sport und Unterhaltung! So eine Liste hätte den Gipfelgegnern gefallen! Das ganze korrupte Pack – auf ein paar Seiten. Das wäre Zündstoff für die. Besser als jeder Molotow-Cocktail.«

Karl Swoboda und Giacinta Spalanzani schlenderten gutgelaunt an der Uferpromenade der Loisach entlang. Sie hatten allen Grund dazu. Der Koch mit dem Elefantengedächtnis hatte ganz entspannt auf der Massagebank gelegen und alle Daten ausgespuckt. Name, Beruf, Zahlungssumme, Datum, Zielkonto. Swoboda hatte mit einer Hand den Nacken geknetet, sich mit der anderen die Finger wund geschrieben.

Swoboda zog die zerknitterte Liste aus der Tasche.

»Da, horch zu: Sigurd Sigurdsson, isländischer Innenminister, Schwarzgeldtransfer in Höhe von – Ich bin manchmal fast nicht mehr mitgekommen mit dem Schreiben, herst.«

»Sag nicht immer herst, das regt mich auf, Swoboda.«

»Der Schweizer sagt odr, der Italiener eh?, der Österreicher eben herst.«

»Warum schleppst du die Liste überhaupt noch mit dir herum? Ich finde, du solltest sie vernichten.«

»Wir warten bloß noch ab, bis wir die Bestätigung von deinem Vater kriegen, dass die Daten vollständig in Toreggio angekommen sind. Dann verbrenne ich die Liste. Aber jetzt will ich mir die Namen der windigen Brüder und Schwestern noch ein bisserl anschauen. Da schau her: Sigurd Sigurdsson – so ein schöner Name, und so eine schmutzige Überweisung auf die Caymans!«

Sie hatten die verräterische Liste schon verschickt, über Nacht, verschlüsselt selbstverständlich, per Brieftaube, die Graseggers hatten das organisiert. Karl Swoboda konnte seine Augen nicht von den Namen wenden.

»Ich habe schon ein Dutzend Spitzenpolitiker entdeckt, genauso viele Kirchenvertreter, auch Wirtschaftsbosse ohne Ende – man könnte damit einen Haufen Geld verdienen. Was meinst, Giacinta? Sollen wir? ... zur Hochzeit ... Klingelingeling ... für die Hochzeitskasse?«

Giacinta machte eine abwehrende Handbewegung und ein gespielt strenges Gesicht.

»Ziel dieser Sache war es nicht, Geld zu verdienen und uns zu bereichern, sondern die lästigen Ringbrüder auszuschalten. Du erinnerst dich: Wir wollten die Liste der Polizei zukommen lassen, um die Brüder als Erpresser auffliegen zu lassen.«

Swoboda lachte auf.

»Hast ja recht. Gehen wir wieder zurück zu unserem Hypnotiseur.«

Sie stiegen den steilen Uferweg hinauf. Plötzlich blieb Giacinta stehen.

»Aber sag einmal: Sigurd Sigurdsson, isländischer Innenminister. Hast du den Namen schon einmal gehört?«

»*Du* interessierst dich doch für Politik, nicht ich.«

»Warte, lass mich mal schnell ins Netz schauen.«

Giacinta klappte ihr Smartphone auf und wischte. Dann legte sich ein sorgenvoller Schatten auf ihr Gesicht.

»Ich sehe hier keine Einträge.«

»Vielleicht habe ich mich verhört, schau mal unter ähnlichen Namen nach. Siggurdsen, Södersen –«

Giacinta schüttelte den Kopf.

»Nein, mein Lieber, es gibt auch keinen ähnlichen Namen.«

Sie wählten noch weitere Namen aus der Liste. Sie googelten nach Markus Schmitz (Medienmogul) und Katie Merry (Fernsehmoderatorin). Nirgends gab es Ergebnisse. Die Personen existierten nicht. Swobodas Gesicht verdüsterte sich ebenfalls.

»Ja verdammt nochmal!«, rief Giacinta. »Der Koch hat unser Spiel durchschaut und uns verarscht!«

In diesem Moment klingelte es auch schon. Giacinta sah es an der Nummer. Ihr Papa persönlich. Er war auf hundert.

»Wir haben keinen einzigen Realnamen auf eurer schlauen Liste gefunden! Was soll denn das für eine Liste sein! Eh?! Lauter Phantasienamen.«

»Vielleicht verschlüsselt?«, wandte Giacinta kleinlaut ein.

»Von wegen verschlüsselt! Ihr habt euch reinlegen lassen, ihr beiden. Ich habe mir gleich so was gedacht. Wo ist dieser verdammte Hypnotiseur?! Ist auch egal, Luigi ist schon unterwegs. Der wird ihn sich vornehmen. Aber unverschlüsselt!«

Zack, Hörer aufgelegt, aus der Traum.

»Lasciate ogni speranza«, zitierte Giacinta.

Sie eilten zurück in den Kurort. Und sie ahnten es schon: Der schwarzbärtige Hypnotiseur, der in einem kleinen Hotel untergekommen war, war in dieser Nacht abgereist. Sie versuchten, ihn telefonisch zu erreichen. Kein Anschluss unter dieser Nummer. Sie gingen in die Alt-Werdenfelser Schmankerlstuben. Und auch das ahnten sie schon: Ein Koch nach dieser Beschreibung hatte hier noch niemals gearbeitet. Sie schwiegen lange und starrten geradeaus.

»Ein Reinfall«, sagt Swoboda schließlich.
»Ein regelrechtes Fiasko«, erwiderte Giacinta.
»Das ist mir jetzt ausgesprochen peinlich.«
»War ja nicht nur deine Idee.«

Sie legten die Köpfe zurück und sahen hinauf in den blauen Himmel. Die Luft roch nach Champagner. Es duftete nach Kastanienbäumen. Voller Eichendorff. Kaum Dante. Bei der Heimreise nach Toreggio war Karl Swoboda ungewohnt schweigsam. Doch auf einem Rastplatz sagte er:

»Ich habe eine neue Idee.«
Giacinta blickte ihn spitzbübisch an.
»Heiraten?«
»Ich dachte eher an was Kriminelles.«
»Ja eben. Ich doch auch.«

Der Adamsapfel des zaundürren jungen Mannes trat deutlich hervor, er trug ein Piratentuch, mit dem er aussah wie ein abgemagerter Seeräuber. Sorgfältig sah Verfassungsschützer Bobo seine Bilddateien durch. Er hatte von jedem der Besucher und Passanten des Café Schlendrian ein Foto geschossen. Sicherheitshalber. Doch jetzt blieb sein Blick an dem Foto mit dem seltsamen Trio hängen, das an einem der Tischchen gesessen hatte und das er danach nicht mehr gesehen hatte. Die Frau war eine süditalienische Schönheit, der Mann ein undefinierbarer, unruhig umherblickender Flaneur. Ob das lange gutging? Der dritte im Bunde, ein schwarzbärtiger Mann, kam Bobo irgendwie bekannt vor. Er öffnete das Bildbearbeitungsprogramm und retuschierte den Bart weg. Er färbte die Haare. Er setzte ihm ein Toupet auf. Er verglich die Varianten mit der Bilddatei des Verfassungsschutzes. Bobos Augen weiteten sich. Shit, das war einer von den Ringbrüdern! Es war genauer gesagt der Chef der kriminellen Bande, die im Kurort eine neue Schaltzentrale eingerichtet hatte.

»Ey, Mann, du bist zwar kein Pflastersteinwerfer und G7-Terrorist, aber dich kriegen wir jetzt.«

Tatsächlich gelang einige Tage später der Polizei ein spektakulärer Erfolg bei der Zerschlagung des Verbrechersyndikats. Bobo wurde befördert. Bei den Feierlichkeiten trug er ausnahmsweise kein Piratentuch.

»Ohne den Gipfel hätten wir das nie geschafft«, sagte der Polizeipräsident.

»Yo, Mann«, krächzte Bobo heiser, und sein Adamsapfel sprang dabei auf und ab.

»Das deutsche Grundgesetz geht ja schon gut los!«, sagte der eine junge Mann, der im Garten des neugierigen grauhaarigen Ehepaares vor seinem Campingzelt saß. Er prostete dem anderen jungen Mann zu. Der eine war Polizist, der andere Demonstrant.

»Wieso? Meinst du den ersten Satz: Die Würde des Menschen ist unantastbar?«

»Ja, unantastbar! Die Würde des Menschen! Wenn es wirklich so wäre, dann könnte man sie ja eben *nicht* antasten, die Würde, so viel man auch hintastet. Dann bräuchte es den Satz auch gar nicht. Genau genommen müsste es heißen: Die Würde des Menschen darf nicht angetastet werden. Dann kann man sie prinzipiell antasten, aber man darf es halt nicht. Aber wenn der erste Satz von einem Buch schon unlogisch ist –«

»Die Grundgesetzmacher werden sich schon was dabei gedacht haben.«

Beide schwiegen. Es war ihr letzter gemeinsamer Abend. Der G7-Gipfel war endgültig zu Ende. Morgen wollten sie abreisen.

»Wie wars beim Dienst?«

»Wie wars bei der Demo?«

Beide lachten. Der Polizist und der Demonstrant hatten heute den Dienst getauscht und waren in den schwarzen Blöcken des jeweils anderen mitmarschiert. Und niemand hatte was gemerkt.

71 Das Harz

Die Sonne prangte am blassen Himmel wie ein Einschussloch im Körper eines käseleibigen Fettwanstes. Hansjochen Becker blickte kurz auf, als er aus dem vermoderten Unterholz kroch, doch für Naturbetrachtungen war jetzt keine Zeit, denn in der Ferne sah er schon Maria und Jennerwein den Bergwald heraufllaufen. Ihnen folgte Michelle, die angehende Pathologin, bepackt mit einem riesigen Tornister und zwei Köfferchen. Becker nahm einen tiefen Schluck aus seiner Wasserflasche. Er hatte in seiner Dienstlaufbahn schon viele Leichen gesehen. Von der Decke herabgefallene Konzertsaalleichen, abgeschossene Skispringerleichen, in Felsnischen verhungerte Steinleichen, skelettierte Höhlenleichen, gehäckselte Schwedenleichen, schaurige Moorleichen, eingemauerte Mafialeichen, mit einer Zithersaite erwürgte Volksmusikerleichen – aber die Entdeckung, die er gerade gemacht hatte, war bisher der schauderhafteste Fund gewesen. Der Körper des frettchengesichtigen Mannes war einen halben Meter tief im lockeren Erdreich vergraben und an mehreren Stellen mit einer honigartigen, klebrigen Paste beschmiert, an der Laub und Gras hängen geblieben waren.

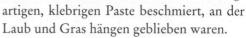

»Was das bedeuten soll, weiß ich auch nicht«, sagte Becker zu Jennerwein.

Michelle leuchtete mit einer Taschenlampe in die offenstehenden Augen von Sean Penn.

»Der Mann ist etwa fünf Tage tot. Länger auf keinen Fall.«

»Natürlich nicht«, fügte Jennerwein hinzu. »Vor fünf Tagen, am Samstag, hatte ich noch eine heftige Auseinandersetzung mit ihm.«

»Ja, davon haben Sie erzählt, Chef«, sagte Becker.

Michelle streifte sich Handschuhe über und ging in die Hocke.

»Ich kann hier in der Brust eine Schussverletzung erkennen. Mitten ins Sonnengeflecht.«

Sie zückte eine Pinzette und zog damit vorsichtig ein Projektil aus dem Wundkanal. Laub raschelte, Insekten schwirrten hoch. Alle traten unwillkürlich einen Schritt zurück. Michelle arbeitete so ruhig und selbstverständlich, als hätte sie schon ihr Leben lang Projektile aus vermadeten Körpern gezogen.

»Das ist keine große Überraschung«, sagte Becker. »Eine 9 mal 19 Parabellum. Schon wieder mal.«

»Warum eigentlich Parabellum?«, fragte Michelle, während sie das Geschoss in eine Plastiktüte fallen ließ. »Hat das was mit Krieg zu tun? Bellum heißt doch Krieg, oder?«

»Das ist das Motto des Herstellers«, antwortete Becker. »Si vis pacem para bellum. Also: Wenn du Frieden willst, bereite den Krieg vor.«

»Was man hier so alles lernt«, versetzte Michelle.

»Wie haben Sie die Leiche überhaupt entdeckt?«, fragte Maria.

Ein kleiner Anflug von Stolz erschien auf Beckers stahlhartem Wildwest-Gesicht.

»Wir haben alles im Umkreis abgesucht. Diese Stelle ist mir aber sofort aufgefallen. Das Laub und die toten Äste lagen in einer bestimmten – wie soll ich sagen – nicht natürlich heruntergefallenen Weise da. Es wirkte irgendwie arrangiert. Zu glatt aufgehäuft.«

Maria nickte anerkennend. Becker zuckte die Schultern.

»Ganz normaler Spurensichererinstinkt, weiter nichts. Ich habe dann etwas Laub weggescharrt und gesehen, dass die Erde unter dem Kleinholz aufgelockert war. Hier hatte jemand vor kurzem gegraben. Und dann habe ich ebenfalls gegraben.«

»Aber weshalb diese komischen klebrigen Stellen?«, fragte Maria.

Michelle beugte sich zur Leiche und schnupperte.

»Riechen Sie mal. Ich würde sagen, es ist Harz, und zwar Naturharz. Ganz normal von den Bäumen abgekratzt. Ich habe beim Herkommen viele solcher harzigen Bäume gesehen.«

»Dem stimme ich voll und ganz zu«, sagte Ludwig Stengele, der von der anderen Seite zu ihnen gekommen war. Er schnupperte ebenfalls an dem klebrigen Überzug.

»Wenn ich mich richtig erinnere«, fuhr er fort, »gibt es doch den indianischen Jagdbrauch, erlegtes Wild, wenn es nicht sofort weiterverarbeitet werden kann, mit Harz einzureiben und dann einzugraben. Weniger wegen der Konservierung, mehr, um geruchsempfindliche Aasfresser abzulenken.«

»Ja, das sieht ganz danach aus, dass er dadurch Tiere fernhalten wollte«, bestätigte Becker. »Hunde zum Beispiel. Die Leiche wäre also nie entdeckt worden, wenn wir nicht ein zweites Mal gesucht hätten. Ihr Verdienst, Chef! Ihre Idee.«

Jennerwein bückte sich und betrachtete die Hand des Toten. Auch sie war mit einer honiggelben Schicht überzogen, trotzdem erinnerte er sich sofort wieder an die kräftige, sehnige Hand mit den breiten Fingernägeln. Er richtete seinen Blick auf das bleiche Gesicht seines Angreifers und musterte es Zentimeter für Zentimeter. Dann stutzte er. Etwas schien ihm merkwürdig. Er deutete auf eine harzüberzogene Stelle an der Wange.

»Sehen Sie: Hier ist etwas eingeschlossen. Ein Faden. Oder ein Grashalm. Becker, Michelle, stellen Sie als Erstes fest, um was es sich dabei handelt.«

»Wird gemacht, Chef.«

Jennerwein richtete sich auf.

»Wir müssen jetzt unbedingt noch nach einem Schlagring suchen. Dunkelgrau. Nietenbewehrt.«

Die Beamten sahen ihn irritiert an. Jennerwein präzisierte:

»Wenn wir den Schlagring finden, haben wir Beweise gegen den Mörder. Der Mörder von Ronny ist meiner Ansicht nach auch der Mörder dieses Mannes. Es wäre doch ein grotesker Zufall, wenn zwei Mordopfer, die wir im Abstand von zweihundert Metern finden, nichts miteinander zu tun hätten. Den Mord an Ronny können wir ihm bisher nicht nachweisen. Den Mord an Sean Penn *müssen* wir beweisen können. Achten Sie bitte alle peinlichst darauf, keine Spuren zu vernichten. Wir brauchen jedes Fuzzelchen DNA auf dem Schlagring. Meine wird ebenfalls drauf sein.«

Alle nickten.

»Und eben die des Mörders.«

»Klar, machen wir«, sagte Becker. »Trotzdem. Da hat einer richtig sauber gearbeitet und so gut wie keine Spuren hinterlassen. Sehen Sie hier, die Tapper auf dem Boden? Er hat vermutlich Plastik-Überziehschuhe getragen, solche, wie auch wir sie bei der Spurensicherung verwenden. Wir werden es ganz, ganz schwer haben.«

»Er ist ein Jäger«, sagte Jennerwein. »Er weiß schon, wie man keine Spuren hinterlässt. Und wie man gegen den Wind pirscht.«

»Wir sind allerdings auch Jäger«, stellte Stengele trocken fest. »Suchen wir den verfluchten Schlagring.«

Schon nach wenigen Minuten stieß Maria einen Schrei aus.

»Ich habe das Ding gefunden!«

Kurz darauf saßen sie wieder im Auto, um den Schlagring ins Labor zu bringen.

»Wann haben Sie ihn ins Revier bestellt, Chef?«

»Um 17 Uhr. Bis dahin müsste ein erster DNA-Schnelltest fertig sein.«

Sie fuhren den Weg hinunter, der auch Ostlers letzter weltlicher und Ronnys allerletzter irdischer gewesen war. Die Schlinge um den Hals des Mörders zog sich zu.

72 Der Brief

Die Adresse auf dem wattierten Brief lautete: Charles Miller, Disney Street, 60601 Chicago, USA. Eine Disney Street gab es nicht in Chicago. Und der Absender fehlte auch. Der Chicagoer Postbeamte der Abteilung Unzustellbare Briefe betrachtete die Sendung. Sie kam aus Deutschland. Die neuen Laserstempel machten es möglich, Poststücke auch ohne Absenderangabe bis zum Versandort zurückzuverfolgen. Deshalb wusste er, dass dieser Brief aus einem auch in den USA bekannten idyllischen alpenländischen Kurort kam. Er befühlte den Brief und spürte etwas Kleines, Hartes zwischen den Fingern. Sergeant Rowley hatte in der 18. US-Infanteriedivision gedient, er erkannte sofort, dass das eine Patrone war. Er öffnete die Sendung. Es gab keinen Begleitbrief, nur eine abgeschossene Parabellum 9 mm und die Hülse dazu. Er setzte seine Lesebrille auf. Die Verformungen wiesen darauf hin, dass das Geschoss auf Widerstand gestoßen war. Sergeant Rowley stieß einen Pfiff aus. Was mochte sich da wohl für ein Verbrechen in dem kleinen Alpenort abgespielt haben?

Im Gegensatz zur landläufigen Meinung bekommen Gastwirte kaum etwas vom Lauf der Welt mit. In der Gaststube dudelt zwar dauernd der Fernseher, in der Küche quäkt das Radio, aber Wirte haben weder Zeit noch Lust, genau hinzuhören. Das Brodeln der Suppe, das Knistern der Zwiebeln in der Pfanne sind ihm Weltnachrichten genug. Natürlich erzählen die Gäste massenweise Geschichten, aber dabei lächelt der Wirt professionell freundlich und denkt an etwas anderes. An die Zwiebeln in der Pfanne zum Beispiel. Mancher Mörder hat sich schon einem Wirt anvertraut: Besser ist ein Geheimnis nirgends aufgehoben. Deshalb wusste auch der Wastl, Gastronom und Besitzer der Roten Katz, nichts von den Ereignissen im Kurort. Die Bas' hatte sich nicht mehr blicken lassen, die Ärztin erst recht nicht. Das war so ausgemacht. Doch in der breiten Wastlbrust nagte das schlechte Gewissen. Er hatte an einem Verbrechen teilgenommen. Das machte ihm schwer zu schaffen. Irgendwann würde er wohl zur Polizei gehen müssen. Gleich übermorgen. Oder spätestens nächste Woche. Ganz bestimmt aber noch dieses Jahr.

Hauptmann Hackl schwitzte. Er saß an seinem Küchentisch und schrieb einen Brief an den Chef des Minenräumkommandos. Das war Schwerstarbeit für ihn. Er hatte schon dreißig Jahre keinen Brief mehr geschrieben, aber dieser musste sein.

Lieber amerikanischer Freund,
ich habe das Packerl von dir bekommen, in dem alle Einzelteile meiner herrlichen historischen Kanone aus der Zeit von Andreas Hofer drin sind. Schön, dass du mir die Teile zurückgeschickt hast. Ich habe sofort begonnen, das gute Stück wieder zusammenzubauen. Leider musste ich feststellen, dass die Zwischenmuffe aus Zinn fehlt, in der die Zündplatte eingespannt wird. Die Zündplatte selber ist da, aber die Zwischenmuffe aus Zinn eben nicht. Die bräuchte ich dringend. Sonst schießt sie ja beim nächsten Salut auch wieder nicht.

Mit freundlichen Grüßen und der Bitte um baldige Zusendung.
Dein Hauptmann Hackl

PS Dafür war etwas anderes in dem Packerl, was mir nicht gehört. Ich dachte zuerst, es ist ein Feuerzeug. Aber mein Sohn hat mich darüber aufgeklärt, dass es sich um einen USB-Stick handelt. Er hat ihn in seinen Computer gesteckt, es waren Dateien vom Pentagon drauf. Auf dem Bildschirm sind Landschaften und Lagepläne erschienen. Sehr interessant. Ich habe gar nicht gewusst, dass unser Werdenfelser Land einen eigenen Stützpunkt für Atomraketen hat. Jetzt ist mir aber klar, warum der Neubau unserer schönen Skisprungschanze gar so teuer war!

73 Die List

Polizeiobermeister Franz Hölleisen schüttelte verwundert den Kopf.

»Wir haben also rein gar nichts über diesen Sean Penn? Das gibts doch nicht.«

»Ich befürchte, so ist es«, erwiderte Jennerwein. »Ich habe seit Samstag alle möglichen Informanten kontaktiert, ohne jedes Ergebnis.«

Maria Schmalfuß rührte in ihrer Kaffeetasse.

»Dann gibt es zwei Möglichkeiten. Entweder war Ihr Angreifer ein superwichtiger internationaler Ermittler, dessen Identität wir nie erfahren werden. Oder aber Sean Penn ist, ganz im Gegenteil, ein Troll, der sich nur wichtigmachen wollte.«

»Ein Troll?«

»Ein erfolgloser, abgehalfterter Agent, ein Wichtigtuer, was weiß ich.« Sie wandte sich an Hansjochen Becker. »Hatte er denn gar nichts bei sich?«

»Nein, auf den ersten Blick nichts«, knurrte Becker. »Alle Taschen sind leer. Aber ich werde seine Kleidung noch genauer untersuchen.«

»Lassen wir diesen Sean Penn mal beiseite«, sagte Jennerwein. »Wir sollten unsere Aufmerksamkeit dem Hauptverdächtigen im Mordfall zuwenden. Er wird nämlich bald hier eintreffen.«

»Wo soll die Befragung denn stattfinden?«, fragte Hölleisen. »Wir haben zur Zeit keinen richtigen Vernehmungsraum. Dort sind nämlich die Unmengen von Müsliriegeln gelagert, die vom G7-Gipfel übrig geblieben sind.«

»Dann setzen wir uns ins Besprechungszimmer«, sagte Jennerwein. »Ein Tisch und drei Stühle genügen für die Befragung. Dazu ein unauffälliger Kommissar und eine unbeteiligt dreinblickende Mitarbeiterin. Maria, würden Sie das übernehmen? Ich will, dass er uns unterschätzt.«

Dieser Hauptverdächtige war schon auf dem Weg zum Revier. Er blickte auf seine schmutzigen Jägerstiefel und versuchte, ganz entspannt zu sein. Es war doch ein gutes Zeichen, dass er als Erster geladen worden war. Das musste er noch durchstehen, dann war der Weg zum Erbe frei. Er kam an der Metzgerei Moll vorbei. Sein Blick fiel auf das Werbeschild. Glöckl Senf – der glöcklt! Ein Lächeln erschien auf seinem Gesicht, er ging weiter. Bald konnte er in der Ferne das Polizeirevier erkennen. Er blieb stehen, hielt die Nase in den Wind und schnupperte. Er roch keine Gefahr. Er umkreiste das Gelände. Unübersichtliches Terrain, für alle Beteiligten. Er stapfte mit seinen Jägerstiefeln die Treppe hinauf.

»So, hier bin ich also.«
»Nehmen Sie bitte Platz.«
»Ich stehe lieber.«
»Wie Sie wollen.«

Erst jetzt fiel es Jennerwein auf, dass das der erste Befragte in seiner Dienstlaufbahn war, der darauf bestand, stehen zu bleiben. Jennerwein wies auf Maria, die sich in eine Art unbeteiligte Aushilfskraft verwandelt hatte.

»Das ist meine Mitarbeiterin, sie wird bei der Befragung

anwesend sein. Natürlich nur, wenn Sie nichts dagegen haben.«

»In der Zeitung stand, ich wäre der Hauptverdächtige«, sagte Jennerweins Gegenüber mit einem kleinen, gezwungenen Lächeln. »Das kann ja wohl nur ein Scherz sein.«

»Wir befragen alle aus der Familie Glöckl«, versetzte Jennerwein nüchtern. »Und Sie sind nun mal der Erste.«

»Ganz schön unverschämt, dass Sie uns alle verdächtigen.«

»Nein, so ist das nicht. Ich verdächtige nur Sie.«

»Mich? Aber wieso denn? Was sollte ich von Ronnys Tod haben?«

»Alles. Sie sind sein Halbbruder. Der nächste Verwandte. Sie allein erben das Vermögen des alten Jeff W. Gloeckl, wenn Ronny stirbt«, antwortete Jennerwein ruhig und fast nebenhin. »Und jetzt ist er gestorben. Das ist ein klares Mordmotiv.«

Der Mann erblasste nicht. Eher wären die schmutzigen Jägerstiefel erblasst. Aber er erwiderte nichts.

»Ach, nur der Form halber«, warf Jennerwein ein. »Sie müssen bitte dieses Formular hier unterschreiben. Nur als Bestätigung, dass Sie da waren.«

Der Mann unterschrieb.
Mit Patrick Glöckl.

Seine Schrift war verschlungen, aber nicht verspielt, sondern straff und richtungsweisend. Die Unterschrift des gutaussehenden, jungen Mannes mit den strahlend blauen Augen und dem umwerfenden Lächeln hatte schon etwas von einem Firmenchef, der bloß noch eine kleine Polizeiangelegenheit zu erledigen hatte, bevor er den Konzern übernahm und alles umkrempelte.

»Wie stellen Sie sich das vor, Jennerwein?«, sagte Patrick, während er seine eigene Unterschrift betrachtete. Sein Ton hatte den Plaudermodus verlassen. Der Klang seiner Stimme war schärfer, härter und bestimmter geworden. Jennerwein bemerkte, dass sich auch das Gesicht von Patrick Glöckl verändert hatte. Der konnte ganz anders. Der konnte blitzartig vom Sonnyboy zum stahlharten Macher umschalten. Jetzt wurde es ernst. Jennerwein sandte einen Blick zu Maria, die ihn zustimmend erwiderte. Jetzt galt es.

Der Kommissar zog ein Foto aus der Schublade und reichte es Patrick Glöckl. Es war das Foto von Sean Penn, aufgenommen oben am Rand der Mulde.

»Kennen Sie den?«

»Nein, nie gesehen. Ist er tot?«

Patrick gab es wieder zurück.

»Nun, ja, ein anderes Foto habe ich leider nicht von ihm. Sie kennen ihn also nicht?«

»Das habe ich Ihnen doch gerade gesagt. Was soll das überhaupt? Was hat das mit dem Fall Ronny zu tun?«

Jennerwein öffnete die Schublade erneut. Er nahm den Schlagring heraus und hielt ihn Patrick mit zwei Fingern hin.

»Haben Sie diese Waffe schon einmal gesehen?«

Patrick beugte sich vor.

»Nein, nicht dass ich wüsste. Interessant, so was mal aus der Nähe betrachten zu können. Darf ich mal – ?«

»Herr Glöckl, Sie befinden sich in einer Vernehmung, also bitte lassen Sie die Spielchen. Das ist ein Schlagring der besonderen Art. Man kann mit ihm nicht nur schwere Gesichtsverletzungen zufügen, etwa so –« Jennerwein stieß mit dem Schlagring nach vorn in die Luft. »– sondern auch eine schmerzhafte und sichtbare Warnung markieren. Etwa so –«

Er strich seitlich durch die Luft, schnell und brutal. Patrick zuckte nicht zusammen. Maria mischte sich ein. Mit leiser Stimme sagte sie:

»An der vorderen Außenseite der Waffe sind kleine Noppen angebracht. Die ritzen die Haut des Opfers auf schmerzhafte Weise. Es entsteht so etwas wie ein Schmiss.« Sie blickte ihn durchdringend an. »Genauso ein Schmiss, wie Sie ihn am Hals haben.«

Dieses Detail war Maria Schmalfuß aufgefallen, als sich am gestrigen Mittwoch alle Mitglieder der Familie Glöckl im Revier versammelt hatten. Patrick war als Einziger mit Schal erschienen. Ein Schal passte überhaupt nicht zur Witterung und zum übrigen jägerischen Outfit von Patrick, er sollte ihrer Meinung nach etwas verdecken. Schließlich hatte er den Schal gelockert, als er nach seinem Samstags-Alibi gefragt wurde, und sie hatte den Kratzer am Hals gesehen. Gestern, als sie noch keine Kenntnis von Sean Penns Tod hatten, war ihr diese Beobachtung noch nicht bedeutsam erschienen. Jetzt war sie entscheidend.

»Dürfte ich Sie bitten, den Schal abzunehmen?«, sagte Jennerwein.

Patrick riss ihn gespielt genervt herunter und wies selbst auf die kleinen, aber deutlich sichtbaren Kratzspuren an seinem Hals.

»Ach, das meinen Sie! Ja, gut, ich gebs zu, ich bin in eine Schlägerei geraten. Ein paar Besoffene sind auf mich losgegangen.«

»Mit einem Schlagring?«

»Keine Ahnung. Ich hatte was getrunken.« Er biss sich auf die Unterlippe, zuckte linkisch mit den Schultern. »Ich wollt's nicht sagen, das mit der Schlägerei. Das ist mir peinlich, verdammt nochmal. Deshalb habe ichs nicht gleich erwähnt.«

»Wann und wo war die Schlägerei? Und mit wem? Mit ihm da?«

Jennerwein wies auf das Foto des armen Trolls, der schließlich an den Falschen geraten war. Der Frettchengesichtige wäre stolz auf sich gewesen: Endlich stand er im Mittelpunkt, endlich strahlte er so etwas wie eine Bedrohung aus. Zu spät. Aber zu spät ist posthum oft besser als gar nie.

Patrick dachte nach. Die Schlägerei durfte nicht am Samstag Nachmittag stattgefunden haben. Da war er doch angeblich bei Kitty gewesen. Am besten sagte er dazu gar nichts. Stattdessen wies er auf das Foto.

»Ich hab doch gesagt, ich hab keine Ahnung, wer das ist. Ich hab den nie vorher gesehen.«

Jennerwein trat einen Schritt näher an sein Gegenüber heran. Er hielt ihm das Bild von Sean Penn direkt vors Gesicht.

»Sie hatten genau mit diesem Herrn zu tun, Herr Glöckl.«
»Beweise?«
»Ihre DNA befindet sich an diesem Schlagring.«
»Meine DNA? Ich erinnere mich nicht, eine DNA-Probe abgegeben zu haben.«

Maria ergriff wieder das Wort.

»Das war auch gar nicht nötig, Herr Glöckl. Wir haben die DNA ihres Halbbruders Ronny. Und an diesem Schlagring ist die DNA eines engen Verwandten von Ronny zu finden. Enger gehts gar nicht. Alles deutet auf Sie hin.«

Der gutaussehende junge Mann mit den strahlend blauen Augen und dem umwerfenden Lächeln sackte ein wenig in sich zusammen.

»Ja, gut, meinetwegen, das könnte schon der sein, mit dem

ich mich geprügelt habe«, sagte Patrick schließlich schulterzuckend. »Lebend hat er freilich ganz anders ausgesehen.«

»Wo?«

»In der Nähe unseres Anwesens.«

»Wo genau?«

»In Ebersberg, Grafing, das weiß ich nicht mehr so genau.«

»Wann?«

Patrick zögerte einen Moment.

»Samstag Mittag.«

»Das kann nicht sein. Da war dieser Mann hier bei uns im Kurort.«

»Dann wars eben hier im Kurort, verdammt!« Patrick machte eine fahrige Geste. Seine Lockerheit war gänzlich verschwunden. »Zugegeben, ja, Sie haben mich kalt erwischt! Mein Gott, ich war am Samstag Mittag im Kurort. Ich wollte Ronny sehen, wollte ihn zur Rede stellen. Ich habe ihn in seinem Zelt besucht, wir haben uns gestritten. Er wurde pampig und hat mich rausgeschmissen. Ich war auf hundert. Aber was glauben Sie! Deswegen bringe ich meinen Bruder doch nicht einfach um! Ich bin dann zum Olympiastadion gelaufen, um mich abzureagieren. Ich brauchte frische Luft. Dort ist mir dann dieser Typ in die Quere gekommen.« Er wies auf das Foto. »Wir kamen in Streit, ein Wort gab das andere, zum Schluss haben wir uns geprügelt. Dann hatte ich endgültig die Nase voll, und ich bin zu Kitty gefahren.«

»Er hat sie mit dem Schlagring angegriffen?«

»Ja, möglich.«

»Wann genau?«

»Samstag Mittag. Hab ich doch schon gesagt.«

Jennerwein ging noch einen Schritt auf Patrick Glöckl zu. Er stand jetzt direkt vor ihm.

»Das ist eine Lüge, Herr Glöckl. Samstag Mittag hatte ich

selbst die Ehre mit diesem Herrn. Und zwar äußerst drastisch und schmerzhaft. Meine Begegnung mit ihm fand am anderen Ende der Ortschaft statt.«

Patrick blickte verdutzt, fasste sich aber rasch wieder.

»Das wird halt davor oder danach gewesen sein.«

Jennerwein schüttelte den Kopf.

»Nein, Herr Glöckl«, sagte er ruhig. »Ich erzähle Ihnen jetzt, wie es wirklich abgelaufen ist.«

»Da bin ich aber gespannt.«

Dieser Satz war Patrick etwas brüchig geraten, nicht mehr ganz so selbstsicher und rotzig. Er drehte sich etwas weg von Jennerwein, seine Augen irrten umher. Er suchte einen Ausweg. Kleine Schweißperlen erschienen auf seiner Stirn.

»Sie haben Ihren Halbbruder im Camp beobachtet, dann auf die Schroffenschneide verfolgt«, fuhr Jennerwein gelassen fort. »Vielleicht hat Sie Sean Penn dabei beobachtet, vielleicht ist er nur zufällig da oben gewesen. Er war jedenfalls Zeuge Ihres Mordes an Ronny, und er hat Sie danach zur Rede gestellt.«

Er hat versucht, mich zu erpressen, dieses Schwein, dachte Patrick.

»War es so?«, fragte Jennerwein.

»Sprechen Sie ruhig weiter.«

»Es gab eine Rauferei zwischen Ihnen und Sean Penn. Er hat Sie mit dem Schlagring angegriffen, und Sie haben ihn mit der Pistole erschossen, mit der Sie auch Ronny getötet haben. Dann haben Sie ihn nach alter Trapperart mit Baumharz präpariert und verscharrt. Sie rechneten damit, dass wir nach Ronny auch ihn finden würden. Sie dachten, dass das nach einem weiteren Beispiel für Polizeiwillkür aussehen würde. Aber Ihr Plan ging schief. Denn Ronny wurde nicht im Wald gefunden, sondern zunächst bestattet.«

»Darf ich Sie mal unterbrechen, Kommissar. Wo ist denn die Waffe, mit der Ronny erschossen wurde? Und, vor allem: Wo ist die Kugel? Haben Sie die gefunden?«

Das war tatsächlich der Schwachpunkt der Geschichte, dachte Jennerwein. Die Patrone, mit der Ronny erschossen wurde, war verschwunden. Dieser Typ hatte eine Gabe, Schwachpunkte herauszufinden. Das lag vielleicht in der Familie der Glöckls.

»Auf dem Schlagring werden wir Ihre DNA-Spuren finden«, sagte Jennerwein mit festem Ton. »Ich werde Ihnen den Mord an Sean Penn nachweisen.«

»Sie enttäuschen mich, Kommissar«, sagte Patrick. »Natürlich werden Sie auf dem Schlagring DNA-Spuren von mir finden. Er hat mich ja im Kurort damit angegriffen und gestreift.«

»Nicht im Kurort, Herr Glöckl. Oben auf der Schroffenschneide. Das mit dem Harz war eine geniale Idee. Aber das Harz hat auch ein Haar von Ihnen eingeschlossen, das wir auf der Wange des Toten gefunden haben. Das beweist, dass Sie sich am Samstag nicht unten im Ort, sondern oben in der Nähe der Schroffenschneider Mulde mit ihm geprügelt haben.«

Ein Haar von ihm auf der Wange dieses Frettchens! Was für eine Katastrophe! Konnte er sich da noch rausreden? Patrick überlegte fieberhaft. Solch ein einzelnes Haar konnte sich tatsächlich nicht über Stunden auf der Haut gehalten haben. Noch dazu während des Regens und bei einem Marsch durchs Gelände. Das Haar musste bei der Rangelei im Wald auf die Wange des Schlägers gekommen sein. Oder als er die Leiche versteckt hatte. Und er selbst hatte es mit Harz fixiert! Er saß in der Falle. Gab es wirklich keinen Ausweg mehr? Mit Lügen kam er jetzt nicht mehr weiter, das wurde ihm klar. Den Mord an dem kleinen Erpresser würden sie ihm anhängen. Was tun? Gab es wirklich keinen Ausweg? Doch. Ihm fiel ein, was ihm beim Herweg zum Revier aufgefallen war. Es schadete nie, das Terrain zu erkunden. Jetzt musste er handeln.

74 Die Flucht

Nina2 nahm ihre kleine Hämmerli und steckte den improvisierten Schalldämpfer sorgfältig auf den Lauf. Dann befestigte sie das Zielfernrohr auf der angelöteten Muffe. Sie hatte alles selbst gebastelt. Als Auftragskiller musst du auch immer ein bisschen Feinmechaniker sein, hatte ihr irischer Ausbilder damals gesagt. Sie sah sich um. Toll, was einem ein G7-Gipfel so alles bescherte. Einen behördlicherseits stillgelegten Baukran zum Beispiel. Sie hatte von ihm freien Blick und Schuss auf den Eingangsbereich des örtlichen Polizeireviers. Sie lag auf der Lauer. Sie hatte den Anruf der Polizei in der Pension Alpenrose mitgehört und Patrick daraufhin hierherverfolgt. In dem ganzen Trubel, in dem Mischmasch zwischen uniformierten und nicht uniformierten Polizisten war sie nicht weiter aufgefallen. Nina2 richtete ihr Zielfernrohr auf den Eingang des Polizeireviers. Wenn die Polizei ihn behielt, okay. Wenn nicht, würde sie Ronny rächen. Wie flüssiger, rotglühender Stahl kochte heißer Zorn in ihr hoch. Sie würde ihn erledigen, den feigen Mörder ihres rothaarigen Wikingers. Doch so ein Verhör konnte dauern. Warme Sommerluft strich um den Baukran, fette Raben ließen sich heiser krächzend in den Wind fallen. Plötzlich zerriss ein lauter, berstender Knall die Idylle. Nina2 war hellwach. Zwanzig Meter entfernt vom Eingangsbereich des Polizeireviers, auf der Rückseite des Gebäudes, lag ein Mann am Boden, umgeben von

milchigweißen Glassplittern. Der Mann betrachtete seine blutenden Hände, wischte sie dann an der Hose ab, rappelte sich schnell auf und blickte konzentriert um sich. Er entschied sich für eine bestimmte Richtung und rannte los, weg vom Polizeirevier, hin zu dem Gelände mit den vielen geparkten Mannschaftswagen. Nina2 erkannte den Mann sofort. Patrick Glöckl. Das war der verfluchte Patrick! Er versuchte zu fliehen! Sie kniff die Augen zusammen und verfolgte ihn mit dem Fadenkreuz ihres Zielfernrohrs. Sie war es gewohnt, professionelle, finale und schmerzlose Treffer zu landen, jedoch war das bei einem beweglichen Ziel, bei einem hakenschlagenden Hasen wie diesem, kaum möglich.

Stengele und Hölleisen stürzten in den Raum. Jennerwein beugte sich über Maria, die leise stöhnend auf dem Boden lag.
»Was ist passiert, Chef? Und Sie, Maria? Sind Sie okay?«
»Glöckl ist durch die kaputte Terrassentür geflüchtet und hat dabei Maria niedergeschlagen. Hölleisen, kümmern Sie sich um sie. Stengele, Sie informieren die Wachen. Die sollen Alarm schlagen und alles abriegeln. Sie versperren ihm den möglichen Fluchtweg in den Wald! Ich folge ihm über die Terrasse.«

Patrick kannte das Polizeigrundstück von seinem ersten Besuch am Mittwoch. Wie jeder Jäger hatte er sofort die möglichen Flucht- und Ausbruchsstellen gecheckt, die Sprungstellen des Hochwilds. Das war reiner Jagdinstinkt. Aber die zerbrochene Glastür, die er vorher im Revier aus den Augenwinkeln gesehen hatte, war ein Glücksfall gewesen. Dieses Glücksgefühl spornte ihn an. Vielleicht konnte er den Kopf doch noch aus der Schlinge ziehen. Er rannte schneller. Weg von der Terrasse. Sollte er in diesen Wald hochlaufen? Nein, zu Fuß kam er dort sicherlich nicht weit. Patrick stürmte in Richtung des Geländes, auf dem die Polizeifahrzeuge standen. Er sah sich um, stellte fest, dass ihm niemand folgte, verlangsamte daraufhin seine Schritte. Ein schnell laufender Mann auf einem Polizeigelände war verdächtig. Es war besser, einfach ganz normal zu schlendern. Patrick trat zu einem kleinen Schuppen, zog die buntgrüne Jägerjacke aus und warf sie über den Verschlag.

»Verdammter Gipfel!«

Patrick schrak zusammen. Er drehte sich um. Ein Uniformierter in Lederjacke stand vor ihm.

»Ich bin ja so froh, dass der Trubel endlich vorbei ist«, fuhr der Polizist fort. »Woher kommst du, Kollege? Ich hab dich hier noch gar nicht gesehen!«

Patrick atmete durch. Ein Bulle, der ihn für seinesgleichen hielt. Seine Flucht aus dem Revier war jedenfalls noch nicht bekannt. Aber was sollte er antworten?

»Ja, wirklich, gut, dass er vorbei ist, der Gipfel.«

Der andere blickte Patrick misstrauisch an. Sein Blick fiel auf die blutverschmierte Hose. In diesem Augenblick begann das Geheule der Alarmanlage. Der Polizist streckte die eine Hand zum Funkgerät, die andere zur Dienstwaffe. Blitzschnell stieß ihm Patrick die Faust in den Solarplexus. Der Polizist schnappte nach Luft und kippte langsam nach hinten um. Patrick zog ihm die Lederjacke aus und nahm die Waffe an sich. Dann bewegte er sich langsam zum Fuhrpark. Dort vorne stand ein Streifenwagen mit heruntergekurbelter Scheibe. Wahrscheinlich steckte sogar der Schlüssel. Mehrere Mannschaftswagen parkten dicht beieinander. Abfahrbereit. Er könnte es schaffen. Mit ein bisschen Glück. Patrick hechelte wie ein Jagdhund. Das machte Mut. Und dann fiel sein Blick auf die Motorradflotte. Ein Dutzend 1200er BMWs.

Geländegängig, hohe Spitzengeschwindigkeit, eigentlich nur mit einem Hubschrauber einzuholen. Nach Österreich war es nicht weit. An manchen Maschinen steckte der Schlüssel.

Nina2 schwenkte ihre Hämmerli. Sie bekam Patrick Glöckl nicht richtig ins Ziel. Doch was war das? Aus den Augenwinkeln bemerkte sie einen Mann in Zivil, der durch die zerbrochene Scheibe des Polizeireviers nach außen kroch. Sie schwenkte mit dem Zielfernrohr zu ihm hin. Ein unauffälliger, schüchtern wirkender Mann. Den hatte sie doch schon im Camp gesehen! War das nicht dieser Kommissar, der auch im Netz als Superbulle dargestellt wurde? Kommissar Jennerwein! Nina2 schwenkte wieder zurück zu Patrick. Der hatte sich mit einer Lederjacke und einer Mütze in einen Polizisten verwandelt, hatte sich auch schon eines der Motorräder geschnappt, um es Richtung Ausfahrt zu schieben. Wieder keine Chance, einen gezielten Schuss abzugeben! Der Kommissar sah sich um. Die beiden hatten keinerlei Blickkontakt zueinander. Jennerwein fasste offenbar einen Entschluss. Verdammt, der rannte in die falsche Richtung! Sie schwenkte zurück zu Patrick. Der war nur noch hundert Meter von der Schranke entfernt. Die Sirenen begannen zu heulen. Motorradmotoren jaulten auf. Ein Pulk von einem Dutzend weiterer Polizeimotorräder schloss zu Patrick auf. Der Wachbeamte öffnete die Schranke für sie alle. So ein Mist! Patrick kam auf diese Weise einfach unbemerkt vom Polizeigelände. Er war Jäger. Er wusste, wie man sich gegen den Wind bewegt. Das durfte nicht sein. Sie schwenkte die Hämmerli wieder zurück zu Jennerwein.

Jennerwein sah sich hastig um. Keine Spur von Patrick Glöckl. Die Sache lief gerade aus dem Ruder. Hatte er das Gelände schon verlassen? Plötzlich riss es einen Meter neben ihm einen Stein aus der Wand. Ein Schuss. Instinktiv duckte er sich. Mit einem schnellen Blick erkannte er, dass die Kugel die Mauersteine von oben nach unten gesplittert hatte. Also ein Schuss von oben. Jennerwein ging in die Hocke und blickte in die Richtung, aus der der Angriff gekommen war. Dort in einiger Entfernung stand eine Frau auf einem Baukran und winkte in seine Richtung. Hatte sie auf ihn gezielt und ihn verfehlt? Oder hatte sie mit dem Schuss ganz bewusst seine Aufmerksamkeit erregen wollen? Wie ein Fluglotse schwenkte sie nun die Arme und machte Orientierungszeichen. Was bedeutete das? Sie wies in die Richtung, in die der Flüchtige gelaufen sein musste. War das eine Polizeikollegin dort auf dem Baukran? Jennerwein wandte sich um und lief in die angezeigte Richtung. Er blickte nochmals hoch. Sie deutete weiter in die Richtung und gab Fingerzeichen: hundert Meter. Ja, es musste eine Kollegin sein, was auch sonst. Sie stieß mit den Fäusten nach vorn und kippte sie mehrmals auf und ab. Motorrad? Motorrad. Jennerwein wusste nun, was Patrick vorhatte. Er rannte zum Parkplatz, sprang auf eine der bereitstehenden BMWs, startete und fuhr dem Pulk hinterher. Schon lange war er nicht mehr Motorrad gefahren, er musste sich voll und ganz auf die Maschine konzentrieren.

Patrick Glöckl hatte sich den Helm gegriffen, der auf dem Rücksitz klemmte, und ihn aufgesetzt. Er fuhr im letzten Drittel des Pulks. Durch den Helm war sein breites, unverschämtes Grinsen nicht zu sehen. Als sie die Ortschaft verlassen hatten und auf der B23 Richtung Griesen und damit Österreich unterwegs waren, ließ er sich zurückfallen, immer weiter zurückfallen. In einer Kurve scherte er aus und bog in einen Feldweg ein, der zunächst neben der Straße her und dann in einen Wald führte. Keiner der anderen Biker hatte das bemerkt. Patrick atmete ruhig. Doch als er in den Rückspiegel sah, fuhr ihm der Schreck in die Glieder. Ein Zivilist verfolgte ihn, ebenfalls auf einem Motorrad. Er kam immer näher. Er trug keinen Helm. Er trug überhaupt keine Motorradkluft. Es war Kommissar Jennerwein.

Patrick startete durch. Er hatte diesen Kommissar unterschätzt. Das fette Grinsen verschwand. Und da hörte er auch schon den Knall des Schusses, der seinen Hinterreifen zerfetzte. Er schlidderte. Das Motorrad bäumte sich auf. Dann warf es ihn ab. Er rutschte auf dem Boden dahin. Er versuchte, auf die Beine zu kommen, doch es gelang ihm nicht. Ein Pistolenlauf erschien in seinem Gesichtsfeld. Ein weiterer Pistolenlauf. Ein dritter Pistolenlauf. Kommissar Jennerwein, Ludwig Stengele und Franz Hölleisen standen um ihn herum. In seinem Hosenbund steckte noch die Waffe, die er dem Polizisten vorhin abgenommen hatte.

»Denken Sie nicht mal dran«, sagte Kommissar Jennerwein.

75 Der Sarg

Immer trifft es die Besten. Gerade mal Ende zwanzig war Ronny geworden. Sein Sarg glitt durch die verwinkelten Kieswege des Friedhofs, und die Blaskapelle schmetterte herzerweichend schön ♫ *Auf, auf, zum fröhlichen Jagen*. Die Familie Glöckl hatte sich ausschließlich solche Jägerlieder gewünscht. Wenn man sie in halbem Tempo und in Moll spielte, klangen sie alle fast wie Trauermärsche. Dirk hatte heute wieder Dienst als zweiter Trompeter. Das Geschäft lief prächtig, war aber ganz schön anstrengend. Er und seine Gruftcombo zogen von Friedhof zu Friedhof, von Beerdigung zu Beerdigung. Jetzt setzte er sein Instrument kurz ab und wischte sich mit dem Handrücken den Schweiß von der Stirn. Dabei bewegte er die Lippen zu einem unhörbaren Fluch. Vermaledeiter Job, verdammte Plackerei. Bis sechs Uhr früh hatte er in einem Soulclub die Backgroundtrompete geblasen, halb Memphis hing ihm noch in den Ohren.

Jetzt wurde der Sarg Ronnys versenkt, ein Trommelwirbel schnarrte, dann bat Siegfried, der Firmenchef, um eine Schweigeminute. Jäger schweigen gerne. Die Morgendämmerung, die Abenddämmerung schweigt sie an, also schweigen sie zurück. Der Pfarrer hielt eine Rede, über Ronny und sein anarchistisches Leben. Niemand hörte zu, jeder war mit seinen eigenen Gedanken beschäftigt. Jeder überlegte, wie das jetzt weitergehen sollte mit der Firma. Patrick Glöckl saß im Knast. Aber was passierte mit dem Erbe des alten Jeff Double-u? Fast konnte man in der Witterung Mordgedanken aufnehmen. Alle schauten zum Notar, und seine Handbewegung schien zu sagen: Lasst nur, das werden wir schon irgendwie deichseln. Der Notar blickte hinunter ins Grab. Er musste unbedingt in diese Familie einheiraten. Nur so konnte er an die ganz großen Glöckl-Münzen kommen. Er zwinkerte der Frau von Arnold diskret zu, sie lächelte schwül zurück. Michaelas Trosch aus Rebhuhnfedern zitterte leicht, die Hubertusspangen glänzten, Roswitha richtete sich herrisch auf, schwere, klumpige Erde prasselte auf Ronnys Sarg.

Die hochangesehene Künstleragentur Cunningham & Smith arbeitete für viele Hollywoodstars. Der Chef, Mr Smith, war verwirrt.

»Was?«, fragte er in den Telefonhörer. »Sean Penn ist nicht zum Drehtermin erschienen? Aber er ist doch immer pünktlich. Er sieht zwar heruntergekommen aus, verschlagen wie ein Frettchen, aber er ist der disziplinierteste Schauspieler, den ich kenne. Er kommt sicher bald.«

Mr Smith legte auf und schüttelte verwundert den Kopf. Sean Penn war doch wohl nicht etwa in Europa geblieben? Dort war er letzte Woche extra hingeflogen, um für den neuen Film zu recherchieren und Charakterstudien zu betreiben. Er nahm das alles sehr genau. Mr Smith wählte Sean Penns Nummer. Niemand meldete sich.

Auch Kommissar Jennerwein nahm an der Beerdigung teil. Er stand etwas entfernt vom Grab, die Glöckls hatten ihm nur stumm zugenickt. Jetzt ertönte der »Jägerchor« aus dem Freischütz:

♪ *Was gleicht wohl auf Erden dem Jägervergnügen ...*

Jennerweins Gedanken schweiften ab. Die Frau auf dem Baukran, die ihm geholfen hatte, war spurlos verschwunden. Hatte er sie nicht auch im Camp und auf der Demo gesehen? War das nicht diese Bea, die Bobo so bezeichnet hatte? Und hatte sie nicht auf der Demo ein handbeschriebenes Schild hochgehalten: **SEID FRIEDLICH!** Warum aber hatte sie ihm geholfen? Hatte sie etwas mit der Familie Glöckl zu tun, die Patrick hinter Schloss und Riegel haben wollte? Patrick hätte gute Chancen gehabt, spurlos im Süden zu verschwinden. Unwillkürlich sah Jennerwein zum Wipfel des großen Kastanienbaumes hoch, von wo er ein Geräusch gehört hatte. Nein, nichts, es war nur ein Rabe. Dieser Fall hatte ihn wirklich sehr mitgenommen. Der Jägerchor schmetterte immer noch. Er dachte an die Zeilen in Ostlers Kodizill:

> An meinen verehrten Chef, Kriminalhauptkommissar
> Jennerwein, habe ich eine spezielle Bitte. Meine Adoptivsöhne
> Tim und Wolfi wollen zur Polizei. Wenn sie Hilfe und Rat
> brauchen, soll er ihnen sagen, wie es wirklich abläuft bei der
> Polizei.

Er hatte sich mit den beiden unterhalten und ihnen gesagt, dass er fest davon überzeugt war, dass Ostler noch lebte. Und er hatte ihnen versichert, dass ihr Vater weder ein Mörder war noch sich sonst irgendetwas zuschulden hatte kommen lassen.

»Werden wir ihn wiedersehen?«, hatte einer der beiden gefragt.

Als Jennerwein nicht gleich antwortete, hatte der andere gesagt:

»Wir werden ihn suchen.«

Es war der gleiche entschlossene Ton, den Jennerwein von Ostler kannte.

Natürlich hatte sie sich dem Trauerzug bei Ronnys Beerdigung nicht angeschlossen. Natürlich stand sie nicht mit am Grab. Nina2 weinte in gebührendem Abstand eine kleine Träne, die ihr die Wange herunterrann. Sie lag auf dem Dach der Aussegnungshalle und verfolgte die Beerdigung von dort. Als alle gegangen waren, legte sie an und schoss. Zischend bohrte sich das Projektil in die weiche Graberde und blieb in der Nähe des Sarges stecken. Nina2 hatte ihren Namen auf die Patrone geritzt. Sie wandte sich um und verschwand.

Und dann war da noch eine Pfütze. Sie schillerte tiefblau wie die Admiralsuniform eines Fregattenkapitäns. Sehr viel Himmel spiegelte sich in ihr, denn es war eine große Pfütze. Etwas Land ragte in sie hinein und teilte sie in zwei ungleich große Hälften. Gerade blickten viele neugierige Augen in die Pfütze.
»Das da drüben, das müsste Livorno sein«, sagte einer der Passagiere zu seinem Sitznachbarn, einem kahlgeschorenen Mann in brauner Mönchskutte. »In einer halben Stunde landen wir in Rom. Fliegen Sie das erste Mal dorthin, Pater?«

Ist es denn möglich? Jetzt haben wir Bruder Sebastian, wenn auch flüchtig, doch noch einmal gesehen.

Der Dank

Auch ein Tatsachenbericht wie dieser bedarf des Lektorats und der Organisation. Dr. Cordelia Borchardt vom S. Fischer Verlag und Marion Schreiber von den Gecko Productions sorgten umsichtig und weitblickend dafür, bei ihnen will ich mich ganz herzlich bedanken, einerseits für die präzisen Recherchen, andererseits für den genauen Abgleich mit den tatsächlichen Geschehnissen.

Darüber hinaus möchte ich aber auch die beiden Männer nicht unerwähnt lassen, die mit ihrem detailreichen Fakten- und Insiderwissen maßgeblich zu diesem Buch beigetragen haben. Es handelt sich um zwei G7-Gipfel-Teilnehmer, denen ich angeboten habe, während der aufgeregten Tage um den 7. und 8. Juni 2015 in meinem schattigen Vorgarten ihre Ein-Mann-Zelte aufzuschlagen. Sie haben die Einladung bereitwillig angenommen, im Gegenzug haben sie mir jeweils außergewöhnliche Einzelheiten aus dem knüppelharten Polizeialltag und aus dem abenteuerlichen Demonstrantenleben verraten. Man wird verstehen, dass sie ungenannt bleiben wollen, sie arbeiten wacker, aber verdeckt. Eine namentliche Nennung käme einer Enttarnung in allen Unehren gleich. Nur so viel sei verraten: Der eine ist ein großgewachsener Beamter der bayrischen Exekutive, ein staatstragender, der bürgerlichen Ordnung verpflichteter Mann, also einer der vielen, die Bayern groß gemacht haben. Bei seinem Gegenpart handelt es sich um einen ebenso großgewachsenen jungen Mann mit viel anarchistischem und globalisierungskritischem Hintergrund, der unermüdlich gegen den Staat anrennt, fleißig Sand ins Getriebe streut und immer wieder die Romantik der Unordnung heraufbeschwört. Auch solche wie er haben Bayern groß gemacht. Mögen sie auch weiterhin gut gegeneinander arbeiten.

Inhalt

Die harten Fakten
5

ERSTER TEIL
Die Wut
Montag, 8. Juni
9

ZWEITER TEIL
Der Zorn
Zwei Tage zuvor: Samstag, 6. Juni
65

DRITTER TEIL
Der Schlag
Ein paar Sekunden später
247

Der Dank
407

Jörg Maurers Alpenkrimis
im Hörbuch, von ihm selbst gelesen

Föhnlage
4 CDs

Hochsaison
4 CDs

Niedertracht
5 CDs

Oberwasser
5 CDs

Unterholz
6 CDs

Felsenfest
6 CDs

Der Tod greift nicht daneben
6 CDs

Schwindelfrei ist nur der Tod
6 CDs

Im Grab schaust du nach oben
6 CDs

»Große deutsche Unterhaltungsliteratur: endlich!«
Denis Scheck, SWR

Das gesamte Programm gibt es unter
www.fischerverlage.de

Jörg Maurer
Föhnlage
Alpenkrimi
Band 18237

Sterben, wo andere Urlaub machen

Bei einem Konzert in einem idyllischen bayrischen Alpen-Kurort stürzt ein Mann von der Decke ins Publikum – tot. Und der Zuhörer, auf den er fiel, auch. Kommissar Jennerwein nimmt die Ermittlungen auf: War es ein Unfall, Selbstmord, Mord? Und warum ist der hoch angesehene Bestattungsunternehmer Ignaz Grasegger auf einmal so nervös? Während die Einheimischen genussvoll bei Föhn und Bier spekulieren, muss Jennerwein einen verdächtigen Trachtler durch den Ort jagen und stößt unverhofft auf eine heiße Spur ...

»Mit morbidem Humor, wilden Wendungen und skurrilen Figuren passt sich das Buch perfekt in das Genre des Alpenkrimis ein, bleibt aber dank der kabarettistischen Vorbildung Maurers im Ton eigen und dank seiner Herkunft aus Garmisch-Partenkirchen authentisch.«
Süddeutsche Zeitung

»Wunderbar unernster, heiterironischer Alpenkrimi.«
Westdeutsche Allgemeine

»Virtuos komponiertes Kriminalrätsel.«
Frankfurter Allgemeine Zeitung

Fischer Taschenbuch Verlag

Jörg Maurer
Schwindelfrei ist nur der Tod
Alpenkrimi
Band 03145

Der Tod fährt gern Ballon.
Der achte Fall für Star-Ermittler Kommissar Jennerwein

Hoch über dem idyllisch gelegenen Kurort schwebt ein Heißluftballon. Plötzlich ist er verschwunden. Vom Winde verweht? Abgestürzt? Oder explodiert? Bei den Ermittlungen wirkt Kommissar Jennerwein abgelenkt. Seit langem besucht er heimlich einen Unbekannten im Gefängnis. Als der auf einmal im Kurort auftaucht, droht Jennerweins ganze Existenz wie ein Ballon zu zerplatzen.

»Ein Krimi-Kunstwerk:
Kult-Kommissar Jennerwein im Höhenflug –
das ist spannend, urkomisch, gnadenlos
und auch mal fast poetisch.«
Daniela Baumeister, hr2 Kultur

Das gesamte Programm gibt es unter
www.fischerverlage.de

Jörg Maurer
Der Tod greift nicht daneben
Alpenkrimi
Band 03144

Der Tod hat seine Hand im Spiel – der siebte Alpenkrimi von Bestseller-Autor Jörg Maurer.

Ein Häcksler im Garten ist die letzte Station von Ex-Nobelpreisjuror Bertil Carlsson. Ein grausiger Unfall im idyllisch gelegenen Kurort? Oder Mord? Kommissar Jennerwein forscht mit seinem Team bei Trachtenvereinen und enttäuschten Nobelpreiskandidaten und stößt dabei auf ein schier unfassbares Forschungsprojekt ...

»Das ist Unterhaltungsliteratur deluxe.«
Volker Albers, Hamburger Abendblatt

»Ich liebe die Romane von Jörg Maurer.
Er schreibt in meinen Augen die amüsantesten Serienkrimis der deutschen Gegenwartsliteratur.«
Denis Scheck, Deutschlandfunk

Das gesamte Programm gibt es unter
www.fischerverlage.de

Jörg Maurer
Bayern für die Hosentasche
Was Reiseführer verschweigen
Band 52101

Auch als Hörbuch, vom Autor selbst gelesen

Wussten Sie, dass die Alpen nur fünf Prozent des bayrischen Staatsgebiets bilden? Dass Bierzelte und Jodelwettbewerbe seltener sind, als man denkt? Dass Bayrisch sein bedeutet blau sein, ohne zu trinken? Bestsellerautor Jörg Maurer erklärt seinen Blick auf Bayern: originell, mit Witz und vielen erstaunlichen Fakten über Land und Leute. Er führt an Orte, die keiner kennt, und entdeckt Typisches, wo wenige es vermuten. Ein Brevier für Genießer und Freunde des Unerwarteten.

»Der Autor trifft genau ins Schwarze.«
Süddeutsche Zeitung

Das gesamte Programm gibt es unter
www.fischerverlage.de